Entreato Amoroso

AERCIO CONSOLIN

Entreato Amoroso

Ateliê Editorial

Copyright © 2007 Aercio Consolin

Dados Internacionais de Catalogação na Publicação (CIP)
(Câmara Brasileira do Livro, SP, Brasil)

Consolin, Aercio
Entreato Amoroso / Aercio Consolin. – Cotia, SP: Ateliê Editorial, 2007.

ISBN 978-85-7480-378-4

1. Romance brasileiro I. Título.

07-8948   CDD-869.93

Índices para catálogo sistemático:
1. Romances: Literatura brasileira   869.93

Direitos reservados à
ATELIÊ EDITORIAL
Estrada da Aldeia de Carapicuíba, 897
06709-300 – Granja Viana – Cotia – SP
Telefax: (11) 4612-9666
www.atelie.com.br / atelieeditorial@terra.com.br

2007

Printed in Brazil
Foi feito depósito legal

A gente principia as coisas, no não saber por que, e desde aí perde o poder de continuação – porque a vida é mutirão de todos, por todos remexida e temperada.

JOÃO GUIMARÃES ROSA
Grande Sertão: Veredas

1 O HOMEM ATRAVESSA O CORREDOR E abre cauteloso a porta da casa de sede da Fazenda Mata Grande. Pisa leve e orienta-se no escuro com a mesma segurança que teria se as luzes estivessem acesas. Evita que algum ruído denuncie seus movimentos. O motivo que o leva a se levantar tão cedo faz tomar essas precauções que sabe desnecessárias e que cultiva como um prelúdio do que se passará dali a pouco. O homem é José Afrânio Leme de Camargo, dono da fazenda.

Já no terraço fecha a porta com igual cautela sem girar a chave na fechadura. Avança pelo piso de ladrilhos hidráulicos desenhando estrelas e encosta-se no gradil da sacada de onde vistoria a paisagem mais refeita pela memória que visível na noite prestes a acabar. Conhece cada palmo da casa e do espaço que a circunda: os canteiros do jardim os arbustos de buxinhos podados geometricamente as muretas de arrimo e escadas de tijolo nos terreiros de café o compacto das construções e a massa espessa dos arvoredos: tem a geografia desse sítio entranhada como marca de nascença. Sob a proteção do poncho cor de chumbo que desce quase aos pés ele entrelaça os dedos esfrega as palmas das mãos e aquece-as no vão das axilas. Procura as aberturas laterais do capote por onde estende os braços para o frio da madrugada e reage à gelidez do escuro contraindo os ombros e achegando-os ao pescoço. Abre as mãos à frente da boca e sopra no côncavo o bafo que se materializa e some. Alça a pala do abrigo até as orelhas. O ar cortante que arde no rosto sobe do chão orvalhado.

Na colônia enfileirada à margem do caminho algum fogão de lenha já ferve água para o café e uma provável velha insone esperando a fervura se antecipou às galinhas e espalhou milho-quirera no terreiro do quintal enquanto resmungava as mãos entanguidas doendo do frio e do lidar com os alumínios debruçados na pia. Caminhos desertos cicatrizam a escuridão que encobre a terra. Os cafeeiros penteiam rigas rígidas nas encostas e os espelhos d'água se embaçam na rasa bruma das várzeas. José Afrânio observa na crista dos morros a linha do horizonte em silhuetas recortadas pela claridade começando a desvendar o dia.

Sombra na sombra o homem troca passos no alpendre antes de sair para o que o aguarda numa das casas da colônia. A auspiciosa antemanhã consolida sua vinculação com a terra que lhe pertence e com o acontecimento para o qual se apresta. Não quer traduzir o que o arrebata interiormente: são sensações de uma alegria quase incontida, relâmpagos do que se pode chamar felicidade. O sorriso aflora quase à revelia. Sente-se mais que nunca pertinente ao cenário em que se move, ambiente dessa euforia que assinala um limite entre sua história pessoal anterior e a estimulante experiência que abre uma perspectiva de inesperadas novidades. À sacada José Afrânio se detém para observar a quietude do fim da madrugada mas não são titubeios que o retardam porque seu temperamento articula decisões firmes não apenas na presente situação: com calculadas intervenções na vida cotidiana e no exercício dos relacionamentos sempre faz prevalecer seus interesses pessoais na busca de facilitar a obtenção de objetivos. Considera-se uma pessoa precavida e determinada sendo de seu feitio maneirosamente ignorar ou contornar contestações. Apesar de expressar-se numa fluência espontaneamente convincente costuma se poupar numa reserva que muitas vezes usa como couraça para se defender de comprometimentos. Evita os atos abruptos e as decisões mal pensadas e omite-se nas discussões que tenham como objetivo a mera imposição de uma opinião sobre outra: cara nunca vê coroa, diz. Prefere contemporizar se a opção disponível não lhe assegura a certeza. Mesmo que uma surda hostilidade o mobilize procura se conter com ânimo neutro porque acredita que o trato afável se não desarma, pelo menos arrefece oposições.

Ao contrário do finado pai cujo comportamento deletério comprometeu em todos os aspectos a estabilidade da família, tem consciência de que empreendeu o resgate dos valores malbarateados por ele. Sabe que hoje representa conspicuamente os Leme de Camargo no contexto das tradições sobre as quais está baseada a hierarquia socioeconômica do município de Conceição dos Mansos onde vive. Crê que tem méritos na reconquista do prestígio que o distingue numa comunidade nivelada por baixo padrão financeiro e severos princípios morais defendidos pelos cidadãos de destaque – considera-se um deles – que se patrulham com cumpliciada condescendência. Embora essa vigilância obrigue submissão a normas e padrões mais inflexíveis no enunciado que na prática particular José Afrânio fala como quem obedece às regras mas atua fiel à liberdade que cultiva e exercita.

É o quarto proprietário da Fazenda Mata Grande aberta por seu bisavô de sangue português e índio. Além desse ancestral advindo de Atibaia para se instalar na região do Bairro do Couto onde começou o povoamento dessas terras, o avô e o pai o precederam. O auge da prosperidade no latifúndio deu-se com seu avô João Lourenço de Camargo. A dissipante imprevidência do pai levou-o a uma decadência pessoal que beirou a derrocada absoluta. Suas idéias eram mais largas que a competência de concretizá-las. Ao morrer deixou um patrimônio improdutivo pela má administração e abandonado a carrascais apesar da excelente qualidade do solo nos duzentos e cinqüenta alqueires estendidos pelo mar de morros característico do relevo da região. Àquela época Conceição dos Mansos embora bem localizada não apresentava um desenvolvimento ao nível dos municípios vizinhos, razão pela qual as propriedades ali pouco valiam. Além de empenho faltou ao pai talento para cuidar do que lhe pertencia. Quando embriagado exacerbava-se numa magnanimidade além das posses, se os assuntos e pessoas não compusessem o âmbito familiar. À família tratava com secura e algum desprezo por considerá-la um impedimento para desenvolver idéias e negócios entabulados sem nenhuma coerência ou tino comercial. Essa postura que discrepava da realidade levava-o a destrambelhos e prejuízos com gastos em projetos quiméricos abandonados nas primeiras dificuldades que surgiam ou pela inexeqüibilidade. Cercado de dívidas e apertos decidiu que devia vender a fazenda no que foi impedido pela veemente oposição da esposa e pela falta de interessados. Uma cirrose hepática matou-o pouco depois de completar cinqüenta e um anos. José Afrânio lembra do vômito final de sangue emplastrado no penico ao lado da cama. Não sabe se ouviu de alguém na ocasião ou se é verdadeira a afirmação de que o pai vomitava o fígado desmanchado pelo álcool.

Mal entrado na mocidade José Afrânio viu-se diante da tarefa de restaurar os resultados da dilapidação do pai e resgatar o nome dos Camargos, tão antigo quanto a origem do burgo onde nasceu cresceu e sempre morou. Costuma dizer que se o pai tivesse visão tão aberta quanto o bolso, a sorte de sua gente teria sido outra. Como primogênito viu-se forçado a assumir o comando da família e dos negócios. Escolado pelo exemplo paterno acautelou-se para não repetir o modelo. Não havia recursos financeiros para reverter a nítida situação falimentar que se refletia também no desânimo das conversas com a mãe que o apoiava e incentivava desde os primeiros dias da viuvez. Percebeu que para enfrentar a empreitada teria de recorrer a todos os meios possíveis e que as melhorias não viriam pelo trabalho braçal mas pela esperteza nos negócios. Teria de endurecer e afrontar os escrúpulos se quisesse escapar do desastre anunciado. Não podia deixar mãe e irmãos à mercê do desregramento do pai que adoeceu e morreu no espaço de três meses. Com essa percepção mergulhou no intento de suplantar as adversidades.

Entreato Amoroso

Algumas semanas depois do enterro do pai José Afrânio saiu a cavalo desorientado da direção a seguir e das decisões a tomar. Não via por onde principiar o que tinha em mente para não perder a fazenda. Dos morros altos descortinava a vastidão onde repontavam referências: as ondulações do terreno a torre da igreja de Tuiuti apontando na lonjura a fumaça subindo do arruado do Passa Três e os sítios esparsos sob solene silêncio. Bordejou a mata extensa que deu nome à fazenda. Margeou o Jaguari lento na sua sempiterna passagem. A natureza não lhe indicava providências e os empecilhos que pareciam maiores que a disposição de enfrentá-los distanciavam-no da posse real da terra. Parou à sombra do renque de eucaliptos que à beira da estrada expunham raízes como garras afundadas no barranco. José Afrânio pensou que quatro gerações da família haviam transitado por ali. À imagem paradoxal da sua precariedade ante a resistência das raízes lembrou-se do avô que chegou a conhecer velhinho. Emocionou-se. Trairia a rijeza da raça perdendo a propriedade dos Leme de Camargo. De onde estava era possível ver por entre as copas do arvoredo nesgas de telhado e paredes da sede da tulha do estábulo. Os caminhos arruinados os terreiros de café com mato crescendo nos interstícios dos tijolos o capinzal quase engolfando o casarão de sede e os mangueiros inúteis. A colônia vazia. Derrotado por antecipação, desistia. O chão verde estendia-se até azular na distância. Sombra ou luz escondiam ou mostravam grotas e escarpas onde brotavam veios d'água e os grandes blocos arredondados de granito pontilhando nas vertentes. A mancha escura da mata. Não era experiente o bastante para entender como o pai permitira passivamente chegar à degradação e insolvência.

Como as raízes dos eucaliptos, sua vida agarrava-se a esse sítio privilegiado pela beleza e fertilidade além da abundância de água. Pertencia à Mata Grande como as construções os causos e histórias da família e a mata ainda virgem nos recessos. Bambuais regatos pedras. Magoava fundo separar-se desse mundo que agasalhava sua existência inteira. Trilhas riscadas nas encostas pelo pisoteio do gado. Cafeeiros branquejados na florada. Os cheiros de origem incerta. A baga de ingá saltando cremosa da fava e a cica pegajosa da semente de jataí esverdeando os dentes. Jabuticaba explodindo na boca. Friúme da água na mina. Sofridamente concluía que o bom senso mandava vender a fazenda e fazer a vida noutra direção. Com o dinheiro poderia enveredar no comércio em cidade maior arrastando consigo a mãe e os irmãos, aventurar no norte do Paraná ou no noroeste do estado – o sertão – de onde tinha notícia de cidades crescendo aceleradamente e oferecendo oportunidades.

Sentados num canto da mesa na sala de jantar com algumas vidraças emperradas e vidro faltando, comunicou com voz pesarosa as decisões à mãe. Ela esperou que o filho terminasse o que tinha a dizer e então perguntou sobre as necessidades e providências mais prementes para que a fazenda continuasse com eles. Disse o que pensava estranhando a insistência dela em fazê-lo reafirmar o interesse e apego à terra. E ele foi além exaltando seu fracasso nesse momento da vida e lamentando que sob sua responsabilidade se rompesse um legado quase centenário. Sabia que como ele, a mãe prezava os elos com a Mata Grande. Ela disse ao filho que esperasse um instante. Foi ao quarto e voltou com o pequeno baú de lata onde guardava retratos cartões-postais livros de oração estampas de santos e pequenas lembranças e do fundo do qual tirou e entregou-lhe o inesperado socorro de significante quantia reunida ao longo dos anos sem que o marido soubesse. José Afrânio olhou compridamente a mãe em sua pertinaz resistência na submissão marital e a firmeza estampadas na cara ainda moça. Depois do silencioso pasmo José Afrânio baixou a testa encostou-a no ombro da mãe e chorou.

Reviveu. Contratou meia dúzia de homens do Bairro dos Mendes onde se situava a Mata Grande. Mandou roçar à volta da casa retocou telhados repôs vidros quebrados e folhas soltas nas janelas caiou o exterior da sede alterando o aspecto ruinoso. Estendeu a limpeza à casa do administrador e à antiga cocheira. Recuperou e aumentou o mangueiro e desocupou os ranchos de depósito. A tulha onde funcionava o maquinário de beneficiamento de café precisou de poucos reparos, as máquinas continuavam em bom estado por não haverem cessado totalmente de trabalhar. Pôs abaixo algumas casas da colônia que de tão avariadas não compensavam reforma. Escolheu e contratou famílias de colonos alojando-as nas demais moradias e juntando-as ao que remanescia do pessoal de Percedino Bueno depois de décadas de relacionamento amigável com o avô e o pai de José Afrânio: a família resistiu à falência do patrão e permaneceu na fazenda embora no presente apenas Viúvo Percedino simbolizasse a lealdade do vínculo. Melhorou a qualidade do gado e cedeu terras a meia para japoneses sisudos porém corretos que plantaram tomate e batata com boas safras. Estercou e tratou do cafezal cumprindo as carpas necessárias e conseguindo colheitas compensadoras vendidas diretamente aos comissários em Santos. Dessa prática nasceu a idéia de intermediar a venda do café produzido na região, transformando-a no negócio que lhe proporciona até agora confortáveis rendimentos. Poucos anos depois a fazenda era outra.

O irmão e as duas irmãs não tinham vocação roceira. Tomando decisão ensaiada desde os primeiros boatos de progresso no norte do Paraná o irmão transferiu-se para lá a fim de tentar a sorte e encontrou-a: é dono de uma grande madeireira em Londrina. A irmã mais velha conheceu um moço vindo em visita a parentes numa ocasião dos festejos de São Benedito – antiga tradição em Conceição dos Mansos – e meses depois estava casada. A distância dificultava visitas convencionais de namoro e noivado e o casamento abreviou as etapas. Mudou-se para uma cidade da Alta Paulista onde morava o marido. Certo tempo depois a irmã mais nova foi em visita à que se casou e principiou namoro. Sem nem voltar à casa da mãe contraiu núpcias com um irmão do cunhado. Acompanhado da mãe José Afrânio compareceu às bodas na mais longa viagem de trem feita por eles até então. À ausência do pai foi ele quem conduziu a noiva ao altar. De comum acordo com os três em poucos anos pôde adquirir-lhes as partes da herança e tornou-se o único dono da Mata Grande. O contato com os parentes resume-se à troca anual de cartões de boas festas. Há anos não os vê embora prometam visitas sempre adiadas.

José Afrânio costuma repetir que sua saúde provém da abstinência de bebidas do comedimento na comida e do trabalho duro. Diz que suou no cabo do guatambu antes da estabilidade mas a afirmação carece de fundamento: cedo aprendeu a tratar os empregados com exigências adequadas e moderação. Cobrava fidelidade e recompensava-a comportando-se como patrão benevolente que permitia aos colonos o cultivo de rocinhas de vassoura ou pequenas plantações de ganho próprio além da criação livre de porcos e aves para consumo ou venda. Administrou com segurança e rédea curta nos gastos. Ao arrojo da juventude aliou o tino em transações de toda ordem – compra venda barganha, a mente rápida no cálculo do lucro. Houve logrados e ofendidos mas a boa conversa minorou disputas e amenizou na origem os protestos e reações. Nenhuma das poucas asperezas acontecidas foi tão injuriosa que se transformasse em inimizade declarada. Houve quem nem se percebesse envolvido na teia de José Afrânio.

Completou a empreita de solidificar-se na comunidade conceiçãomansense casando com moça de família bem posta em Bragança Paulista o que ajudou a saldar as últimas hipotecas pesando sobre a fazenda. Além disso o sogro financiou sem querer quitação posterior a compra da espaçosa casa onde passou a morar depois de casado e ainda moram seus familiares de quem vive praticamente apartado.

José Afrânio esquadrinha o escuro. A casa de sede num plano mais alto rodeia-se de gramados. Os platôs dos terreiros de café em três níveis descendentes são vigiáveis das janelas e da sacada do terraço. Os dias irrompem de frente para o alpendre. A larga porta de entrada encima-se por uma bandeira com volteios desenhando a cauda aberta de um pavão. As seis janelas da fachada são envidraçadas pelo lado externo. O telhado do terraço é sustentado por colunas de ferro trabalhado da mesma procedência do gradil volteado a que se apóia. Duas escadas laterais curvam-se à medida que descem e se reúnem no patamar. José Afrânio assiste às primeiras transfigurações da natureza aprontando o dia. O chamarisco dos galos se amiúda e a passarinhada alvoroça nas árvores.

Freme na premência agradável. O muco do sono ainda engrossa a garganta. Os braços pedem movimento e ele ergue os ombros para melhor se agasalhar na quentura espinhenta do poncho de lã. A luz nascente empalidece o horizonte prenunciando o dia e o gozo. A expectativa esperta os olhos ativa o corpo e amoça sua meia-idade. A fazenda adormecida encobre e facilita a consumação de encontros como o que se dará em seguida com a mulher de um dos leiteiros numa casa da colônia.

Há muito a família não vem à Mata Grande e a ausência é propícia. O filho mais velho reparte-se entre a sede e a casa da mãe na cidade. Por hábito o rapaz se deita cedo muitas vezes antes que ele e se levanta com o sol. Não refuga serviço dando exemplo aos camaradas. José Afrânio tem ajuda indispensável no filho Toríbio – o Bio – a quem delegou poder para ajustar empregados distribuir e supervisionar tarefas nas plantações e nos cuidados com gado. É provável que o filho conheça seu arranjo na colônia e as visitas madrugadoras à amante, seja pelos sinais na casa vazia ao se levantar ou pelo falatório que lhe chega aos ouvidos. José Afrânio ri: naquele turuna corre o mesmo sangue do bisavô homem sério, do avô de pouco siso e do seu e os três nunca negaram fraqueza por mulher. Pelo que ouve comentar Bio cultiva a tendência dos homens da família.

Com a repetição dessas sortidas José Afrânio afrouxou as precauções tomadas no princípio do caso que se vem desvelando como a manhã por trás dos morros. Acha provável que alguém tenha testemunhado suas idas à casa de Doralícia e que isso não é segredo para o filho nem para os moradores da colônia. Um elemento da animosidade que beira a hostilização da família sobrevém como sombra que afasta de si. São lembranças que não permite tomarem forma. Prevalece sua autonomia e ele respira fundo como buscasse no hausto empuxado de dentro as resoluções que o habilitam ser o autor de seus atos. Acha mesmo que não está longe o momento de tomar algumas atitudes definitivas a respeito desse assunto que o ocupa cada vez com maior açodamento.

Do alpendre dominando os terreiros de café e a paisagem José Afrânio sentinela os seus domínios. Transpõe a escuridão e recompõe pormenores na casa onde ela mora: as paredes baixas o telhado de quatro águas com madeiramento e telhas pretas de picumã e fumaça. Um cortinado de tecido separa o quarto da sala e a sala da cozinha. O tufo de sangue-de-adão ladeando dois degraus de pedra e a porta. O inverno esturrica a relva e as folhagens e os galhos nus do arvoredo aceram a manhã prenunciando-se.

Ceva lubricamente a paciência com que refreia ímpetos. Daí a pouco sua mão abarcará a cintura e subirá tateando os seios e descerá à sedosidade do ventre à moita crespa e à fenda quente no corpo que o fascina. A lamparina na cômoda alumiará braços pernas e sussurros. Tem certeza de que ela o espera com igual ansiedade.

Estou aqui, pensa e ri: já vou.

Prelibar o encontro aguça o desejo.

Junta as pontas do cavu segurando as orlas por dentro. Um baque pressuroso no peito. Assegura-se de ter fechado a porta e desce as escadas.

2 DORALÍCIA USAVA UM VESTIDO COR DE palha salpicado de pequenas flores coloridas. A charrete passou sob o caramanchão de primavera e parou diante da sede. O marido amarrou as rédeas no volteio de ferro do estribo. Apeou e atravessou o gramado maltratado pelo inverno olhando para os lados como fazendo um tímido reconhecimento do lugar. Parou um instante ao pé da escada e subiu os degraus. Entrar no terraço e parar à porta aberta ou anunciar-se do degrau mais alto? Avançou dois passos e bateu palmas. O som ressoou no corredor. Da cozinha Bio veio atender. O homem apresentou-se e começou a explicar porque estava ali. Rumores da conversa chegaram a José Afrânio num depois do almoço em que se preparava para o cochilo da sesta. Querendo constatar de que se

tratava vestiu de novo o paletó pendurado no encosto da cadeira. Pelo corredor Bio vinha chamá-lo adiantando ser gente à procura de serviço. Cumprimentou o visitante que lhe entregou a carta de recomendação que trazia qualificando-o para o trato com gado. Amaro Lopes, o nome. Quando reparou na figura feminina sob o pálio colorido da sombrinha os olhos de José Afrânio se desinquietaram indo do papel à desvendação da imagem que o ângulo desfavorável de visão impedia ver completamente. O sol estiolava folhas de mamona retinia no arvoredo e projetava sombra magenta no chão nacarado.

Tem família, perguntou.

Não. Só eu e ela, Amaro indicou a mulher na charrete.

Cabe mais um leiteiro Bio? falou como se a decisão não lhe coubesse e aceitar o camarada fosse um ato de deferência.

Bio ignorou a pergunta por pressentir que o pai prescindia de resposta. José Afrânio convidou o homem a entrar mas Amaro na inibição e subserviência de quem dependia de aprovação preferiu negociar no terraço. A furna do corredor abria-se para a sala varada a sol. O patrão falava com uma cortesia que ao filho pareceu exagerada, o riso puxando demora com uma especulação vazia. Bio percebeu que a delonga tinha por motivo a perscrutação da figura apenas entrevista no assento da charrete. Está se exibindo, Bio pensou encostado ao batente. O pai posicionava-se para melhor discernir a mulher sob a proteção da sombrinha. O fazendeiro falou sobre colheita de café e o preço do latão de leite e o carreto que cobravam caro. Os olhos insistentes buscavam a charrete parada. O animal espanou a anca com o penacho do rabo. O pai excluía-o do ajuste, Bio sentiu ou a impressão que a cena causava no rapaz fosse uma censura à efusão descabida. Emulado e agastado por isso e certo de que a razão de tanta cordialidade era a mulher sob a sombrinha Bio afastou-se.

Desceu a escada e se escondeu da representação encenada no terraço e do sol intenso sob a acácia florescida e à sombra do chapéu puxado à testa. Dali assistiu com reprovante azedume ao desempenho do pai diante do homem tolhido no acanhamento. Só então reparou na moça alheia à conversa, a visão perdida no cafezal. Pareceu bonita na sua integridade distante do que se passava no alto da escada. Um carro de boi chiou na soalheira e o candeeiro gritou agudamente. Cachorros latiram. Sol pranchando estridente. No alçar de sobrancelha e no ar de riso o pai atuava com a desenvoltura de quem tem as rédeas do mando. A pessoa mirrada de Amaro acentuava a submissão. Bem composto no terno cáqui José Afrânio tinha bela cabeça assentada nos ombros largos. A idade preservava-o. Nariz grande sem ser excrescente cor de saúde na pele morena e cabelo escuro como o bigode. No leiteiro a magreza vincava feições de pele trigueira e barba rala. Vestia roupa desbotada de uso e lavagens.

Podem se mudar semana que vem, José Afrânio disse: aquela casa mais à beira da estrada, apontou com o indicador: a primeira. A de porta e janela fechadas. Está vazia. Vou mandar caiar as paredes. O terreno você mesmo limpa depois que se instalar. Vocês têm quintal pra criação e pra plantar o que quiserem. Uma hortinha é sempre bom ter.

A mão do novo patrão pousou às costas do leiteiro. Visto da sacada parte do corpo da mulher sobrava do círculo colorido que a cobria. Ela trocou o cabo da sombrinha de um para outro ombro revelando-se coroada pela orla luminosa dos cabelos castanhos. Não moveu a cabeça de modo que José Afrânio não constatou a singeleza resumida na boca semi-aberta e no olhar absorto. O filho observou e registrou. O decote recatava ao compasso da respiração.

A aba do chapéu calcada quase à linha das sobrancelhas Bio descansou o braço no joelho da perna dobrada e apoiou a cabeça no tronco da acácia. Ruminava a cortesia e a gesticulação demasiadas do pai. Fazendo bonito pra moça, pensou: ridículo. Peru enrufando pra fêmea. À distância e dissimulando a competição esboçada no pensamento Bio sentiu-se diminuir ante o desembaraço paterno:

Não passo de um pangaré berebento comparado com um alazão de raça, Bio pensou.

Entreato Amoroso

3 BIO NÃO SITUA A ÉPOCA EM que tomou consciência do incômodo exercício de comparação com José Afrânio e a disputa implícita. A raiz dessa percepção talvez seja a mesma de onde germinou a progressivamente mais clara compreensão das causas que levaram seus pais ao aparteamento que vem de alguns anos. Capta que assiste a uma cena que alterará a direção do que não sabe o que seja. Detecta sob a superfície plana do dia a circunstância recidiva que promove deslocamentos e a conseqüente reacomodação de emoções como rumores distantes de uma tempestade que se anuncia e fatalmente chegará. Nascida do pai, a orquestração afeta tudo à volta. Nem ele se isenta.Compreende por uma faculdade que ignora possuir que uma mudança está em andamento. Um acontecimento ilocalizável se deu e o incomoda e se acrescenta às mais remotas lembranças configurando as divergências entre pai e mãe com seus caracteres desajustados ao limite da suportabilidade. Cresceu num inferno de desentendimentos e discussões até José Afrânio resolver-se a morar definitivamente na fazenda. Ia eventualmente à casa da cidade e nessas idas a dissidência renovava-se e fortalecia.

Bio oscila entre uma admirada estima filial e certa repulsa pelos atos do pai. A cena no terraço revela o que considera o lado execrável de José Afrânio capaz de lhe mobilizar os desapreços. Na presente situação por que não recalca o despeito que o magoa e a vontade de que o leiteiro e a mulher percebam os maneirismos? Por que então não se afasta do que o incomoda? Bio reconhece que no acordo que se estabelece no terraço nada em sua pessoa está desafiado ou contestado mas é assim que sente. Desdenha os gestos largos e a fala insinuante do pai. Do esconderijo sob o chapéu rebaixado na testa observa os esforços que o pai faz para ver e ser visto pela mulher na charrete.

Escuta-lhe o riso. Com o indicador suspende a aba do chapéu e vê a moça afastar a sombrinha e voltar o rosto para os homens que conversam. Bio sente que preferia que ela seguisse indiferente e absorta. José Afrânio comenta sua amizade com o signatário da carta de recomendação repetindo que é suficiente: o que Mascarenhas diz eu assino embaixo, afirma. Bio fantasia que a fêmea ameaçada pede-lhe proteção e a idéia despropositada desgosta-o. Se o que se passa não interessa por que molestar-se? Enfia as mãos sob a copa do chapéu e com os dedos revolve o cabelo encapelado: tsi – som da boca: sou um trouxa, acusa-se: bocó, nem existo pra o trato deles. Repara detidamente na mulher: a roupa simples o cabelo curto e composto e o brinco que chispa num rebrilho ao movimento da cabeça. O aspecto asseado num laivo de distinção em tudo descombina do marido. Bio olha a casa onde morarão na colônia. O cavalo estremece as ancas sacode o rabo espanta moscas gira o pescoço esticado e mordisca a garupa. A ação balança a charrete e a moça que se apóia à lateral do assento.

Fechado o acerto Amaro desceu a escada. Desatou as rédeas do volteio de ferro no anteparo entre os varais. Pisar o estribo alçar o corpo e acomodar-se na almofada de crina fizeram novamente oscilar a charrete e a mulher a seu lado. Ela olhava à frente. Amaro estalou as rédeas no costado do animal que seguiu vagaroso. A mulher ergueu a sombrinha acima da cabeça sacudindo-se no ritmo da andadura. Desapareceram na furna escura formada pelo bambuzal entrançando sobre o caminho. José Afrânio entrou e fechou-se no quarto.

Consumado o episódio a impressão de Bio é de que nada se passou. Alisa o chão e arranca e mordisca um talo de grama. Levanta-se estapeando o capim seco grudado à roupa. Enviesa o chapéu na testa apruma a cabeça e segue no andar intencionalmente insolente que enuncia sentimentos melindrados. Não sabe o que o força a caminhar nesse passo petulante. Chuta seixos com a bota de couro descascando enrijecido de secura. Mira coisas procurando serventia nelas. No mangueiro trepa na cerca de varas de eucalipto e senta-se no alto. Vem-lhe à mente a casa em Conceição dos Mansos: à janela a mãe desabonada como esposa espreitando os lados da rua vazia.

Bio cresceu ouvindo relatos que quase mitificam a auréola viril do pai. No conceito da cidade as conhecidas infidelidades conjugais de José Afrânio e as implicações decorrentes na relação familiar são a causa basilar da doença de Diloca – Maria Odila de Brito Camargo, sua mãe. As contradições entre pensamento e emoção referentes ao casal que o gerou têm sentido maior do que simples disputa, uma complexidade cuja natureza ele não deslinda por inteiro. Não é animoso contra o pai que lhe provoca um sentimento acusatório erradio e permanente quase em contraponto à compaixão pela mágoa manifesta que boatos ou histórias reais provocam na mãe. Não: mágoa também por si e pelo que o impede de liberar-se da rede de fios invisíveis que o pai tece sendo como é, ele pensa. Mas o pai é como é. Coitada da minha mãe. Desce da cerca do mangueiro. Na sombra projetada pela platibanda vai à casa das máquinas de benefício pegada à tulha. Empurra a porta rangente e entra. Abriga-se na frouxa claridade adocicada pelo cheiro do café e no silêncio das engrenagens imbricando correias polias rodas de ferro fios de eletricidade compartimentos e condutores de madeira compondo o enorme organismo. À muda imponência do maquinário reflete: tantas peças se conectando para um trabalho sempre igual. Supõe inadequações no aparato da máquina ou na situação familiar onde mera palavra desencadeia fundas iras. Na frescura da tulha deita-se sobre a sacaria empilhada. Em seguida Bio se ocupará com algum serviço e tudo se esvairá absorvido pela sua mocidade.

(Átimo ou eternidade? A quietação reposta apaga os vestígios do acontecido. A paisagem esvaziada subverte-se atemporal. Perdura desde o infinito anterior ao encontro desses seres desconhecidos entre si e prosseguirá até que novamente a vida se manifeste por meio dos elementos que povoam o rincão da Fazenda Mata Grande, Bairro dos Mendes, Município de Conceição dos Mansos. Os entreatos criam uma sensação de tempo passando. Na natureza viva e no que foi modificado e introduzido por mão humana perduram o imoto e a ilusão do imutável. A cena no terraço da casa de sede convulsionou harmonias por mobilizar forças próprias de criaturas vivas. Essa mobilização criará tentáculos e estabelecerá envolvimentos para que se inscrevam novos rumos e se escrevam as histórias do cotidiano.

Como esta, prestes a ter início.

Essa conjuntura alterará o rendado que a vida teceu até aqui para as personagens apresentadas neste prólogo informal. Ou os enredos dimanem da energia telúrica difusa e graduada mas potencial em todos os seres, suportes da realidade. São as emoções que definem os atos geradores de novas emoções nas pessoas-personagens. Estas projetarão a ação futura. A paisagem seguirá estável.

Os fluidos de forças primitivas se aprestam. Condensar-se-ão num espectro impalpável a que se poderia chamar destino. Solitários por definição, os seres humanos têm o dom de intervir nas solidões alheias. O corpo humano – sede do ser – existe contígua e paralelamente a seus semelhantes. Por razões misteriosas essa contigüidade contagia (ou não) os indivíduos. Tocados de alguma forma e por algum estímulo freqüentemente gerado no imponderável é que vivemos.

Não há acasos.

Não há acasos?

O ectoplasma do destino resultante das influições naturais (o homem é parte da natureza tal qual a rocha a planta ou os gases) paira sob o sol e sobre o sítio da Mata Grande. É quem preside junções ou disjunções humanas sem intervir nas resultantes. Estabelecidos os contatos o ectoplasma do destino recua e observa. Aonde leva esse roteiro para cuja elaboração estimulou os personagens? Se sabe, não revela.

A noção de destino situa-se na anterioridade dos fatos mas só podemos conceituá-la depois que estes se derem. O **será destino** ilustra incertezas e o **foi destino** são constatações do inapelável. O espectro do destino das personagens que nos ocuparam até agora e outras que se atrelarão à trama incorpora-se à calmaria deste recanto onde prepondera a inação raramente quebrada pelo extemporâneo. A paisagem com foros de perpetuidade ignora o transitório das vidas ligadas a terra por liames tantas vezes inconsistentes.

Interagindo, as personagens na sua frágil inteireza alterarão sua essência permitindo a ação corrosiva da alteridade.

O homem é forte ou fraco?

De onde provêm os acasos?

Entreato Amoroso

Por que não se podem prever ilações se é próprio do homem influenciar-se nos contatos interativos? O que constrói a nossa imagem exterior? Quem somos: o interior ou o exterior? Se a resposta óbvia tende a privilegiar a autenticidade interior por que a posição do homem no contexto ou nos julgamentos se baseia nas ações exteriores e nas evidências conclusivas? Onde a separação entre essas duas instâncias do ser?

Tais questões não estão presentes na cena inicial deste relato mas nenhuma das personagens escapará ao enquadramento das leis que regem a espécie. Afetando-se, suas reações não espelharão necessariamente a verdade inconteste dos fatos. Conceituarão verdades individuais diferentes da verdade dos outros indivíduos, todas elas verdadeiras.

As pessoas passam e os lugares permanecem. O chão é mais enérgico que as formas que nele habitam.)

4 JOSÉ AFRÂNIO IRRELEVA O RISCO QUE possa correr nessas madrugadas com o marido da amante podendo voltar a casa antes da hora costumeira para conferir suspeitas pois o caso sendo tema de falatório decerto lhe chegou ao conhecimento. Tal confiança apóia-se na ancha afirmação interior que lhe assegura não haver perigo. Acha que a falta de reação do empregado é sinal de complacência ou aceitação. José Afrânio não crê que Amaro seja capaz de vir buscar qualquer coisa esquecida ao sair ou venha por qualquer outro pretexto. A percepção lhe afirma que o leiteiro não é gente de esperar atocaiado numa curva da trilha com coragem para lhe desferir uma porretada ou lhe enfiar uma faca nas costas. O envolvimento com a amante avançou de maneira incontrolável e José Afrânio pensa que se o leiteiro terminar o serviço da ordenha e voltar mais cedo propiciará a oportunidade para um enfrentamento que parece irremediável e

então medirão forças. José Afrânio sabe que essas são inferências disparatadas da realidade que experimenta. Receio bobo: nada impedirá estar com Doralícia nem seu camarada terá coragem de enfrentá-lo. As traições no casamento transparecem nas atitudes de quem trai e tonto é quem não percebe. Bobagem preocupar-se. Sempre haverá alguém espalhando novidades. É assim em sua casa: com certeza o comadrio informou e Diloca provavelmente já tem conhecimento do seu namoro. Se não for o bronco que aparenta, Amaro desconfia e se desconfia não demonstra.

Os familiares em Conceição dos Mansos são vultos esmaecidos na névoa e na distância. No mesmo esgarçamento estão os seus iguais na hierarquia social formando o sólido bloco das eminências locais companheiros de campanhas políticas e organização das festividades religiosas e de conversa fiada à beira de balcão nos bares no armazém de Donatílio ou nos bancos do correio e da farmácia. O prefeito Pedro Camargo e o rico Antenógenes Medeiros também fazendeiros cafeicultores na Bonfim e na Serra d'Água são próceres com quem partilha divisas e amizade. O Marcondes agente da coletoria estadual. O pândego Pierim Ciano forte comerciante de cereais espirituosamente falastrão. O Doutor Romeu Bueno de Aguiar na singularidade de sua pessoa generosa e imprevisível. E outros da roda de prosa. Indo menos à cidade e afastado do grupo talvez ele seja assunto naquelas reuniões. Que aconteceu a Zé Afrânio? Por onde anda? Metido em novo enrosco? Aquele não tem juízo, comentarão no banco lustroso de uso. José Afrânio credita inveja no âmago das censuras. Ele presente, nem tocarão no caso por obediência ao código que estipula respeitar interesses particulares num silêncio cúmplice. Preferem alusões a afirmativas concretas. O circunlóquio à comprovação. Epítetos às nominações. Nas conversas não é incomum escaparem confissões de escorregadelas na intimidade sob o feitio de confidências veladas com ressaibos de euforia na palpitação da primeira hora. Depois o arrependimento pela revelação imprópria (seria mais seguro que permanecesse em segredo) faz com que não voltem a se referir à fraqueza. A linha divisória é clara: o comentário aberto só é permitido sobre o que pertence ao domínio público. Teriam todos o que purgar num juízo final, José Afrânio considera. São pessoas na meia idade ou limiar da velhice gozando os privilégios do poder econômico e da importância do nome, razões de valia aquém das fronteiras do burgo mas pouco significantes fora dele. Com modos urbanizados e um bem treinado traquejo social José Afrânio julga-se exceção pelas relações que cultiva nas cidades vizinhas.

No episódio em curso sutilmente perguntarão pela saúde de Diloca como a perguntar que desgostos a nova aventura causa à esposa. Podem até ser ácidos nas insinuações acusatórias mas se necessário sempre alguém se erguerá para desmerecer o que se censura e abafar repercussões não tanto em defesa do réu mas pela auto-preservação e na preservação dos iguais.

José Afrânio considera que sua liberdade comparada à dos que lhe equivalem decorre da obstinação contra o estabelecido para reger condutas e relacionamentos. Seu comportamento autônomo não permite ingerências. Instado, negaceia cede ou recua sem abrir mão do que pensa ou quer. Propondo-se a alcançar um alvo, persiste. Se a razão o desautoriza e os demais discordam ele fingirá acatar opiniões mas a decisão íntima permanecerá intangida. Não sendo morte ou roubo e caso que não prejudique ninguém a contravenção é crime sem vítima, ri desculpando-se: além do mais a vida é uma só.

Vem alicerçando a idéia de trazer Doralícia para viver com ele na casa de sede. Se for verdade que feitiço existe, está enfeitiçado: passa o dia pensando nela. A bichinha me pegou de jeito, pensa: não é mais brincadeira. Ainda camufla as escapadas e adia tornar pública a ligação com a mulher. Cultiva a ilusão de que o segredo esmerilha e requinta e intensifica o prazer. Vai levando a situação à espera de que o andamento dos dias conduza a soluções conforme o sistema com que tantas vezes resolve seus problemas: a planta no escuro não procura a direção da luz?

A esta hora Diloca dorme na cama de casal. No quarto pegado dorme Ofelinha e no outro lado do corredor fica o dormitório dos meninos. A lembrança da família tolda momentaneamente a expectativa gozosa. Eles lá e eu aqui, afere distâncias mais significativas do que o espaço físico a separá-los. Como ajeitar desagrados em alguém como ele inclinado ao bom da vida? Satisfazendo-se é que o homem diz quem é. A vontade tem asas e na gaiola do corpo mora um passarinho exigente. Domesticar-se exigiria sacrifícios acima do que pode suportar sem suprimir-se. Comida boa mata melhor a fome, José Afrânio pensa em Doralícia.

A tulha envolta na cerração. Perto das casas da colônia delineia-se como um rendilhado a opaciada silhueta dos eucaliptos. No mangueiro o gado aglomerado pisoteia o estrume no lajedo e dorme em pé e nas cocheiras treme a luz dos lampiões a querosene. Sobe uma fria bruma do ribeirão rolando entre pedras e lavando o sopé de morro e os fundos de quintal e detrás das cocheiras.

Desce a escada. Atravessa o gramado até o muro do primeiro patamar de terreiro. Esgueira-se junto às paredes das plataformas atijoladas onde se amontoa o café coberto com lona grossa. Desvia-se da estrada da colônia cortando caminho através da vereda usada pelas mulheres quando vão lavar roupa. A friagem exacerba na cara. Prende as abas do abrigo que roça nos arbustos úmidos. A urgência cresce na cautela.

A mulher mora na primeira das casas, o que facilita o acesso. Sorte estar vazia ao chegarem. Quando mandou se instalarem ali a intenção já existia: desde que a viu do alto da sacada supôs que aconteceria o que está acontecendo.

Seu vulto atiça um cachorro que late por trás das cercas. Cruza a trilha do lavadouro. Cuidadoso em esconder-se desvanece na mofa: o mundo é seu e a mulher lhe pertence. O poncho ruge na macega. Não pensar no que não seja Doralícia. Bio dormindo na casa da mãe? Sempre volta de cidade com notícia ou comentário desagradáveis, a casa é um vale de lágrimas. Aborrece perceber-se vulnerável evocando a imagem lastimável de Maria Odila. As precauções que toma serão sinais de que se desaprova?

Entreato Amoroso

Firma o passo e domina a pressa. Nada teme mas quer a proteção das paredes das antigas construções. Sempre o desconforto de sentir-se fraudatório embora o pensamento conclua que tais dúvidas são gostosas de desmanchar na voragem dos abraços.

Na colônia vazia de presença humana nem Viúvo Percedino acordou. Voltando-se vê no horizonte alteado a sede da fazenda acachapada contra o céu negro-azulado. Entrepara nos degraus de pedra diante da porta que interessa.

Empurra-a deslocando a cadeira encostada por dentro.

Doralícia, chama em voz baixa e repete: Doralícia.

A excitação antecipa-se numa luxúria de rapazinho. Só falta secar a boca e castanholarem os dentes, sorri. Passa a tranca na porta. Se Amaro voltar terá tempo de. De quê? O que pode Amaro?

Atalha os braços no vão da passagem da sala para o quarto e extasia-se com a mulher olhando-o da cama. Seu coração audível martela no peito e na garganta e seu respirar é quase suspiro. Apascenta a continência a que porá fim quando queira. Parece crescer no quarto estreito. Quer as amenidades que Doralícia desperta com seu riso.

O capote escorrega e amontoa-se no chão. Senta-se na borda da cama. A mão direita descalça as botas e a esquerda tateia sob a coberta. Olham-se. Luz e sombra oscilam na parede. Descasa botões e livra-se da camisa. Desabotoa a calça e arroja as roupas aos pés da cama. Afasta o lençol e a roupa que a cobrem. Deita-se sobre o calor da pele de seda colando-se à sua como num rito que os corpos prepararam. Parece mentira tamanha gostosura. José Afrânio arfa. Rala a cara nos seios pequenos mordisca ombros braços e a boca roça nos mamilos duros e nos poros crespos à volta do umbigo.

Que mais posso querer? pensa.

5

JOSÉ AFRÂNIO SENTAVA-SE NO BANCO DE madeira amaciado pelo pelego de carneiro. Os olhos passeavam pelo mato ou pelas encostas do cafezal antes de descansar no alvo da mira. Perseverava no terraço ostensivamente observando Doralícia. A moça parecia desconsiderar a atenção do fazendeiro. Ele vinha à sacada e postava-se de braços cruzados como num passatempo de gato que caçou camundongo e brinca com ele entre as patas antes de devorá-lo. Ela seguia no que a ocupava. Alheada. Varria o terreiro espalhava punhados de milho aos frangos recolhia ovos no jacá encanchado na forquilha da laranjeira executando tais tarefas com harmônico langor nos movimentos, o que reforçava a incompatibilidade entre a moça delicada e o que a vida lhe oferecia.

A tarde morosa adensando a atração. Jogo de paciência. Ela demorava-se no terreiro à frente da escadinha de pedra ou à porta da casa sob os olhos do patrão e seu propósito. Duvidava da gesticulação do homem: um mover de dedos um aceno que captava sem interpretar. Compreendeu logo que era empenho em estabelecer elos e sujeitou-se passivamente. Os gestos transformaram-se em perquirição amiudada que Doralícia aceitava com uma naturalidade que José Afrânio traduzia como anuência e incentivo.

Namoravam de longe. No quintal Doralícia calcava a ponta dos pés provocando ligeiro arranque a cada passo, lenta como o hibisco vermelho ao sol e brisa. Prendia roupas no varal erguendo os braços, o corpo distenso elástico e sinuoso. Vinha à janela alisando os cabelos com o pente ou ocupando-se com as unhas. Antes de entrar conferia o homem no terraço. De perto não se desviava das rápidas miradas embora o escuro dos olhos nada revelasse em resposta aos sorrisos de José Afrânio.

Tudo se desencadeou num dia-santo-de-guarda. Ele passava a cavalo defronte a casa. Ermo e ausências deviam-se à festa do Corpo de Cristo com procissão passando sobre o tapete de flores que enfeitava as ruas de Conceição. José Afrânio vinha da cidade agastado com a situação que Diloca criava acusando-o de abandonar a casa e a família. Que ele devia tomar atitudes para definir o rumo aos dois meninos crescendo ao deus-dará sem orientação nem corretivo. O mais velho tendo acabado o grupo escolar vadiava solto e aprontando malandragens numa rebeldia que a mãe não sabia como enfrentar. Não obedece a ninguém, disse acusando o marido de omissão. Carecia mesmo encaminhar e ele pensava em como fazer esse encaminhamento. Estudar no ginásio em Bragança onde morava Noêmia, a filha casada que se prontificava em acolher o irmão, bastava que seus pais decidissem. Passando pela colônia viu Doralícia na sala e pelo instinto soube-a sozinha. O que se seguiu brotou de decisão anterior à vontade que apenas aguardava ocasião de aflorar. Não hesitou. Sem pressa desviou-se em direção à porta da casa. Apeou e amarrou a rédea do animal num mourão da cerca. Para todo efeito era patrão procurando o empregado. Com um pé no degrau de pedra perguntou por Amaro. Doralícia surpreendeu-se. Levantou-se e segurou o encosto da cadeira diante de si como um escudo. Balbuciou que o marido estava na venda do Mendes.

José Afrânio ensurdeceu e entrou na sala. Tendo as incertezas suplantadas pela determinação, pousou a mão no braço da mulher. Ela não reagiu mas o ritmo da respiração acelerou perceptivelmente. Do braço a mão resvalou pelas costas e rodeou a cintura. Encostou-se a ela admirado da permissividade com que o acolhia. Abraçou-a com cautela trêmula tentando controlar o ímpeto interior que o empolgava. Cheirava bem. O corpo esguio e consistente cabia exato entre os braços que abarcavam flancos bunda coxas. Tentava domar a crescente urgência. Um sonho: embora quisesse o que estava acontecendo não havia cogitado na maneira de abordá-la. Pouco antes eram Maria Odila e desgostos que lhe locupletavam o pensamento. Afundou o rosto no ângulo do ombro e cabeça. Sorveu a maciez da pele e beijou-lhe a orelha. Arrastou-a para o quarto. Na semi-claridade ela murmurava negativas e deixava-se conduzir. Um desejo indomável como um cataclismo movia José Afrânio empurrando-os para a cama onde se sentaram abraçados e ofegantes. Deitou-a e debruçou-se lateralmente sobre ela subindo e descendo as mãos pelo corpo erguendo-lhe a roupa enfiando a mão pelo vão das coxas até a calcinha que puxou e atirou sobre as cobertas. Desabotoou-se. Separou-lhe as pernas ajoelhando-se entre elas puxando-a pela cintura enquanto encaixava os corpos pela junção dos sexos. Doralícia colaborava. Mordia os lábios fechava os olhos e gemia. Em pleno dia possuiu-a tolhidos pela roupa que peava a liberdade dos movimentos. Pouco falaram mas ele disse que voltaria de madrugada quando Amaro estivesse na ordenha.

Na apatia intransitiva da tarde o arroubo vigoroso renovou nele ternuras inexplicáveis por não se terem revelado antes. Era mais: regresso ao arrebatamento e ansiedade só experimentados nas primeiras experiências sexuais. Desejo de cortejar e agradar a parceira despejando nela um acúmulo de benesses libertinas. Alegria de revelações. Preciosidades. Viveu as horas seguintes num enlevamento, o riso difícil de conter. Leve. Disposto. Querendo mais. Olhou-se no espelho e gostou-se. Palpou-se no rosto e no tronco. Um homem em plenitude descobrindo o que sempre estivera à disposição: o próprio corpo satisfeito de maneira inédita. A concha da terra cercada pelas montanhas imutáveis e as janelas as paredes e as portas da casa os morros e as bulhas: tudo igual e novo. No exterior inalterado ele não era o de antes. Comovia sabê-la sob o telhado lá embaixo na colônia. Dar vaza ao seu contentamento. Aspirar de novo o cheiro silvestre de chão e flor e pele. Palmear as coxas fortes e latejar na quentura da fenda. A vida reinventando-se. Precisava de esforço para limitar a emoção não cabendo em si. Revelava-se um espaço interior que enquanto se abria ou clareava ou desbravava, preenchia-se. Onde guardava essas sensações e sentimentos? Uma derramagem de afeto por Doralícia com suas débeis negativas confirmando a aceitação. Inesperadamente fácil e natural como fossem animais copulando. Se aconteceu assim era porque tinha que ser, concluiu.

Estabeleceu a rotina nas madrugadas quando Amaro saía para o mangueiro.

Ternos de brim ou linho sob um chapéu de feltro e as polainas prendendo a barra das calças lustravam a imponência dos passos de

José Afrânio. Em Amaro a tibieza diminuía mais que o aspecto: caboclinho reles demais para a mulher que tem, o fazendeiro pensava. Nos sábados o leiteiro ia à cidade ou à venda do Mendes. Trazia compras nos picuás de pano repartidos sobre o lombo do animal tomado emprestado. Geralmente voltava bêbedo. Ele e Doralícia formavam um casal de pouca conversa e repartiam escassa contigüidade. José Afrânio curioso por saber o que os havia levado ao casamento perguntou.

Qualquer dia eu conto, ela disse e acrescentou: ele não é pessoa ruim. Amaro levantava-se para a ordenha. Coava café e aquecia leite. Doralícia acordada, trazia-lhe a canequinha de ágate fumegante em demonstração de apreço que ela recebia mudamente. Bom empregado, Bio reconhecia suas qualidades. Cumpria obrigações fizesse qualquer tempo.

O Amaro anda desconfiado, Doralícia diz afagando com as suas as mãos de José Afrânio: outro dia chegou meio bebido e perguntou se o patrão não me atenta.

E o que você respondeu? José Afrânio dobra o braço sob a cabeça no travesseiro.

Fiquei quieta, ela interpôs ligeira pausa antes de continuar: ele falou da fama que o senhor tem.

Mas que fama eu tenho?

O senhor bem que sabe.

Sei? Será que sei? Que fama é essa?

Que o senhor vive atrás de mulher. Escutou que o senhor é muito mulherengo.

Mentira. Ele inventou pra me intrigar com você.

Não brinque Seu Zé Afrânio.

Não estou brincando. Estou rindo porque ele não sabe a verdade. Nem você. Ele falou porque anda desconfiado de alguma coisa. Desconfiado de você.

Só de mim?

De você. De mim. Disse que sou mulherengo é? E você não me defendeu?

Defender do quê?

Da fama que ele me deu.

Não é só ele que fala. Na colônia também falam.

Então você precisa me defender, ele disse rindo outra vez.

Eu não. Sei que é verdade.

Pode ser que um tempo atrás fosse. Não é mais. Não tenho mais tempo pra nenhuma outra. Só quero você.

Ah não sei. O Amaro fica me olhando ressabiado. Acho que ele sabe Seu Zé Afrânio.

Pode ser.

O modo dele conta.

Conta como? Que é que pode contar o modo do Amaro?

Anda bebendo mais que antes. Quase toda tarde vem bêbedo da venda. Antes ficava alegre quando bebia. Agora chega emburrado e me olha e olha. Quieto. Penso que vai me dizer qualquer coisa e não diz.

Como é que ele pode saber? Eu nunca disse nada a ninguém.

Vai ver alguém caçou o senhor saindo daqui de casa. Alguém da colônia.

Como é que a gente pode ter certeza disso? Quem falou pro Amaro?

Certeza também não tenho. Mas devem ter visto o senhor saindo.

Será?

Que mais pode ser?

Se viram não me importa.

É a cara dele que conta. O jeito de me olhar de viés.

Então se abra pra ele. Diga de uma vez.

Como eu vou dizer? É difícil.

Se quiser digo eu. Quer? Eu falo.

Tenho dó do Amaro. Quero bem ele. Só fica assim quando bebe. Parece triste. Tenho dó.

De mim você não tem dó?

O senhor não precisa.

Por que não preciso? Sou diferente dos outros?

O senhor faz o que quer. Pode tudo.

Quem dera. Sou igual a qualquer um. Eles pensam que tenho poder mas não sabem que a verdade é outra: você pode mais que eu. Eu? Coitada de mim.

Pode sim Doralícia. Estou entregue na sua mão. Estou cativo. Não vê? Faço loucura entrando na sua casa. Faço o que nunca fiz. Vivo na dependência de me encontrar com você. Numa ansiedade que não conhecia. Quando não venho passo o dia num desassossego ruim. Fiquei assim por sua causa. Se eu posso tudo como você está dizendo e é você que sem querer manda em mim quer dizer que você pode mais que eu.

O senhor tem outras por aí. Sou só mais uma.

Não diga isso Doralícia. Não tenho ninguém fora você. E nem quero ter.

José Afrânio afasta os cabelos do rosto da moça e beija-lhe de leve o rosto.

Vou resolver esta situação. Não dá pra continuar assim. Do jeito que está não é do meu gosto. Nem do meu feitio. Estou bancando ladrão e me escondendo igual um criminoso. Não combina comigo. Esperar o Amaro sair pra poder vir aqui não me agrada nem um pouco. Tenho ciúme, acredita? Não quero o Amaro lhe pondo a mão. Não deixe ele querer você. Diga que eu não quero. Diga que você é minha.

Ele percebeu que não quero mais ele.

Vou achar um modo de acabar com esta pendenga. Fico em casa pensando em você junto com o Amaro e me dá raiva. Não sei se é raiva. Me dá uma coisa desagradável. Não tem mais cabimento ficar com ele. Me incomoda muito e quero desmanchar esse incômodo. O jeito é você morar comigo lá em casa. Não tem outra solução. Pensei bastante e sempre chego no mesmo: você vai ficar comigo lá em cima. Vamos? Sobe lá pra sede.

Mas como? O que vão dizer? O patrão com a empregada?

Nunca me incomodei com o pensamento dos outros. Você se importa?

Eu não.

Então. Não há o que recear. Que me vejam saindo da sua casa que é que tem? Mais hoje mais amanhã você vai ficar definitiva comigo. Dessa decisão eu não me demovo. Na sede ou aqui mesmo. Aqui não. Você merece mais. Só se disser que não me quer.

José Afrânio não indaga em Doralícia o sentido dessa ligação. Crê que ao aceitá-lo ela tenha superado dúvidas e escrúpulos. Tem certeza de que ela é motivada por atração igual a que o obceca. Supõe solapar com sua voluntariedade quaisquer obstáculos. Amiudando os encontros, o envolvimento dissipa as disparidades de condição e a experiência de seus anos de vida a mais. Ela passou a pertencer-lhe como a terra e a condição social auferida ao longo do tempo. Ao julgamento dos outros a parceria com Doralícia talvez seja tão discrepante como a que ela forma com o marido porém a ligação sexual intensamente lasciva suprime os argumentos. José Afrânio canaliza a vitalidade para a consumação do desejo. Renasce e reacende de modo encantatório. Esmiúça na lembrança os encontros valorizando gestos palavras e as posições no acasalamento. Carnadura morena enxuta seios pequenos de aréolas arrepiadas na concha das palmas da mão. Um perfume primitivamente lúbrico da epiderme. Ela respira sibilante e ele pode tê-la da maneira como fantasia: inteira. A vida que parecia ter esgotado a cota de surpresas presenteia-o abrindo-se para um entreato passional. Vagueia em estado de graça. Ela o aceita sem condições. Porém às vezes intriga-o a impassibilidade de Doralícia na circunstância cuja tensão aumenta na medida da sua exigência gulosa. Doralícia fala pouco e baixo. Na cópula submete-se com corpo querente. O instinto faz dela parceira à altura da sua exaltação. Quer disponível a fusão dos sexos numa contigüidade de que não desfruta cabalmente. Quer suas mãos percorrendo-lhe o corpo varando a pele até o núcleo que o dinamiza e apossar-se desse núcleo e confirmar quando queira o que parece demasiada perfeição. Doralícia em silêncios que José Afrânio quer decifrar. Ela aperta a mão do homem contra o seio e entre as pernas e pede que a abrace. Fecha os olhos e quando os abre expressam um desassossego que o homem registra. Ela fixa-o perplexa e ele a acaricia para tranquilizá-la. Seu prazer físico recalca o desamparo que ela expressa para regiões que não compartilham e que ele sente que devem ser evitadas. Nesse núcleo nebuloso ele a sente inalcançável e nele jamais se fundirão. À consciência de José Afrânio perpassam advertências que prefere ignorar. Receios longínquos. Sombras passageiras. Nada se verbaliza. Resquícios de desarmonia num plano indecifrável. José Afrânio não investiga o descompasso dessa captação intuitiva. Reforça a idéia de levar Doralícia para a casa de sede. No obsedante envolvimento descuida-se do cotidiano da fazenda. Não se concentra em assuntos triviais. Vai pouco a Conceição e irrita-se sem demonstrar quando algum compromisso o obriga a afastar-se. Repassa ao filho algumas decisões. Se um colono pergunta como quer que seja feito um serviço, sua pouca paciência opta pela solução nem sempre mais adequada acreditando que a vigilância de Bio consertará enganos. Porém Bio escasseia cada vez mais os contatos. Evita-o e nas obrigatórias conversas esparsas o pai não discerne de onde nasce a dificuldade, se do filho como censura ou dele pelo entrave que o rapaz representa para o que planeja.

Na pobreza da cama e do quarto na casa da colônia José Afrânio decide a providência que está adiando. O lençol de saco alvejado é afrontoso: Doralícia merece finezas. Ele sabe que a decisão terá cobrança imediata e muitos credores. Não viveu hesitação semelhante porque nunca se envolveu com tamanha intensidade. As mulheres a quem se ligava eram de outras cidades. Visitava-as. Trazia-as para a fazenda por poucas horas ou uma noite. Eram aproximações baseadas na troca de prazeres, um querer bem às vezes pago em dinheiro. A atual mancebia envolve-o completamente. Pauta-se em função da atração que não supunha existir tão forte. O sexo imanta-o e arrefece conceitos. Submete-se à emoção de amar. Quer a mulher na sede e na largueza da sólida cama de casal, recolher-se ao casarão como numa cidadela. Trincheira. Renunciar ao mundo fora de Doralícia. O sentimento amoroso amacia-o. Permanece a maior parte do tempo dentro de casa dominado pela lubricidade e regredido a experiências adolescentes. Envergonha-se. Da janela vê a casa onde ela está. Contém-se para não procurá-la em plena tarde. Como passar sem ela que faz esquecer todas as mulheres anteriores algumas ainda reclamando sua ausência?

Quando propôs se juntarem ela insinuou que a atitude era paga pelo seu consentimento:

Quantas o senhor não tem pra dizer o mesmo?

Se tenho outras é porque não tenho nenhuma. E nenhuma que tive é igual a você. Nenhuma me afastou das outras. Não percebe que agora é diferente?

Não sei, ela disse.

Se alguma me prendesse como você me prende não precisava ir atrás de outra. Você me mudou Doralícia. Desde que encontrei você não quis saber de ninguém mais.

Não tenho nada especial.

Acho que tem. Não sei o que é. Não descobri ainda. Pra mim você é especial. É o que até hoje nenhuma foi. Não estou pra lhe engabelar. Nunca disse a ninguém o que lhe digo. Ando até cismado com tanta felicidade. Nunca fui dependente de nada e agora dependo. Não sei como seria a vida sem você.

O senhor está querendo que eu seja o que não sou.

Não. Quero que seja isso que é. É assim que eu gosto.

Sou tão simples. Por que me quer?

E a gente sabe por que quer alguém?

O senhor fala por falar.

Nesse assunto não falo à-toa. Você não me conhece Doralícia. Me percebo diferente. Virei passarinho de gaiola mas contente e cantador. Amoleceu a dureza que eu tinha. O que repartia com as outras ficou tudo pra você. Estou preso num visgo. Fico esperando a hora de vir aqui. Perco o sono. O dia inteiro pensando em nós dois. Minha vida é esperar a hora de me juntar com você. O que você exigir não tenho outra coisa a fazer senão atender. Mande que eu obedeço. Vou pôr você na sede. Patroa. Rainha me fazendo companhia. Vou lhe dar uma vida

Entreato Amoroso

melhor do que pode imaginar. Há de ver. Não tem outro arranjo porque de você ninguém me separa. Venha morar comigo. Não me contento mais com me esconder do Amaro dos camaradas da vizinhança.

Mas, ela interpõe.

Mas o quê?

Tanta coisa, diz enrolando entre os dedos as idéias e mechas do cabelo espalhado no travesseiro.

Que tanta coisa?

Não sei ser dona de nada. Não tenho jeito de patroa.

Bobagem. Aprende. Acostuma. Quando a gente quer de verdade não tem o que segure.

Não é só isso.

Que mais?

O Amaro, reticencia.

Ele é homem. Se arruma.

Sua família, ela diz.

Minha família passa muito bem sem mim. Precisam que eu garanta o sustento deles e isso sempre fiz. Não falta nada pra eles. Abasteço com dinheiro e dou o que me pedem. Minha mulher, ela diz e desdiz: lá só encontro motivo de aborrecimento. Conhece a Diloca, não conhece?

Uma vez vi a Dona Diloca na porta da rua.

Viu? E que tal? ri rolando o corpo cobrindo-a: se viu, compreende.

Rala a barba áspera na pele macia da mulher:

Gosto de capim novo, murmura no seio tapando-lhe a boca.

6 BIO DEMOROU-SE OLHANDO A FURNA ESCURA do bambuzal engolir o casal na charrete. Dirigiu-se ao mangueiro. Perda de tempo procurar serventia pras coisas, pensou à sombra lavada no piso de pedras: o uso vem da necessidade. Num mundo cheio de tranqueira até bosta de vaca se aproveita pra esterco e dependendo de quem conheça, folha de mato é remédio. Ou veneno.

O pai: como pode alguém não se corrigir nem quando tudo aponta o erro? Um homem casado pai de cinco filhos e já quase velho querendo passar por moço. Envergonha a gente. E não adianta choro porque se chorar resolvesse, a mãe tinha mudado o pai. Mas como? Ela e ele andando em direção contrária cada vez mais longe um do outro. Água e querosene. Triste de ver. Desanimava não poder interferir no que ata ou desata pessoas. As coisas são como são, concluiu. Conhecendo o pai não foi difícil adivinhar as intenções do sorriso aliciante da conversa amável e do gesto de erguer a mão à têmpora em cumprimento de despedida.

O princípio de tarde esplendendo no ouro das acácias. A mulher de rosto sereno esboçou um aceno de cabeça e baixou os olhos.

Meu pai está se mostrando e se oferecendo. Jogando a isca. Arando o terreno pra plantar a sem-vergonhice, Bio pensou sentando-se no cocho lustroso das escovadas de língua do gado lambendo sal.

Eh pai, quase lamentou: se atiça por qualquer uma. Essa nem bem chegou e já vai pra ceva. Nem imagina a arapuca onde caiu. Não leva uma semana está cercando a mulher. Não perde o costume. Se ele fosse como eu rapaz sem compromisso já era feio mostrar tanta gabolice pras moças. Questão de vergonha na cara, Bio recompôs José Afrânio encompridando prosa e ocasião: se engrandecer pra gente tão apagada?

Cresceu ouvindo bochichos sobre os casos do pai. Não raro à sua aproximação os empregados da casa e da fazenda baixavam o tom da conversa ou disfarçavam o tema. A exclusão aguçava a curiosidade. Os olhos e os ouvidos recolhiam o sentido das frases esparsas que iam se encaixando como num enredo. Cedo entendeu a ligação entre a discórdia em casa e esses falatórios. A natureza de José Afrânio opunha-se às idiossincrasias de Maria Odila e o menino estabeleceu precocemente o elo entre o esmorecimento da mãe e a conduta paterna. Evidenciava-se o contraste entre o caráter do pai e o da mãe ocupada com a casa os filhos e a saúde combalida. Tinha pena da fragilidade que incapacitava Maria Odila de reagir à altura. No desencontro das

Entreato Amoroso

emoções suscitadas pela sólida divergência exposta como ferida aberta, a raiva não o impedia de gostar do pai.

Bio incompreendia sua severidade com a família, rude com a mãe e irmãos pequenos. Qualquer bobagem o agastava e ele reagia com uma irritação desproporcional aos motivos. A irritação porém esgotava-se na intervenção limitada a palavras ásperas. Sustentava posições ou enfrentava resistências que intimamente desconsiderava quando originadas na convivência familiar. Com empregados e amigos nem sempre deixava transparecer os propósitos. Adiava decisões e muitas vezes o adiamento era a decisão. Suportava bem o papel de alvo e com facilidade assimilava investidas cujo objetivo era atingi-lo. Omitia opiniões e evitava interferências que provocassem novos conflitos e envolvessem mais pessoas. O silêncio era forma de condescendência. Calar-se acabava por lhe conferir privilégios na insinuação de que na reserva guardava conhecimentos que os demais ignoravam.

Na meninice Bio era companhia constante do pai. Montavam e iam em visitas à vizinhança. Enquanto o hóspede e o anfitrião proseavam ou negociavam numa sala ou alpendre ele escutava. A conversa se estendia e Bio saía para se distrair nos arredores da casa ou no pomar. Nos bares ao lado do pai acompanhava suas mãos desenhando os argumentos que a fala comunicava. Os outros ouviam o que José Afrânio dizia e a capacidade de centralizar atenções estimulava afetos no filho. A mão pousada no ombro definia-o objeto de posse daquele homem que o ungia de segurança. Gostava da comparação que por todas as bocas o definiam fisicamente parecido com o pai. Avaliava-lhe a firmeza enquanto expunha idéias sobre política e negócios e a veemência com que narrava casos. Convencia a platéia mínima que fosse alinhavando seriedade e gracejos que sustentavam ou ilustravam o que pretendia relatar.

José Afrânio singularizava-se no contexto de simplicidades a que pertencia. Cultivava amizades na sede da comarca e transitava com desenvoltura pelos bancos e repartições públicas. A conversa fluente de que era dotado facilitava entrosamentos. Tinha talento inato para cooptar simpatias. Era comum sair à noite para cidades próximas. Chamava o automóvel do Queiroz e partia sem dar a conhecer o destino. Bio acordava com a porta da rua rangendo o retorno tardio. Passos soavam no corredor e em seguida ouvia a mãe falando e o pai contradizendo com voz mais forte que o queixume da mulher. As paredes abafavam mas não encobriam as discussões. José Afrânio repetia as saídas e os conflitos. O pai prezava-se acima de tudo: ninguém da família valia tanto quanto seus interesses. A mãe adoecida afetava o círculo familiar e a cisão era sem conserto. José Afrânio não mais transigia com a vitimez da esposa. O filho desconfiava dessa submissão incompatível com a firmeza muita vez entremostrada no caráter materno. Confrontando essas verdades à sombra do mangueiro Bio se confundia. Era possível que adotando a sujeição como forma de comportamento ela encobrisse a intenção de imantar-se de solidariedade pela causa de esposa menosprezada. Restringindo-se se isentava dos desacertos que traziam conseqüências deletérias principalmente aos irmãos menores.

Nessa manhã ao sair de casa para vir à fazenda todos ainda dormiam. Nhanita coou café esquentou leite serviu pão e manteiga amaciando o rumor de alumínios e louças. Conversaram em voz baixa. A empregada integrada à família acompanhava pesarosa o desenrolar das desavenças. Estava com eles desde o casamento de Maria Odila. Bio evitava falar da mãe incapaz de administrar revezes. Desaprovava a passividade manifestada na voz de timbre agudo monocordiando o abandono com que renunciava às ocupações cotidianas e aos prazeres mais simples. Não se animava mais para trabalhos de que gostava manipulando competentemente flores de pano agulhas de crochê e linhas de bordar. Ondas de gordura atardavam seus movimentos. Às vezes entretinha-se numa conversa reminiscente com os filhos contando fatos com grande vivacidade e riqueza de imagens. Suas palavras coloriam o relato de acontecimentos e de festas que alvoroçavam a cidade. A calmaria não durava muito e a melancolia voltava. Referia-se ao passado como um bem perdido e à memória como o antes em que gozava saúde e sua vida parecia igual a de todos. Saudade do tempo que comparava com um agora de mágoas.

Seu humor oscilante obscurecia o comum dos dias. Ofélia cantava baixinho enquanto bordava monogramas no enxoval. A chegada espontaneamente barulhenta dos meninos pisando forte no corredor merecia reprimenda. A naturalidade calhava inadequada naquela atmosfera que Bio deplorava preferindo a vida na fazenda. Na sala onde permanecia a maior parte do tempo e recebia freqüentes visitas Maria Odila derivava a conversa para criticar o marido. As crianças afastavam-se. Escondiam-se nos ranchos do quintal em meio à tralha e objetos sem uso mas úteis para o faz-de-conta dos passatempos. Exploravam o terreno que se estendia até o ribeirão inventando esconderijos nos bambuzais do fundo à beira do Ribeirão dos Mansos e iam jogar bola no campo de futebol. Freqüentemente a mãe ignorava onde estavam. Então se afligia dando a impressão de que não a preocupava a ausência dos filhos mas a insegurança que essa ausência lhe provocava.

Se perguntavam a Maria Odila as razões da constante tristeza ela murmurava:

Nada. É à-toa. E enfurnava-se na fisionomia fechada a apelos.

Suspiros e resmungos. Ceceios de orações e murmúrios de autocomiseração. Reclamava da solidão mais emotiva que física. Cercada de comadres, lastimava o desdém do marido e as agruras da vida. Porejava suor e trazia um lenço à mão para enxugar a testa o buço e o pescoço constantemente úmidos. Nas conversas inteirava-se das ocorrências na cidade mantendo-se muito bem informada. Vasculhava-se o cotidiano social e quando esmiuçavam os dramas que fervilhavam no imaginário da cidade ela acrescentava detalhes desconhecidos pelas outras. Sorria ao partilhar o que sabia. Bio estranhava: comportava-se como tivesse olhos apenas para si mas cultivava grande interesse pelo que não a afetava. As censuras ao marido eram prerrogativa sua e ela se desagradava se outros apontassem nele os defeitos. Mudava de assunto. O filho depreciava o pai ela o recriminava acusando de serem iguais.

Bio reagia:
Não sou igual a ele. A senhora nem sabe o que está dizendo, esbravejava e saía batendo a porta perseguido pela voz enfadonha retrucando que sabia sim, sabia mais do que gostaria de saber e mais do que ele pensava que soubesse. À afirmativa da mãe manchando-o com o reprovável no pai juntava-se a compaixão por ela quase condenada à poltrona onde permanecia horas e horas. Bio arrependia-se. A mãe tinha motivos suficientes para se aborrecer e ele não devia acrescentar outros. Voltava à sala. Invariavelmente ela prosseguia no que sua saída havia interrompido e ele se forçava a ouvi-la. Não percebe que a cantilena é sempre a mesma? pensava.

Para Maria Odila os fatos aconteciam com a finalidade de mortificá-la. Adequava as situações ao seu destino pessoal tornando-se um exemplário de desditas. Erguia-se da poltrona predileta e saía à janela. Passantes paravam para cumprimento e ela os retinha com uma conversa de que era difícil escapar. Se algum episódio envolvendo ou não José Afrânio provocasse comentários picantes Maria Odila empenhava-se em colher pormenores por meio de perguntas coerentes com o que ia construindo na idéia: quaisquer pessoas incluindo crianças varredores de rua empregadas da vizinhança e os próprios filhos eram inquiridos. Munida de informações punha-se a ruminar ilações no repertório de comprometimentos antigos. Abstraia e intuía com grande competência.

Se os boatos eram sobre esposa atraiçoada, tomava-lhe as dores:
É igual a mim a coitada.
A mãe finge de sonsa e fica com volteios na conversa só para confirmar o que já sabe, o rapaz pensava.

Foi usando esse método que abordou Bio quando soube que ele andava com a filha dos italianos donos da bomba de gasolina. Bio atravessava o quintal escalava o muro pulava a janela da casa assobradada e entrava no quarto da moça. Não era o primeiro nem o único nesse trajeto erótico. A escuridão protegeu-o por vários meses. Alguém testemunhou uma das escapadas e espalhou o que tinha visto. Com as artimanhas costumeiras sua mãe certificou-se da veracidade da história. Começou a abordagem considerando que a mocidade não tem juízo e não aprende com exemplos e que certa qualidade de moças regateiras não têm escrúpulos para desgraçar os bobos que caíam na rede. Acuou-o de modo a não permitir dúvidas sobre o que dizia. Bio hesitou entre negar e confirmar. Com certa dose de raiva e independência resolveu assumir. O rosto quente do vexame a que a interpelação o submetia respondeu que aquilo era assunto de homem.

Não basta o pai agora também o filho. É minha sina, Maria Odila disse baixando a cabeça e apoiando-a na mão: a safadeza do pai abriu o caminho. Não podia dar outra coisa.

Não tem nada com meu pai, ele disse: é muito diferente. A senhora não vê? A senhora está me tratando como eu fosse criança. Sou maior de idade. Sou sozinho. Nesse assunto não tenho que dar satisfação. Nem pra senhora.

A promessa dos irmãos da italianinha de desagravar a honra da família foi trazida à sua janela e se transformou em mote. Bio se defendia dizendo saber o que estava fazendo.

Sou homem. Tenho barba na cara.

A arenga continuava. A mãe acusativa preocupava-se com a vingança prometida:

Qualquer dia eles pegam você. Vão provocar até você reagir que é o que eles querem. Estou vendo o que vai acontecer meu Deus do céu.

Aqueles só latem mãe. Se quisessem me pegar já tinham pegado. Não sou trouxa. Sei me cuidar.

Você não sabe do que essa raça é capaz.

Certa manhã largou-a falando na sala e saiu ao quintal curtir a impaciência. O peso desse emaranhado exorbitava da casa e estendia-se à fazenda. Olhou a mangueira pojada de fruta verde e distraiu-se da conversa chupando jabuticabas da carga temporã. Alarmou-se com a zoeira de vozes e correria na casa e voltou depressa. Ofélia abanava a mãe aparentemente desmaiada. O barulho na sala fez entrar o médico que por acaso passava na rua. Doutor Romeu conhecia a situação familiar. Auscultou Maria Odila. Mediu-lhe a pressão arterial e mandou chamar o farmacêutico que lhe aplicou uma injeção de óleo canforado. Ficou ali até que as condições da doente melhorassem. Antes de sair disse a Bio e Ofélia que não falassem de coisas que preocupassem a mãe e a livrassem de contrariedades.

Livrar como doutor? Quando não tem com que se preocupar ela fica procurando, Bio disse.

De qualquer modo evitassem aborrecimentos e deixassem-na descansar. A atmosfera recendeu a cânfora e sobraram chumaços de algodão embebidos em éter na mesinha da sala. Mesmo contradizendo intimamente o sentimento de compaixão Bio achou que a crise parecia se não uma farsa, forçada. Resolveu que daí em diante não reagiria às admoestações e Maria Odila inconformada com o silêncio obstinado do filho repassava o lenço na pele suada e pendia a cabeça contraindo resignadamente a feição:

Tem por quem puxar, dizia.

7 MÃE E FILHOS PASSAVAM AS FÉRIAS escolares na fazenda. Aos domingos o vigário celebrava missa na capela. Vinha no trole guiado por Viúvo Percedino. Na caixa de paramentos misturado aos roquetes com que Maria Odila vestia os filhos ou crianças da fazenda como coroinhas, vinham também o cálice a patena o missal as hóstias o vinho e a campainha que soava na hora da consagração. Toda a colônia comparecia. Depois era servido um farto café na sala de jantar, verdadeira festa.

A chegada à fazenda era ruidosa. Um tropel reboava pela casa de janelas abertas varada a grito de gente carregando trouxas de roupa cobertores colchões enrolados caixas de mantimento e engradados com revistas e brinquedos. Cachorros saltavam ganindo à volta das pessoas. A tralha era trazida no caminhão do Mateus. Os meninos da colônia atraídos pela chegada do caminhão embarafustavam pela casa ajudando a descarregar a matalotagem e aumentando a balbúrdia num sobe-e-desce escadas. No trole mal cabiam a mãe as irmãs e os meninos que Maria Odília proibia de vir na carroceria do caminhão. Bio acompanhava a família montado a cavalo. Provocava a mãe disparando o animal erguendo poeira e refreando-o à rédea curta quase o empinava. Maria Odila exagerava nos apelos de cuidado que a destreza do cavaleiro dispensava. Bio troçava da mãe. À frente da comitiva abanava o chapéu e gritava que o alcançassem. O trole de capota de couro puxado por duas bestas avançava sob o peso da mãe e dos irmãos. Agora com pintura azul descascando e o toldo furado estragava-se debaixo de um rabo do telhado encostado à tulha e servindo de poleiro para as angolas.

José Afrânio não participava do acomodamento. Assim que a família chegava ele pretextava urgências e se afastava do bulício. Ruminava um desgosto por achar indevido o sentimento de insatisfação que lhe causava algum aspecto daquele contentamento geral.

Me tiram o sossego, ele falava a Viúvo Percedino: de tanto ficar sozinho perdi o costume de ter gente na fazenda, tentava explicar-se.

Queria que aproveitassem a estada porém no íntimo não evitava a acusação de que invadiam um território de sua estrita propriedade, sensação semelhante à que lhe causava a intromissão da mulher nos hábitos que o casamento mudou nos primeiros tempos mas que logo se recompuseram. Não se confinaria no monótono futuro que o passar do tempo delineava e depois consolidava. Durante um ou dois anos escapava furtivamente da vigilância da esposa procurando suas antigas ligações. Eram viagens curtas para as quais apresentava justificativas geralmente inventadas. Depois começou a externar por atos e palavras que não se confinaria na mesmice da vida casada. Maria Odila era moça bonita nas feições regulares na moldura de cabelos que brilhavam acobreados. No rosto luzia um belo par de olhos verdes. O ligeiro excesso de peso não o desagradava mas irrecuperada da primeira gravidez que quase lhe dobrou a corpulência, deformou-se. O nascimento de Noêmia roubou-lhe os atrativos físicos e o marido reatando antigas ligações femininas foi-se liberando sem alarde. Os atos falavam por si.

Ocupada com os filhos pequenos a que se juntava a criançada da colônia, a sede enchia-se de gritos e risadas. A perturbação que José Afrânio gostaria de não sentir se acentuava como o desgaste lento e progressivo da relação marital. Nas estadas em janeiro e julho deixava o governo da sede a cargo de Maria Odila. Arranjava seguidas idas a Conceição dos Mansos: problema a resolver telefonemas conversa inadiável negócio de urgência. Maria Odila reparava:

Nós lá e seu pai aqui. Nós aqui e seu pai lá.

Quando José Afrânio optou pelo isolamento na fazenda, encurtaram-se rarearam e depois cessaram essas temporadas de férias. A mulher e as filhas não vinham mais à Mata Grande. Os meninos apareciam sem a freqüência de antes. A mãe rezingava queixas. O pai insistia em que nele ninguém punha bridão. Batiam boca. Bio assistia. Seu corpo adolescendo despertava na singularidade de entender o mundo e com essa visão particularizada absorvia os problemas familiares. A existência ia muito além das mutações físicas que o tornavam cada vez mais alto e encorpado e produziam evidências da virilidade. Sem camisa ao sol que lhe amorenava a pele Bio narcisicamente baixava os olhos para o corpo em expansão. Boatos espalhavam aventuras de José Afrânio que se escudava na soberba de ignorá-los. A mãe reclamava. O pai considerava definitivas as divergências entre eles. Não havia como recompor o que se agravava e arruinava.

Independente dos cismas na família Bio vivia em contato com vida animal cuja prática do sexo procriativo desmistificava para ele o ato. As transformações corporais e emotivas que o absorviam desinteressavam-no das repetidas discussões. Ocupava-se com a multiplicação vertiginosa de idéias e pela atração que começava a provocar entre figuras femininas. Bio arredava-se em passeios de reconhecimento da fazenda e saía sozinho a cavalo. Explorava as margens do rio e o oco de bambuais observava árvores maternalmente acolhedoras e atentava para os pios de gavião e pares de seriemas cantantes. Umidade no chão atapetado de folhas secas. Bafio de troncos apodrecidos enfeitados de orelhas-do-diabo. Baraço de cipós. Nas carícias auto-eróticas orgulhava-se do sexo síntese da revolução acontecendo. Graveto à mão e sentado no barranco ou numa pedra perdia-se olhando a água do córrego ou do rio incessantes. Lavava fantasias com a lava do corpo manipulado. Parelhar-se com o pai emulante. Repetia-se nele a fôrma paterna conforme era comum confirmarem. Estendia-se nu na areia ou deitava-se nas pedras à margem deserta do Jaguari. A solidão induzia à lascívia. A mata espessa das margens acolhia-o. Compactava-se.

José Afrânio atraía Bio à fazenda. Insistia em mantê-lo vinculado a si e à Mata Grande. Fazia-o acompanhar a distribuição dos serviços explicando precedência nas tarefas a mediação de acertos e pagamento aos colonos.

Tornado definitivo o hábito de dormir na fazenda, José Afrânio ocupou a sede semi-vazia. Algumas peças do mobiliário haviam sido levadas para a casa da cidade e outras se acumulavam no porão. Certa ocasião apareceu um comprador que arrematou os móveis. Veio um caminhão e levou mesinhas cantoneiras dois armários e uma cristaleira com pés e vidros quebrados e empoeirados. Os entalhes desapareciam sob a pátina de sujeira. O homem contou que ia restaurá-los e revendê-los em sua loja de antiquário. Depois José Afrânio arrependeu-se mas era tarde. Tratou uma mulher da colônia – Antonha – para cozinhar e manter a limpeza. A maioria dos cômodos permanecia fechada. Por intermédio de Bio provia a família de dinheiro e com o que a fazenda produzia. A providência dispensava-o de encarar a esposa e seu novelário. Quando ia à cidade os meninos saíam da sala amedrontados com a troca das primeiras asperezas entre pai e mãe. Desapareciam. Guardavam o dinheiro que o pai lhes dava numa transação de agrados. Ofélia trancava-se no quarto pensando que se Noêmia estivesse com elas o pai mediria palavras e abrandaria o tom da fala. O desarranjo das relações apressava o retorno de José Afrânio à Mata Grande. Voltava remoendo o emaranhado de afetos e desgostos que o impediam de avaliar o significado exato em sua vida dessas pessoas a que dera origem.

Para diminuir os atritos ou pelo menos espaçá-los, estabeleceu visitas em domingos alternados. Vinha com a intento de superar a irritação que lhe causava essa obrigatoriedade mas desanimava ao deparar com Maria Odila. Com o cotovelo afundado no braço da poltrona ela apoiava na mão aberta o rosto que exibia feições deprimidas em lastimável representação acusatória. Imediatamente ele se colocava na defensiva. Ofélia e os meninos tolhidos num respeito que beirava temor respondiam-lhe com monossílabos e nessa parcimônia ele subentendia rejeição contra quem consideravam o provedor das desgraças maternas. Perguntava-se se a encenação de Maria Odila (parecia uma encenação) não teria o propósito de provocá-lo. Joga as crianças contra mim, pensava: usa as crianças como desforra. Ele ausente, a vida dos filhos devia seguir outro padrão. Impossível que a mudez e a insegurança daquele comportamento fossem costumeiras. Desconhecia-lhes o cotidiano por não partilhá-lo mas certamente eles moviam-se e falavam num à vontade que sua presença tolhia.

A situação confirmava-se definitiva. Na impossibilidade de diálogo saía aos bares. Uma raiva difusa predominava sobre outros sentimentos. Ao menos pudesse centrar na mulher sua vontade de revidar. A imediata sensação que ela despertava no marido era de agastamento pela ausência nela de amor-próprio que repercutia como escamoteamento intencional e falsa renúncia. A imolação estampada em sua figura não produzia rancor mas indiferença. À borda do balcão esquecia-se na prosa. Acabava aceitando convite de almoço na casa de alguém o que motivava nova discussão. Reconhecia a necessidade de reprimir-se mas não conseguia. Ofélia nervosa pedia que parassem.

Não fale mais papai. O senhor vai embora e a mamãe fica pior.

Você me deixa doente, Maria Odila lamuriava.

É teatro, esbravejava: fingimento dela. Que doença nada. Doença coisa nenhuma.

O sarcasmo como chuço. Incluída no descaso, Ofélia silenciava e chorava. Não pretendia magoar a filha e no descontrole acabava falando demais. Depois se purgava. Conversar com a mulher era o mesmo que falar com pau ou pedra, dizia na diluição do entendimento. O trabalho na fazenda fez Bio também se mudar para lá. Distanciava-se do centro das hostilidades. Minha mãe pode ter os seus motivos mas podia encarar as coisas como são. Do jeito que faz, cada dia o pai fica mais arredio. Dá pena mas ela não se ajuda. Que vale rezingar? Se ela não se modifica como quer que ele mude? Nem ele nem ela enxergam a razão do outro.

José Afrânio e ele se entendiam num relacionamento que não transpunha generalidades. O pai queria sua companhia quando vistoriava a desbrota dos cafeeiros ou avaliava a pastagem ou inspecionava cercas valos de divisa mata-burros calhas correndo entre platôs dos terreiros e a caixa de lavagem do café. Continuavam a conversa depois de Bio ter prestado conta de alguma intermediação com meeiros. O diálogo girava sobre o que os ocupava. Bio percebia o pai prolongando o instante de camaradagem emendando outros assuntos ou acalorando a fala. Contava casos e comentava fatos. Reclamava de Maria Odila que não era nem de longe a moça com quem se casou. Bio ouvia sem reagir à tentativa de induzi-lo a acatar motivos de sua insatisfação e justificar que o mal pretensamente causado à mãe era só um dos muitos aspectos da vida em comum.

Sentados no terraço assistiam ao poente entre a galharia das paineiras nuas. José Afrânio relembrava pessoas e acontecimentos com um senso de humor que não exercitava em família. Bio registrava o pai diferente daquele que aparecia na casa em Conceição. Referia-se à infância na cidade de poucas ruas parecendo uma vila da Itália pela chegada de imigrantes misturando e deformando as palavras com sua fala cantada. Bestemavam *porco* isso *porco* aquilo e *madona* e *dio* e a *caroça* e o *bezero* que eles não conseguiam falar direito os erres dobrados. A mãe implicava: carcamanos, gente gananciosa avarenta. Raça de olhos transparentes em quem não se podia confiar. Dominaram o comércio da cidade ocupando o lugar que por direito devia ser das famílias mais antigas. José Afrânio referia-se aos filhos permeando na fala a benquerença que economizava nos gestos. Naquela intimidade era o contador de histórias à beira dos balcões. Compreensivo com a mocidade: a melhor parte da vida porque se pode errar e corrigir que aos moços quase tudo é perdoado. No seu tempo viveu muitas e boas, dizia. A franqueza da conversa talvez fosse incentivo a confidências. Bio mantinha a defensiva. Ou o pai pretendesse mostrar-se menos distante sugerindo que Bio opinasse sobre um fato ou outro. Tornando-o interlocutor, José Afrânio esperava diminuir a força da afirmação geral da cidade que o considerava inadequado para a esposa. Tendo o filho a seu favor podia restaurar para efeito de convivência social a ligação que se desgastava. As experiências vividas desigualavam-nos e os escrúpulos criavam uma barreira que Bio não podia nem queria transpor. Os envolvimentos de José Afrânio com mulheres eram de domínio público.

O nome de José Afrânio de boca em boca num novo boato. Ele ignorava e agia naturalmente. Comparecia com maior assiduidade às reuniões na telefônica na farmácia ou no armazém do Donatílio, amigo e compadre por ter batizado o filho mais velho do comerciante:

Me escolheram pra Cristo, referia aos rumores para mostrar inocência: quem não deve não teme.

Escutavam com ar de zombaria e descrédito.

Reparam que é sempre comigo? Qualquer outro pode aprontar o que quiser mas quando é o Zé Afrânio, ele forçava a reticência antes de prosseguir: é mentira o que estão falando. É da fama que me deram e tenho de carregar. Não nego que faço das minhas mas quem não faz? Quem de nós pode dizer que nunca teve um deslize? Desta vez é calúnia. Se acostumaram. Tudo que é ruim é o Zé Afrânio quem faz. Qualquer confusão me colocam no meio e nem que eu não deva é de mim que cobram. Vocês me conhecem. Não traio a confiança de ninguém seja homem ou mulher. Sei até onde posso chegar. Atrevimento não é do meu costume. Coação também não. Quando um não quer dois não brigam. Não brigam e não fazem mais nada, dizia juntando e esfregando indicadores.

Deitado no pelego estendido no chão Bio gozava a aragem do al-

Entreato Amoroso

pendre. José Afrânio no banco de madeira. A fazenda aquietada no anoitecer. Falavam. Bicos de luz iluminavam o interior da casa e na colônia pontilhava o luzeiro das lamparinas. Depois as conversas rareavam e num silêncio de grilos José Afrânio arrastava pigarro e botas no ladrilho. Entrava para escutar o noticiário de rádio ou ler o jornal já folheado de manhã. Examinar a escrituração anotar apontamentos num borrador comercial pelo qual se poderia acompanhar a história recente da fazenda: contratos com meeiros transações bem ou mal sucedidas condições meteorológicas e fatos corriqueiros. Mais tarde Bio taramelava a tranca de ferro nos pinos do batente. Os atos ressoavam na casa precariamente iluminada. Despia-se sob a lâmpada elétrica pendente da fiação exposta na parede e no centro do forro. Deitava-se. A canseira intrometia-se nas idéias e ele adormecia rápido.

Bio deliberava na fazenda sem consultar José Afrânio. Empenhava-se no trabalho como qualquer camarada. Robustecia o corpo que o pai considerava a melhor arma para amansar desafetos: homem alto impõe respeito e mais ainda se souber valorizar a envergadura. Ressalvava com o caso de Tozinho Meira um porqueirinha mirrado que sangrou um sujeito numa festa: o grandão bebido falou uma graça à mulher do Tozinho que mandou o mulato se desculpar pelo desrespeito, coisa que recusou a fazer. A discórdia deu no que deu: o valente não podia adivinhar o espírito que morava no corpo do mineirinho. A vida esvaiu dele emborcado na água do córrego que correu cor de rosa.

À sombra do mangueiro pegado ao piquete ou da janela da sede José Afrânio admirava o filho montado. Cavalo e cavaleiro na elegância compassada pelo trote Bio saía administrar estercamento e capinagem das ruas de cafezal ou voltando pela estrada no meio do poeirão levantado pela boiada numa mudança de pasto. O suor melava as costas queimadas e no meio da gritaria dos peões Bio atracava a novilha que refugava o laço. Trazia-a à força do braço no pescoço do animal forçado a dobrar-se e estirar-se bufando e revirando os olhos. O ferro no ponteiro avermelhava no braseiro. Imobilizado o animal com ajuda de outros o ferro em brasa chiava no pêlo e couro cheirando a tostado e imprimindo a marca de posse.

Esse é dos bons, José Afrânio pensava.

8

O MENINO TORÍBIO CRESCEU ASSISTINDO AO que se passava com os pais. José Afrânio entendia provocativa qualquer colocação mal formulada nos arremedos de conversa que mantinha com a mulher e increpava-a. A voz lamuriosa queimava no marido como ferroadas de marimbondo. O silêncio em que às vezes Maria Odila se fechava acerbava a exasperação. O revide soava em contraponto ao timbre agudo de Maria Odila: ela não falava desse jeito enjoativo de ladainha que não tem fim, o marido acusava: é pra me aporrinhar. Maria Odila agitava-se à beira da cama ou na poltrona. A boca descorava na feição de olheiras escuras. O suor minava na testa. Para Bio a zanga do pai tinha fundamento e concordava com a idéia de que a queixa da mãe era para alicerçar sua mortificação. Até por amor próprio ela devia evitar tanto lamento. A exposição diminuía-a. Noêmia intervinha e às vezes conseguia pôr termo à discussão. Bio emudecia. Finalmente o pai saía e a cena cessava. A mãe erguia-se penosamente da poltrona:

Vou rezar, dizia como se no quarto onde se trancava entidades que a compreendiam a acolhessem e confortassem. Esoterismo e religiosidade envolviam a visita semanal das sodalícias do Sagrado Coração, irmandade a que Maria Odila pertencia e de cujas reuniões regulares há muito se ausentava. Os encontros em sua casa eram exortações de fé e esperança num futuro menos litigioso. Rezavam o terço. Traziam orações impressas em estampas de papel:

É oração forte. Reze com fé que você vai ver o efeito que faz Diloca.

Fechavam-se no quarto em confabulação misturando preces e palavras de consolo. Depois voltavam à sala e Maria Odila afundava-se na poltrona junto à janela. A ventilação amenizava seus calores e dali tinha boa visão da rua. Esmorecida no ânimo mas satisfeita com o apoio que lhe traziam, presidia a conversa. Entre goles de café sequilhos brevidades e pão-de-ló relembravam casos onde só a bondade de Deus e interferência dos santos explicava a solução premiando os bons e castigando os maus.

Que adianta a reza, Bio pensava: meu pai é filho do mesmo Deus a quem pedem para transformá-lo em alguém que ele não era. Se meu pai é como é foi Deus quem quis ele assim.

Flores no vaso de cristal sobre a mesinha ovalada. O sol desenhava quadriláteros de luz no soalho. Para evitar a roda formada na sala Bio saía pelo portão lateral, afetado por esse nó indesatável por mão humana. Nem Deus desfaria a trama. O pai era inimigo de Deus? Que intervenção extraordinária o mudaria?

A mãe convocava benzedores de toda parte. Condensava-se uma atmosfera de mistério nos arranjos preparatórios. O anúncio dessas visitas criava uma expectativa desconfortável. Portas e janelas cerradas. Maria Odila concentrava-se aguardando a hora passar até a chegada do personagem envolto em misticismo. Acendia a lamparina no oratório da cômoda e rezava. Conversava aos sussurros com a intermediária do encontro, alguém do seu âmbito. Os meninos eram mandados à casa de vizinhos. Ofélia que não aprovava as sessões ia à casa de amigas. Os médiuns comportavam-se como imantados de poderes superiores. Observavam o ambiente sugeriam mudanças orientavam comportamentos. Exigiam silêncio fechavam os olhos e imersos no transe não respondiam perguntas. Um desses era magro moreno de cabelos pretos franjando vírgulas na testa. Fitou Bio com olhos ariscos boca brilhante mãos voláteis: um veado, Bio pensou vendo a mãe envolvida no discurso do mandingueiro em movimentos estudados. Nos cantos dos cômodos eles rezavam gesticulavam balbuciavam uma algaravia ininteligível e estremeciam. Prometiam limpeza espiritual e afastamento das perturbações numa aura de transcendência como soubessem mais do que falavam. As mulheres se entreolhavam. Despachos com panelas de barro cheias de comidas e velas coloridas eram deixadas em encruzilhadas ou capelinhas de beira de estrada. Receitavam banhos de ervas misturadas a enxofre. Bio sentiu o fedor da fumaça amarelada subindo do fogareiro de ferro aceso no porão: vontade de jogar um balde d'água nessa bobagem. José Afrânio debochava dessas práticas. A mulher amiserava-se na cara emoldurada pelos cabelos esticados presos no coque da nuca.

Daqui pra frente vai melhorar se Deus quiser, as mulheres diziam: tenha fé Diloca.

Maria Odila pedia que trouxessem uma xícara de chá ou um copo d'água. A empregada ou a filha atendiam. Tropegamente ia à janela onde cruzava os braços sobre a almofada amortecendo a dureza do batente e mostrando-se à rua e aos transeuntes.

A janela é meu único passatempo. Não saio de casa. A igreja tão pertinho e nem à missa posso assistir. Experimentei ir e precisei voltar do meio do caminho. Só de pensar me dá tontura. Passo mal da canseira. Me resta ver a vida passando sem poder tirar proveito dela.

A filha mais velha telefonava de Bragança acompanhando o estado de saúde da mãe. Conceição dos Mansos não possuía rede telefônica domiciliar e só se falava no aparelho instalado no centro onde Dona Vina-do-telefone encarregada do atendimento valia-se de qualquer moleque disponível para avisar as pessoas que havia chamado de fora esperando. Fosse da vizinhança ela mesma levava o recado.

À distância Noêmia dividia-se entre a preocupação com a deprimente condição da mãe e o alívio por não escutar as queixas que também para ela soavam exageradas. Arrependia-se desse julgamento que atribuía culpas à postura inerte da mãe: tão incisiva quando acusava o pai, Noêmia reparava e na frente dele parece um cachorrinho maltratado. A mãe armazenava uma energia incondizente com a fraqueza que verbalizava. Sua determinação dissolvida na passividade dos últimos anos entremostrava-se na maneira como presidia conversas encaminhava assuntos opinava ou dava ordens a Nhanita ou cuidava das roupas sabendo exatamente onde estava cada peça ou objetos de que dispunha. Nada lhe passava despercebido. Até a dificuldade de loco-

Entreato Amoroso

mover-se tornava-se questionável porque havia ocasiões em que ia de um cômodo a outro com desenvoltura.

Mamãe não perde ocasião pra falar da doença. Que Deus me perdoe dizer mas parece que tem prazer nisso, Noêmia comentava com o marido.

Reprovava o pai a quem atribuía grande parcela de responsabilidade pela situação. Aos primeiros desmaios de Maria Odila, Ofélia corria ao centro telefônico avisar a irmã enquanto as vizinhas acudiam a doente. As ligações demoravam e a mocinha chorava nervosamente. Dona Vina tentava acalmá-la puxando conversa. Na sala ou na cama para onde conduziam a enferma Nhanita esfregava álcool nos braços gordos. Fazia a patroa cheirar chumaços de algodão embebidos em vinagre:

Isso não mata. Daqui a pouco ela volta, dizia aflita e comiserada.

Chamavam Zezé-da-Farmácia que aplicava uma injeção calmante. Às vezes Doutor Romeu acudia-a e meneava desaprovativamente a cabeça deplorando a situação e intimamente culpando José Afrânio: aquele nunca devia ter se casado, pensava.

Quando o contato telefônico finalmente se estabelecia tudo havia voltado à calma. Ao telefone Noêmia queria saber a opinião do médico ou do farmacêutico. Daria um jeito de vir a Conceição, Noêmia dizia. As más condições da ligação impediam a compreensão perfeita da conversa, era preciso falar alto ou repetir palavras e frases. O temperamento decidido da irmã transparente na entonação mais que nas palavras punha ordem em Ofélia. Horas depois Noêmia chegava no automóvel do marido que a trazia. Vendo-a, a mãe aumentava o volume das queixas.

Noêmia mantinha a neutralidade possível. Contradizia quase como repreenda que reclamar só piorava:

A senhora se entrega mamãe. Tente reagir, exortava: saia dessa lastimação. Por que ficar de cama? Luz acesa de dia? Nervoso não é doença que pede cama. Ficar deitada não leva a nada.

Embora condoído, seu espírito prático não se deixava envolver.

Abria as janelas e afastava as cortinas. Forçava a mãe a caminhar pela casa. Não recriminava a ausência do pai nesses momentos críticos porque com ele presente o transtorno se agravaria.

Pra discutir com papai ela arruma força que arranca de onde? Não sei entender o que será isso, dizia ao marido: não compreendo a mamãe nem a doença dela. Será possível que não queira reagir? Não querer sarar? Ela não se ajuda.

Veja como estou, a mãe falava: veja como seu pai me deixou. Virei um trapo.

Não é o papai que deixa a senhora assim.

Não vê o que ele me faz?

O que ele faz?

Ainda pergunta? Não me dá importância. Me largou como eu fosse uma qualquer. Esqueceu de mim dos filhos de tudo. Ninguém de nós tem importância pra ele.

Não é essa a questão. A senhora se entrega demais. Precisa reagir e se animar e esquecer um pouco do papai.

Que mal eu fiz pra merecer o que estou passando?

Com o papai a senhora não pode contar. Não espere nada dele. A senhora precisa se cuidar. Esqueça o papai. Deixe ele lá na fazenda. Se quiser levo a senhora passar uns dias comigo. Vê outra gente escuta outras conversas e se distrai. As tias sempre perguntam pela senhora. Garanto que ficariam bem contentes de ver a senhora lá. Pode ir com elas ao cinema que tanto gostava de ir. Mudança de ar ajuda.

Minhas irmãs são todas casadas. Já têm preocupação de sobra.

Elas gostam da senhora. Querem que a senhora sare.

E as crianças? Quem cuida?

Já não são tão crianças. Ofelinha fica com eles. Nhanita ajuda. Só uns dias.

Quem dera. Não consigo ir de casa à igreja como posso pensar em passeio?

Entreato Amoroso

Não é passeio mamãe. A senhora tem que se cuidar. Lá tem mais recursos.

Não gosto de incomodar ninguém, dizia com renúncia que contrariava a filha.

Incomodar, mamãe? Se estou falando é porque quero ajudar. Quero ver a senhora melhor. O que não pode é continuar reclamando de tudo porque assim não é possível continuar. Passa um mês em casa. Os meninos vão lá quando der pra ir. O Rodolfo vem buscar os meninos e a Ofelinha. O Bio também. Trocar de ar. De ambiente. Ajuda. Fazer o quê se o papai é do jeito dele? Quanto tempo faz que as coisas estão neste pé? Não: está pior. O que vejo é que cada vez está pior. A senhora tem que tomar uma atitude. Não fique examinando tanto o que dói e o que não dói. A senhora gosta de ler: pegue um livro. Crochê. Tricô. Distraia. Por que não mexe mais com flor de papel que todo mundo elogia o trabalho que a senhora faz? Não adianta sentar na sala e ficar esperando que papai mude.

Que-o-quê, José Afrânio dizia avisado da crise e chegando mais tarde: não é nada. É manha. Daqui a pouco está pronta pra me injuriar de novo. A situação é de encomenda pra ela. Prato cheio. Com a Diloca é assim: se melhorar piora. Pergunte na rua como é a disposição dela pra me desancar. Sabe o que ela faz? Pára o povo na janela e mete a tacanha em mim. Me culpa por tudo. Doença. Temporal. Geada. A guerra mundial. Pra sua mãe sou culpado até do raio que matou a vaca Mocha na invernada.

Ele e Noêmia conversavam na cozinha:

Que quer que eu faça Noêmia? Não sou médico nem remédio. A Diloca não pode exigir que eu fique pajeando ela. Sua mãe não tem conserto. Tem cabimento alguém cevar a doença como ela faz? Não tenho temperamento pra suportar uma criatura assim do meu lado. Ela ficou que entoja qualquer cristão. Repete a mesma toada cada vez que me vê. Agora deu pra desmaiar. As crianças esperando que a qualquer hora a mãe arruine e desmaie. Põe todo mundo nervoso. É vida? Que será que ela pensa? Me quer pra marido? Eu sou. Ela assina meu nome e para todos os efeitos é minha mulher legítima. Isso é tudo o que sobrou do casamento. Se não basta pra ela, não há o que eu possa fazer. Porque minha paciência acabou. Atendo no que posso. Cada vez que tem vontade de consultar um médico que lhe indicam eu apóio dou dinheiro e acho que faz muito bem de querer se tratar. Não é por minha vontade que está como está. Não sei o que quer de mim além do que faço. Mas o que quer pra ela eu sei: me jogar contra o mundo. Que me vejam responsável por tudo de ruim que acontece em casa.

José Afrânio saía sem falar com a mulher. A filha voltava à sala e entre emanações da medicação canforada tentava apaziguar a mãe. No fim da tarde Noêmia e o marido retornavam a Bragança. Ao volante Rodolfo abanava a cabeça. De que adiantou terem vindo? O mal estar é só o dedo do gigante, dizia. O problema era muito maior e quando desandava dessa maneira virava mal sem cura.

A Dona Diloca precisa aceitar as coisas. O mundo não é como a gente gostaria que fosse. O remédio é conformar.

Eu sei Rodolfo. Mas é duro pra ela. Papai humilha muito a mamãe.

O lugar dela ninguém toma. Deixe o Seu Zé Afrânio dar os pulos dele. Fazer o quê? E se ficasse viúva? Seu pai pode ter um monte de defeitos mas garante o sustento deles todos. Podia ser muito pior.

Falar é fácil.

E o Bio? Quis falar com ele mas não quis prosa. Disse pouca coisa e sem muito sentido. Ele acha os dois errados. Estava muito chateado.

O Bio. Coitado do Bio. Trabalha que nem burro na fazenda. O que ele pode fazer?

A Dona Diloca que vá levando adiante a vida. Há de chegar o dia em que seu pai enxergue as besteiras que faz. Pior seria se largasse ela na mão. E é o que vai acontecer se ela ficar teimando com ele.

Papai não vai chegar a tanto.

Não sei não. Não sei até onde o Seu Zé Afrânio é capaz de chegar.

Cansei de falar. Mas quando a gente quer conversar sobre o papai ela foge do assunto. Não quer tocar no principal dessa história.

Entreato Amoroso

Conheço tanto caso igual ao deles. O Pedroca Leite lá de Piracaia primo de meu pai tem duas casas: uma pra família outra pra amante. E o que faz a mulher dele? Nada. Não dá um pio. Não perde a compostura nem o respeito de ninguém. A Dona Diloca não: fincou pé e não arreda. Seu pai até que é discreto. Não consta que tenha outra mulher. Nem que tenha amante fixa. Vai pulando de galho em galho. Meu Deus do céu que se há de fazer, Noêmia afligia-se. Não há nada a fazer meu bem. Enquanto a Dona Diloca ficar debicando com seu pai a toada vai ser essa. Com briga ela não vai mudar nada. Nem nele nem nela. Tem que se enquadrar na condição. É muito claro: juntar seu pai e sua mãe é misturar água e óleo. Questão de química.

As crises de Maria Odila se amiudavam. Resolviam-se sem Noêmia que deixou de vir a cada telefonema de Ofélia. Tranquilizava a irmã e dizia-lhe que o Doutor Romeu ou o farmacêutico cuidavam da doente melhor que ela. Voltasse a ligar se a mãe piorasse.

Coitada da mamãe, dizia: não sei avaliar a doença dela. Doença dos nervos é horrível. Às vezes tenho medo que ela perca o juízo. Precisar de internação em hospital.

Dona Diloca perder o juízo? Nunca. Ela tem a esperteza dela. Não vê como acaba manobrando todo mundo? A Dona Diloca não vai perder o juízo nunca. Fique sossegada.

Como ajudar a mamãe Rodolfo? Queria que erguesse a cabeça e voltasse a ser a que era: dada agradável conversadeira. Me dói ver ela assim. Contava romance filme capítulo de novela que alguém perdia de escutar como ninguém. Ah meu Deus, Noêmia mortificava-se.

Para José Afrânio não eram calmantes que resolveriam as crises da mulher:

O que ela tem é mal de moça mimada. O pai cheio de não-me-toque com a Diloca. Deu nisso. É fita dela.

Mamãe tem que se ajustar, Noêmia ponderava com o marido. Ela está precisando de uma injeção de ânimo.

Desalentava:

Esperar mudanças no papai? Como? Quando? Ir a Conceição fazer o quê? Dizer o quê?

No mais dos dias Ofélia bordava monogramas nos lençóis e fronhas do enxoval. As amigas vinham com cestos de linhas e agulhas. Reunidas no quarto uma delas em voz alta lia romances cujas heroínas só se tornavam felizes quando os dramas se esclareciam e condes empedernidos cediam ao descobrir o amor que aflorava.

Maria Odila gastava o tempo à janela e à poltrona. Sentia-se inútil. Não fazia trabalhos manuais porque suava nas mãos: do nervoso, justificava estendendo a palma umedecida. O sol repassava o asseio do assoalho e a ubiqüidade do sofrimento:

Gostava dos romances de Delly mas perdi a concentração. Não guardo o que leio. Parece que não entendo o que está escrito. Preciso voltar a página. Andar também não posso porque de repente me vem a tonteira. O chão amacia bambeia afunda, ela contava à visita: me verte suor do corpo principalmente na cabeça. Acredita que chega a molhar o cabelo? Veja: não largo o lenço. Toda hora tenho de me secar. Dois três lenços por dia. E os calores meu Deus: como padeço com os calores que me sobem. Queima a cara. Não há o que mitigue. Minha cômoda parece uma prateleira de farmácia. Consultei tantos especialistas que nem sei. Onde falam que tem médico bom eu vou procurar. O Queiroz-do-automóvel é testemunha de quantas vezes fui atrás de tratamento. Teve um que me recomendou tomar choque elétrico no Bierrenbach. Imagine. Não estou louca. Vivo picada de injeção tenho veia difícil de pegar. Acredita que o sol me fere a vista, fazia pala com a mão: ameaça tontura e fico com medo de vertigem. Às vezes perco o sentido. A visão escurece e se não me seguro ou me encosto sou capaz de cair. Que será essa vertigem? Vem sem aviso. Quando menos espero. Quem consegue viver assim? Meu consolo é o terço que não me sai da mão. Enrolo ele no braço que nem pulseira. Rezo. Que mais? Quem sabe Deus se lembre de mim e me leve, murmurava.

O cão arranhava passos leves no corredor. Parava à porta e ela

Entreato Amoroso

enxotava-o sacudindo os braços e timbrando a voz aguda. O animal fitava-a e seguia lentamente corredor adentro:

Vê? Nem o cachorro me obedece. Não sou mais nada nesta casa. Neste mundo. Por que não mereci marido igual a esses que passam com a carroça carregada de capim chegando do serviço de tarde e têm gosto de voltar pra casa e contam como foi o dia e as novidades, suspirava com a cabeça na palma da mão e o cotovelo fincado no braço da poltrona.

9 O ADOLESCIMENTO DE BIO ACENTUAVA AS semelhanças com o pai. Os traços das feições identificavam-nos. Altos na compleição enxuta cabelos escuros e crespos que José Afrânio penteava alisando-os e o filho deixava crescer. Maria Odila debicava do que chamava de cachinhos nos cabelos rebeldes como o filho gostava e ela não: o barbeiro morreu? Vá procurar o barbeiro. Bio reproduzia muito da gesticulação paterna. O andar de passos decididos um certo inclinar de cabeça alçando a sobrancelha quando se dirigia a outra pessoa ou o vezo de apertar com a mão esquerda o punho direito levando-o ao peito. Às mutações da idade Bio constatava o quanto eram parecidos.

O precoce contato com coitos e partos na vida animal fez o garoto encarar com naturalidade esses fenômenos. A camaradagem com os rapazes tanto no bairro como em Conceição provia-o muito além da parca teoria vigente sobre a questão sexual. Tinha hábitos e curiosidades próprios da idade. Era um macho à espera das revelações da vida.

Pouco expansivo, raramente expunha raciocínios por inteiro e igual ao pai, preservava-se de sínteses e conceitos definitivos. Sua assimilação era pausada por ser analítica e completava-se depois de resolvidas as dúvidas. Só opinava quando a incerteza se solvia na idéia amadurecida. Resoluto nas atitudes e no franco trato direto fazia-se estimado pelos empregados com quem convivia sem discriminá-los pela superioridades de patrão. A fazenda era seu mundo e Bio explorava-o para melhor apreendê-lo. Montava com prazer e destreza. Nenhuma grota mina d'água ou entresseio de morros da Mata Grande era-lhe desconhecido. O urubu fez ninho na pedra-de-cabeça, ele referia o maciço de granito que equilibrava outra pedra menor no topo numa formação engastada numa lomba de morro que se via do terraço da sede. Os bugios se assanharam numa gritaria danada no escurecer, contava a Antonha enquanto jantava. Uma vez deparou com uma jaguatirica que se assustou tanto quanto ele. Sem ter como se defender temeu um ataque mas o bicho internou-se no mato. A idéia alargava-se nas espirais dos urubus voando alto para localizar a carniça e acutilava-se nos cumes da serra e se expandia com o Jaguari que nas cheias rugia de se escutar de longe o ronco do cachão aumentado.

Pios gorjeios gritos anônimos estalos no mato: a voz da terra. Acompanhado ou só procurava as bacias do rio. Aprendeu a nadar e pescava com os rapazes da colônia. Se em hora de calor intenso passasse perto de um remanso conhecido apeava do cavalo despia-se e mergulhava pulando da pedra à margem e apontando quase no meio do leito. A cabeça emergia para a respiração e de novo afundava em braçadas vigorosas no ritmo aplicado às exigências da vida.

Aprendeu com o pai que escolher momentos apropriados para agir exigia cautela. Valia-se da timidez para se manter refratário a interlocutores e fatos que não o interessavam nem agradavam. Envergonhava-se quando as discussões em casa escapavam da intimidade e chamavam a atenção de passantes na calçada. Afastava-se deslocando o pensamento para outros assuntos. Saía para encontrar meninos brincando nas peladas com bolas de capotão amarradas com um tento de couro ou na brincadeira do balança-caixão e unha-na-mula e integrava-se nelas. Nem sempre se dissipava a insatisfação persistente a ponto de desinteressá-lo dos jogos.

Na água verde-garapa o tempo estancava. Os olhos se abriam para o sol coado pela superfície transparente. A cachoeira marulhava eterna e solene. A nado Bio cruzava o rio de margem a margem. Rebrilhos dourados na pele e na hora e na areia sob o trançado de cipós. Caminhava na orla da água cujo vaivém apagava as pegadas. O corpo reativo na virilidade narcísica absorvia a força telúrica filtrada pelos pés calcando o chão. Troncos apendoados de parasitas. O mundo estagnava naquele isolamento acolhedor. O presente represando um futuro onde as amarras se soltariam para a completude de ser homem: não seria sempre o pai e a mãe divergindo, pensava. Secando-se ao sol equilibrava-se nas pedras esculpidas pelo alisar da água. A corredeira mais abaixo fluía rápida branca de espuma. Na margem oposta a luz da tarde chapava na muralha do mato denso.

Referto de si, deitou-se à escuta do rio. Recostou-se na espreguiçadeira formada pela justaposição de duas pedras. As mãos acariciavam os contornos minerais e os do corpo no prazer de tocar-se. Axelhos e pêlos púbicos em manchas escuras. Cintura abaixo a pele era mais clara que no tronco. Um bico de seio roçava no sexo que desejava outro corpo enroscado ao seu num abrasamento que necessitava solver-se. As ramas o protegiam. A mão integrava a sensação irradiada de uns seios colando-se ao seu peito. No requintado calor de epidermes experimentava-se capaz e bastante para o gozo. Os olhos fechados e a mão transcendente. Fundos suspiros. Os dedos dos pés amassando-se e o corpo distendendo-se num fino frêmito. Gemidos. Depois do tropel o corpo lasseou. Continuou estendido na areia e no silêncio. Levantou-se e seguiu à beira do rio. Mergulhou livrando-se da areia grudada na pele e nadou braçadas lentas. Fora d'água sacudiu-se como cachorro molhado e os dedos garfando a cabeleira espalharam gotas brilhantes. Foi vestir as roupas empilhadas numa pedra perto do cavalo amarrado no tronco de ingazeiro.

Deparou com o pai montando o tordilho no alto do barranco submetendo-o à devassa que o nível do terreno favorecia. Não se alterou. Sacudiu resquícios da roupa.

Vi seu cavalo, José Afrânio disse.

Bio perguntou-se há quanto tempo ele estaria ali. Vestia-se no dissabor de ver invadida a sua privacidade. Abotoou a cueca e a camisa.

Pendeu a cabeça e a mão espalmada em sucção sorvia sobras de água dos ouvidos. Sem pressa. Como ignorasse a presença do pai.

O franguinho está empenado, José Afrânio disse rindo.

Bio enfiou-se nas pernas da calça abotoou a braguilha afivelou o cinto e encarou o pai. Do barranco José Afrânio sujeitava-o. A humilhação não era menor que o descontentamento crescendo pelas palavras que o perquiriam quase tatilmente. Há quanto tempo estaria ali? A que teria assistido?

Quando quiser usar a peça posso arrumar alguém pra fazer um serviço caprichado, José Afrânio disse ainda risonho: se é que ainda não usou porque competência você já tem.

Bio calculava a posição do pai em relação ao local onde estivera deitado mas o resultado desinteressou-o. Defender sua individualidade promiscuída. Sentou-se na pedra e calçou as botinas. José Afrânio talvez usasse o encontro para estreitar ligações embora o desagrado invasivo os apartasse. Bio desatou as rédeas do animal amarradas no tronco do ingazeiro. Montou e compôs o chapéu à roda da cabeça. O animal pisoteou trocando patas. Bio virou-o para a direção do atalho. Subiu a rampa no barranco ajeitou o chapéu e ao passar pelo pai disse:

Pode deixar que eu dou conta de mim.

Esporeou os flancos do animal que refugou antes de trotar entre escolhos e alcançar a estrada.

10

Bio amassa uma folha verde entre os dedos. A fazenda sintetiza-se no cheiro áspero impregnado na pele. O sol amordaça ruídos. A flor presa no galho que tem na mão desperta na lembrança a cara indevassável de Viúvo Percedino pitando sentado na soleira. As velhas construções guardam máquinas e memórias com a caiação descascando nas paredes que requerem nova demão pelo menos por fora. Miudagens que escapam à percepção compõem a paisagem captada pelos sentidos. A vida não é só o que se vê pela fôrma ou cor enquanto o tempo escapa através do vão dos dedos, pressente. Volve a cabeça para elementos corrediços: passarinhos voando e desaparecendo entre as ramas do arvoredo ou a taturana peluda arrastando-se no tronco e a aranha célere escalando a teia acesa pelo sol. Toda bulha se transforma em ponteiro de relógio. Sensação de iminência: à espera de quê? O cenário inerte contrasta com o que lhe ocorre no espírito.

Reclamar com quem do acúmulo de responsabilidades? O pai ausenta-se e lhe relega o comando da fazenda. Ou ele próprio afasta-se incomodado pelo que vem percebendo desde a chegada do leiteiro e a mulher. Não sabe se o impasse está nele ou nas atitudes do pai. Não conversam como antes. Abrevia o que tem a dizer e evita-o quando possível. Resolve as questões do dia a dia porque José Afrânio se omite entretido em assuntos que o desviam da administração da Mata Grande. Quando o procuram manda falar com o filho. Nas decisões que exigem conversa para chegar à melhor conclusão Bio hesita em dirigir-se a ele. Pressente o que está acontecendo. O pai que sempre dormiu pouco no começo da tarde agora encomprida a sesta. Some. Onde passa o resto do dia? Em algum lugar tem que estar. Fazendo o quê? Vai a Conceição ou outro destino sem aviso e sem hora de retorno. Não era assim. Não pergunta mais se o milho cresceu ou como anda o estercamento do café e os cuidados com o gado. Com a família restringe-se às obrigações. Pedem dinheiro por seu intermédio e José Afrânio dá mas outras providências ficam com Bio que leva para a casa da mãe o que a fazenda produz e destaca um camarada para carpir e limpar o quintal da casa na cidade. Bio critica o pai:

Tudo nas minhas costas: o cafezal o gado no pasto o controle do leite. Ele não quer mais saber de nada, protesta e espera que Maria Odila lhe dê razão: outro dia o filho do Brás brigou com o camarada novo. Apartei e chamei na chincha. O sujeito espinhadinho me olhou e disse que o acerto dele era com o pai pra dizer que não me devia satisfação. Eu não sabia de acerto nenhum porque o pai não me disse na-

da, decerto esqueceu de dizer. Não fui com a fuça do sujeito. Mandei embora. O filho do Brás é gente direita que cresceu com a gente lá. O camarada me enfrentou. Ia falar com o pai. Não sei se falou ou não e só sei que ele foi embora. O pai não disse nada. Fiquei esperando que viesse me cobrar. Queria que viesse. Ia falar tudo o que precisava.
Tenha paciência filho.
Eu tenho paciência. Até demais. O que ele pensa que eu sou? Burro de carga? Se alguma coisa der errado e vier me encher o saco eu não vou ficar quieto. Ele largou mão da fazenda. Nem parece o dono. Tudo nas minhas costas. Resolvo do meu jeito e seja o que Deus quiser. Não quero que depois me venha com reclamação. À puta-que-pariu. Dá vontade de fazer que nem ele: largar. E que leve a breca. Quem sabe ele acorda. Quantas vezes não falei para arranjar um administrador?
Ela contemporiza:
É seu pai. Não fale assim dele.
Mas não tenho razão?
Com razão ou sem razão não desrespeite seu pai.
Não estou desrespeitando. Estou contando o que se passa. Desrespeitar o pai? A senhora acha que ele está se incomodando? Que conversa boba essa da senhora, ele diz.
Seu pai se incomoda sim, ela diz por dizer.
Desanima. Cansa.
Bio repara no alheamento da mãe. Duvida que realmente o escute. Maria Odila pousa o braço estendido no tampo da mesa da sala de jantar. Olha pela janela a rua o terreno lateral da casa os canteiros da horta ao fundo e o telheiro onde guardam a charrete os arreios e as tranqueiras. O muro paralelo à calçada. O portão largo por onde entram e saem como alternativa à porta da frente. A voz modula numa neutralidade que contraria o filho. Ela se move ajeitando as cadeiras junto à mesa comprida. Atravessa o corredor até a sala de visitas. Bio se confrange na imagem do pai a cavalo cortando estrada às auras da manhã. Bio segue-a à sala. Ela ocupa uma das cadeiras de palhinha trançada. Com respiração arfante a mãe vistoria a toalha de crochê na

mesinha redonda e arranca o broto seco do tufo de avenca na cantoneira ao lado da escrivaninha.

O cômodo grande ensombrece com a presença de Maria Odila. Suas feições capturam a luz das janelas abertas para devolvê-la parcimoniosa ao ambiente que espelha seu estado de espírito. A mãe isenta e acoberta José Afrânio quando Bio se queixa mas invectiva contra o causador das suas desditas quando fala de si. Bio não compreende a contradição. Possivelmente ela se defende da opressão que o pai impõe sobre quem ascende. Imagina que justificando o marido esteja alimentando a esperança de criar liames que o retenham. Bio também reivindica a presença paterna para distanciar-se da emperrada engrenagem familiar. Escapar da estrutura arquitetada à custa de conseqüências danosas para os irmãos para a casa e para ele mesmo. Não quero nunca esmolar atenção como minha mãe, Bio pensa. No silêncio melancólico incomum Maria Odila abdica das motivações e escuda-se na indigência afetiva: desamor humilhação fraqueza diante da indiferença dos demais pela repetição do que encena. Bio condói-se dela agora afundada na poltrona. Sem enfeites de cor na roupa ou no riso ora raro. Os dentes tão bons e o sorriso doce. Como regressar da estreiteza em que se enclausurou? Escutou sobre o desinteresse do pai e não endossou com as suas as queixas do filho.

A expressão indiciava alheamento. Estranhou a calmaria prolongada. Pôs-se de prontidão para a novidade gestando-se naquela passividade. Maria Odila passou a mão pelo cabelo e testou a firmeza do birote preso à nuca:

Como vai Antonha?

Tinha razão: perguntar por alguém da fazenda anunciava para onde se deslocava a sua idéia.

Antonha está igual sempre, ele respondeu.

Em seguida a mãe disse que mandasse Antonha vir a Conceição. Queria distribuir à criançada da Mata Grande umas roupas em desuso pelos meninos crescendo. Perguntou se havia gente nova na colônia e Bio entendeu onde ela queria chegar.

Tem sim mãe. Tem um leiteiro novo.

De onde ele veio?

Trabalhava na fazenda de um tal Mascarenhas que o pai conhece. Esse Mascarenhas já comprou gado nosso.

Quando chegaram?

Faz uns três meses mais ou menos.

É bom no serviço?

É. Dá bem conta.

Tem família? É casado não é?

É, ele disse.

Mas não tem criança na casa.

Não.

E a mulher?

É a mulher do Amaro leiteiro. Nem vi direito como ela é.

Me contaram que é uma moça.

É moça sim, respondeu quase com intenção de atingi-la num brio anterior à lamúria: por que a senhora está perguntando o que já sabe?

Que é que tem? Não posso perguntar?

Eh mãe.

Que foi meu filho? Por que não posso perguntar?

A senhora quer que eu traga o milho mas já está com o fubá pronto. A senhora sempre sabe o que acontece. Veio alguém e contou da moça. Foi Viúvo ou foi Antonha-da-fazenda?

Não foi o Viúvo. E a Antonha não abre a boca pra nada.

Então quem foi que contou? O passarinho? A senhora adivinhou?

Que tem eu querer saber?

Mas se a senhora já sabe, exclamou.

Puxa Toríbio como é difícil falar com você.

Difícil falar comigo? Comigo? Tenha dó mãe, ele esboçou um aceno irritado e depois falou: é mulher moça sim. E bonita. Que diferença faz pra senhora se é moça velha feia ou bonita e se ela mora ou não mora na colônia e de onde ela veio.

Seu pai, ela principiou sem dar seqüência à frase.

Bio olhou-a com firmeza:

A senhora quer mesmo saber? Está bem. Eu falo. Tem sim uma mulher nova e bonita morando na fazenda. E tem mais mãe. Vou falar porque sei muito bem que a senhora está a par.

Quem fez o acerto? Você ou seu pai? Maria Odila interrompeu desejando adiar confirmações.

Isso nem vem ao caso. Mas foi ele.

Como foi o acerto? Quanto está pagando?

Ué. A senhora nunca se incomodou com essas coisas.

Seu pai.

Já sei, Bio falou, já sei o que a senhora quer saber. Já sei aonde a senhora quer chegar. Ele saiu à janela e olhou sem ver a rua morta. Tinha a boca seca e o peito empolgado. O que ia dizer na certa provocaria uma cena mas enfadava contornar a conversa enviesada:

O meu pai a senhora sabe como é. O pai não nega fogo. Anda arrastando a asa e cercando ela. É isso.

Ô Bio.

O que a senhora está estranhando? Não foi o que contaram pra senhora? Se ninguém falou eu falo. De todo jeito a senhora vai ficar sabendo se é que ainda não sabe. Meu pai está dando em cima da moça.

Toríbio meu filho, ela estertorou: falando assim de seu pai? Isso é coisa que se diga?

Por que não posso falar se todo mundo fala? Que é que tem de novo nisso? A senhora não perguntou? Não queria saber? Então. É isso que está acontecendo. O pai não tem jeito.

Que é isso Bio? Por que você dizendo essas coisas?

Que coisas?

Cadê a sua consideração? Você nunca falou dessa maneira.

Nunca falei é? Pois agora estou falando. A senhora não conhece o meu pai? Quem quer consideração que se dê respeito. Desde a hora que eles apareceram na fazenda pra pedir serviço o pai se engraçou. Eu vi. Foi na minha frente.

Mas é casada.

E desde quando a mulher ser casada desencoraja meu pai?

O marido, ela gaguejou desconcertada pela franqueza do filho: o leiteiro. Ele sabe?

Ô minha mãe: só não sabe quem não quer. Só se ele for cego. Ele sai pro mangueiro de madrugada e o pai entra na casa dele. A colônia inteira vê.

Ah meu Deus.

Que Deus mãe. Não ponha Deus nessa história. Com meu pai nem Deus pode. E depois é só mais uma. Logo enjoa dessa também.

Credo Bio. Pare de blasfemar. Você está parecendo essa italianada boca-suja.

É a senhora que fica puxando o nome de Deus.

Seu pai e essa mulher, ela diz com os olhos se movendo pela sala e mão subindo ao rosto em ampla massagem: você com a magrelinha sem compostura ali da esquina. Que família eu tenho. Os homens de casa perderam juízo. Ninguém mais tem respeito por nada.

Não misture as coisas. Espere aí: eu sou desimpedido. É meu pai que passa por cima de tudo. Eu não. Sou maior de idade. Não sou casado. Faço o que quero. E a senhora não venha me encher a paciência pra me corrigir que não vou ficar ouvindo sermão. Eu sei bem o que estou fazendo.

Toríbio, ela interpõe.

Ele perdeu a vergonha. Eu sempre soube que o pai era desse jeito mas agora passou da conta. Fico que nem sei onde enfiar a cara. A turma da fazenda. O pessoal do bairro. Cheguei na venda do Mendes eles estavam comentando.

Não fale assim Toríbio. Seja como for é seu pai.

Eu sei que é mas acho que ele esqueceu disso.

Meu filho, Maria Odila falou com censurante reprovação.

Bio sacudiu ombros. Quis sair mas parou na porta girando a maçaneta em falso na fechadura.

E que tem eu falar assim? Não estou inventando. Adianta tapar o sol com peneira? A senhora fez isso a vida inteira e adiantou? To-

Entreato Amoroso

do mundo sabe disso que falei. Todo mundo da fazenda viu meu pai na casa da moça. O comentário corre solto. O que falo vai piorar as coisas? Nada. Pra ele está muito bom. O burro de carga aqui faz a vez dele, disse indicando-se.

Maria Odila passa o lenço nas dobras do pescoço e Bio deplora o gesto porque remete ao oposto: José Afrânio afastado do que ocorre na casa em Conceição onde não entra há várias semanas. Atos palavras ou preocupações da mãe não terão significado. Transitam em realidades inconciliáveis. Presa em casa querendo controlar o mundo, Bio pensa. Doralícia na casa da colônia. Amaro no balcão da venda do Mendes emborcando bebida e cuspindo grosso no piso atijolado. Maria Odila amassa o lenço fitando o largo rodapé de madeira pintada à volta da sala. Bio sente imensa pena. Nunca falou tão rudemente à mãe.

Em pé à porta da sala Bio vê a rua vazia. A mãe estranhamente aquietada. Ele sai.

11 BIO RECORDA QUE NO TEMPO DE criança acompanhava o pai em visitas de negócio ou cortesia. Tinham vindo a cavalo e no caminho e dependendo do grau de amizade com o visitado José Afrânio antecipava que serviriam doce. A dona da casa conhecia sua *fraqueza* por doces e esperava-os com a compoteira cheia de metades de laranja-cavalo imersas na calda grossa. O pai comia e falava. Ele menino olhava no jardim a cameleira de flores brancas que enferrujavam se tocadas. A lembrança encobre-se por outra onde José Afrânio sorri e seu riso dimana galhardia e superioridade. A inclinação de cabeça ou a boca que à menor contração transforma a expressão de riso em sarcasmo não patenteia se a ironia subjacente no sorriso é intencional ou resulta de intenção erradia que Bio percebe no pai.

José Afrânio cuida-se. Veste-se com camisas alvíssimas e bem passadas de colarinho abotoado sob as lapelas do paletó que só dispensa no à vontade da fazenda. Não se apresenta sem gravata nas ocasiões formais. O colete é um complemento obrigatório. Botas com polainas sobrepostas e brilhantes. Barba e cabelos aparados e nessas ocasiões de visita o requinte de discreta fragrância que mais se insinuava que recendia. Montava segurando as rédeas com elegância e o filho o imitava. À mente de Bio repontam outras imagens: cachorro se lambendo ao sol num alpendre ladrilhado. Toscos desenhos números nomes datas frases anotados a lápis na parede da tulha, o pai não queria que apagassem essas marcas de um passado acumulando histórias: que mão teria traçado os signos e qual o significado deles para os que depois (como o pai que pretendia mantê-los como retratos na parede) se detivessem lendo sem compreender. Nada anterior (nem os signos indecifrados) previa o rumo dos acontecimentos que estão se dando. Bio admira-se de seu arrojo por intervir num assunto que supostamente só diz respeito ao pai. Da impressão de invadir um espaço e de ser agente de uma espécie de promiscuidade ele vê a vida compondo os fatos esparsos secretos ou não costurados pelo fio que tece a continuidade. Qual a lógica das coisas? Que é que aproxima ou afasta pessoas? Como o futuro de alguém poderá ser o que ainda não é? Será assim com toda gente? Pasma-se com perguntas que não se concluem porque se desdobram em nova questão de antemão irresponsível. Idéias informuladas como relâmpagos na mente. Bio olha a parede da tulha onde projeta a idéia de ser como bicho que procura comida quando tem fome e que se orienta pelo cheiro do cio. O mundo virado do avesso. A mente vibrando tocada pela força dos fatos.

O que está vivendo é secreto e perigoso.

Não situa no tempo a percepção de que entre si e a mulher do leiteiro nasceu um entendimento a princípio reprimido pelos interesses do pai e depois reforçado por isso. Remói essa atração que parecia inconseqüente pela abordagem impossível mas que ele transformava em possível ao desconsiderar o obstáculo representado por José Afrânio. Sendo distintos um do outro por que o pai podia e ele não? Essa disputa interior a que Bio justapunha argumentos e os considerava válidos na medida em que se atribuía direitos, crescia na proporção em que observava mais e melhor a mulher. O que era apenas possibilidade ganhou contorno e concretude. A razão desaconselhava mas uma determinação cuja natureza vinha encoberta pela atração física o estimulava. Bio não sabia definir o que o seduzia nela. Não sabia se o estímulo maior vinha do primeiro enfrentamento a uma verdade até então indiscutível por se tratar da vontade expressa de seu pai.

O cotidiano desenvolveu naturalmente a latência e cumpliciou-os no interesse que Bio constatou ser recíproco. Ele sintonizava aquiescências em Doralícia quando transitavam pelas trilhas e caminhos do território que habitavam. Vê-la era intensamente bom e ele queria mostrar-se a Doralícia como alternativa ao cerco do pai: Bio também caçador à espreita. Quando se deu conta submetia-se (na cabeça? na inquietude quando a via? no pensamento difuso? onde?) à necessidade de mover-se para proximidades estratégicas. Sem permissão do sentimento mas norteadas por ele as sensações disparavam ganhando uma autonomia expandida na fabulação de situações sexuais. Rememorava o encontro inicial quando a viu sob a sombrinha que lhe escondia as feições, sentado sob a acácia esperando o desfecho da conversa do pai com o leiteiro. A figura quieta no assento da charrete e alheada do que se passava no alto do terraço imprimiu-se na sua memória. Renovava-se o desagrado por saber que o acordo de trabalho que se discutia à porta da sede incluía o direito ao uso da mulher.

Meses transcorreram entre a chegada do casal e a apropriação de Doralícia por José Afrânio. Era inevitável que Bio e a moça se cruzassem nos caminhos da fazenda em muitas ocasiões. Desviavam-se dissimuladamente exaltados e Bio desassossegava-se buscando maneiras para estabelecer qualquer tipo de aproximação. Olhavam-se ao se juntarem ao pessoal reunido no terreiro em frente à capela da colônia no fim das tardes. Confraternizavam-se no gramado sob o mastro em cujo topo as estampas de Santo Antônio São João e São Pedro se enfeitavam de fitas e espigas de milho. Doralícia ria do que se contava na roda de conversa mas sua participação limitava-se à presença. Negavam-se os olhares que insistiam em se resvalar como adversários ameaçados um pelo outro e por isso mesmo atraídos. Da sacada da sede o fazendeiro cortejava Doralícia. Bio sondava os movimentos do pai. A rebeldia contra a ascendência paterna estimulava-o a compor o terceiro lado de um triângulo de faces desiguais. Eram díspares as armas e estratégias de assédio de que dispunham. Os anos a mais e o acervo de aventuras de José Afrânio conferiam-lhe vantagens.

A fazenda era um mundo pouco povoado. Comandando serviços no eito ou no mangueiro Bio avaliava os obstáculos para abordar Doralícia e o conflito que se criaria. Tinha rompantes em que se acreditava capaz de reverter a vantagem paterna nessa disputa provavelmente unilateral. Essa certeza substituía-se pelo descrédito que o punha submisso como os irmãos, mais receosos que afetuosos com o pai. Fantasiava falar a Doralícia como não soubesse de nada entre ela e o patrão. Interditava-se das iniciativas para alterar essa abulia e também por ignorar as pretensões da moça. Temia reações indesejadas ou inesperadas. Bio se insurgia contra o determinismo que autorizava José Afrânio a dispor dos semelhantes: só porque ele quer que seja tem que ser?

Os casos de mancebia do pai aconteciam fora de Conceição dos Mansos e reboavam como ecos na sala de visitas de Maria Odila. Ninguém conhecia essas parceiras cuja existência podia ser inventada já que ganhavam vida em boatos que cada qual contava a seu modo. Constava que José Afrânio preferia mulheres vistosas e alegres e com sua beleza singela traduzida na fala branda Doralícia não se enquadrava no modelo. Suas singularidades não se evidenciavam à primeira vista de seu tipo comum: morena clara cabelos castanhos lisos à altura dos ombros olhos tão escuros que pupila e íris não se distinguiam.

Uma tarde em que o pensamento desautorizava o direito de posse que ele próprio concedia ao pai, perturbou-se por uma estranha determinação que o empurrava na direção da colônia como uma ordem sem origem a que devesse obedecer. Quis constatar o significado dessa pulsão que o convocava como um chamado centrado em Doralícia deixando-se levar pelo caminho que passava diante da casa onde ela morava. Talvez obediente a igual intuição ela saiu à janela. Vendo-o, Doralícia deu um passo atrás como se a surpreendesse o acaso. Com a mão descansando no batente da janela ela baixou e ergueu a vista e o olhar intenso continha alguma revelação. Respondeu o boa tarde de cumprimento. Bio esboçou um riso correspondido. Nada mais que isso sucedeu. Bio seguiu adiante até o cafezal. Entre os cafeeiros tentava entender o que era inusitado no episódio e mesmo incompreendendo Bio concluiu que se adensava entre ambos um sentido de afinidade.

Como as outras mulheres Doralícia lavava roupa na tábua lisa de uso à margem do córrego. Punham-se de joelhos numa almofada de panos dobrados protegendo dos seixos e dos grumos de areia. A bacia de roupa equilibrada sobre a rodilha de trapos no alto da cabeça fazia-as caminhar muito eretas. A roupa lavada depois dançava nos varais do quintal. Havia pouco a fazer: de manhã varria o chão de tijolos aspergido de água para não erguer poeira. Aguava os pés de flor rente à parede da frente e os canteiros de verdura e cheiro-verde no quintal. As batatas de dália que a vizinha deu e ela plantou já brotavam. À tarde sentava-se no degrau de pedra ou reunia-se aos outros no gramado sombreado à frente da capelinha. Diferente das vizinhas, vestia roupa limpa e sem remendos. Andava pela estradinha beirando o mato. Charcos mata-burros cancelas trechos do ribeirão que cachoava entre pedras. O caminho do cafezal e a aguadinha cruzavam-se na ponte de madeira. O ribeirão sumia entre as árvores repontava adiante e ia desaguar no Jaguari. Falavam de cachoeira no meio do mato e ela gostaria de ver a água despencando no poço largo onde os meninos nadavam.

Numa dessas ocasiões viu Bio vindo a cavalo. Em vez de atravessar a ponte estreita ele fez o animal entrar na aguadinha. Sentada na pedra com os pés na correnteza rasa Doralícia baixou a cabeça. O cavalo bebia a água ferruginosa. Bio murmurou um cumprimento. Não se olhavam no quieto quase alarmante. A colônia escondida pela borda da mata. Estavam ali por alguma e mesma razão. Ou pelo menos para construir outro acaso.

(O ectoplasma telúrico move os cordões dos títeres para dar continuidade à trama. Dois jovens cujas curtas vidas haviam transcorrido em âmbitos diversos são tocados na **anima**. *Embora ainda não saibam, a interação ou não de suas vidas determinar-se-á por esse encontro. São fautores desse acaso e inocentes das conseqüências. O que os aproxima está aquém da consciência e além das intenções limitadas até então ao jogo de olhares resvaladores mas reveladores. O destemor e a ilogicidade dos sentimentos une-os para peitar o que José Afrânio deseja inscrever pela obstinação. À revelia desse demiurgo e com a conivência do espectro que preside as relações humanas naquele sítio, ousam ser autênticos e íntegros na individualidade e independentes, se é possível ao homem ser independente.)*

Bio buscava o que dizer para transpor a barreira do silêncio. A moça confirmava sua tranqüila beleza. Penteado com o arremate de presilha o cabelo castanho fulgia ao sol. No vestido o esmero de um babado no decote. Nada nela manifestava constrangimento: plácida como a água passante entre os dedos da mão roçando à tona. O arrebatamento apertou a garganta de Bio. O tempo secionado se prolongava muito além da sede aplacada do cavalo.

Bio tartamudeou sem saber direito o que dizia:

Por que você está aqui? Esperando alguém?

Doralícia ergueu os olhos para o mato para as nuvens para o moço. Enxugou os dedos na barra do vestido e a mão escorregou dos cabelos à orla do decote, olhos e feições francamente abertos. Não tem medo: não terá vontades? Aceita o que seja tão calma quanto uma ausência. Bio escutava o coração pulsando no corpo inteiro. Atendeu ao inesperado que o comandava e disse com fraca voz corajosa:

Eu penso sempre em você.

Doralícia escutou impassível e ele suprimiu a fala para não quebrar o entendimento com que se olhavam. Para Bio tudo era claro e não cumpriam mais que outra etapa de uma ação incontornável. Podiam falar mas faltava o encadeio de palavras porque o essencial se revelava sem enunciação. Alterou-se a calmaria da tarde. Nambus piavam no interior do mato. Na sucessão de sensações ele se sentiu atrevidamente eufórico. Na tentativa de protelar a confirmação do que lhe pareceu demasia Bio disse:

Volte aqui amanhã. Mesma hora.

Sacudiu as rédeas sem esperar resposta. Fustigou o animal sentindo o rosto quente pela ousadia. Não se voltou para olhá-la. A intimação mais que convite organizou o atropelo instaurado no seu íntimo. Aonde o levaria esse pulo no escuro? Deixou-a sem conferir nela a repercussão do instante em que patenteava tudo o que o acossava. A emoção seria partilhada? A sugestão de se encontrarem era uma imprevista rebeldia contra José Afrânio e se acontecesse, o encontro selaria cumplicidades. Até onde ela e o pai haveriam chegado? Confusamente Bio buscava situar-se na emaranhada rede de desconhecimentos.

Assim ela fica sabendo que o pai não me comanda, Bio assegurava-se temeroso e temerário.

Não a conhecia para conjeturar o que representava para ela o convite. A expectativa pela continuidade proposta nas suas palavras alargaria as próximas horas. O que lhe figurava como traição ao pai obrigava-o a se acautelar e prevenir conseqüências. Procurar não estar à vista. Se Doralícia contasse ao marido ou seu pai viesse a saber? Temia represálias? Desejou que chegasse logo a noite com o imobilismo de agora e que as coisas se encaminhassem conforme queria. Falou tão rápido. Faltou veemência. Ela teria compreendido? Entendeu sim, Bio abria-se para o que o acalentava e excitava.

O pai não teria o que censurar. Se lhe cobrasse a abordagem, alegaria ignorância do interesse dele. Ela compareceria? O que deduzir da feição transparente como a água do ribeirão que permitia enxergar o fundo do leito? Amanhã saberia. À janela respondeu riso com riso e o riso era uma resposta, pensou esperançoso e duvidando do meneio na boca de Doralícia. José Afrânio perderia resignadamente a disputa? Disputa ou pretensão? A impassividade com que escutou seu convite significava indiferença? Mas riu para ele. Bio pensava no cerco de José

Afrânio pelo filtro dos aforismos do pai: não desistir sem insistir / semear no tempo certo que a terra responde com brota / ter a esperteza de pensar antes dos demais / jogar a isca e cevar a paciência / pôr a engrenagem pra funcionar que a cana não vira garapa sozinha. Será que ele já comeu ela? Se têm alguma coisa, me ignora e pronto. Ruim seria se o denunciasse.

Na obscuridade da tulha onde sacas de café em coco se empilhavam quase à altura das vigas do telhado Bio ponderava variantes. O cheiro adocicado do estoque ensacado lembrou sua primeira cópula. Doca: mulata clara de peitos grandes e firmes. Provocava-o desbocada e debochada. Na hora de descanso no cafezal sentava com as pernas abertas e por trás dos outros gesticulava oferecendo-se. Ele era pouco mais que um menino. Num domingo combinaram se encontrar no lugar onde estava agora. Esperou muito tempo e quando já desistia Doca apareceu. Entardecia. Na pouca luz desfizeram-se a impaciência da espera e o suplício da ansiedade. Não foi como imaginou. Doca era larga, riu lembrando que ela ria enquanto o incitava a socar com força. Apertava-o entre as coxas na cama improvisada com panos usados na colheita. Quem comeu quem, ele pensa cotejando o traquejo adquirido nas cópulas posteriores. Sob o mesmo telhado esperando o quê? Novamente a expectativa misturada ao receio, pensou à visão de Doca subindo pela sacaria agarrando-o e sugando-o num sorvedouro.

O que se passaria com Doralícia? O mesmo que com ele ainda surpreso com o próprio destemor? Nem pensava encontrá-la onde a encontrou. Vinha à cocheira desarrear o animal e soltar no pasto. Foi coincidência Doralícia estar onde estava. Sem qualquer premeditação. Ou não: o destino obrigou-o a passar por onde o mesmo destino obrigava-a a sentar-se. Esperando-o? O menor desvio ou a necessidade de uma verificação qualquer das tantas que eram do seu encargo e que o apressasse ou retardasse e ele não estaria ali pensando nela e nele. O que fazia à beira do ribeirão? Como se houvessem combinado. Amanhã à mesma hora: ela iria. Iria? Se tivesse se ofendido com o que propôs a expressão mostraria. E se em lugar dela viesse o marido? Se

Entreato Amoroso

Amaro lhe armasse uma armadilha? Um caboclinho de jeito manso mas não se podia confiar, visse o caso do Tozinho Meira que ele chegou a conhecer bem velho.

Que amanhã fosse para sempre se lembrar. Não como Doca que à sua insistência de novo encontro disse não porque ele era um frangote e ela gostava de homem formado. Foi só pelo gosto de lhe tirar o cabaço, ela disse. A tulha guardava outras histórias como a da filha do Orestes-meeiro noiva de aliança e de casamento marcado: foi *ele* quem fez o cabaço dela debaixo deste mesmo telhado. E até que chegasse o casamento eles se exercitaram num aprendizado e aprimoramento que durou meses. Antes de ir embora com o marido disse que a procurasse quando quisesse mas ele não foi. Quando se encontravam olhavam-se e o riso da boa lembrança brincava na boca de ambos. Invadido por memórias odores promessas Bio masturbou-se.

Deitou cedo evitando o pai. Da cama escutava a voz do locutor lendo o noticiário e os estalidos do rádio. Trovejou longe. Relâmpagos acenderam as frestas da janela mas não choveu. O relógio de parede marcava horas e o sono demorava. Não conseguia se aplacar. Ia do entusiasmo da certeza ao abismo da frustração. Antecipava detalhes. Não queria gastar sozinho o gozo como na tulha mas o corpo exigia. Virava-se na cama. Ergueu-se e andou pelo quarto espantando imagens do pai ou do marido perseguindo-o. Abriu a janela para a lua escondida por nuvens rápidas. A madrugada arrastou-se num sono picado até que antes da luz a cantoria de galos e o piar da passarada anunciassem o dia. Levantou-se mais cedo que o costume e foi logo ao cafezal sem passar pelo mangueiro desviando-se de cruzar com Amaro.

Doralícia riscava a correnteza com uma varinha de bambu jardim. O espectro do silêncio em abóbada sobre a terra moldava cada elemento móvel ou imóvel compondo no cenário. Um pio no fundo do mato surtiu incerteza e receio. A pé e vendo-a a perna tremeu e a pulsação acelerou. Excitou-se imediatamente e disfarçou a ereção. Nada impediria acontecer o que vinha desejando nas últimas horas. Nada vivo se mexia na paisagem. O ar parado. Soalheira. Várzea mortiça.

Passou a pinguela e com aceno indicou que o seguisse. Ela esperou como duvidasse aceitar. Bio constatou o ermo e repetiu o gesto. Entrou pela trilha que levava ao poço da cachoeirinha e já encoberto por troncos galhos e folhagens viu Doralícia caminhando entre a ramada. Saiu da trilha e enveredou pelo entrançado de cipós até um lugar conveniente. A luz coava-se pelos vãos nas copas e era fragrante o cheiro de musgo e madeira úmida e podre e folhas se decompondo. Ela o seguiu. Embrenharam-se no mato.

Bio recorda de que se olharam muito e mudos. Pegou-a pela mão. Puxou-a e ela achegou-se mansamente. Abraçou-a e beijaram-se com uma fome feroz no espaço estreito onde se espremiam. Encostou-a à perobeira. Lambia-lhe o pescoço e a boca. As línguas se enroscaram e as mãos apertavam seios e percorriam afoitas a cintura as nádegas e o alto das coxas. Ergueu-lhe o vestido e desabotoou-se sem apartar os corpos. As roupas pearam os pés atrapalhando os movimentos. Esfregavam as coxas nuas no tronco rugoso que raspava na pele. Bio ergueu a perna da mulher e com a mão guiou o sexo. Doralícia arfou e Bio começou o vigoroso vaivém dos quadris. Ela cingiu-lhe o pescoço quase alçada do chão e mordeu-o acima do mamilo deixando a marca azulada que ele tanto estimou nos dias seguintes. Gemeram e gozaram e continuaram abraçados, ele assombrado pela culpa se imiscuindo na plenitude e ela impassiva como se o prazer se esvaísse no último gemido.

Eu queria, ele começou mas não soube como prosseguir ao observar um repasse de tristeza na expressão da moça. Ela não compartia o arrebatamento na expressão de natural melancolia que lhe velava as feições como o escuro dos olhos e o formato do rosto. Na lisa pele do rosto a suave penugem na contraluz.

Queria ficar sempre assim, disse abraçando-a.

Os ruídos no mato e a mudez em Doralícia desvaneciam a ocasião. A cópula comprometia-os mas a sensação de isolamento na mulher não permitia a Bio o gosto de cultivar o segredo amoroso que dali para diante partilhariam. A fusão dos corpos não prosseguia na emoção abrasiva nele e indecifrável nela. Sequer assegurava que o ato os unia.

Entreato Amoroso

A idéia de um futuro partilhável esgotava-se nos olhos escuros da mulher. Não era frieza mas um distanciamento que provinha de dentro dela. Doralícia comedia gestos e palavras. Perscrutava o rosto de Bio com um ressôo de tristeza. A marca arroxeada na pele faria Bio refletir sem definir qual era o princípio ativador da aceitação de Doralícia ou da facilidade com que se entregara. Cessado o ímpeto cada qual ficava com sua parte excludente, faces da mesma moeda.

Não fale nada, ela pediu.

Recompuseram as roupas. Doralícia ajustou a calcinha de pano alvejado aninhada num tornozelo, a orla da perna enfeitada de sinhaninha. Apertou a roupa no sexo para secá-lo. O gesto comoveu Bio como o comoviam as mãos pequenas ajeitando o cós do vestido alisando o tecido tirando deles restos polvilhados do tronco. Esboçou um afago que ela rejeitou.

Volte amanhã, ele disse.

Não sei se vou poder.

Volte, insistiu.

Ela escondida na toca funda dos olhos.

Eu venho, ele falou: você vem?

Não sei.

Mesma hora.

É perigoso.

É só olhar se não tem ninguém. Não deixe perceberem.

Doralícia manifestava pressa.

Como vamos sair daqui?

Você vem? Amanhã?

Ela não respondeu. Ele disse:

Volte pela trilha. Eu saio um pouco mais pra cima. Não. Espere. Eu vou primeiro. Deixe passar um tempo e depois saia. Espere até eu chegar na curva da colônia.

Como vou saber se chegou?

Espere uns minutos.

E se aparecer alguém?

Quem pode aparecer? Não tem perigo. Todo mundo está no serviço.

O encontro repetiu-se na tarde seguinte. Copularam com igual empenho mas do gozo restou um vazio. A mudez apagou qualquer enlevo. Bio incompreendeu a apatia de Doralícia. Quando lhe disse que parecia triste ela respondeu:

Não estou. É meu jeito de quieta.

Ele quis saber sobre o pai e ela contou que José Afrânio ia de madrugada a sua casa depois que Amaro saía. E espontaneamente contou que um sentido dentro dela avisava para ir embora da Mata Grande. Que aquele lugar era ruim. Mas Amaro não queria.

Não gosta daqui?

Aqui é bonito mas de vez em quando vem um pressentimento ruim, ela disse.

Bio quis desdizê-la sem encontrar fórmulas. Entendeu que ficava implícito no que ela dizia um pedido de proteção ou de compromisso que ele relutava em aceitar. No centro dos impedimentos, o pai. Configurava-se uma triangulação em que participava como componente esquivo e marginal, personagem secundária cuja relevância seria determinada pelo andamento da trama principal. Sentia que não devia esmiuçar esse rescaldo emocional e que a omissão o aliviava de responsabilidades. Era ele quem se intrometia num acordo em andamento. Roubava-a ao pai?

Quis abraçá-la e ela olhou-o fixamente.

Não, ela disse.

Por quê?

Não quero.

Mas por quê? Não veio aqui pra isso?

Não quero. Nem sei por que vim.

Não gostou? Não me quer?

A treva luminosa dos olhos tragava-o. A terna comoção e o ímpeto apaixonado que o motivaram à insistência ficaram ao desabrigo de si. Todo o imaginado parecia restringir-se ao ato sexual. Desencontra-

vam-se. Doralícia escapava não apenas do abraço mas de tudo o que ele supunha oferecer. Ela não necessitava de arrimo. Na prospecção sensorial do que viviam e que fundamentava seu direito a ela, brotaram questões sintetizadas na que conseguiu expressar:
Então podia ser qualquer um?
Ela dispersava o olhar pelo mato.
Não me queria? Quando me olhava era à-toa?
Não sei.
Pensei que gostasse um pouco de mim.
Eu gosto. Acho que gosto.
Preferia meu pai?
Ela ergueu a cabeça e fitou-o com uma expressão de impenetrável dureza. A intimidade dos sexos não revelava a essência de Doralícia. Fechada como folha de dormideira quando tocada, as emoções se represavam na escura lagoa dos olhos. Bio duvidou ou incompreendeu a impetuosidade na cópula e o esconder-se no silêncio. Não a obrigara a vir e uma interdição a estreitava. Ele reteve impressões desse desnorteio para orientar-se no futuro. Acautelar-se para explorar o que não conhecia nela. Tivera o que queria; teria outra vez? Separaram-se nesse estado de pouca interação. Ela se esquivou pela vereda e algum tempo depois Bio apareceu num ponto acima de onde ela havia retomado a estrada. Seguiu caminho oposto ao da colônia em direção ao cafezal.

12 Viúvo Percedino vinha do Fundão onde tinha ido lenhar e atravessava o pasto carregando o feixe de galhos secos atado por um cipó. Viu a moça saindo do mato e escondeu-se pelo pudor de testemunhar que ela se escondia na ramagem para atender uma necessidade física. Deixou o feixe na beira do milharal enfiou-se na tigüera e esperou que ela desaparecesse na curva. Olhou a mão riscada de sangue seco no corte feito pela folha afiada do pé de milho. Lambeu o ferimento e apertou-o no tecido da camisa.

Não demorou e viu no caminho Bio indo numa passada rápida inspecionando o derredor. Viúvo embrenhou-se mais na roça. O rapaz que ajeitava com os dedos os cabelos rebelados derivou para a estradinha subindo a encosta e enfiou-se entre os cafeeiros. Viúvo aguardou. Assegurando-se de que o caminho estava livre retomou a volta a casa. Sem elaborar ajuizamentos soube imediatamente de que se tratava.

 Credo. Pai e filho, Viúvo Percedino refletiu na lerdeza dos passos.

 Doralícia não voltou para um terceiro encontro. Bio passava diante da colônia e pelo trecho do ribeirão onde lhe falara. Sentava na pedra onde ela estivera escapável como água passando. Ou como ar: existente e invisível. Seguia para a sede esperando que ela saísse à porta e pudesse vê-la e como o pai, postava-se no terraço mas ela não aparecia. Não teve nem oportunidade nem coragem para convidá-la outra vez. A marca roxa no peito e a memória do calor do sexo eram como marca de ferro em brasa na anca do animal. Esforçava-se para enganar o desejo que o empolgava mesmo quando o vestígio desapareceu da pele. Devia esquecer do corpo que se grudava ao seu numa ânsia que desmentia a mansidão aparente. Bio entendeu que a esquivança de Doralícia indiciava o apossamento cada vez mais completo de José Afrânio. Ia e voltava do cafezal ou do mangueiro à sede frustrando-se por não vê-la. O desassossego chegava a ser notado pelos camaradas. Bio se controlava como podia mas o açodamento com que desejava o que ela negava manifestava-se na desatenção ou na vaga resposta ao que perguntavam. Quando a via, decepcionava-se: o comportamento repetia a declaração de desapego: nem sei por que vim, havia dito.

 Deitado no alto da sacaria de café, a memória espicaçava-o. Doralícia longe do alcance ele orientava o interesse para as mulheres que podia ter. A italianinha servia como desafogo. Trepado nela ou noutra imaginava estar em Doralícia. Tinha certeza íntima de que um dia haveria de comê-la outra vez, outras vezes. A masturbação o desatendia como recurso insuficiente.

 Certa madrugada escutou passos no corredor. A porta da frente rangeu e fechou-se. Levantou para certificar-se de que era o pai que

Entreato Amoroso

saía. Viu pela fresta da janela da sala o vulto atravessando o gramado e descendo as escadas do terreiro. No mangueiro as lamparinas iluminavam a ordenha. Inverno fustigante. Amargou intensa onda de despeito. Seu malogro na preterição acusava-o de inoperância diante da suficiência com que o pai manejava a circunstância. Filho da puta, murmurou. Cabia-lhe apenas aceitar.

Não tendo nada a perder computaria qualquer favorecimento como lucro. Passou a espreitá-la de longe num cerco silencioso em que aparentemente ela não reparava. Espiava-a lavando roupa ou varrendo o terreiro. Se ele intencionalmente parava na colônia sob pretexto de procurar alguém, ela entrava. Na janela, ausência. Pungia no ciúme e no despeito. À lembrança dos olhos impenetráveis o que lhe poderia dizer além do que haviam vivido juntos? Isolada numa redoma e ele rodeando-a sem brechas para assediá-la. Faltava a decisão dos encontros anteriores. Queria mais. O cheiro de mato despertava o sexo e Bio não se consolava com derivativos. Nas mulheres de quem se servia no bairro ou em Conceição faltava a ânsia do abraço de Doralícia e boca sôfrega esfregando-se na sua. Sentado no muro do terreiro vigiava a colônia: até nisso tenho que ser como o pai.

Atracava-se à italianinha de má fama. Pouco lhe importava que ela se desse a outros conforme circulava entre a rapaziada. Falavam sem apontar quem pulava a mesma janela e ele sabia que não era o único. Dico-do-Donatílio avisava Bio que tomasse cuidado. O caso vinha de meses. Escalava o muro e as folhas de mamoeiro roçavam sua perna ao agarrar-se à janela antes de saltar para dentro do quarto. O caso acabou chegando ao conhecimento da família. O pai surrou a garota proibindo até missa aos domingos e os irmãos ameaçavam vingança dizendo que qualquer dia iam pegar Bio. Num fim de jogo domingueiro no campo de futebol saíam do vestiário e misturavam-se à torcida contente com o resultado. Bio reparou num princípio de tumulto. Alguém falava alto gesticulando dentro da roda de pessoas. Era um irmão da mocinha que os companheiros seguravam demovendo da briga. Bio esperou a barulheira acabar e afastou-se. A questão não fazia sentido. Apenas valia-se da oportunidade que ela oferecia. A rota do quarto era caminho batido.

13

O SOL RECÉM-NASCIDO ILUMINAVA O ALTO dos morros e a geada branquejava as várzeas. Por trás da casa de sede o esqueleto da paineira eriçava-se contra o céu de um azul absoluto. José Afrânio saiu à porta da casa do Amaro-leiteiro. A aparição assustou as mulheres que se ocuparam com os pés de flor ou arrancando mato do canteiro de espada-de-são-jorge plantada à frente das casas por proteção contra maus-olhados. Entraram e fecharam as portas. José Afrânio ignorou o que provocava permanecendo à porta com naturalidade de dono da casa.

Sua posição de patrão limitava os comentários na fazenda e a atitude é para eliminar dúvidas. Mostrou-se às mulheres e voltou para dentro deixando a porta aberta. Sentou numa cadeira da sala. Cruzou as pernas esperando. Olhou as fotografias e oleogravuras pendendo de pregos na parede em molduras e por trás dos vidros. A manhã pendurava passarinhos nas gaiolas e incorporava esganiços das aves de criação a gritos humanos distantes. O dia principiava com o fato incomum do patrão na casa da amante.

Amaro vem com as mãos no bolso do paletó surrado apertando-as ao corpo por causa do frio. A geada castiga os baixios com sua alva beleza e a umidade da relva enregela a barra da calça. Amaro perdeu alento e precisa de um ato reativo. Adia-o querendo que a situação se resolva por vontade que não seja a sua: alguma coisa encaminhará os fatos mas não quer que seja dele a iniciativa. Nada faz por não saber o que fazer. Em casa seu espaço estreitou-se. À boca da noite sai para a venda do Mendes onde se encosta a um canto do balcão e entorpece na bebida. Volta no escurecer. O prato de comida o espera sobre a panela com água quente no fogão. Doralícia quieta vai de um cômodo a outro. Não se sustentará a precariedade do que os liga mas nada é dito entre eles. Amaro gosta da moça que aceitou casar para livrar-se da família que a criou e usava como empregada. Não tem sido fácil a vida em comum e ela o acompanhava sem reclamar das mudanças de fazenda a fazenda. Não se demoravam num mesmo lugar. Arrepende-se de não ter procurado outro canto quando ela avisava o pressentimento de que a Mata Grande não convinha.

Vamos embora, ela insistia: aqui não serve.
Que história é essa? Por que não serve?
Tem uma coisa dizendo pra ir embora daqui. Tem tanto lugar no mundo.
Eu acho bom. É um lugar bonito. Gente boa.
Por que não foram?

Ilham-se por falta de assunto. Doralícia cumpre rotinas. Ela cuida da casa e das unhas esmaltadas e do cabelo e se entretém no quarto enquanto ele fuma o palheiro na cozinha. A mulher deita-se antes. Dorme ou finge dormir. Nega-se quando a procura. Podia exigir seu direito de marido, pensava voltando bêbedo para casa.

Os dias se repetem. Avoluma-se o que não se esclarece. Tentou conversar mas Doralícia se esquivou do assunto. Não insistiu e a inação tornou-o conivente com a condição de corno manso e ainda ressoam as palavras de chumbo de dias atrás:

Desculpe dizer Amaro. Nem sei se estou fazendo o certo falando o que vou falar mas ontem de manhã o patrão estava na sua casa, Dorico companheiro de ordenha e pescaria disse-lhe no mangueiro: não leve por mal o que digo mas é que todo mundo sabe que ele anda indo lá e você parece o único que não percebeu. Juro por Deus que não estou levantando falso. Minha mulher achou bom que eu avisasse pra você não continuar na parte de enganado. E já que falei o pior vou dizer o resto: não foi só ontem. É quase sempre.

A claridade do lampião e da manhã começando a revelar o mundo revelavam em toda extensão o que vinha suspeitando. A espuma do leite e a humilhação cresceram no balde. A cara acalorou de vergonha embora estivessem só os dois no mangueiro. Acabou a tarefa sem atentar no que fazia. Desatou a peia da vaca puxou o tripé de assento e espalhou as mãos pelas pernas da calça enxugando-as. Saiu do mangueiro e zanzou pelo pomar das jabuticabeiras.

A beleza apurada por cuidados confirmava a separação acontecendo. Doralícia tinha sido criada na convivência de gente de boa posição em casa de um fazendeiro de quem ele era empregado. Todo dia ele vinha à cidade trazer o leite que ela vendia à vizinhança num alpendre pegado à cozinha e enfeitado de trepadeiras. Os fregueses entravam pelo portãozinho dos fundos num casarão de esquina com muitas janelas. Pensou que ela também fosse do serviço da casa. Nas conversas foi conhecendo as circunstâncias em que ela vivia. Não era adoção de papel passado nem era tratada como da família. Quando propôs se casarem ela aceitou sem nenhum embargo dos que a acolheram.

Traição é ruim, mesmo o casamento sendo pouco mais que a conveniência. Casou deflorada. Havia moços na família. Ela contou que um deles molecote se atreveu. E deve ter gostado porque Amaro admirava de como ela usufruía a cópula. Às vezes bastava encostar a mão e ela arfava. Agarrava-se nele como dependurasse num arrimo. Tivessem rumado para outra fazenda mas preferiu ficar na Mata Grande porque gostou do tratamento dado pelo patrão e pelo filho. O ordenado era suficiente. Havia se afeiçoado à gente da colônia.

Pesava ser casado com mulher cobiçada. Não era a primeira vez que assediavam Doralícia. Antes ela havia lhe contado não só do rapaz da casa. Depois de casada houve dois ou três que a atentaram. Ela diz que se negou. Desde o começo Amaro desconfiou das amabilidades do patrão. Doralícia começou com esmeros nos cuidados consigo. Penteava os cabelos que cheiravam a sabonete. Prendia presilhas e sem propósito pintava a boca de batom porque não ia a lugar nenhum. Brincos e broches. Amaro vinha com a roupa suja de curral e ela reclamava do ranço de estrume e fumo de corda e do arrepio que provocava o canivete alisando a palha de cigarro. Ele ia ao armazém do Mendes para o mata-bicho e depois dos sábados de carraspana exalava o vício.

Entreato Amoroso

Acostumada ao padrão da família com quem morou, Doralícia caprichava no arrumar a mobília pobre. O aspecto de sua casa era melhor que o do resto da colônia. Ela gostava de flor no vaso e toalhinhas nos móveis. Forrava prateleiras com papéis de borda recortada. Reclamava o conforto da luz elétrica porque nem rádio podia escutar, coisa de que gostava tanto e cantava junto com o cantor *voa minha linda borboleta/ voa procurando a ilusão/ voa pois a vida é tão boa/ quando se tem/ um amor no coração*. Faz falta a privada de louça, ela disse: não me acostumo usar a casinha sobre o ribeirão com porco e galinha fossando debaixo do assento de tábua.

O alto eucalipto riscava sombras no chão. Amaro demorava no retorno ou José Afrânio desejasse resolver depressa a pendência que o mantinha ali.

Na manhã da revelação Amaro quis abandonar tudo sem nem entrar em casa para pegar alguma roupa. Sumir de volta a Minas e a Conceição dos Ouros onde nasceu para se desdizer noutra Conceição, esta dos Mansos: virou corno manso. Procurar colocação noutra paragem. Largar Doralícia ao destino que escolheu e quando o patrão se fartasse dela o mundo encaminharia.

O frio doía na orelha nua. O casario da colônia branquejava ao sol. Ao se aproximar de casa retardou as passadas.

José Afrânio esperava-o na sala.

Amaro hesitou no degrau e na incerteza. A presença baqueou no peito e ele empalideceu. Na pobreza caiada das paredes a mulher veio da cozinha e parou na passagem para a sala decerto preparada para a cena que se projetava entre José Afrânio e o colono. O patrão cruzou os braços com expressão tranquila. Amaro amargava ter trazido a mulher para o homem que agora dominava a sala com a sua presença enorme. Ela era escorpião cor de ferrugem cravando-lhe o ferrão nas costas. Buscou apoio ou explicação que faltavam pondo nela olhos de apelo e cobrança. Doralícia entrou no quarto e sentou-se na beira da cama. Amaro deparou com o que devia enfrentar. Gaguejou conexões entre as partes em que se dividia e suas mãos dançaram no ar. Descansou-as na cancela rodando a taramela lisa, a boca mastigando nada.

Bom dia Amaro, José Afrânio disse com afabilidade: estava esperando você chegar. Precisamos ter uma prosa. Entre. Venha. Sente aqui, disse apontando uma cadeira.

Amaro obedeceu. Escarmento nas orelhas ardendo. A colônia assistindo. Sabiam o patrão esperando-o. Puxou a cadeira e ocupou a borda do assento, a mesa em anteparo. O desafeto sentou-se à frente.

Já acabou a tarefa? José Afrânio descansou o braço na mesa buscando os olhos do homem à sua frente que não conseguia erguê-los sob o peso do constrangimento.

Já, Amaro balbuciou.

Então, José Afrânio disse escolhendo palavras para ganhar tempo e segurança: esta conversa é sobre um assunto muito melindroso e eu pensei.

O coração e a mente de Amaro tumultuavam. Dum fundo de memória desandaram momentos vividos com a moça de risos tímidos e parcas palavras, inconciliada com a mulher no quarto ao lado. Suspendeu a cabeça e amparou-a no braço dobrado. José Afrânio pigarreou limpando a garganta e procurando manter o leme da situação:

Pois então. É que, titubeou numa reticência: bom. É melhor ir direto ao que tenho pra dizer. A sua mulher. A moça. A Doralícia. Doralícia vem me contando umas coisas umas reclamações, tamborilou os dedos na madeira: ela disse que você anda bebendo demais e que. Bom. Anda desgostosa. Se queixou do seu desmazelo e do pouco conforto da vida na colônia. O trato que você oferece a ela. E disse que gostaria de viver numa condição melhor. Estava acostumada com outra qualidade de vida. Você sabe: essas coisas que dificultam. A Doralícia, José Afrânio falava cuidadoso: sabe como é

Pode dizer de uma vez patrão, Amaro interveio murmurando.

Doralícia veio com essa reclamação e me pediu que conversasse com você. Achar uma solução pra. Enfim. Que eu interferisse pra mo-

Entreato Amoroso

dificar as coisas você me compreende? Achei que ela devia de. Já que é difícil um ajuste ela concordou comigo que
Deixe de rodeio patrão, Amaro disse sem erguer a cabeça.
José Afrânio coçou o queixo.
Ela pensa que podia subir pra casa de sede cuidar da ordem pra mim. Ela quer atender o meu pedido porque lá anda tudo meio largado. Tem as empregadas mas estou precisando de alguém de iniciativa. Antonha faz o que pode mas não dá conta e a Aurora não tem muita capacidade. Estou carecendo de pessoa que comande. Pessoa de confiança. E Doralícia me contou que era ela que cuidava da casa onde morava e
E eu patrão? ele interrompeu.
José Afrânio esperou que seu silêncio desse a resposta. Depois disse:
Você o quê?
Ela vai pra sede. Se ela vai pra sua casa pra onde eu vou?
Ela vai trabalhar na sede. Passa o dia lá e depois a gente vê como fica, José Afrânio disse: é disso que quero tratar. Você continua aqui e. Bom. O Bio fala que você dá muito bem conta do serviço. Deixa tudo em ordem e enxerga tarefa sem precisar mandar. É bom camarada. E bebida ele nem acredita como pode ser mas a bebida não atrapalha seu serviço.
A Dora vai trabalhar na sede?
É. Estou precisando dela na sede. Mas como falei o serviço no mangueiro continua seu.
Amaro ergueu o rosto. Tanto a contrapor e nada a dizer.
Você vê, José Afrânio prosseguiu: o emprego é seu e larga só se quiser.
Depois de uma pausa acrescentou:
Tanto pode ficar aqui como pode preferir ir embora.
José Afrânio ergueu-se sem despegar os olhos fustigando o empregado. Fixou os olhos na oleografia representando Jesus no horto das oliveiras. De costas para o empregado sentenciou:
Você escolhe o que achar melhor. Mas ela fica, disse: se você quiser pode ir mas ela fica.

Ter coragem de acertar com a botina enlameada de barro e bosta de vaca a cara do patrão. A fragilidade da raiva machucava e a manhã crestou na boca seca.

O patrão está me tomando a mulher, murmurou.

José Afrânio sentiu a estocada e aproximou-se da mesa:

Espere. Vamos com calma. Estamos conversando. Falando assim fica grosseiro porque parece que estou falando só por mim.

Não sei se tem outro jeito de entender o que o senhor está falando, Amaro disse.

José Afrânio sopesou sua disposição estremecida:

Se você não quer entender de outra maneira sou obrigado a concordar que é isso mesmo.

O patrão vai ficar com minha mulher, Amaro disse.

O fazendeiro: sol encarado a olho nu. Amaro não sustentou o olhar.

Não. Não vou levar ninguém embora. Falando assim parece o quê? Roubo? Não vim buscar ninguém. Vim lhe dar uma satisfação. Por consideração, entende? Uma explicação sobre o que está se passando. Será que você não compreende? Não percebe?

Ela casou comigo. Mora comigo que sou o marido. O senhor vai tirar ela da minha casa. Não é isso?

Bom. Casamento tem a força da lei e lei eu não discuto.

O fazendeiro continuava em pé perto da mesa e diante do leiteiro. Vencida a melindrosa exposição do que estava resolvido com Doralícia, voltava-lhe a fluência:

Me escute Amaro: a lei estabelece as coisas por escrito. Registra no papel. É letra morta e nós somos gente viva. E pra pessoa humana o que é que pode e o que não pode hem? Eu não discuto lei que pra mim é sempre certa mesmo que não me sirva e não me favoreça. Só que existe um porém: a Doralícia está casada com você no livro. Isso é a verdade da lei mas a verdade das coisas que a lei não alcança é outra. O papel vale pra efeito do direito da pessoa mas papel não regula sentimento. O direito escrito no papel é sobre coisas que não têm sentimento. A lei da vontade não é igual àquela que está no livro. Você há de reconhecer que seu casamento com a Doralícia acabou faz tempo. Eu sei. Você sabe. Ela sabe. Então. A Doralícia se apartou de você por um motivo que não está escrito em lei nenhuma. Você não é bobo e entende o que estou falando. A lei que comanda o nosso sentimento é mais forte do que a outra. Ela quer e eu quero e o que a lei do governo determina pouco vale quando a vontade de quem quer é de outra natureza. E esta nossa conversa é pra rematar um incômodo que é de nós três. Você parece capaz de enxergar direito tudo a que estou me referindo. E se enxerga, vai aceitar o arranjo. Fica melhor pra todo mundo.

A fala do patrão cavava distâncias.

Gente não é gado patrão, ele disse.

O fazendeiro olhou Amaro que sustentou o olhar:

Me escute Amaro. Gente é gente gado é gado mas não se trata disso. É de sentimento que estou falando. Quem é que pede pro sentimento aparecer? Quem escolhe o que quer sentir?

A pessoa é dona da sua vontade, ele disse com a coragem que pôde.

Pois é o que estou dizendo. A vontade de uma pessoa não depende da vontade de outra. Cada um se manifesta de acordo com o que o coração manda e o outro tem que respeitar.

O patrão está tomando o que é meu.

Isso é besteira. Ninguém é dono de ninguém. Não há lei que dê a uma pessoa a posse de outra. O tempo da escravidão acabou. Por isso estamos conversando.

Conversando? Conversando?

Conversando sim senhor. Eu podia resolver de outra forma. Mas não: estou lhe considerando. Quero tratar do assunto como gente civilizada.

E ela diz o quê, Amaro perguntou.

José Afrânio andou de um lado a outro da sala. Parou diante do Cristo no horto como se examinasse a estampa. Virou-se lentamente:

Ela aceita. É claro que ela aceita. O que estou falando é o que ela e eu já conversamos e é o que resolvi com ela. A Doralícia está de acordo e vai pra sede da fazenda. E vou ser franco Amaro. Vou dizer direto. Na conversa com a Doralícia nós chegamos numa conclusão: ela acha como eu também acho que o melhor seria você ir embora da Mata Grande. Ficando, você cria uma situação desagradável. Indo embora evita o falatório. Evita que alguém mexa com seu brio. Melhor ir. Vá. Vá tratar da sua vida num outro rumo num outro lugar. Longe daqui. Longe de Conceição.

José Afrânio mais uma vez passeou pela sala que ao leiteiro pareceu repleta. O patrão enormizado ou fosse ele quem se apequenava.

Estou querendo resolver o caso sem muita discussão. Você precisa aceitar porque não há outro caminho. Conversando a gente se explica e se acerta.

Acertar o quê patrão? Vem e diz que vai ficar com a minha mulher e que é pra eu ir embora. O que tem mais que precisa de acerto?

E não falo à-toa, José Afrânio disse: antes desta prosa tive outras com a Doralícia. Ficou combinado o que estou comunicando. Ela não quis falar porque não queria lhe magoar. Preferiu que eu dissesse e é por isso que estou aqui. Tinha uma escolha que ela já fez. Ela escolheu ficar comigo. Não quer mais ficar com você.

A visão de Amaro desceu da cintura às botas do patrão. A corrente presa no colete sumia no bolso do cós da calça e o relógio repontou como objeto que Amaro julgou necessário considerar mas a idéia desfez-se. Sentiu-se acuado como bicho cujo destino é sempre tentar escapar do predador. Os dentes, pensou malferido pelo próprio cheiro de sarro e mangueiro: o patrão ria uma fileira alva embora não houvesse de que rir. Dele: ria dele. Quando esse homem escorado no poder que o dinheiro confere incluindo o que me toma, Amaro sentiu – ou não toma porque nunca possuí – quando esse homem caminhar pelo chão que lhe pertence e onde ele não cabe, as rosetas de metal tinirão nos degraus de pedra como um sino badalando para o rei que passa. A humilhação abatia-o indefensavelmente. Ouve:

e como não quero que arque com prejuízo adianto a compensação de um bom dinheiro pra se firmar numa condição melhor. Abre um comércio de armazém ou de armarinho e assim muda a vida. Melhora. Pode deixar a lavoura que é lida de dureza. Afina a palma da mão. O que acha?

A pele escanhoada de José Afrânio e Amaro feito de palidez derrotas servidões.

assim recompenso o serviço que prestou aqui na Mata Grande

Mas, Amaro esboça uma alternativa que inexiste. Fuga para lugar nenhum.

trinta contos de réis. É bastante dinheiro. E pode levar os pertences da casa. Leve também o meu tordilho. Vale muito aquele cavalo. Enjeitei pra mais de três contos

Este momento há de passar, Amaro deseja.

Comprar um sitiozinho de boa aguada e sem noruega

Mas a Dora, ele gagueja: ela a Dora. Ela concorda com isso que o senhor falou? Ela concorda com o negócio? O senhor me comprando a Dora? Quer que eu venda a mulher que nem se vende uma cabeça de gado uma égua, foi dizendo como lesse o pensamento.

Que compra Amaro? Que negócio? Não se trata de negócio e até ofende essa palavra. Estou propondo um acordo. E vantajoso pra você. Em todo ponto de vista você sai ganhando. Acordo justo. É como disse: estou considerando sua pessoa porque isso que estamos tratando já foi resolvido. Não está em discussão. Você não está perdendo nada porque a mulher nem é mais sua.

A Dora sabe do pagamento? Ela sabe quanto vale?

Olhe Amaro. Acho bom cuidar do que fala porque insistindo nesse ponto vai acabar me aborrecendo, José Afrânio revela impaciência e pressa em encerrar a demanda.

Que o senhor comprou ela como se compra animal de canga?

José Afrânio aperta os olhos e alisa o bigode.

O senhor está tratando gente como animal, Amaro resmungou.

Rispidez cortante:

Se fosse verdade que trato você como animal eu fazia igual a eles. Tomava a fêmea sem dar explicação. Disputava na força e punha pra correr como eles fazem com o mais fraco. Não é assim que bicho macho ganha a fêmea?
A firmeza não desfaz o patético.
Me deixa pensativo, Amaro diz.
E é justamente pra ficar com o pensamento sossegado que ofereço o dinheiro o animal e
e eu entrego a mulher.
José Afrânio alteia a cabeça:
É.
Se não é negócio como o senhor chama isso?
Seria negócio se a mulher fosse propriedade sua. A certidão não lhe garante mais que o estado de casado com ela. Melhor que eu você sabe que ela é mulher sua coisa nenhuma. José Afrânio gesticula e prende as mãos nos bolsos para contê-las. Bordeja a tampa da mesa com a ponta dos dedos:
Vamos acabar de uma vez com esta prosa. O assunto está ficando muito comprido. Então escute bem que a proposta é a seguinte: por bem a Doralícia fica comigo e você leva o que prometi. O dinheiro. O tordilho. A trambiqueira da casa. Se não for por bem ela fica do mesmo jeito e
As mãos calcaram a tábua da mesa branquejando unhas e ele disse quase escandindo:
lhe ponho pra fora da fazenda.
O leiteiro transfigurado na palidez acompanhou os passos do patrão na exiguidade da sala. José Afrânio parou apontando a porta.
Não admito mais nenhuma palavra que já está custando me controlar. Não fosse um assunto que quis e quero resolver por bem a minha atitude era outra. A discussão esticou e se estou dando satisfação é porque. Chega. Não tem mais porquê. A Doralícia me pediu que acertasse as coisas e é por causa dela que estou lhe oferecendo essas vantagens. Aceite e cale a boca. É ela quem não quer seu prejuízo. Fi-

co mostrando consideração e você acha que pode me dizer o que bem entende.

Amaro dobrou o tronco debruçando a cabeça entre as mãos apoiados nos joelhos.

Até de tarde desocupe a casa. O dinheiro está aqui. O cavalo vou deixar amarrado no mourão da cerca.

Vagamente percebeu José Afrânio chamando Doralícia. Ela veio do quarto e entreparou à porta. Amaro não a olhou.

Cadela, balbuciou.

Cadela, repetiu.

A mão pesada desceu pegando-o de raspão num tapa suficiente para balançar a cadeira quase derrubando-o e deslocando o cotovelo apoiado na perna. A cabeça bateu de encontro à quina da mesa.

Caboclinho de merda. Filho da puta sem qualidade, José Afrânio disse e saíram.

O guarda-louça cambaio com espelhinho oval na parte de cima. O vaso pintado com motivo chinês em relevo sobre fundo azul ele jogou contra a parede estilhaçando-o. Frangos cocoricavam no terreiro entrevisto pela porta do quintal. O cachorro comia restos. As mulheres da colônia espiavam a estrada rajada de sombras levando José Afrânio e Doralícia.

Amaro saiu à porta e encarou a fachada da sede.

Cadela, gritou presumindo plenos os pulmões mas a palavra circunscreveu-se à sua proximidade.

14 Nesta casa Doralícia. Debaixo deste telhado. Totó Bicalho figurão de Itatiba e meu amigo desde moço. Amigo do peito. Companheiro de caçada e prosa e carteado e safadeza. Eu e ele unha e carne. Mesmo depois que casou continuamos amigos. Quem via o Totó não dizia do que era capaz. Dona Aretusa mulher dele era uma verdadeira madame. Fina. Preparada. Falava

de um jeito que parecia ler num livro os esses e erres. Que nem música. Era até bonito de escutar. Eram gente da alta. O Totó veio um dia me procurar que precisava de um favor. Que favor Totó? diga que pra gente como você estou sempre pronto pra atender. Se me pedia um favor era porque precisava mesmo. Zé Afrânio, ele me disse: é coisa que não pediria a ninguém mais. Que há de ser de tão grave? pensei e esperei. E ele: quero passar uma escrita a limpo. Tirar um atraso. De você o que eu quero é o seguinte: vou dizer a Aretusa que viajo pra Minas resolver uns negócios. Que vou ficar fora três dias. Mas não vou a Minas nenhuma. O negócio que preciso resolver é dos que você tem tarimba: uma quartãzinha cor de jambo que me tira do sério. A caboclinha eu venho cevando faz tempo. Diz que quer mas não quer. Diz que dá mas não dá. Agora acertei os ponteiros. Combinei e ela concordou. Mas cadê o favor? eu digo já percebendo o que era. Ele me diz: aí é que você entra. Você vai me encurtar a viagem. Venho pra Mata Grande com a moleca e você me deixa a casa à disposição. Dispense o povo que trabalha na sede que eu não quero gente por perto. Vou pôr fim nesse nhenhenhém em que me arrasto faz quase dois anos, o Totó disse. E eu: e comida e bebida? Deixe que resolvo tudo. Mas, eu ia dizendo. Não tem mas nem meio mas. Me ajude que é uma questão de vida ou morte. Estou agonizando de aflição. Babando pela bandidinha. Três dias Zé Afrânio. Seja, concordei: por um amigo daquela qualidade o que a gente não faz? Resumindo: quem viajou fui eu. Fui a Santos sem precisar. Eu já era casado e tinha a Noêmia. A Diloca não aprovava o meu achego com Totó porque conhecia a fama dele. Esse era muito mais esperto que eu e fazia as malandragens e a Dona Aretusa não tinha a menor idéia. Os dois juntos eram o retrato de um casal do maior respeito. Aqui nesta casa Doralícia.

O povo costuma dizer que parede tem ouvido. Imagine se tivesse boca quanto estas paredes não teriam pra falar.

Agora nós dois. O casão da Mata Grande vai ter o que contar de nós.

A bicharada se embrenha no mato que é lugar defendido. O matão da fazenda cobre quase quarenta alqueires e tem trecho onde nunca

Entreato Amoroso

nenhuma pessoa pisou. É fácil alguém se perder lá dentro. A copa das árvores entrança e esconde o céu e complica encontrar saída pra quem não tem prática. Quanto mais a pessoa procura mais fica difícil achar o caminho da saída porque o sujeito fica virando em volta de si mesmo e perde a orientação. Deve dar um desespero você não acha? Daqui de casa a gente escuta os bugios. Eles gritam triste. Até jaguatirica tem no mais fechado. O Bio diz que já viu. O Viúvo conta que tinha onça pintada. Lugar assim é bom pra quem quer ficar arredado dos outros. Pau-de-óleo jatobá cedro cabreúva maçaranduba jacarandá guatambu canela tem de tudo nesse meio. Interessante a natureza hem Doralícia: cada animal cada planta com seu costume. Durante o dia o morcego se pendura de ponta-cabeça nas locas de pedra e no madeirame do telhado. É de-noite que morcego enxerga bem e sai pra caçar comida. Coruja também vê melhor na escuridão, cabeça de coruja vira pra todo lado assim ó: um pião. Sem mexer o corpo ela enxerga o que está atrás. Sabe como é com a seriema? Os olhos parecem bolinha de vidro e não têm movimento de modo que a bichinha só vê o que fica na frente e pra enxergar de lado ela precisa virar a cabeça inteira.

Nossa situação está igual a dos bichos no fundo do mato.

Gosto desta claridade pouquinha entrando só o suficiente pra gente se ver. Uma pena ter que sair deste esconderijo mas chega uma hora que é preciso encarar o mundo. Este sossego eu gostaria que fosse pra sempre mas infelizmente não será. Escreva o que digo: logo começa a chiadeira.

Vamos trancar a porta e esquecer o resto. Aconteça o que acontecer com nós dois ninguém mexe. Não permito. Ninguém vai interferir, isso eu garanto. Não permito mesmo. Esta casa é a nossa fortaleza. Nosso ninho. Aqui só chega quem eu quiser e por ora não quero ninguém. Este lugar é meu e acabou. Aqui mando eu.

Com este quieto na fazenda parece mentira que tem uma guerra brava acabando com a Europa. A minha guerra é dura mas fica só na palavra e o estrago dá pra administrar. Coitado daquele povo tendo que fugir sem saber pra onde porque o perigo está em todo lugar. Vem o avião e despeja bomba que nem a gente espalha um pouco de sal na salada. Guerra deve ser o horror sem misericórdia. Que azar o deles hem Doralícia. Nós no bem bom e eles debaixo de bombardeio. Aqui estamos na segurança. Nada me falta porque você comigo me supre por completo. E você hem que me diz? Ainda bem. De nada mesmo? Que bom. O jornal trouxe que um navio da Alemanha atirou um torpedo e afundou um navio brasileiro. Na guerra morre até quem não tem nada com isso. Os inocentes são os mais prejudicados. Homem mulher criança gente de idade rico pobre ninguém escapa. Que situação a da Europa hem. Olhe lá fora: tudo parado. Aqui o tempo não conta. Guerra em Conceição dos Mansos não passa de notícia de jornal e rádio. Conceição é cheia de italiano e no meio deles tem uns ignorantes que torcem pro Eixo ganhar a guerra. Bom. Nasceram na Itália então pendem pra terra onde nasceram. O sustento é daqui que tiram não é verdade? Os filhos nasceram aqui e eles não vão mais voltar pra Itália. A terra deles é o Brasil. Na Sociedade Italiana o pessoal está um tanto dividido. Acho que não deviam bandear pro Eixo. É traição.

Não é coisa que se diga mas no meio de tanta tragédia que diferença faz pra nós quem ganhe a guerra? É do outro lado do mar e não mexe com a gente. Pra mim e pra você e pra todo mundo que mora no Brasil a guerra é só assunto de conversa. Ainda bem. No armazém do Donatílio o que mais se comenta é a guerra. A discussão ferve. De longe e de fora é mais fácil ter opinião. A revolução de trinta e dois pra nós foi muito pior e essa eu vi de perto. Teve batalha na ponte do Jaguari e no grupo escolar daqui da cidade tinha soldado aquartelado. Conceição ficou vazia porque as famílias fugiram pras fazendas. Eu mesmo recolhi muita gente aqui na Mata Grande. A revolução de trinta e dois acabou, a guerra mundial um dia também acaba.

Pra mim o que importa é que estamos juntos. Pra mim isso é que vale.

Fiz muita bobagem na vida. Me meti com uma porcariada de mulher que não valia a pena. Fazer o quê? Não posso me desmentir.

Entreato Amoroso

Quando muito posso justificar dizendo que o que tinha em casa não bastava então saía procurar onde tivesse. Ia mesmo Doralícia. Mas pode acreditar: tudo o que aconteceu antes foi muito diferente de agora. Com você me apeguei de um jeito que nunca esperei que acontecesse. Achava impossível ter outra vez uma mulher morando comigo. Eu tinha a Diloca mas com ela não deu certo. Queria mulher pra satisfação do momento. Nenhuma me cativava. Você buliu numa parte que eu desconhecia na minha pessoa. Foi o mesmo que descobrir um segredo em mim mesmo. Enxergar coisa nova. Entrar num porão revirar o amontoado de rebotalho e começar a perceber quanto pra aproveitar tinha ainda naquele meio. Verdade. Não ria Doralícia. Pareço meio abobado. Meio menino. Meio namorado. Meio noivo. Estou que quase não caibo em mim. Uma alegria tão gostosa que parece sonho. Sempre achei a vida boa de viver mas não esperava ganhar o céu de presente. Tenho até medo de falar porque não quero estragar o que está tão bom. Sei que no começo é tudo ajustado mas parece que faz tempo que estou com você. O eu de antes era outra pessoa. Gosto de estar assim. Junto de você. Proseando fiado. Trocando carinho.

Não sou homem de jurar em vão mas juro por Deus que não sabia o que era gostar de uma mulher, gostar de verdade. Nunca soube. A Diloca foi um entusiasmo. Um arranjo conveniente porque chega uma hora o homem tem que se casar. Achei que gostava dela. A ilusão durou pouco e saí de volta pro mundo. Arrumava companhia e levava pra cama. Acabava a pândega voltava pra casa e esquecia. Alguma que agradasse procurava de novo sempre tendo na mente que era passageiro. Deixava um pé fora do barco pronto pra escapar se virasse obrigação ou começassem a me cobrar e discutir e exigir. Pulava fora. Não estava pra me aborrecer.

Este enrabichamento é novidade. Olho pra você e penso: esta jóia largada na esterqueira por que ninguém recolheu esta jóia? Deixaram reservada pra mim? Você correu mundo de fazenda em fazenda e veio parar na minha porta. Sorte minha Doralícia. É sim. Sorte. Por que diz isso? Pode ser. Você é que se dá pouco valor. Então: trate de mudar.

Você virou minha dona minha rainha. Tem hora eu me pergunto: será que a Doralícia está contente. Você não se abre. Não estou falando de quando estamos engatados aí você gosta ah gosta. Não é disso que estou falando. A situação geral. Você não diz e não sei o que pensar porque foi sempre o contrário, sempre elas querendo me agradar pra me prender. Teve mulher que grudou em mim e criou problema. Teve uma que ameaçou se matar se eu largasse. Outra me mostrou um menininho e disse que era filho meu. Queria dinheiro pra sustentar a criança e ameaçou me processar na justiça. Passei aperto por causa de mulher.

    O casamento é uma cadeia. Não me dei bem. Feliz de quem se contenta no casamento. Não sei se algum dia me contentei. Se foi bom eu esqueci. Aí vêm os filhos. Responsabilidade. Apego. É bonito ver uma criança aprendendo a andar tropicando e caindo e levantando e caindo outra vez. Falar enrolado e fazer graça. Filho amarra a gente e muita vez o casamento se segura por eles. Tenho cinco filhos: a Noêmia que é a mais velha casou e mora em Bragança. Depois vem o Bio. Depois a Ofelinha que está noiva de um moço de fora. E os dois moleques um acabando os onze outro entrando nos dez. Era pra ser mais. A Diloca teve uns abortos. Não fossem os filhos tinha me separado da Diloca faz tempo. O casamento mesmo – de convivência na cama – acabou nem sei desde quando. Casamento de dois que se queiram bem e continuem se querendo é loteria. Casar é um entendimento complicado. Minha filha Noêmia parece que acertou. Só se reclamou com a mãe porque pra mim ela fala muito bem do marido. Ele também parece satisfeito. Homem mal casado como fui pra continuar com a mulher precisa de qualidades que não tenho. Não agüento chateação.

    De briga com mulher ando cheio.

    Ah Doralícia como as coisas mudam. Como a gente muda.

    Você me fez enxergar o que não percebia. Vivia ocupado em procurar acho que nem sabia o quê por esse mundo afora. Pressa de chispar pra longe e estar com a turma do baralho no clube dessas cidades por perto. Gente que não conhecia direito mas servia porque era avulsa que nem eu. Desde que está comigo me viu sair de casa mais que uns minutos? Eu era mulherengo porque nada me agradava. A família não me completava e o que eu pedia pra ter por perto era outro tipo de pessoa. Agora não tenho mais interesse em sair da fazenda. Achei meu pouso. Aquietei. Quero mesmo é aproveitar a vida e a disposição enquanto tenho. Não sou muquirana e comigo não tem miséria. Acho ruim quando querem tirar o que não quero dar. Pra me contrariar basta teimar contra minha vontade. Me aborrece quem queira me regrar. Pior quando insistem: então é que não me pegam. Que-o-quê: aprecio a liberdade. E sou positivo porque comigo não tem mentira. Se garanto, cumpro. De quem futrica e vive de leva-e-traz quero distância.

Quando me vejo obrigado a mentir como qualquer um usa pra se defender, eu me envergonho. Envergonhava: me refiro a passado. Nem era mentira. Era história boba e enganação pra Diloca parar de me amolar. Mesmo assim não achava direito. Resolvi falar a verdade e aí desandou tudo.

Sou igual árvore que vento verga mas não quebra: parou de ventar volta como antes. Não desisto fácil das coisas. Confio no que a prática ensinou. Tudo é um jogo onde a gente precisa ceder aqui pra ganhar ali. Vou pelo meu regulamento e não me queixo do resultado. Dá certo e se dá certo por que vou aceitar palpite dos outros?

A sorte tem me ajudado. A Mata Grande nunca sofreu uma geada de torrar o cafezal como vi acontecer na vizinhança. Ninguém gosta de penúria. Passei a minha cota de aperto e se posso transferir a dificuldade pra outro eu me poupo não é natural? Todo mundo é assim não é? Quem é bobo de se prejudicar pra favorecer os outros? Quem quer progredir não pode abrir mão dos direitos. Quem se empenha leva a melhor e isso vale pra toda disputa. É regra. Ganha quem tem mais recurso. Calculismo. Dinheiro. Inteligência. Temperamento equilibrado. Conheci alguns que se deram mal por causa de pavio curto. Eu aprendi a gastar o pavio. Só quando queimou inteiro e a situação continua complicada aí eu me altero. O Amaro me fez perder a estribeira. Ele foi bobo. Não sabia uma coisa importante que a vida ensina que é a gente não brigar quando a causa é perdida. Bom seria se o temperamento do homem fosse de regular com botão: acender apagar diminuir aumentar. Como no rádio. Fosse assim que bom seria. Mas não é. Cada um que use seus truques. Quem acha que à força é melhor que use a força. Eu prefiro a manha. Tem quem ganha na lábia e sou um pouco assim. Vai da natureza.

Ser bom ou ser ruim depende da circunstância. Qualquer rixa tem dois lados, um pra cada rixento. O Totó Bicalho dizia que tem um terceiro que é o lado da verdade que pode não ser de ninguém. E pode reparar que é assim mesmo. Tem hora que a pessoa é boa ou ruim sem perceber. Pensa que tomando uma determinada posição faz o certo mas acontece o contrário. Engraçado isso.

Como no juízo do povo de Conceição. Do ponto de vista deles estou desmerecendo a consideração que me dão. Consideração que não pedi e nem me deram de graça. Eles sabem por que me consideram. Nada do que faço é com intenção de prejudicar a Diloca ou as crianças. Trouxe você pra cá por mim não por eles. Não deixei de querer bem meus filhos meu netinho meus amigos e a gente da cidade. Fiz o que achei adequado pra minha conveniência. Eles que se acostumem não é mesmo? Doralícia escute o que estou falando: cansei de ser andejo. Cansei de sair por aí comprando distração e alegria. Agora eu vejo como era pouco o que parecia suficiente. Saía de uma situação já pensando na seguinte. Quando digo situação quero dizer mulher. Isso acabou. Só tenho a cabeça em você. Se é verdade que nem um grão de areia muda de lugar sem Deus querer, como uma mudança tão grande na minha vida pode ser sem consentimento de Deus? Quem trouxe você pra Mata Grande? O Amaro? Foi nada. Foi Deus. Olhei do terraço e você estava lá. As coisas se encaminharam. Estamos juntos porque Deus quer. Se o arranjo incomodou alguém não posso fazer nada.

Eles vão misturar nosso amigamento com a saúde da Diloca. Vão dizer que agravei a doença dela. O mal da Diloca é ela mesma. Não sei como se suporta enfiada naquela reclamação sem fim. Tudo é ruim pra ela. Que diabo. Dá vontade de sacudir e pôr em pé e dizer: pare com essa choradeira e se mexa um pouco e procure um que-fazer pra se ocupar. Fica dando trela pro desânimo. Pior que a Maria-do-Artur que perdeu o marido e o filho os dois por causa de bebida. Ficou sozinha e vai chorar de porta em porta vestida de preto da cabeça aos pés. Conhece a Maria-do-Artur? O filho inchou que nem balão antes de morrer, eu vi. A Maria-do-Artur tem por que chorar mas a Diloca não. Me afastei dela e de casa muito antes de você aparecer. A Diloca minguou por dentro e estufou por fora. Ela me acusa por tudo. Sempre fui o motivo das queixas dela. Se eu ficasse o dia inteiro pajeando ela continuava igual. Podia mudar a letra mas a toada ia no mesmo compasso. Vai ver nasceu com a sina de sofrer e calhou pra mim ser o motivo que escolheu pra se justificar. Ela minou no alicerce e a construção desabou. Não sou remédio pra resolver as doenças que ela diz que tem. Ela acha que pra se curar tenho que voltar pro lado dela. Se volto ela sara? Acha possível? Quê. Sara nada.

Quando conheci a Diloca ela era uma moça entusiasmada alegre conversadeira e até divertida. Gostava de baile de passear de conhecer novidade. Nunca podia imaginar que ficasse como ficou. Depois que a Noêmia nasceu largou a que era pra trás e virou outro tipo de gente. Se antes de casar fosse como é agora nunca eu teria casado com ela. Casei com uma pessoa e vivi com outra.

Vamos que eu obedeça ao mandamento que ela reza e volte pra lá e me enquadre do jeitinho que ela quer. Acaba o diz-que-diz-que e todo mundo fica satisfeito. E eu como fico? Imagine que eu faça o que eles acham certo. A rebarba sobra pra mim. É justo? Desde que começou a mania de doença ela procurou não sei quantos médicos em não sei quanta cidade. Nenhum acertou. Pode procurar outro tanto e não vai encontrar quem dê jeito. Não quer se curar. A vida dela é a doença. Será possível alguém gostar de doença? Se dependesse de mim ela seria sã. Contente. Qual a maldade então? Me juntar com você? A maldade de querer bem o que o destino me entregou de mão beijada?

A mulherada em volta da Diloca enche a cabeça dela. Posso adivinhar o que falam. Deixe que falem. Vou fazer como se faz pra domar um animal xucro: o peão esporeia a anca do bicho e estreita a rédea e o bicho rincha escoiceia e pula. Uma hora cansa e pára. Se o animal derruba o peão ele monta de novo até o cavalo cansar e aprender quem é que manda. Vão gastar a língua até amansar. Por enquanto não apertaram a cincha nem me chegaram a espora mas vão querer me pôr cabresto. E eu não vou aceitar. Pode acreditar: não vou aceitar. Nosso ajuntamento não é errado. Não passava na minha cabeça me prender a alguém. O sentimento é uma armadilha Doralícia e quando menos se espera a arapuca caça a gente.

Um dia estava fazendo a barba e de repente me bateu uma estranheza: parecia que não era eu quem me olhava do espelho. Mas sou eu, pensei esfregando o pincel na cara: esse sou eu. Esse aí que está me olhando sou eu. E me perguntei: o que será que está me prendendo naquela moça o que será essa vontade de ficar junto com ela? Acabei a barba e fiquei olhando firme no espelho: o que é gostar, eu perguntei àquele que me olhava. Por que precisar de outra pessoa como se precisa da mão pra levar a comida à boca? Por que se amarrar numa dependência e não se livrar nem no pensamento a ponto de ver em quem se gosta a perfeição que não existe? Perder a autonomia. O sujeito fica aluado e tudo muda de sentido. Bastou estar com a pessoa que a gente quer e tudo se assenta. Às vezes é suficiente ver a pessoa. Isso é amor ou castigo? Perder a tranqüilidade. Se tornar cego: a pessoa do nosso interesse será a mesma que está na idéia? A gente não conta que pode ser um engano.

Quero você sempre ao alcance da mão e da vista. Pronta pra mim. Me entendo com mulher desde rapazinho. Tantos anos. Tantas mulheres. Daí enxerguei você: um fio d'água virando enxurrada virando rio virando mar e eu no meio do mar. Fiquei que não me agüentava. Lembra do desatino de invadir sua casa? Depois me assustei com o que fiz porque não sou um bruto. Mas tinha que resolver aquele chovenão-molha: será que ela quer será que não quer. Acreditei que queria e arrisquei. Quando entrei em sua casa não foi de caso pensado. Às vezes sinto saudade de quando descia à colônia de madrugada. Tomava

Entreato Amoroso

cuidado pra que não me vissem. Cada estalo que escutava soava como um trovão. Olhava o arco do céu piscando de estrelas. E a dúvida: vai dar certo?

Tanto que eu queria você aqui em casa. De tão bom até me custa crer. Na sala lendo jornal me levanto entro no quarto e você está lá. Minha. Pra mim. Me dá uma coisa por dentro. Um aperto gostoso. Sinto um pouco de receio nesse arrepio nessa sacudida que você me provoca. Que será? Que me diz Doralícia? Hem? Falo bobagem? Pode ser. Nunca na vida me preocupei com céu e estrela que isso é coisa de mocidade namorando. Os namorados são bobos mas me deixe ser um pouco bobo porque nunca falei essas bobagens de namorado. Digo pra você o que nunca disse a outra. Vai ver sempre quis falar e não tinha a quem.

Está sentindo o perfume da dama-da-noite? É o pé ao lado do caramanchão de primavera. Mais de uma hora aqui na janela olhando a noite e nem percebemos que estamos sem roupa. Um homem e uma mulher pelados na janela. Decerto nunca aconteceu na Mata Grande de gente nua sair à janela. Acordei e estendi o braço com medo de ser mentira você do meu lado. Acordei pronto. Estou sempre querendo. Veja. Pegue. Chegue pertinho de mim. Mais ainda. Assim. Se esfregue em mim pro seu cheiro grudar na minha pele.

É cedo. Os leiteiros ainda nem desceram pra cocheira.

O Amaro? Esqueça o Amaro. Com certeza se arrumou na vida. Se acomodou.

Só eu que falo hem.

Não tem o que dizer?

Qualquer bobagem. Diga que me quer bem.

É? Acredito.

Vamos voltar pra cama.

Venha. Deixe eu lhe abraçar. Se enrosque em mim.

15

O AUTOMÓVEL ERGUIA UMA NUVEM DE poeira que se depositava sobre a vegetação e igualava folhas e flores sob o vermelhão das margens da estrada. Seu Queiroz com mãos firmes no volante e inclinado à frente dirigia o automóvel pela faixa mais batida do caminho. As pastagens queimadas pela geada vibravam numa gama de cinzas ocres e amarelos. Maria Odila protegia-se da poeira que entrava no automóvel com o lenço tapando o nariz e a boca. Olhava a paisagem como quem via ruínas: lá fora a terra castigada pelo inverno e no seu íntimo a vida carregada como um fardo de estilhaços. Dos morros os olhos ergueram-se para o azul vitrificado. Tanta coisa transmudava à passagem dos anos. O leito da estrada desviou-se: antes cortava bem à frente do armazém que servia o povo do Lambedor, o letreiro se apagando na fachada à distância no meio do pasto. A construção agora servia de cocheira com portas arrancadas dos batentes abrindo grandes vãos na parede de adobe que mal sustentavam restos do telhado em parte desabado.

Maria Odila acompanhava a dança da moeda de luz projetada no assento de couro pelo furo na capota do forde sacolejante. José Afrânio recolhendo a mulher à sede da Mata Grande era uma bofetada na cara e acinte ao seu brio de esposa. Ele que tanto censurava o pai sem juízo superava-o enxovalhando a casa e a família com tamanha infâmia. Se bem que homem da marca do sogro que pôs em risco as posses e viciado em bebida e baralho e carrasco da mulher que impedia até de freqüentar igreja, a coitada não era dona de pôr pés na rua e não tomava decisão mesmo corriqueira sem aval do marido – aquele homem roubava a honra do nome. José Afrânio instalar a moça na fazenda envergonhava-a como se de repente se visse nua no meio da rua. Na imaginação repassava os cômodos do casarão da fazenda acobertando o marido e a amante, o espaço onde viveram quatro gerações de Camargos desde o bisavô e onde ela e as crianças haviam desfrutado bons momentos. Feria-se fundamente.

Bio desconversava quando ela se referia à indecência mas não escondia o desgosto. Desencorajava perguntas sobre o que acontecia na fazenda e malcriado respondeu que era melhor esquecer. Conhecer os detalhes modificava o vexame ou diminuía a desfeita? Pra que martelar ferro frio? O que podia fazer ele já fez. Daqui pra frente é esperar o pior porque depois dessa o pai é capaz de qualquer coisa.

E nós? ela interpôs.

Bio olhou-a com expressão que a apequenou no fundo da poltrona, imprestável e excluída e sem perspectiva de retomar a posição que supunha sua:

Nós o quê mãe?

Nós Toríbio. A família. A consideração. A decência.

Mãe, ele meneou a cabeça: a senhora acha que o pai pensa em nós? Que ele gasta um minutinho pra pensar no que a gente acha do que ele fez? Temos que fazer igual: esquecer dele. E a senhora querendo saber o que se passa. Se passa tudo. Nada. Que diferença?

Melindrada defendeu-se dizendo que queria ficar a par pra não passar por boba. Bio percebia os objetivos da inquirição e omitindo informações não satisfazia a mal disfarçada curiosidade. A mãe queria fundamentar queixas:

Não sei de nada e pouco me interessa a loucura do meu pai, ele dizia.

Viúvo Percedino vinha à cidade e Maria Odila encaminhava a conversa ao que lhe ocupava a mente. Isentando-se, o camarada policiava a fala em evasivas que pouco esclareciam. O agregado com fisionomia esvaziada de expressão e mantendo-se econômico na consideração do que acontecia sob seu testemunho era sintoma de agravamento. Não lhe dizia qualquer palavra de apoio quando comentava o enxovalho a que o marido a submetia. Censurava o silêncio de Viúvo de quem esperava a mesma lealdade de tantos anos. O velho parecia surdo ao que a patroa falava:

Não vê o horror da sem-vergonhice? Conhece algum caso igual? Mecê fica quieto? Não se incomoda com essas coisas? Está do lado de quem?

Viúvo encarava-a com o olhar disperso que lhe apatetava a presença.

É mulher nova demais pro Zé Afrânio, Viúvo sentenciou certa vez em que nada perguntou: não vai dar certo.

Essa secura do pasto faz ruim na gente, Dona Corina comentou: credo que rispidez de mundo.

Maria Odila olhou a guaiçara desfolhada e apertou o lenço contra o rosto.

Meu marido reclama quando o pasto perde o viço verde. Veja Diloca: fica de uma cor só. Amarelado seco. Áspero. Ainda por cima esse poeirão, Dona Corina prosseguiu.

Maria Odila inventariava sua miserabilidade. O lenço nas dobras do pescoço não secava o suor que lhe causava a fervura da amigação sobre a cama onde possivelmente gerou algum de seus filhos. O forro alto das salas acolhendo crianças coradas das brincadeiras nos terreiros sob a vigia das janelas. Bandos barulhentos numa batucada de pés nus no assoalho de madeira do corredor. Pés rasgados por estrepe e lanhos de arame farpado e arnica nas machucaduras provocadas pelos tombos dos galhos das árvores. Tanta lembrança doendo saudade.

Ah se Nhá Júlia pudesse resolver, Maria Odila suspirou a reticência de quem quer crer mas duvida.

Nem tanto Diloca. Isso é coisa do tempo. Agora não é época de chuva. Nhá Júlia não tem tanto poder assim, Dona Corina disse.

Estou falando de outra coisa.

O quê?

Que mais pode ser?

Ô Diloca, ela admoestou com carinho: se anime: a Nhá Júlia vai ajudar.

Não sei Corina. Tem coisa na vida que não há o que mude.

Tenha confiança. A gente tem que acreditar. Tem que ter fé. É difícil mas a Nhá Júlia tem dom de Deus, disse Dona Corina: a gente se conforta com o benzimento dela. Melhora.

Esteve em casa tantas vezes. Adiantou?

Entreato Amoroso

Sempre adianta. Benzimento se não fizer bem, mal não faz. Descarrega o espírito. Dá alívio.

Vim mais por passeio, Maria Odila acentuou seu desamparo: nem sei quanto faz que não ando de automóvel. Que não venho pros lados da fazenda. O carro avançava em baixa velocidade. A conversa espaçava-se pelo ensimesmado de Maria Odila. Dona Corina teve pena das mãos gordas apertando o lenço no regaço. Mas que pó a máquina levanta Seu Queiroz, Dona Corina disse. É a chuva que está devendo, ele disse atento ao volante. Caneluras da estrada sacudiam o automóvel. O motorista conhecia bastante além do que as mulheres pudessem supor sobre o que comentavam. Baldeava José Afrânio nas andanças de uma a outra cidade. O passageiro pedia que guardasse reserva e pagava o sigilo. Trazer José Afrânio de volta à família? Tirar da companhia da mocinha? pensou no fazendeiro levando a amante a passeio: risadinhas de rapaz contente e namorico no banco de trás. Enquanto ouvia a conversa das mulheres refletia sobre as várias faces do problema e nenhuma delas devolvia o marido a Dona Diloca.

Chegaram. Queiroz estacionou o automóvel junto à cancela. Bambuzeiros orlavam a vereda até a casa caiada a sol. Roseiras-de-santa-terezinha espinhando enroscadas na cerca. Ao lado da antiga construção o rego chafurdado por patos e marrecos e margeado por touceiras de copo-de-leite regadas pela água corrente da bica copiosa ao lado da porta da cozinha. No ar a exalação da florada dos eucaliptos. Maria Odila apeou penosamente do automóvel com a ajuda da companheira. Assim que se afastaram em direção a casa o chofer recostou-se no assento e descendo a pala do boné sobre os olhos mergulhou na modorra da hora e do calor de setembro. As mulheres seguiram sob sombrinhas alçadas. Dona Diloca no arrimo do braço de Dona Corina. A porta pintada de azul com uma das folhas aberta revelava o interior da moradia. Dois cachorros abanaram rabos amistosos. Embora pobre a casa mostrava rigorosa ordem: canteiros de flor circundados de grama preta e lenha cortada e empilhada. Bateram palmas à porta. Rente à parede lateral medravam samambaias dálias zínias e estendia-se o canteiro com cheiro-verde alecrim manjericão alfavaca. Losna e arruda. Vinda do fundo pelo corredor externo Nhá Júlia caminhava com as mãos enroladas no avental. As feições risonhas mostravam gengivas nuas.

Boa tarde Nhá Júlia, Dona Corina adiantou-se.

À cara angulosa de testa alta e ossatura saliente como de um faraó eternizado Maria Odila desesperançou. Nhá Júlia era alguém de carne e osso e ela carecia de milagres. Com sorriso zombeteiro José Afrânio rebatia as tentativas de abalroar seu poderio. O que em Nhá Júlia teria força de contrariar um homem refratário a ingerências e opiniões? Como Nhá Júlia separaria seu marido da moça? Cruzes que a vida obrigava a carregar, Maria Odila arfou olhando com resignada simpatia a benzedeira que prendeu a ponta do avental no cós da saia e cumprimentou as mulheres com mãos úmidas de lidar em água e sabão.

Estava areando o alumínio na bica, disse e recompôs o lenço de cabeça num movimento que prosseguiu para ajeitar os cabelos sob o pano: vamos sair do sol. Vamos entrar na sala.

Dê um braço a Diloca Nhá Júlia. Ajude a subir a escadinha.

A senhora podia me chamar e eu ia a sua casa. Não precisava ter o trabalho de vir aqui. Vou sempre a Conceição ver minhas filhas e dava uma chegadinha. Mandasse um recado.

Vindo me distraio um pouco. Faz tempo que não passo por estes lados. Como a senhora deve saber me interditaram a Mata Grande. Vivo entocada na minha sala. Não fossem as visitas que graças a Deus sempre tenho aquilo era igual um isolamento de enfermaria.

Nem tanto Diloca, disse Dona Corina.

No interior da casa a benzedeira suavizou-se na tranquilidade da mão que pousou no peito. Nhá Júlia falava e gesticulava enfatizando do que dizia. O sítio onde morava fazia antigamente parte da Mata Grande, a casa à beira do caminho da fazenda alguns quilômetros à frente. Maneiras cordiais acolhiam o transtorno de Maria Odila que

Entreato Amoroso

apreciava na mulher a mansidão dos olhos estreitos e do sorriso fácil na mímica de concordância secundando a fala.

Pois é Nhá Júlia, disse Maria Odila: a senhora acho que sabe por que vim aqui. Em casa as coisas estão como o diabo gosta que Deus Nosso Senhor não me ouça. Virou tudo de cabeça pra baixo. O que era ruim ficou pior. Então, Nhá Júlia disse e a voz cantante sugeriu ânimo. Objetos enfileiravam-se sobre e dentro de móveis envidraçados. A atmosfera refrescante contrapunha-se à soalheira de fora. Maria Odila sentiu tudo inócuo. Ah Nhá Júlia, encarou-a em súplica muda e difusa: queria me livrar das tristezas queria de volta o gosto de rir queria enxugar a gordura que tanto me pesa. Dona Corina quieta. Nhá Júlia e o feixe de benesses que o povo depositava nela e cuja doação se regia como? Maria Odila esforçou-se por afastar dúvidas: tanta gente atestava graças recebidas das mãos e das orações da benzedeira por que ela não se beneficiaria? Fortaleceu-se querendo crer que também merecia o favor divino. Revistou o piso de terra nua a parede onde pendia um Cristo de estanho crucificado na madeira recortada em formato de larga cruz. Os olhos pousaram no ramo bordado no centro da toalha da mesa. A única certeza de Maria Odila era a de carregar um perene desconforto. E José Afrânio? ela quis negar o estar onde estava mendigando sortilégios em que precisava acreditar. Que Deus permitisse o milagre de não ser tão humilhada. Pela janela a paineira arrebentava frutos que se desfaziam em flocos.

Maria Odila ofegante do esforço de subir os degraus de pedra condoeu-se de sua dignidade aviltada. O marido deixava um rasto de perfume à saída enquanto para ela a vida a cerceava num encasulamento cada vez mais severo. Para ele o tempo parecia não passar. Risos. Descompromissos. Poucas rugas. O cabelo preto de sempre. Físico igual ao de vinte e cinco anos atrás, ela pensou no seu corpo enormizado. Compungiu-se. O tempo de namoro e noivado passeando de braço dado à volta da praça o noivo de maneiras educadas nem parecia vir de um lugarejo atrasado. Nenhum prenúncio diferente da promissora realidade que experimentava ao lado dele. Absortamente dedicada ao marido no começo de casamento, nem estranhou as bruscas mudanças alterando por completo sua vida. Procurava adivinhar vontades em José Afrânio. Adaptou-se a Conceição dos Mansos cidade de gente boa e amiga. O José Afrânio encoberto pela voz aliciosa de namorado foi se revelando no marido. Pudesse prever o futuro que entremeou o nascimento de filhos com abortos involuntários e o descompasso nervoso crescente, teria agido de outra maneira. Qual? O que poderia ter feito? O esmorecimento antecipava-se às iniciativas e vivia à espera de melhora que nunca chegava. A depressão abatendo-a como doença física e um intenso sofrimento fazendo dela um malogro. A maturidade incorporou-se ao lume fenecente dos olhos verdes referenciais da sua beleza de moça. A passagem dos dias acentuava a dos anos. O rosto mantinha boa aparência mas as crises de melancolia devoravam-lhe a energia e a vontade. Chorava sem razão. Em vez de apoio José Afrânio lhe dava desprezo. Presa dos desconfortos circunscreveu-se a remoer um porquê que não se revelava.

É assim Nhá Júlia, disse Dona Corina condoída: a Diloca não faz mais que padecer. Vive amargurada. Não adianta dizer pra ela reagir. Se quisesse teria a que se apegar: os filhos o neto. Cozinha tão bem. Prendada que é uma beleza. Mão boa pra tudo mas vive enrustida. O contentamento de viver parece que apagou. Sumiu.

Tenho razão pra isso. Conhece mulher mais injuriada em Conceição?

Que é isso Dona Diloca? disse Nhá Júlia na sua voz solícita.

Me sinto tão maltratada tão envergonhada, disse e a lágrima assomou apesar do esforço em dominar-se.

Não chore Diloca. Veio aqui pra se distrair. Nhá Júlia ajuda você e alivia essa tristeza, Dona Corina disse movendo a cabeça comiseradamente enquanto trocava olhares com a benzedeira.

Não há remédio pra mim, Maria Odila asseverou pensando nos filhos mais novos ressabiados com a presença esporádica do pai em casa e no zunzum sobre a insensatez instalada na fazenda. As crianças

Entreato Amoroso

entendiam tudo. O mais velho já perdendo o jeito de criança. Iam à Mata Grande atrás do irmão. O pai agradava com moedas mas resistiam a entrar na sede. José Afrânio acusava-a de colocá-los contra si. O comportamento dos meninos sustentava a acusação: me vêem e parece que estão diante de assombração. Acho que dou choque porque se encosto a mão eles se encolhem. Que é isso? Como é que me pinta pra eles? É culpa sua Diloca. Sabe Deus o que fala de mim? É pecado. O vigário não lhe avisa? Esqueceu que sou pai deles? E continuava afirmando que por causa dela os meninos acabariam renegando o sangue dos Camargos que corria em Bio e Noêmia – os dois sim mostravam a qualidade da raça. Essas considerações negativas abrangiam Ofélia: veja o exemplo de sua mãe, o pai dizia, trate de largar esse ar de coitada senão seu noivo acaba debandando. Ofélia retraía-se ressentida.

Seu pai não conhece você direito, a mãe a confortava: um desalmado que machuca o sentimento dos outros sem nenhuma piedade. Filho pra ele é igual a qualquer ligeira que passa na rua. Aproveita porque você escuta calada. Veja se ele falava assim com a Noêmia. Deixe filha: depois que casar você fica longe e seu pai vai lhe tratar de outro modo. Vai ter mais respeito.

Está difícil agüentar, Maria Odila falou referindo-se a antagonismos contaminando a esperança de que o mistério encerrado em Nhá Júlia transformasse a ordem das coisas.

Ara Dona Diloca mecê tão caritativa com os outros merece mais que essa tristeza. A senhora não deve ficar repisando o que não presta. Falar do ruim chama a ruindade.

Com Noêmia em casa o José Afrânio se segurava um pouco. Ela me defendia. Não fui criada pra grosserias. Depois que a Noêmia foi embora Deus-me-livre como meu marido piorou. Só recebo patada. Não posso abrir a boca que ele solta a cachorrada. Perdi o interesse por tudo. Quero reagir e não consigo. Um desânimo que não sei de onde vem. É um sofrimento.

Sente aqui Dona Diloca. Pra Mãe Santíssima e pros anjos da guarda não tem o impossível. A vida não pode acabar pra quem está vivo e quem está vivo carece se prover das virtudes da fé da esperança e da caridade pra merecer a ajuda de Deus. E isso além da bondade que a senhora tem de sobra.

Cada dia parece pior que o outro. Virei um trapo. Um pedaço de papel. Nem cachorro sarnento se chuta como ele me chutou. O desprezo dói. Viu a tal que arrumou agora? Moça com idade pra ser filha dele. Mais nova que a Noêmia.

Mulher do leiteiro, disse Dona Corina.

Aonde pode levar uma coisa dessas? Não é desaforo só pra mim. Filhos parentes amigos. A cidade. A Ofelinha se trancou a coitadinha. Morta de vergonha. Tem gente maldosa que gosta de cutucar a ferida dos outros. Ela não tem boca pra nada. Nem pra se defender. Um doce de criatura. Me falta coragem até pra enfrentar os conhecidos, Maria Odila mergulhou os olhos na água do copo colocado sobre a mesa por Nhá Júlia.

A vida é um mistério. Não se sabe o dia de amanhã, Nhá Júlia sentenciou depois de breve silêncio: a gente não avalia o que tem pela frente.

Quê Nhá Júlia. Viver é bom pra homem, Maria Odila disse: destino de mulher é debaixo do chicote deles. Que nem escrava.

Não fale assim. Gente tem de toda qualidade. Vai ver o Seu Zé Afrânio nem vive o regalo que a senhora pensa.

Tarde piando pássaros. As mulheres sentaram-se à volta da mesa quadrada. Tocando a testa com a ponta dos dedos e cerrando as pálpebras Nhá Júlia pendeu a cabeça à frente. Aspirou fundo e expirou lentamente.

Cada coisa tem seu tempo e seu lugar, Nhá Júlia murmurou como rezasse.

Maria Odila buscava ilações entre o perceptível na expressão da mulher e o incaptável onde depositar esperança. Os olhos da benzedeira permaneciam fechados e as mãos imóveis sobre a mesa. Os lábios finos rezavam sem que se pudesse entender as palavras ciciadas.

Precisava tanto pôr um paradeiro nessa confusão da minha vida, Maria Odila pediu.

Entreato Amoroso

Nhá Júlia respirava em haustos. A cabeça como pêndulo para trás e para frente. Maria Odila cerrou os olhos. Um remédio que me faça perder um pouco de peso, pediu. Nhá Júlia em êxtase. Dona Corina em calmaria: graças a Deus não é comigo esse drama. Nesga de sol alongando-se no chão. Um grito anônimo distante aderiu à calma da sala. A bulha metálica do bando de quero-queros no descampado. Maria Odila lamentava sua existência surda a prazeres. Tudo simplesmente sendo, invejou as duas mulheres amolgadas à paz que só existia fora dela. Com o tronco curvado na direção da mesa Nhá Júlia sibilava sons. Maria Odila desejava nada compreender e assim desobrigar-se de colaborar. Que fosse tudo à revelia do seu desgosto. Nhá Júlia exibia a macerada máscara do transporte como se a consciência a abandonasse. A respiração foi se acalmando e as feições readquirindo normalidade. Ereta na cadeira lasseou os braços e moveu repetidas vezes a cabeça como ouvisse uma voz particular e concordasse. Maria Odila esperou a revelação que não se deu. A benzedeira curvou-se e encostou a testa às mãos estendidas na mesa. Os dedos abriram-se na toalha branca.

O interregno de silêncio amenizou a tensão do rosto e repôs o riso sempre pronto. A benzedeira recitou:

Ergo o braço na função do bom Jesus amantíssimo pai e a guarda branca do exército dos anjos. Alcanço a nuvem onde reina Deus Nosso Senhor sob guarda de São Miguel Arcanjo com sua espada de fogo e sua legião da milícia celeste. Os sete coros de anjos me defendam no combate contra espíritos do mal contra os sete vícios e as sete pragas.

Nhá Júlia produziu fricções guturais e a expressão novamente se contraiu. Balançava os ombros e a cabeça ao embalo a fala:

Santa Maria montava o burrinho
Levando no braço o doce filhinho
o bom pai José guiava o caminho
estrada de pedra e cheia de espinho
a Virgem Maria com manto de arminho

o filho no colo coberta de luz
seguia ao Egito que a salvo conduz
no rumo da luz de São Gabriel
espada de aço e de ferro o chapéu
que expulsa o demônio até mesmo do incréu
com a infinita misericórdia de Deus Pai Nosso Senhor
amém.

Tomada de repentinos receios Maria Odila desejou a segurança de sua casa e do sofrimento conhecido. Suava na palma das mãos. Invocou o deus familiar a quem mecanicamente debulhava orações. Queda num abismo sem fundo: quando se acenderá uma luz pra mim meu Deus? pensou pretendendo que o alheamento ao possível mistério que se processava fosse a redenção. A benzedeira mantinha a cabeça pensa e os olhos fechados. Dona Corina rezava em sussurros. Maria Odila rezou à sua maneira. Nhá Júlia em transe erguia as mãos espalmadas em oferenda. Depois se aquietou num longo silêncio. Estremunhou acordando com ar de espanto e coçou com força as órbitas usando o indicador dobrado e o dorso das mãos. Espreguiçou-se desatando e estalando as juntas dos dedos e dos braços que esfregava. Bocejou. Mostrou os poros eriçados no braço:

Olhe, ela disse risonha: fico inteirinha enformigada. Amortece tudo, até a língua. Às vezes dá tanta leseira que careço me deitar. O corpo dói igual tivesse levado uma surra, disse friccionando-se abrindo e fechando as mãos e distendendo os braços.

Custa passar, Dona Corina perguntou.

Não custa. Logo fico boa. Agora tome um gole da água Dona Diloca. A senhora beba também Dona Corina. O que fluiu de bom ficou na água.

Maria Odila bebeu e passou o copo à companheira.

Ah Nhá Júlia, ela não se conteve: queria não sentir tanta aflição na alma.

Nhá Júlia lacrimejava bocejando e contagiou as mulheres.

Dona Corina riu também bocejando: que coisa hem.

Nhá Júlia sacudiu o corpo magro:

A carga calou, disse piscando repetidas vezes. Esfregou de novo as órbitas alçou as sobrancelhas e balançou os braços ao longo do corpo. Apalpou-se no rosto e nos ombros esfregando neles as mãos ásperas. Bocejou novamente.

Maria Odila procurou o porta-níquel na sacola e estendeu algum dinheiro:

Pegue Nhá Júlia. Não se ofenda que não é paga mas maneira de agradecer à sua bondade. O resto Deus lhe recompensa.

Ainda falaram da necessidade dos trabalhos espirituais para descarrego de olho gordo e dos banhos de limpeza com ervas e de que acontecem coisas que ninguém explica no assunto de benzimento. Ergueram-se. No coradouro visto pela janela os alumínios lampejavam. Trocaram abraços e palavras de despedida. Maria Odila estreitou Nhá Júlia e beijou-a nas faces.

Deus lhe conserve Nhá Júlia. Indo a Conceição me visite. Entre tomar um café que a porta está sempre aberta. A senhora tem uma força que faz bem. Não sei o que é mas é bom. Fique com Deus.

Amém, Nhá Júlia disse e conferiu o lenço na cabeça apertando a ponta do avental entre os dedos. As gengivas rosadas repontavam na boca de freqüentes risos.

Um lenitivo que Maria Odila desejou manter: frescor de sombra e trégua dentro de casa. Dali voltaria ao cotidiano pesaroso. Observou vagarosamente a sala para retê-la na memória. As madeiras do telhado escurecidas pela fumaça do fogão a lenha. Tudo limpo e arrumado.

Aqui a gente sente leveza. Dá conforto. Pena que em casa seja tão diferente.

Há de melhorar se Deus quiser, Nhá Júlia disse.

Abriram as sombrinhas enquanto desciam os degraus. Do alto da escada a benzedeira acompanhou o caminho das mulheres dando-se os braços.

Seu Queiroz abriu as portas do automóvel.

Antes de entrar acenaram em despedida.

16

O PENSAMENTO PULA QUE NEM PULGA hem Doralícia. Lembrei do Bio e pensei: onde se esconde esse menino? Faz dias que não vejo o Bio. Nem percebo quando ele entra ou sai de casa. Você vê? Nunca está por perto. Daqui vejo ele lá embaixo indo pra cá e pra lá na colônia no mangueiro pro café pro pasto. Me representa que o Bio está sempre indo onde não estou. Quem quiser fugir do Bio que se esconda aqui em casa.

Anda caturra comigo. Anda emburrado. Arisco. Parece que ele levantou uma cerca na passagem do corredor: da sala grande pra frente ele não pisa mais. Do quarto pra cozinha e da cozinha pro quarto. Agora a Antonha pra ele vale mais que eu. Estima o Viúvo mais que eu que sou pai dele. Bobagem bancar o ofendido. É pela novidade de você morar na sede. É só no começo. Você vai ver como chega o dia que vai sentar na mesa com a gente e esquecer as diferenças e deixar de bobagem. Por que complicar o que é simples? Com o tempo acaba aceitando. Eu gostaria, seria bom se acontecesse. Quebrava este desconforto que mesmo que a gente não queira sentir acaba sentindo. Desconfio que anda freqüentando muito a casa da mãe o que não é bom porque escuta só um sino tocando. Em domingo não vem mais pra fazenda. Perguntei ao Percedino e ele me disse que o menino vai jogar bola na cidade e que de-noite fica pra assistir cinema. Decerto arrumou alguma namorada e ficou madrinhado. Agora só volta na segunda-feira e cedinho já está aí firme no comando. Ainda bem que a obrigação ele faz. Admiro o Bio. Gosto desse moleque.

Antes domingo de tardinha ele voltava. Tenho certeza de que a mãe enche a cabeça do meu filho. Igual faz com os meninos. A Diloca anda doutrinando o mundo contra mim. Com aquela cara de mártir não sei onde a Diloca é capaz de chegar. Acho que não adianta muito ela falar porque o Bio não é bobo e pensa por si. O que ela fala pouco vale mas nunca se sabe. Preferia ele mais perto de mim. Preciso dele. Da minha gente o Bio e a Noêmia foram os que me puxaram. Com eles não tem barriga-me-dói: são resolvidos que nem eu. Já a Ofelinha e os meninos – os meninos principalmente porque cresceram com

Entreato Amoroso

a mãe que nem galinha guardando a ninhada debaixo da asa – por eles não ponho a mão no fogo. Dia desses encontrei os dois chupando cana no mangueiro. Tive impressão de que me viram e quiseram se esconder. Meus filhos fugindo de mim. Por aí se vê que a mãe orienta. Por que correr de mim? A fazenda é deles. Um dia a Mata Grande vai pra mão deles. Me ajude pensar uma atitude Doralícia. Mostrar que não sou bicho-papão. Quem sabe o Percedino ou a Antonha convidando eles entrem na cozinha e você aproveita chega e puxa conversa. Não? Por quê? Eu sei. Vergonha do quê? Você não precisa ter vergonha de ninguém. Está comigo. É minha mulher. Isso mesmo. Não quer? Então. Que custa? Minha mulher. Faça isso Doralícia: agrade os meninos. Não é certo eles sempre longe de mim e apegados com a mãe.

O Bio enxerga de outra forma e não vai na prosa dos outros. Toca a fazenda sozinho, nasceu pra fazendeiro. Me pediu que arranjasse um administrador e eu falei: não carece porque você já está muito competente e não precisa outra pessoa administrando: você é o administrador. O Bio tem queda pra negócio. Eu vejo. Se vira. Ganha o dinheiro dele independente do que recebe pelo serviço. Pago um ordenado que ele mesmo estipulou. Faço questão. Ele merece. Não é bem ordenado. É uma comissão. O lucro do leite parte é dele. Na safra do café ele também leva uma parte. Eu ganho mais na corretagem com venda do café que compro dos outros do que com a produção da Mata Grande. Não vou deixar o menino sem dinheiro. Quem é moço precisa ter seus trocados no bolso.

Ele não fala mas não aceita você na fazenda.

Antes a gente trocava idéia sobre isso e aquilo. Agora não me procura mais. Não proseia além do necessário. Até compreendo. Não fica à vontade.

O quê? É. Tem razão. Ele é mesmo meio arredio meio seco mas é só impressão. É prestativo. Menino bom. Não manga com ninguém. Fico imaginando o que se passará na cabeça dele me vendo com você. Ele também não aprova a mãe. Me falou muitas vezes que a Diloca entende as coisas como quer. Gosta de passar por vítima. Age como convém pra se mostrar machucada. O Bio tem razão não acha? Você nunca sabe nada Doralícia? Não vou segurar o moleque na Mata Grande contra a vontade. Tem sempre o risco de ele largar a fazenda e me deixar na mão falando sozinho. Não acredito mas pode acontecer. Se eu achar que faz mesmo falta então contrato alguém de fora pra administrador. Dois mandando não sei se dá certo. O último administrador que tive foi um tal de Joca. Turuna de bom mas carregado de complicação, tanta complicação que não deu pra segurar. Usava um chapelão e vestia daquela calça bombacha enfiada na perneira da polaina. Moda de gaúcho. Calça largona com enfeite trançadinho nos lados da perna. Óculos de lente verde claro. Era corno declarado. A mulher era uma anãzinha perto dele de quase dois metros e vivia amasiada com um mulato que morava com eles na casa. Todo mundo sabia e a mulher pouco se importava que soubessem. Um rapazão forte que gaguejava que só vendo e por isso quase não abria a boca pra falar. Vá se saber por que motivo um belo dia o Joca enfezou com a história do amigamento e armou uma briga que durou a semana inteira. Cismou de repente porque a história era antiga. Teve uma noite que passaram numa gritaria, a mulher os filhos o Joca. Só o mulato quieto porque não acompanhava o trem da discussão e não dava tempo de ele falar. A trempa inteira no rolo e o mulatão quieto. Devia ser meio leso. Xinga daqui e dali entrou a madrugada e eles não paravam. Tive que dar um paradeiro. Foi demais. Por causa do mulato que passava por filho adotivo. Uma confusão do inferno: os filhos uns defendendo a mãe outros dando razão ao pai. Mandei todo mundo embora e foram. Juntos. Todos eles juntos. O mulato inclusive. A patifaria só mudou de endereço. Depois disso eu mesmo fiquei tomando conta. O Bio já me dava boa ajuda. Antes do Joca tive o Zé Cardoso: esse era experimentado. De inteira confiança. Ficou comigo muitos anos. Mais amigo que empregado. Gente de trato e boa educação. Acabou comprando terra em Minas e foi pra lá. De vez em quando manda

Entreato Amoroso

notícia porque é casado com gente que tem família aqui. Deixou parentesco em Conceição.

Desde pequeno o Bio se interessou e aprendeu como se trabalha numa fazenda. Pra cuidar bem da terra tem tarefa que é pra todo dia e tem serviço temporão. Quando é muita chuva o mato cresce aí tem que roçar amiúde. Tem o tempo de colheita e aí às vezes precisa contratar mão-de-obra avulsa. Tempo de plantar roça de milho de feijão. O arroz no terreno encharcado. Deixar a terra descansar. Se chove na colheita de feijão mela tudo. Medo de geada, torcer pra não gear. E por aí segue e quem lida com a terra sabe por que parece engraçado dizer mas o terreno conta o que precisa. Quem tem vontade vai pra frente. Preciso do Bio mas se pra ele não estiver bom, paciência. Embora daqui ele não será bobo de ir. Nem tem cabimento largar o posto de patrão pra virar empregado. Administrar outra fazenda? Não vai. É apegado à Mata Grande. Aqui tem liberdade pra usar o pasto pro gado dele.

A Antonha reparou: ah patrão ele anda assim por causa da moça aqui na sede.

No tempo de solteira a Noêmia vinha muito pra cá. Trazia as amigas e faziam piquenique na beira do rio. Montavam a cavalo. Faziam festa de São João. A sala onde a gente come que é a maior da casa virava salão de baile. Convidava os moços e as moças de Conceição e daqui do bairro. Tinha sanfoneiro clarinete pandeiro e violão. O Olímpio tocava cavaquinho e bandolim e João Damásio era um violão de primeira. Eles pousavam aqui e faziam serenata de madrugada. Até a Diloca gostava do movimento. A Noêmia sempre foi de atitude. Não é por ser minha filha mas é uma moça e tanto. Mulher de valor. Casou e acompanhou o marido e a Diloca demorou pra acostumar sem ela. Se é que acostumou. A mania de doença pôs a Diloca na dependência da Noêmia. Qualquer vento encanado telefona pra filha que corre acudir. Falei pra Noêmia: se tiver que vir cada vez que sua mãe chama é melhor mudar de volta a Conceição. Não gostou. Disse que eu desfazia da Diloca. Sendo como é a Noêmia não vai ler na cartilha da mãe ah não vai. Ela repreende a mãe. Eu sei. O Viúvo conta que quando ela vem e a mãe começa a reclamar ela diz que conhece a cantilena de cor e manda parar. E a mãe obedece. A Noêmia não engole enrolado. Quer tudo a limpo. Preto no branco. Ninguém engana a menina. Toma a dianteira e vai resolvendo. É um pouco geniosa mas não posso criticar a minha filha porque somos da mesma fôrma. Pé no chão. Firmeza. O Rodolfo meu genro é homem preparado. Eu falo Doralícia: casamento é loteria. Nós dois fizemos besteira antes mas eles ganharam a sorte grande na primeira tentativa.

Não pense que a Diloca sempre foi como é agora. Não. Era igual aos outros. Pessoa alegre. Caridosa. Ajuda quem precisa. Conhece a cidade inteira por nome e sobrenome. O pessoal da colônia quando desce à cidade faz questão de passar em casa cumprimentar a patroa. Alguma coisa desarranjou nela pra chegar no que chegou. A vida é assim. Como seria se eu tivesse casado com outra mulher? Como seria Doralícia? Outra mulher e não ter você? Não. Melhor como está. Pensar no que não é leva a lugar nenhum.

Sabe que estou mudando? Não me lembro de falar tanto de mim. Nunca precisei falar de mim. Nem gostava. A pessoa tem que mostrar quem é não falar quem é. Me entende? Nunca fui de me preocupar à-toa. Não é minha maneira. Sou de fazer e não de falar. Com você fico falando falando. Me percebo mais pensativo e de um jeito que não sei explicar, mais preocupado. Nem sei se a palavra melhor pra dizer o que estou querendo dizer é preocupado. Preocupado com quê? Não é com os outros. Não é comigo. Será com você? Também não é. Que preocupação pode ser?

Gostaria que me contasse da sua vida. Que falasse o que pensa. Você vai ficar comigo então é bom que a gente se conheça. Até agora resolvi tudo sozinho mas ando com vontade de repartir. Não queria mais ser esse sozinho que eu era. Cansa. Você aceita que eu reparta com você? O quê? Tudo. Repartir tudo. Sentimento necessidade alegria. As posses que tenho. Tudo. Eu e você. Ah Doralícia não fale assim. O que é meu agora é seu também. Há ocasião que obriga a gente a falar grosso porque alguém tem que ter o comando. A gente se vê forçado a podar a imprudência dos outros. Tem gente inconveniente e capaz de falar o que vem à cabeça. Não gosto de quem é assim. Aí encrespo. Às vezes só sendo meio bruto. Esclarecer bem a situação pra não dar vaza. Não acha? Até você. Ué. Por que coitada de você? Manda sim. Manda muito bem mandado. Como não? Manda em mim. Me barra a liberdade porque quando estou longe quero voltar logo. Isso não é uma cadeia? Cadeia gostosa mas cadeia. Quietinha quietinha você me enfiou atrás da grade.

Não acharia ruim que você tivesse alguma exigência. Nem que fosse pra me dar o gosto de satisfazer o seu capricho. Que diferença de certas que conheci. O quê? Que bobagem dizer isso. Não existe ninguém no mundo que não tenha vontade de alguma coisa. Fosse assim a vida perdia a graça. Não entendeu ainda que é patroa da Antonha e dos camaradas? Você é dona e patroa Doralícia. Se lhe dou mais do que precisa imagine o que podia dar se dissesse o que quer. Desde que entramos juntos pela porta da frente da sede fiquei casado com você. E o que é do marido é da mulher. O nosso é um casamento de comunhão de bens. Se não está registrado no cartório está na minha vontade que por enquanto sou dono do que está dentro e fora desta casa. Quem sabe um dia desquito da Diloca. Seria bom divórcio como tem no estrangeiro. Lá casamento não é esse nó que amarra pra toda vida. Se tivesse uma maneira ia agora mesmo no cartório do Cunha passava os papéis e pedia pra ele bordar a letra quando assentasse nosso casamento no livro. Você ri mas não estou brincando. Não falo por brincadeira. Infelizmente a lei do país não permite senão você ia ver se eu fazia ou não.

Mas o Bio. Não está bom ele afastado. Preferia que pendesse pro meu lado. Se conheço o menino tenho certeza que pensou: o meu pai levando Doralícia pra sede fosse eu fazia igual. Porque se fosse ele fazia. Fazia sim. Ele desvia de mim. Mas o serviço anda então ele está no controle de tudo. Não escapa nada do controle dele. Eu sei. Tem pulso. Tem visão. O Bio sabe direitinho o que tem em mira.

Tsi. Pena o afastamento.

O Bio esteve a par da minha condição com a mãe desde que era menino.

Agora é eu chegando e ele saindo. Corta volta. Anteontem percebi. Desci ao mangueiro e ele vinha vindo do cafezal. Entrei e esperei achando que ele também ia entrar ali. Não entrou. Perguntei aos outros cadê o Bio e responderam que não sabiam. Um deles viu que o Bio de repente voltou e pegou o caminho da colônia. Me calei. Quer que mande ele mais tarde procurar o senhor? Não não: deixe que depois converso com ele. Se quer assim que seja. Nós conversamos quando precisa mas vejo que ele sempre tem pressa. Não me olha direito na cara. O Bio nunca foi assim. Fugir de mim por quê?

A mãe torceu o pensamento dele. Acha possível Doralícia?

Como não sabe? Não me escutou? Só quero que diga o que acha. Você diz que não sabe mas opinião não é saber. Se escutou o que falei podia ter uma opinião. Perguntei se você acha que a mãe pode estar por trás da atitude do Bio. Me jogando contra ele.

É. Você não tem mesmo condição de saber. Não conhece eles.

Eh Bio. Se o assunto é serviço então ele fala mas se relar na intimidade ele se fecha. Bem que eu queria ter uma prosa séria de homem pra homem sobre o nosso assunto mas ainda não calhou o momento certo. Se calhar vou explicar porque fiz o que fiz. O Bio vai entender. Vai amaciar. A Diloca seja como for é mãe dele. Deve achar mais forte a razão da mãe ou pode ser que pense que a fraqueza da mãe precisa de acudimento. Eles pensam que tenho costa larga. Pra eles eu posso tudo. Estalo os dedos e cai do céu. Será? Será isso? O Bio não abre a boca sobre nós nem com a Antonha ou com o Viúvo. Especulei. O Bio não diz nada mas a Dona Diloca me faz uma porção de perguntas, a Antonha disse.

Ao menos o Bio me cobrasse aí eu falava o que devia falar e acabava com esse distanciamento.

Estou só pensando alto. Sei que nesta questão você não pode me ajudar.

Entreato Amoroso

Não: você não tem que se preocupar. Não lhe diz respeito. Mas veja: não sou a pessoa de tanto poder como eles acham. Uma vez até você disse que eu posso tudo. O Bio nem desconfia o quanto me desgosta ele me tratar como vem me tratando. Não posso falar isso pra ele. Nem pra ninguém. Não posso mostrar que estou ressentido. Quero o menino mais companheiro. Que diabo: pra tocar adiante a fazenda precisamos trocar idéia. Não idéia à-toa. Quero me explicar com ele. O Bio me desaprovando. Tsi. O que estou falando mexe numas coisas que não queria mexer. Quanto mais falo mais eu complico e a confusão fica maior. Mexo no lugar que eles ocupam dentro da minha cabeça e eu nem sei bem o qual é. Que ocupavam. Ficaram de fora da minha vida mas o lugar continua. Eu sinto o oco. Fica pra você encher o vazio.

Falar com você é o mesmo que falar pra mim mesmo.

Está escutando mas nem parece.

O que falar? O que quiser. Não sei o que você pode falar porque não sei onde anda a sua idéia. Faça como eu: vá falando o que der na telha.

Não pensa nada? Ainda bem Doralícia.

Isso: a sua risada. Você ri bonito.

A gente diz que a opinião dos outros não importa. Mentira: importa sim. Não dá pra viver igual um desses que joga um saco nas costas e sai pro mundo andando sem ter nem lugar pra chegar. Viver apartado de convivência. A vida de cada um é misturada na dos outros. É um cipoal embaraçado. Teia de aranha. Covo de pescador. A pessoa tenta escapar e não consegue.

Nem bicho se vê andando sozinho. Vão sempre em bando.

Faz semanas que não vejo a Diloca mas falo nela como estivesse sentada ali naquela cadeira espiando nós dois. Tenho a voz dela no ouvido. Por mais que fique longe da Ofelinha e da Noêmia e dos meninos não escapo de ser a polia na engrenagem deles. Que polia nada: sou o mancal. O pilar que sustenta. A engrenagem gira em cima de mim.

Minha família. Minha gente. Claro que me preocupo. Não lavei as mãos igual Pilatos. São da minha responsabilidade e não vou cometer o pecado de renegar eles. Meu coração não é de pedra. Deus me livre renegar meu sangue. Tenho obrigação com eles. Me atrapalham por causa da pressão em cima de mim. Ao menos me esquecessem. Se eu morro como ficam? Então: pensem que morri ou que viajei e não volto mais.

Você tem que ser a proteção pra onde corro me esconder dessa confusão.

Agüenta Doralícia? Hem? Não: não precisa fazer nada. Ficar do meu lado me dando força.

Outro dia desci à cidade e fiquei espantado com o prédio que o Tanuz está erguendo. Vai ser um hotel. Numa esquina da praça da matriz. A construção está quase pronta. Um alemão que era muito doente morou em Conceição porque o ar fez bem pra saúde dele. Esse alemão dizia que o clima daqui é uma riqueza e que pelo tipo de terreno onde teve vulcão – será isso mesmo, vulcão? vulcão por aqui? – deve ter água mineral brotando nalguma biboca escondida. Quem sabe a Mata Grande tem mina de água mineral. Pensou? Faz tempo que falam que se abrissem um hotel vinha gente de todo canto se hospedar só pela qualidade do ar. O Tanuz está saindo na frente. Eh turco esperto. O Samuel Gut tem uma água na propriedade deles que chamam de água do cura. Muitos anos atrás um padre daqui sarou de pedra no rim bebendo daquela água. O hotel está pra inaugurar e nem acompanhei o andamento da obra. Quando vi estava quase pronto.

O tempo escapa pelo vão dos dedos.

Conceição não depende que eu esteja lá pras coisas se darem. Também não preciso da cidade. Não me faz falta a conversa fiada do armazém. Sempre qüêla como a italianada fala. Se conheço como de fato conheço aquela roda eu devo ser um assunto e tanto pra eles. Que falem. Não troco esta passagem por nada e tomara Deus que ficasse como está. Estou sendo o marido que nunca fui. Se existe felicidade acho que é o que estou vivendo. Por isso não aceito que nós dois casados

seja pecado. Não pode ser. Dei o passo mais acertado trazendo você pra cá.
Receio você não precisa ter. Até onde meu braço alcança eu defendo nós dois juntos. Não vão estragar o que tanto me custou achar. Com você do meu lado nada me faz frente. Não fujo da responsabilidade mas não me entrego à carceragem da família. Cadeia por cadeia prefiro esta.
Não se anima Doralícia? Não sente o gosto que sinto de defender o que é nosso?
Você às vezes me põe pensativo. Senta levanta abre o guarda-roupa olha no espelho sai à janela. Faz tudo com jeito quieto esquisito. Parece um fastio no seu modo. Desligado. Provisório. Você é dona. É seu este quarto. Esta casa é a sua casa. Tome posse. Quando peço opinião parece que falo com alguém que não sabe do que estou falando. Tanto faz a água subir ou descer. É assim? Quero que você se interesse. Ande pela casa e veja o que tem nas gavetas nos armários. Não é só pela minha vontade que está comigo é? Ah bom. Podia continuar com o Amaro e acompanhar pra sabe Deus onde ele foi. Se escolheu ficar foi porque tinha motivo. Comigo você não perde porque cuido do meu e do seu interesse. Você pode ser a causa da braveza deles mas não é alvo: o alvo sou eu. A questão é comigo. Minha satisfação é que incomoda. Me querem infeliz como eles. Reclamam da minha escolha. Querem me ver derrotado engolindo o remédio amargo de um casamento que não deu certo. Engolir e conformar.
Está me entendendo?
No fundo de você, bem lá no fundo tem qualquer coisa que não alcanço. Não distingo. Pelos seus olhos não se entra hem Doralícia? Que eu sei de você? Ficar sem lhe conhecer por completo não combina com o modo que estamos vivendo. É um estorvo que você não esclarece mas que rouba sua atenção. É como dissesse que quem inventou esta situação fui eu e você não tem nada com isso.
Você não é participativa.
Seu desinteresse é esquerdo.

Eu que entendo assim? Será? Nem torcer pra ficar como está você torce. Torcer por mim. Por nós.

Tenho razão? Existe motivo? O que é? Você sabe? Se sabe fale. Igual a sombra de uma nuvem quando encobre o sol: uma instabilidade assim. Falta a claridade completa que de repente sumiu. Acende de novo mas deixou um momento em que não pude ver pra entender. Se está contente de ficar comigo mande essa nuvem embora. Não encubra o sol da sua feição: os olhos brilhando a cara inteira brilha. Sua risada enfeita.

Tem fundamento o que estou falando?

Não? Não mesmo? Tomara. Tomara que seja engano.

Pra clarear o entendimento é que a gente fala. Uma boa conversa resolve. O silêncio é que incomoda. Fale. Não guarde pra você. Estou pra escutar também. Se não fala comigo vai falar com quem? Me conte o que tem aqui dentro. Ninguém é culpado do pensamento que pensa. Olhe que coisa: fosse possível até seu pensamento eu gostaria que fosse meu. Reparta essa – eu ia dizer tristeza mas não quero pensar em você triste. Está triste Doralícia? Tem motivo? Guardar mágoa faz mal. Também nunca fui de me abrir mas agora somos o arrimo um do outro e se você não me anima corro risco de desanimar também. E não posso.

Quando me procuram eu despacho logo porque não quero que me roubem o tempo que é seu. Se o Bio resolver errado tenho confiança que ele mesmo conserta. Eh Bio. O que dirá me vendo assim enrabichado? Quanto o coitado não agüenta da mãe? A Diloca sempre descarrega em alguém e eu não estando perto sobra pro menino. Ela é bem capaz de achar alguma culpa no Bio por causa da minha atitude.

Sei que não Doralícia.

Falei por falar mas imagino o quanto ela fustiga o menino.

Por quê? Falo dele porque é meu filho. Meu braço direito.

Porque está mais perto de mim do que os outros. Vive aqui.

Um pouco de despeito quem sabe. Dói que ele me evite.

Não sei se ficou contra mim mas a meu favor não está.

Entreato Amoroso

Esse barulho? É vento. Vai chover. Faz tempo que não chove. Hoje cedo o Viúvo viu a nuvem de rabo-de-galo esfiapando no céu e disse que ia chover. De manhã estava um mormaço abafado. O velho conhece o tempo. Esta seca junta poeira. Poeira faz a mão ficar rúspega e eu não gosto. Não, não é nada. Foi a bacia que rolou no pedrado perto do tanque. Ventania. Tem medo de temporal? Trovão é só barulho. Não tenha medo que o telhado já agüentou mais de setenta anos de chuva. A casa é firme. Quem dera eu fosse como ela. Tem pára-raio na cumeeira. Torço pra chover e apagar pó. Ver a água da chuva rolando nas canaletas do terreiro. Deite a cabeça no meu ombro e se acalme. Temporal não traz perigo. Na colônia não sei se o pára-raio alcança mas nunca morreu ninguém de raio na Mata Grande.

A vida não lhe ofereceu muita coisa hem Doralícia. Daqui pra frente vai mudar. Aproveite. Chegou sua vez. Aproveite a mocidade. A gente valoriza mais a mocidade quando ela já se foi. Sei porque fui moço. Gente moça pensa que a vida é eterna mocidade. Não adianta avisar: não se ensina ninguém a amadurecer. Pudesse voltar na idade pra me emparelhar com você. Mas a gente não perde por esperar: imagine se podia calcular que nesta quadra da vida ia acontecer o que está me acontecendo? Meu sentimento é de mocinho. De novidade. É a primeira vez que gosto de verdade. Juro. Olho pra trás o que vivi e não vem nenhuma lembrança boa como é agora. É como se eu não tivesse existido sem ter você do meu lado.

Espante o medo. Não faça essa cara de susto cada vez que o trovão ronca. Na casa dela a Antonha rezou pra Santa Bárbara e queimou palma benta pra guardar todos nós. Confie na reza dela. Confie em mim. A chuva vem e passa.

O problema é outro.

Tem uma coisa me perturbando este tempo todo em que lhe falei. O que é, me pergunto.

Penso no Bio mas não é ele. Não é o Bio.

17

O DOMINGO AZEDAVA NO GOSTO DO vinho. Bio forçou o aprumo do corpo. O vozerio e a agitação do bar vinham em ondas. Piscava como se um peso atardasse as pálpebras e as palavras deslizavam pela língua saburrosa. Sorria às interpelações dos que o aconselhavam a ir para casa. Abriu as mãos sobre o balcão para orientar o equilíbrio. Buscou firmar-se mas tinha turva a consciência. Calcou o punho na pedra de granito e girou o corpo.

Estou ruim, murmurou para si mesmo.

O efeito do vinho restringia as idéias e requintava o assomo das emoções. Domou na boca um riso corrediço. Durante a tarde os companheiros de borda do balcão ou sentados na meia dúzia de mesas chegaram e saíram e ele continuava bebendo. Moscas pousavam na bebida derramada no granito que Evilário limpava com um pano úmido.

A rapaziada vindo do campo de futebol invadiu barulhentamente o bar. Alguns jogadores do time em que Bio jogava de centro-médio cercaram-no mas o que diziam perdia-se na periferia do entendimento:

Mancou com a gente hoje hem. Que aconteceu Bio?

Está bêbado? Que é isso rapaz?

Por isso não foi jogar?

Não fez falta. Enfiamos três a zero neles.

Pediram cerveja para comemorar a vitória. Bio reuniu o que restava de sobriedade. O vinho provocava enjôo e azia. O crepúsculo alongava sombras na rua. Durante a tarde a imagem de Doralícia veio e foi com leveza de cortina enfunada. Desde a instalação da moça na sede, Bio encurtava a permanência na fazenda. Quando pousava na Mata Grande entrava pela cozinha com cuidados de ladrão sem acender luzes e calando o rumor das botinas. Trancava-se no quarto perturbado pelo par nos cômodos da frente e pela lembrança cheirando a mato dos dois encontros que não conseguia esquecer.

Entreato Amoroso

A proximidade reativava o desejo de repetir a cópula cujos detalhes recrudesciam na memória. Quase não a via. Ele passava o dia trabalhando fora da sede. Vinha comer esperando e receando vê-la. Saía rápido e nem quando Viúvo estava na cozinha ele encompridava a estada. Ela ficava a maior parte do tempo na sala adaptada para o casal dormir. A lascívia perturbava-o e incitava à masturbação. Estirado na cama a imaginação campeava. O passar do tempo e a consciência de que eram moradores na mesma casa separados por duas ou três paredes foram insidiosamente autorizando-o a acreditar que poderia tê-la de novo. Questão de oportunidade. Parecia-lhe mesmo que o pai a trouxera à sede oferecendo-a para o uso. Vivia num estado de desassossego que a luz do dia e o trabalho distraíam. Chegava a temer a noite e o suplício da vontade invasiva. Dormirem tão rente provocava a obsessiva recordação do vivido.

Enquanto o pai completava o cerco até mandar embora o marido por algum tempo Bio até que aceitou a atitude de evitá-lo a que Doralícia se determinou.

Então em plena manhã o pai subindo o caminho da colônia com Doralícia. Alarmou-se. Parou o que estava fazendo e ficou incredulamente observando. Vinham devagar e José Afrânio falava com ela. De cabeça baixa e expressão ilegível a mulher expressava obediência ao seguir o homem. Bio acompanhou com os olhos a subida pelos degraus das plataformas de terreiro e pela escada da frente da sede. Um atropelo interior misturou-se à surpresa de ver o pai e Doralícia juntos em hora em que Amaro já teria voltado para casa. Custava crer que o pai tivesse a coragem de levá-la de companhia definitiva como a levou. Abreviou o que fazia. Internou-se na roça de milho até a beira do rio. Dar tempo para que se esclarecesse o insólito. O pensamento revoluteva precipitando conseqüências possíveis. Perto da hora do almoço passou pelo mangueiro e lá lhe contaram que Amaro havia ido embora da fazenda. Havia descido a Conceição aproveitando o caminhão do leite. Bio viu o tordilho do pai amarrado ao mourão da cerca perto da casa na colônia. No fim da tarde inteirou-se dos pormenores inclusive o da acomodação de Doralícia. Antonha não escondeu sua perplexidade quando comentou em voz baixa na hora da janta engolida às pressas. Nunca eu esperava uma coisa dessas, disse. O casarão silencioso parecia vazio. Nenhum bulício os denunciava. Ressabiado Bio olhou pelo corredor que levava ao quarto da frente onde estavam:

Seu Zé Afrânio disse que de hoje em diante ela vai ficar aqui, Antonha falou com preocupação. Que será da Dona Diloca meu Deus do céu.

Bio sacudiu os ombros depreciando o fato embora envolto pela sensação de acontecer um desastre a que assistia impotente. O procedimento do pai o abalava deixando-o em quase pânico. Raiva. Dor mesmo por tão injuriosa desconsideração. A mãe e os irmãos eram também vítimas como ele. Lamentou a ausência de Noêmia capaz de iluminar a escuridão para onde o pai os empurrava. Como ficariam as coisas? Gastou horas solitárias procurando estabelecer uma nova ordem para sua permanência na fazenda. Condoeu-se por Maria Odila sobre quem recaía o peso gravoso dessa decisão com significado de derrota arrasadora. Fingir indiferença. Abandonar a fazenda para que o pai assumisse todas as conseqüências pela deliberação? O primeiro impulso de afastar-se se substitui por uma imprecisa curiosidade. Talvez devesse continuar na sede ainda que fosse para dificultar as coisas para o pai. Sua presença inibiria José Afrânio e Doralícia. Ou ele longe obrigasse o pai a reconsiderar a situação que se criava. Idéias em espiral. Decidiu manter a rotina possível. O correr dos dias indicaria as atitudes adequadas. A reação da mãe certamente proporcional à indignidade cometida o preocupava: ela agüentaria o baque?

Esperou com certo receio que durante a tarde o pai viesse lhe falar. Ensaiou contenção e afirmativas para mostrar o sentimento afetado. Interpelar ao pai principalmente pelos desdobramentos da atitude. Ameaçar sair da fazenda. Nesse preparar-se temeu que sua relação com Doralícia transparecesse no que dissesse. Quanto menos falasse, melhor. Talvez o sensato fosse calar. Virar as costas e largar ao pai a explicação do inexplicável. Mostrar com um silêncio obstinado a sua reprovação. Vexame para a família. O pai algoz deles todos mancha-

Entreato Amoroso

dos pela sem-vergonhice de quem devia dar o exemplo. Vergonha dolorida. Humilhação comparável com a apreensão sobre as reações da mãe, nem quis vê-la para não testemunhar a cena dramática que ela protagonizaria. Perto do anoitecer viu o caminhão do Mateus carregando a mudança do Amaro. Soube depois que o pai lhe havia dado dinheiro e o tordilho que viajou na carroceria. Nessa noite Bio foi o último a sair da venda do Mendes fazendo Terguino cantar moda atrás de moda com o violão. Duvidoso se devia dormir na sede rodeou-a no escuro. Parou sob a janela do quarto onde estava o casal. Comovido pela orfandade conseqüente do abandono paterno Bio chegou à lágrima. Não encontrava arrimo para tanta contestação: perdia como filho e como rival. Gretas acesas na janela. Nenhum som. Fazia frio. Revoltou-se. Numa decisão súbita arreou o cavalo e voltou a Conceição. Foi direto ao quarto da italianinha onde pernoitou. Antes do sol aparecer foi tomar café em casa onde ainda dormiam menos Nhanita que o olhou num viés de censura adivinhando de onde ele vinha.

Todo esse barulho e você não aparece em casa menino?

Eu sabia que ia ser brava a coisa. Ah a minha mãe. Coitada. Ficou muito nervosa?

Já que soube sim. Depois murchou. Sentou na sala e chorou bastante.

Quem contou?

Ela viu o Viúvo na cozinha e parece que adivinhou. Disse que não esperava outra coisa.

Ela dormiu bem?

Até que dormiu. E você? Onde você andou? Pousou aqui em casa?

Não.

Na fazenda é que você não ficou.

Como é que eu podia ficar lá?

O Seu Zé Afrânio perdeu o juízo.

Acho que ele nunca teve Nhanita. O velho ficou louco. Caso de hospício. Essa foi demais.

Foi mesmo. Passou da conta.

Nhanita serviu o café. A conversa geralmente abundante gaguejava. Machucado, Bio economizava palavras. Nhanita percebendo a comoção do rapaz evitou estender o assunto. Era nesse entrecho madrugador que Bio se inteirava das novidades da casa e da cidade e comentava sobre a vida na fazenda.

Coitada da minha mãe, repetiu.

Ela não merecia isso do seu pai. Como vai ser daqui em diante?

Não sei o que pensar Nhanita. Nem quero ver minha mãe. Credo que situação.

Entre o fogão a pia e a mesa Nhanita neutralizava os ruídos. Pausa repleta.

Onde você pousou, ela perguntou: me diga.

Ele não respondeu.

Nem precisa dizer. Eu sei.

Que adianta eu falar? Muda alguma coisa nessa merda de confusão?

Cuidado com o que você faz menino. Veja o exemplo do seu pai. Veja bem.

Ele continuou comendo sem considerar o que Nhanita falava.

Até que a Dona Diloca não deu tanto trabalho, Nhanita disse. O Doutor Romeu veio mais pra prevenir. A Ofelinha não quis telefonar pra Noêmia e eu é que tive que falar com sua irmã. A Noêmia veio e voltou ontem mesmo porque o menino estava com febre. Largou ele com a avó e veio acudir a mãe.

Então foi o Viúvo quem contou?

Foi. Antes de almoço. A Antonha mandou ele vir porque achou que era obrigação dela não deixar a patroa saber por boca dos outros.

De qualquer jeito minha mãe ia ficar sabendo. Mas como o Viúvo falou? O que ele disse?

Sua mãe entrou na cozinha olhou o Viúvo e parece que adivinhou o que ele ia falar. A sua mãe às vezes espanta a gente. O que foi? Ela perguntou e o Viúvo naquele jeito dele contou que o patrão tinha levado a moça pra sede e que ela ia ficar lá. O único rodeio que fez foi dizer que vinha a mando da Antonha pra trazer uma notícia ruim. Ah Nhanita meu pai ficou louco. Até que sua mãe se acalmou logo. Você bem podia ter vindo pousar aqui em casa. Mas parece que gosta do perigo. Você também Nhanita? Está igual minha mãe. Isso não é coisa que acabe bem. Não faço nada pior do que meu pai, ele falou. Sem esperar que a casa acordasse Bio saiu para a Mata Grande. As dúvidas persistiam. Agia corretamente indo à fazenda? Seu constrangimento não diminuía o desejo de lá estar como testemunha. Contaminar-se da lascívia. Aderir à sem-vergonhice e respingar-se das sobras que insistiam na lembrança intensamente revivida. Expor seu descontentamento e renovar a comoção que tingia a raiz de todas as outras impressões que lhe causava Doralícia estar entre eles. Evitou a sede fechada para cuja imponência olhou sem que o senso estabelecesse a extensão dos melindres em que o ciúme e o despeito eram nítidos componentes. Deu ordem a um moleque que avisasse Antonha para lhe mandar almoço. Não queria comer na sede. Cumpriu as tarefas e as obrigações reparando no comedimento solidário dos camaradas. No fim da tarde chegou à porta da cozinha e conversou com a caseira também desconcertada e insegura. Antonha perguntou por Maria Odila e Bio falou que depois do choque da notícia ela havia melhorado.

Dominou o desconforto e esforçou-se para se comportar normalmente. Dias. Semana sem ver o pai. Interpretou o sumiço e o silêncio como orientação para a vida continuar como sempre. Ao revê-lo, o encabulamento impediu que o olhasse nos olhos. Trocaram algumas palavras sobre pendências no serviço quase um pretexto de José Afrânio para retomar contato. Indo à cocheira Bio censurava mentalmente a frieza do pai.

Não se registraram mudanças no cotidiano que aparentemente também não se alterou com a presença de Doralícia. Bio precavinha-se de situações que facilitassem a aproximação do pai. Achava que José

Afrânio tentaria diluir no trato entre eles a afronta que a nova posição representava e aplainar a superfície do desacerto. Ele que chamasse a si a responsabilidade pela perturbação criada, Bio ressentia-se. A casa de sede ganhava um aspecto de impropriedade que o rechaçava embora escondesse num escrutínio indevassável aquilo que almejava e estava fora do alcance. Ao cerrado inquérito da mãe respondia generalidades. Negava-se a compor na trama de Maria Odila aliciando pessoas à sua causa e vituperando verbalmente o marido. Observava que nas suas acusações ao pai ela não o apoiava. Resumindo em si a vitimez representava com exclusividade o enxovalho da família. Bio não compreendia o jogo que a mãe fazia capitalizando o episódio numa auto-imolação.

No seu quarto e no seu corpo a noite adensava imagens. Recriava incessantemente os encontros no mato. Também Doralícia não escaparia das lembranças. A gana de agarrar-se a ele e gemer no gozo permitia delirar que ela estava com o pai para ficar perto de si. À insônia continuada Bio se levantava e ia da janela à cama. A escuridão sugeria ruídos que ele julgava originados do quarto da frente. Eriçava-se tenso e expectante. Depois relaxava sem que a inquietude e a excitação o abandonassem. Masturbava-se aplacando quimeras. Ela cruzava do corredor à sala para ligar o rádio e ele furtivamente a espiava. Doralícia saía ao quintal andava ao redor da sede surgia à janela em aparição rápida. O pai secundava-a como anjo guardador.

Travas de chuteiras rangem no chão de cimento. Os companheiros dirigem-se a ele que devolve frases curtas. Bio ri. Supõe manter o controle de si mas a morosidade dos gestos e da fala é indisfarçável. O que diz ou escuta abstrai-se do pensamento ocupado pela lembrança de Doralícia.

No extremo oposto do balcão cresce uma gritaria que alerta Bio. O italiano desafeto tenta escapar do círculo humano que o retém e no esforço vigoroso arrasta o grupo que tenta contê-lo.

Travo. Cansaço.

De novo?

Entreato Amoroso

A fazenda guardando o seu segredo. A casca da árvore rascando a maciez da pele: essa a revivência que o separa do inevitável de enfrentar o que seguirá.

Vermelho da raiva o italiano xinga-o na balbúrdia que sobe de tom. Bio vê o rapaz soltar-se com violência dos braços que o retêm. A barreira impele Bio para o canto do balcão rente à parede. No brusco empurrão e na percepção de que o defendem Bio compreende que terá de brigar. O rescaldo das mágoas mesclado à zoada dificultam escapar da letargia que o dominou nessa tarde de domingo. Sair do torpor e concentrar-se no que se desencadeia já que obrigatoriamente será engolfado no torvelinho localizado nele? Na atmosfera hostil do bar? A cara congestionada do italiano ocupa o foco que a razão quer refutar sem sucesso. Como um deus zombeteiro José Afrânio abre seu emulante sorriso. Bio deseja que consigam contornar o entrevero. O vigor que terá de usar não o livrará do que o persegue. Enfraquece-o a frustração disseminada pelos músculos e resoluções. O bar é um reboar de vozes.

Esse filho duna putana, Bio escuta: cosa pensa qui ê? Odgi ele mi paga.

Não sou só eu. Não fui o primeiro. Teve gente antes de mim, Bio diz sem vontade de envolver-se. A briga é compromisso inadiável. Desejava proteger-se no casulo de emoções mas terá de dançar como areia em olho d'água. O murro atingiu-o entre a mandíbula e a orelha. À pancada inesperada as pernas se dobraram e ele desabou de encontro à quina do balcão. A cabeça bateu no granito e minou sangue da brecha aberta. O alarido aumentou. Ergueu-se atordoado pela surpresa do golpe. Outro soco alcançou-o entre o ombro e o peito jogando-o para trás. De dentro do aturdimento buscou recompor-se. O caso com a italianinha insignificava. Concentrado em surrá-lo o adversário irrompia no seu isolamento e obrigava-o a se defrontar com realidade diversa da que a memória o abastecera ao longo da tarde. Na derrota acontecendo Doralícia se esfumava. O presente desfavorável acentuava o derruir emotivo. Vozes aturdiam e empurrões sacudiram-no. O riso de José Afrânio alvejou no escuro dos olhos fechados. A imagem do pai atiçou o corpo dobrado entre o chão e o balcão. O sangue descendo pelo rosto e pescoço empapava a camisa. Lambuzou as costas da mão que resvalou à procura da ferida na cabeça. Pôs-se em pé no espaço apertado pelos que procuravam dominar e afastar o agressor. O italiano imprecava aos gritos. O braço escapava dos que o maniatavam procurando atingir Bio que se enrijeceu sem conseguir esquivar-se completamente de outra pancada. Defender-se. Safar-se da vergonha passiva. O entorpecimento solvia-se. Encostou ao balcão e no roçar dos corpos palpou novamente o ferimento que não doeu ao tateio embora sangrasse bastante. O italiano presentificou-se numa repentina lucidez. Os golpes restauravam-no como banho gelado. A perna escapada do grupo que cercava o adversário escoiceava o ar e com agilidade Bio chutou a panturrilha da outra perna derrubando-o. O tombo espalhou a aglomeração. Bio valeu-se do espaço aberto e precipitou-se sobre o italiano. Montou-o como num potro xucro e prendeu-o com os joelhos rentes ao tronco.

Ela já estava arrombada seu morfético, gritou esmurrando a cara subjugada sob seu corpo. Não fui eu.

Brotou sangue do nariz socado. Bio estapeava a cara e o tronco que coleavam sob o gancho das pernas. Arrancaram-no de cima do italiano e imobilizaram-no junto ao balcão. Na ânsia de seguir batendo Bio ensurdecia aos que tentavam fazê-lo desistir da briga. Profusão de rostos à frente.

Soltando-se avançou contra o oponente. Atracaram-se numa dança de compasso lento em direção à porta da rua arrastando mesas derrubando cadeiras e garrafas que estilhaçavam pelo chão. Grandes e fortes o esforço de apartá-los resultava inútil. Um tranco contra o batente percutiu nas costelas e faltou ar mas Bio não se soltou do outro. Movia o corpo aos empuxões diluída a nublação da bebida. Esmurravam-se a esmo e de raspão. Meneios encontrões agarramentos levaram-nos atracados ao meio da rua. No desnível da sarjeta vacilaram e quase caíram. Bio teve pena de si e para espantar um lampejo de choro aplicou-se em atingir quem o atirava àquele vórtice: socou arranhou e trançou pernas buscando derrubar o antagonista. A máscara de José Afrânio estimulava o desafio: na fazenda ele e Doralícia nesse fim da tarde. Num contrapasso e como um fardo único desabaram no calçamento. Soou um grito de dor. A impetuosidade arrefeceu e o italiano bufava e gemia buscando morder o ombro o pescoço a orelha de Bio que marrou a cabeça contra o rosto do qual se desviava. Rolavam na terra. Grânulos de areia laceravam a pele numa briga interminável. Subitamente cessou.

Bio relaxou e a cara acamou nas pedras do calçamento. Vozerio longe. Negar a briga e a amargura. Arfava. A mente repleta de recorrências do pai e Doralícia e ele posto à margem ou derrotado numa competição que extravasava na rua cheia de gente atraída pela refrega. Careceu dos ferimentos no corpo como castigo para adequar-se ao que o invadia. Reprimia o choro. O estômago contraiu-se e o vômito misturou-se ao sangue que empastava a poeira onde a cara descansava.

Chico-Soldado e os dois praças de plantão censuravam a assistência que não interveio para separar os briguentos. Bem que quiseram mas quem aparta dois touros? Sentaram o italiano encostado a uma parede. Com olhos assustados ele segurava o braço esquerdo numa careta de dor. O sangue corria do nariz e pingava do queixo ao peito. Quiseram erguê-lo. Gritou que não pegassem no braço dobrado junto ao corpo. Doía movê-lo. A cabeça de Bio apoiada numa perna anônima. Chico-Soldado dava ordens. Intenso falatório desencontrado. O corpo desobedecia à tentativa de reorganizar-se. Chico-Soldado mandou carregarem embora o italiano.

No bar Evilário varria cacos endireitava cadeiras à volta das mesas e resmungava os estragos dizendo que ia exigir ressarcimento. Nas portas e janelas o rasto dos comentários:

Pareciam dois galos de rinha.

Ninguém foi capaz de apartar.

Diz que é porque o Bio come a irmã dele.

Não é a primeira vez que se pegam.

É sim. Da outra vez não brigaram porque apartaram logo.

Foi no bar do campo. Eu estava lá.

Tinha que acontecer. Era vingança jurada.

Vingança porca. Quem vingou o quê? Os dois ficaram num bagaço de dar dó.

Será que machucou muito? Credo quanto sangue.

Essa rixa vai acabar em morte.

A italianinha anda com a rapaziada inteira. Será que o irmão não sabe?

Cismou com o Bio.

Mas por que só o Bio?

Azar dele. Mexeu no vespeiro e encontrou o que não queria.

Aquela não passa duma boa bisca. Não vale a briga.

Bio continha a vontade de chorar não pelas machucaduras mas pelo desamparo que principiando na casa da fazenda alcançá-lo-ia onde estivesse. O braço de Chico-Soldado escorava-o em pé. Acatando o tratamento paternal Bio seguia no ritmo dos passos do cabo. Os praças escoltaram o italiano até sua casa. Bio obedecia ao homem de fala amineirada amigo da família e chefe do destacamento policial de Conceição dos Mansos.

Essa rapaziada, Chico-Soldado falou: vocês só me dão trabalho.

O sangue pingava um rastro na calçada. Cheiro acre do vômito de vinho e restos do almoço grudados na camisa rasgada avermelhada de poeira. Amparado pelo soldado iam atravessando as ruas. Alguns molecotes seguiam-nos. Um dos praças alcançou-os dizendo que o italiano estava entregue à mãe e encorpou o séquito. O boato da briga espalhou-se e pessoas assomavam às portas e janelas à passagem do grupo. Chico-Soldado informava:

Não foi nada. É troça da mocidade. Ninguém precisa se alarmar. O sangue é do corte na cabeça e na cabeça qualquer arranhão vaza muito.

À derrocada emotiva Bio incorporava a luz moribunda do dia. A casa e a mãe continuariam a castigá-lo embora a razão dessa purga

Entreato Amoroso

ficasse aquém da compreensão. Derrotava-o o pai alheio a si e ao domingo. Impotência semelhante à da mãe na ruína que estampava na face. Deixava-se levar. Não era da mãe que queria cuidados. O sangue ainda manando escurecia manchas na farda de Chico-Soldado.
Não me leve pra casa Seu Chico-Soldado, pediu.
Pra onde então vou levar você rapaz?
A minha mãe, Bio disse: o senhor sabe como ela é.
Pensasse nisso antes.
Vai fazer escarcéu.
Isso vai mesmo.
Não me leve pra lá.
Mas tem outro lugar pra você ir?
Me deixe na farmácia do Zezé.
Hoje é domingo. Está fechada.
É ruim ela me ver assim. Vai se assustar.
Ela já sabe da briga.
Sabe como?
Não sei. Foi recado de sua mãe que me levou até o bar do Evilário.
De longe o soldado viu Maria Odila à janela. Uma comitiva de mulheres a rodeava.

18 À CHEGADA DO GRUPO E PROJETANDO-SE da janela Maria Odila agitou os braços numa torrente de palavras gemidos e invocações. O sangue no rosto e na roupa do irmão alarmou Ofélia que assustada e interdita juntava-se às mulheres à volta da mãe. Na mesa da sala de jantar os meninos colavam figurinhas de jogador de futebol num álbum. Escaparam do movimento indo ao quintal onde se empoleiraram na charrete sob o telheiro. Acostumados com a agitação das crises maternas de dispnéia e palpitações e passado o susto de ver o irmão machucado conversaram sobre a briga apostando que Bio tinha enchido a cara do italiano. Derivaram para o filhote

de cachorro que encontraram na rua e a mãe não quis que recolhessem porque já havia dois cães em casa.

Cria na fazenda, sugeriram.

Na fazenda? O que vão xeretear na fazenda? Não quero vocês lá, a mãe falou.

A voz lamuriosa de Maria Odila chegava aos garotos. No domingo acabando deliberaram excluir-se daquela zoeira. Falaram da força do irmão capaz de erguer a bigorna na oficina do Nato-ferreiro imagine se o italiano ia bater no irmão. Uma aliança nascida do desamparo encoberto pelo excesso de zelo materno protegia-os. Sentiam falta de Noêmia que fazia as vezes da mãe. Gostavam de Ofélia mas ela também era carente de apoio. O mais velho oferecia proteção física ao menor. Aventuravam-se à fazenda cortando caminhos por trilhas e atravessando cercas e pastos. Bio ralhava: podiam encontrar cascavel jararaca urutu e aí queria ver. Cascavel pica e daí a pouco babau: o sujeito morre, Bio amedrontava-os.

Chico-Soldado veio falando:

Não se alarme que não foi nada Dona Diloca. Está tudo bem. O Bio está inteiro. Foi briga de rapaziada. Só machucadura de raspão. Esfolamento.

O lamento da mãe agastou Bio no azedume do estômago. Na calçada apoiou-se à parede e outra vez golfou uma gosma marrom borrifando a barra da calça rasgada nos joelhos. O soldado deixou-o ali e entrou na sala.

O menino não tem nenhum machucado sério. Não se assuste Dona Diloca, disse sobrepondo-se ao vozerio das mulheres querendo acalmar a dona da casa.

O nervoso da senhora não vai ajudar em nada, ele continuou: o Bio não tem nenhum osso quebrado e é só sujeira da briga. Uma hora tinha que acontecer. É rixa com a gente do italiano a senhora sabe. Se pegaram no bar do Evilário.

As mulheres fizeram Maria Odila sentar na poltrona. Cobriu o rosto com as mãos e pendeu a cabeça ao peito:

Entreato Amoroso

Ah meu Deus. Briga de bar, exclamou: se atracando que nem bicho do mato. Cansei de avisar o Bio. Por causa de uma porqueira duma sem-vergonha. Mais esta pra eu agüentar.

Foi uma briga e tanto mas já acabou. Briga é isso, Chico-Soldado disse. Foi o outro quem começou. O Bio estava quieto no canto dele. Não tinha quem apartasse? Quiseram apartar mas não conseguiram. Dois baitelos desses quem segura Dona Diloca? O italiano se aproveitou que o Bio estava bêbedo.

Bêbedo? ela quase estertorou: o menino bebendo? Ele não é de beber. Não é mas hoje ele bebeu. O Evilário disse que passou a tarde bebendo. Os moços admiraram vendo o Bio de cara cheia. Pensei que senhora soubesse.

Achei que estava no campo de bola. O menino da Catina veio feito um vento e contou da briga. Pedi que corresse na cadeia avisar.

O fino fio da voz grifava aflições. Uma vizinha abanava-a. Trouxeram-lhe um comprimido e um copo d'água.

Fui depressa pra lá. Era o fim da confusão mas os dois ainda estavam embolados no chão. O italiano veio do futebol que o jogo tinha acabado e quando viu o Bio avançou pra cima dele. Foi o que contaram, disse Chico-Soldado.

Italianada maldita, Maria Odila gemicou entre goles de água com açúcar: esses carcamanos desgraçados. Está muito machucado? Olhe a cara dele. A cabeça o pescoço a mão tudo esfolado. Olhe a camisa. Um sangue só.

É só arranhão. Um talhinho na cabeça. Coisa pouca. Ferimento no couro da cabeça verte bastante. Não se impressione que é cortinho à-toa. Eu vi.

Vida de sofrimento, ela disse o lenço à boca. Toda aquela gente no bar e ninguém pra acudir?

Já falei que quiseram mas não deu. A briga passou Dona Diloca esqueça a briga. Vamos tratar de consertar o rapaz. Mandou chamar o farmacêutico?

A farmácia no térreo de sobrado na praça. Seu Zezé veio com a maleta de curativos. Chico-Soldado voltou à calçada e ajudou Bio a subir o degrau da soleira e entrar. Empurrou com o ombro as portas do pára-vento. A mãe ergueu-se amparada pelas mulheres e parou à passagem da sala vendo o filho no corredor.

Que foi meu filho?

Não foi nada. Não foi nada. Deixe mãe. Briga.

Coisa feia brigar na rua.

Ele provocou. Aquele italiano lazarento. Veio pra cima de mim e precisei brigar. Não tive escapatória.

Raça amaldiçoada. Tinha razão minha sogra que não gostava dessa gente rancorosa.

Curiosos queriam entrar atrás do farmacêutico e do soldado. As mulheres repuseram Maria Odila na poltrona e os homens levaram Bio ao quarto.

Será que ela vai ficar ruim Seu Zezé? disse Chico-Soldado: não era bom aplicar uma injeção? Melhor prevenir.

Vou conversar com ela.

Na sala o farmacêutico falou com voz autoritária:

A senhora por favor fique aqui que eu cuido do Bio. Não quero ninguém no quarto. O Chico é suficiente e se precisar de alguma coisa ele pede. A senhora está abalada sem motivo porque machucado não é doença. Vivo remendando esses moços que toda hora estão brigando. É machucadinho besta que fecha depressa. Fosse tiro facada chifrada dava cuidado mas é coisa mínima. Daqui a pouco limpo a sangueira e o Bio fica novinho. E o bom era que quem não tem nada pra fazer aqui tratasse de ir embora. As senhoras providenciem um chá de cidreira e fiquem de companhia a Dona Diloca. Ninguém entre no quarto.

Ajuntamento de gente só atrapalha, confirmou Chico-Soldado.

Maria Odila moveu-se querendo levantar.

Mas o menino nesse estado

Eu falei que a senhora sossegue, o farmacêutico disse com firmeza: é tudo superficial. Só sangue e sujeira que a água limpa. Um pouco de

Entreato Amoroso

paciência e resolvo isso. O rapaz está em pé andando e conversando. Não foi nenhum desastre.

O senhor acha pouco? Todo esse sangue. A roupa esfrangalhada. A camisa em tiras.

Dois valentes desse porte a senhora queria o quê? Foi que nem briga de galo bom: só param na morte.

Credo Seu Zezé. Que boca.

Quem sai de uma briga dessas como entrou? A senhora fique tranqüila que já-já apronto o Bio.

Maria Odila acomodou-se. Duas mulheres falavam-lhe baixo e ela as olhava como não entendesse. Ofélia trouxe o chá e a mãe tomou aos goles reclamando que estava quente. O farmacêutico pediu água morna sabonete e toalhas limpas. Nhanita ajudava Ofélia com a água e as toalhas. Chico-Soldado postou-se no corredor depois de mandar o praça de volta ao posto policial.

Com dificuldade Bio desvencilhou-se das calças e camisa. Sentou-se à beira da cama vestido com a cueca com botão único no cós. Havia arranhões nos ombros joelhos braços e os dedos estavam ralados. Sentia o corpo dolorido. O sangue secava no rosto e colava fios de cabelo ao empastamento de pó à volta do corte. O farmacêutico lavava com gaze e algodão molhado e secava as feridas com a toalha, indiferente às reclamações de dor.

Agüente Toríbio. Preciso tirar a sujeira senão infecciona. Sei que arde mas o sabonete amolece a terra grudada. Ralou bem a cara hem. O ombro. Parece que passaram a raspadeira em você. O corpo inteiro tem marca. Olhe o joelho: aqui está feio. Cotovelo. Que bobagem essa de se meter em briga. O que vale?

A toalha molhada e torcida na bacia de ágate carminava a água.

Daqui a pouco vai dar pra ver de novo a cor da sua pele. Rapaz: quanto sangue.

Ele veio pra cima de mim. Tive que revidar.

O italianão arrancou seu couro. Bateu também ou só levou?

Nem sei. Não vi. Não lembro. Acho que bati. Bati sim. Desci o braço nele. Teve uma hora que prendi ele debaixo de mim. Dei na cara com a mão aberta. Dei uma cabeçada no nariz dele. Sobrou pra ele sim.

Bio sugava o ar apertando as mãos para suportar o contato da água e sabonete na carne viva. Abafava gemidos. À luz acesa pungia viver o momento que não se esgotava: o tempo transcorreria e recuperaria o mundo livre das opressões da mãe e da casa. Sem dores nem ardências. Viu-se deitado na grama acareando amplitudes. Espingarda de chumbinho espantando rolinhas. Codorna sumindo no mato procurando ninho. Liberdade em oposição ao acabrunhamento da claridade do dia que diminuía lentamente. Vadiar na largueza dos pastos.

Lá: Doralícia.

Confrangeu-se.

Como arde, reclamou consciente de referir-se a outras dores: pudesse esticar o corpo ficava melhor, disse num gemido: estou cansado.

Se deitar vai sujar a cama. As costas estão uma beleza: cheias de lanho. Espere eu limpar. Deixe ver o corte na cabeça, o farmacêutico palpava a região machucada. Uhn. O talho é curto mas fundo. Vou ter que costurar. Quase lhe quebraram o coco.

Ih. Tem que dar ponto? Dói? disse preenchendo-se de garças voando preás na macega família de capivara seguindo pela estrada e mergulhando no tanque em noite de lua. Mágoa. Saudade de quê? Fechar os olhos e anestesiar-se nessas recorrências.

Gozado Seu Zezé, Bio disse: num instante a bebedeira sumiu. Começou a briga e eu sarei.

Como é que abriu essa brecha na cabeça? Cadeirada?

Foi na quina do balcão. Ele me derrubou com um murro. Sorte que o ombro amorteceu a pancada. Me pegou desprevenido.

À traição? o farmacêutico fez ar de deboche. Sorte sua que você caiu só das pernas: imaginou se cai de um terceiro andar?

Verdade. Investiu pro meu lado que nem boi bravo. Escutei o barulho e vi um bolo de gente e nem sabia que era comigo. De repente apareceu na minha frente. Quase à traição. Filho da puta. A cara está dolorida.

O olho inchou. Pode contar com a olheira roxa amanhã. Por uma semana vai se lembrar do italiano cada vez que olhar no espelho.

Bio pensou seu segredo que verberou na região do sexo. Feições de Doralícia: a linha das sobrancelhas alteando os olhos e o perfil do nariz exato a boca cediça ancorando sua perplexidade. A cara abrasava. Na garganta o gosto ácido do vômito. A água carminada na bacia e a roupa espalhada no tapete grosso crochetado pela mãe com tiras de meias de mulher. O farmacêutico trabalhava depressa. Falava para encobrir as queixas. Ligeira aragem pela janela aberta. Respirar doía na costela afetada. No couro branco da cabeça as bordas margeando o vermelho vivo do sangue no ferimento. Com a tesourinha o farmacêutico cortou os cabelos em torno do talho. Estendeu uma toalha e mandou Bio deitar com a cabeça fora da cama. Estancado o sangramento Zezé juntou a pele seccionada pinçando-a com grampos de metal. A cada grampo preso Bio se encolhia.

Já pensou se tivesse que costurar com agulha como antigamente?

Termine logo Seu Zezé.

Zezé-da-farmácia esticava o pescoço e erguia a cabeça olhando pela parte baixa dos óculos. Trabalhava com decisão e perícia os grampos espalhados na gaze aberta na cama. Fez a assepsia com um chumaço de algodão embebido em mercurocromo. Amontoou o material usado sobre a toalha suja.

Pronto. Meia dúzia de pontos. Tanto pano sujo de sangue que parece um parto.

Acabou?

A costura sim. Tive que cortar bastante cabelo pra colar bem o esparadrapo. Vou passar anti-séptico nesses arranhões. Que coisa. Perna braço costa peito. Brigou com gato? Tem rabisco por todo lado.

Arde Seu Zezé. Dói.

Uma dorzinha a mais não faz diferença. Agüentou firme até agora.

O morfético me pegou desprevenido, Bio disse: teve uma hora que enchi a cara dele de soco.

Tapa: você disse que encheu a cara dele de tapa. Agora fale o que apanhou.

Ele me acertou primeiro. Depois foi minha vez.

Sua feição está meio estragada. Parece mascarada de carnaval. Deixei o topete de cabelo pra esconder a falha. Ande de chapéu por uns dias. Vocês não criam juízo. Disseram que vocês vivem se provocando.

Eu não. Ele é que falava que ia me pegar.

É a segunda briga não é?

Primeira. Na outra vez não deixaram nem começar.

Quando vai acabar essa rixa?

Não tem rixa. É ele que tem raiva de mim. Me jurou pra todo mundo. Vou fugir? Ele é grande mas não é dois. Hoje ele viu.

Defendendo a honra da família, Zezé brincou: o comentário é esse.

Pra lavar essa honra vai ter que brigar com muita gente. Sou só mais um. A irmã dele dá pra todo mundo. Me escolheu pra pagar o pato. Me viram pulando o muro. Dei azar. Não vou dizer nome mas sei de muita gente que trepou naquele muro. A nossa turma inteira sabe. Pra falar verdade tem poucos que não foram lá.

Essa molecada.

Por que será que cismou comigo?

Zezé remexia na bolsa de curativos.

Estou com um gosto azedo na boca, Bio queixou.

Enjôo?

Não. Não é enjôo.

É da bebida que você não está acostumado. O que deu em você de beber? Veja seu pai: todo mundo fala.

Dói o corpo inteiro, Bio disse interrompendo. A referência ao pai que pairava como espectro irônico e judicioso soou insuportável.

Tudo por causa de uma italiana magrela.

Não é isso não.

Entreato Amoroso

Beber não resolve. Tem tanta mulher no mundo. Homem que bebe por causa de mulher é porcaria. É sem caráter.

Quem bebeu por causa de mulher? Não bebi por causa de ninguém. Entrei no bar e fui bebendo. O Evilário falou que era vinho do Molena. Tomei um pouco achei bom e fui tomando. Só isso. Sem motivo. Não tem mulher nenhuma. Não nego o que fiz mas não bebi por isso.

Doralícia, Bio pensou: atrás da serra a fazenda na tênue luz da boca da noite. Algodão com água oxigenada premendo o ferimento suturado.

Dói?

Arde um pouco.

Não vê seu pai? o farmacêutico recomeçou: Zé Afrânio não põe álcool na boca. De vez em quando um copo de cerveja e olhe lá. Ele é comedido. Na venda do Donatílio os companheiros debocham porque ele recusa o mata-bicho. Zé Afrânio diz que pinga é bebida de preto. Está lá: rijo e moço.

Como arde, Bio disse ignorando a fala do farmacêutico.

Acabou. Pronto. Limpinho e costuradinho. Pode parar de reclamar. A rapaziada de hoje dá muito trabalho pra gente. Vê se pára de brigar que não é bonito. Não é coisa de gente civilizada. Agora sua mãe daquele jeito. Não sei se está mais brava porque você brigou ou porque bebeu.

Minha mãe fica nervosa por qualquer motivo.

Zezé apertou as pontas do esparadrapo na cabeça. Pôs ataduras nos cotovelos e joelho. Foi à cômoda e abriu o recipiente retangular de alumínio com material esterilizado. Pegou a seringa e firmou a agulha. Serrou a cabeça da ampola que espocou entre os dedos. Puxou o êmbolo transferindo o líquido para a seringa que ergueu à frente. Uma gota escorreu da ponta de aço.

Uma italianinha magrela provocando tanta confusão, o farmacêutico prosseguiu. Até que é bonitinha mas não sei se vale a barulheira que vocês armaram. Daqui a oito dias tiro os pontos. Se precisar vá à farmácia que eu troco o curativo. Vamos: deite de bunda pra cima.

Precisa injeção Seu Zezé?

Vai dizer que tem medo de injeção?

Por quê? Tem algum coió que acha bom?

O farmacêutico riu baixinho baixando a cueca desabotoada. O éter gelou na pele e a picada foi rápida e quase insensível.

Nem doeu hem. Se abotoe. Vista roupa larga que não rele no corpo. É contra tétano, Zezé disse mostrando a seringa.

Recolheu o material espalhado na cômoda e na cama. O cheiro do éter permaneceu. Bio ansiou por dias vagabundos. Quebrar a aba do chapéu na testa. Caminho ardendo sob o sol. Movimentos doloridos. A mão deslizou no frescor do lençol. Vozes em surdina na sala. A mãe apertou a gola do vestido e repassou a fileira de botões da blusa num gesto de autopiedade. Doralícia passeava do quarto à sala onde a mãe estava. Bio confrangeu-se e o choro ameaçou num sentimento antiquado afetando a garganta e embargando a voz. Calou para conter-se. O pai no alto da sacada pairando soberanamente sobre os dramas. A família inerme a tibieza da mãe ou ele impotente para rechaçar o desconforto alojado onde? Não: o motivo da comoção era o despeito com gosto de derrota.

Estou me sentindo esquisito Seu Zezé.

Depois de uma bebedeira todo mundo fica esquisito. É ressaca. É isso que dá abusar.

Pode ser ressaca mas é também uma tristeza que dói no corpo. Parece uma coisa que não vai passar. Não sei dizer direito.

Fixou o pega-mão do guarda-roupa como se por ali penetrasse na senda das preocupações e chegasse ao avesso de outra pessoa que igualmente era ele aflito por recuperar larguezas. Na prostração de cansaço e opressão grandes blocos incorpóreos moviam-se num espaço situado em si ou no que houvesse dentro de si. Indefinição. A luz elétrica amarelecendo o maltrato do corpo. A fazenda resistindo ao poente. Sacudir-se do marasmo. Sair. Doralícia. Aquelas tardes no mato.

Fique deitado, o farmacêutico recomendou fechando a maleta: descanse. É o mesmo que uma carroça passasse por cima de você. Durma que amanhã você está outro. E tenha juízo menino. Esqueça um pouco a italiana que é lá que mora o perigo.

Zezé ergueu o indicador riu e saiu puxando a porta. Com dificuldade Bio recostou-se à guarda da cama. O sofrimento – dor ou tristeza – ia além do corpo e do quarto. Um castigo o domingo à noite e ele preso à cama. A cabeça pesou. Sede. Pior essa tristeza. Desejou lonjuras. Levantou-se enrolado no lençol e foi à cozinha tomar água. A porta do quarto dava para o fundo do corredor e as mulheres estavam na sala da frente. A última luz empalidecia o horizonte recortado pelas árvores do quintal e pelos telhados da rua paralela. A idéia fulgurou salvadora: vestir-se e ir à fazenda. Não. Amanhã ou noutro dia quando se sentisse menos compassivo. Tomou água e voltou ao quarto. Na sala as mulheres conversavam baixo. Deitou-se.

Pertenço à fazenda, ele pensou.

Era lá: tudo.

19

O CORO DAS VISITAS DESPEDIU-SE E a casa se calou. A mãe apareceu à porta do quarto conforme Bio esperava e temia:

Ô meu filho, Maria Odila aproximou-se levando as mãos ao peito: por quê? Que ganhou com isso?

Sentou-se à beira da cama e pousou dedos leves no braço coberto pelo lençol. Bio contraiu-se e ela suspendeu o afago. Vê-lo lesado era ver-se.

Dói filho?

Bio fechou nos olhos o desgosto pelo que se seguiria. A briga já integrada no passado ele se compungia num sentimento originado na fazenda embaçada por uma névoa que se dissipava ao revelar o objeto que encobria: Doralícia. A máscara passional da mãe. Adiar o inevitável. Falar minimamente.

Tá doendo tudo quanto é junta. Dói a costela quando respiro, disse.

Será que quebrou?

Acho que não. Seu Zezé falou que não. Ele sabe. Se tivesse quebrado doía mais. Dá pra agüentar. Bati com força no batente da porta. Tudo o que a gente está passando e ainda por cima. Acabou mãe, ele disse: não fale mais da briga. Acabou. Estou em casa. Não é doença. Não foi nada com a senhora. O ruim está em mim mas dá pra agüentar. A senhora não sofra por isso.

Bio, ela censurou a exclusão.

Não reclame. Não morri. Estou inteiro. Por causa da briga não precisa reclamar. Não quebrei nenhum osso. Dói um pouco mas passa. A senhora não dizia que eu estava errado? Então: levei o castigo.

Bio, ela repetiu injustiçada.

Queria ficar quieto mãe. Seu Zezé disse pra eu ficar deitado e descansar. Queria dormir. Estou um pouco ruim com o estômago embrulhado. Se ficar deitado acho que passa. Melhoro logo.

Bio, ela modulou a estridência querendo entendimento.

Quero dormir.

Tome uma aspirina. Corta a dor, ela disse: chá de arnica. Ou de carqueja. É amargo e faz bem pro estômago.

Não. Não quero nada. Me deixe quieto que o Seu Zezé fez o que precisava. Deu até injeção. Daqui a pouco melhora.

Ah meu Deus, ela avaliou a exigüidade do contato. Filho que nasce de dentro da gente cresce no colo da mãe aprende pelo nosso exemplo vive na mesma casa come na mesma mesa e de repente vira um estranho. Mãe e filho desirmanados pela vida confirmando a individualidade intransponível: um desconhecendo o outro debaixo do mesmo teto anos e anos. Maria Odila olhava Bio com o braço dobrado sobre os olhos tapando-os. Lamentou a doença que a impediu de dedicar à prole seu melhor desvelo. A falta que fez o marido abandonado da família. Agora a cabocinha vagabunda a quem ele dava o que nunca dera a ela esposa legítima. Vestida pelas revistas de figurino e comprando roupa e chapéu em magazines de Campinas que o filho da Corina viu em plena Rua Conceição os dois de braço dado olhando vitrines. Tolhida de estreitar o elo forte por natureza. Mãe e filho incapazes de exercitar afetos. Bio dispensava seus cuidados. Que tinha para oferecer além da contigüidade? Ela e Bio nada dispunham como moeda de troca.

Você anda diferente meu filho, disse recordando-o menino cioso em agradá-la: era tão bonzinho. Parece que adivinhava quando não me sentia bem mesmo que eu não dissesse nada. Ficava perto de mim. Era uma criança tão carinhosa. Parece que estou vendo você correndo no corredor com os bracinhos abertos querendo colo. Agora não quer nem que eu pergunte onde é que dói. Diz pra eu não sofrer mas qual mãe não sofre vendo o filho neste estado?

Que estado mãe? O que tenho não é doença. Amanhã cedo levanto e saio por aí. Não é doença, repetiu.

Eu sei. É modo de dizer.

A senhora fala de um jeito que tudo fica pior, disse sem olhá-la: tudo fica sem remédio. Tudo mais grave do que é.

Maria Odila pousou no criado-mudo seu olhar de renúncia. Ele valeu-se do desguarnecimento momentâneo para observá-la. O peito volumoso subia e descia na respiração audível. Nesse caos emotivo ele não reencontrava a criança que não era mais. Baixou a visão para o tapete desenhando círculos concêntricos cada vez maiores. Acometeu-o afetuosa condolência que gostaria de expressar suplantando a censura que denunciava corpo e alma danificados. Gostaria de retribuir com algum afago fora do seu uso. Maria Odila olhou-o longamente. Suspirou. A mão alisava o lençol:

Não quero piorar nada meu filho. Se você visse a sua cara. A pele toda esfolada. O olho inchado roxo. O corte na boca. E a cabeça? Não é nada?

Estou machucado. É isso.

Pena que você não é mais o mesmo, ele escutou: até bebida que nunca foi do costume. Desde que seu pai

Bio cortou brusco:

Não fale no meu pai. O que a briga tem a ver com meu pai? Ele é ele eu sou eu. Ele tem a vida dele eu tenho a minha. Bebi por besteira. Nem sei por que bebi, ele disse e moveu-se dificultosamente na cama antes de prosseguir: não queria ficar falando mãe. Cansa. Deixe eu quieto aqui.

Desde que aquela mulher, ela disse: minha mãe de Deus. Aquela desqualificada sem eira nem beira baldeada por um caboclinho fedendo pinga que o Viúvo me contou que ele bebia feito um gambá. A desgranhenta chegou e fez este desastre na minha família. Uma sem-vergonha qualquer. Uma cadelinha corrida que apareceu ninguém sabe de onde.

Bio sobressaltou-se. A síntese era seta no alvo denunciando o jogo obscuro que lhe ocupava a mente. Uma cópia informe de imagens sensações expectativas desdita desalento resumidas na fala da mãe. Por causa de uma qualquer. Que ele queria mas pertencia ao pai. Ele debatia-se entre querer e não poder. No bar não pensava em embebedar-se. Não havia sido qualquer sentimento consciente a motivação de beber. A mãe desnudava o essencial do domingo se arrastando. À evocação deformada pelas palavras de Maria Odila Doralícia tornava-se real como ao alcance do toque. Na luz tediosa do quarto a vigilância materna descabia por atingi-lo deixando o pai a salvo de acusações. Maria Odila movendo as peças do jogo.

Chega mãe, Bio disse querendo afastar uma ameaça que ganhava contornos. A conversa desvendaria o que evitava reconhecer. Quis fugir ou pedir à mãe que saísse para não continuar a devassa da verdade.

É sim. Culpa da vagabunda que seu pai pôs na fazenda.

Eu não tenho nada com o que o meu pai faz nem com quem ele anda nem com quem ele leva pra fazenda. O que acontece com ele não é o que acontece comigo. A senhora está misturando as coisas.

Não sei, Maria Odila disse num tom que soou suspicaz.

O que a senhora quer dizer com esse não sei? A moça é assunto do meu pai. Não me diz respeito, disse exasperado.

Mas você está lá. Estou lá porque moro lá. Estou porque alguém tem que tomar conta da fazenda já que ele que é dono não toma. Não sei, Maria Odila repetiu. Pra mim, desde que ela apareceu na fazenda ah meu Deus, suspendeu a fala ou fosse ele que se alarmava pela formulação da mãe. O dissabor acentuava-se. Ah mãe não estou com vontade de falar e nem de ouvir essas coisas. Estou cansado mãe. Quero dormir. A senhora fica puxando assunto que não adianta discutir. Não sei aonde a senhora quer chegar. Nem sei por que a senhora está dizendo essas coisas. Sabe sim. Não pode ser. Ninguém sabe e ela fala como soubesse. Bio olhou-a e um receio pânico surdiu numa instância obscura da mente. Urgiu escapar. Pôr uma roupa e safar-se. Movimentou-se na cama invadido pela inquietação e pela argúcia da mãe. O que ela poderia conhecer da verdade? A que estaria referindo? Buscou na sua fisionomia um traço que fundamentasse as afirmações. Seriam afirmações? De que a mãe falava? Perguntas indiretas como cego picando o caminho com bengala? A mãe teria descoberto alguma coisa ou apenas jogava iscas para ver o que pescava. Mas tão perspicaz. Não: exaltação. Jogo de probabilidades. Ela falava o que costumava falar. Não se tratava de acusação mas de reiterações. Para ela importava apenas o próprio padecimento. Calar-se e deixá-la falar. Acima de todas as dores e dúvidas e receios o pai desenvolto e satisfeito e ele acuado.

Bio arredou a perna encostada ao corpo da mãe e afastou-se devagar e dolorido. Abrir a janela. Arejar o quarto do ranço farmacêutico e da iluminação insuficiente e das insinuações.

Pare com isso mãe, disse apequenado num acuamento: já disse que não tenho nada com o que o meu pai fez ou faz nem com quem ele se encrenca. Não quero falar do meu pai.

Obediente a impulso mais impositivo que as limitações Bio levantou-se. O flanco doeu e ele abafou um gemido. Girou o corpo para afastar-se da contigüidade da mãe. Sem articular o pensamento percebeu que agia com uma decisão originada na trama da qual não podia se esquivar. Pegou uma calça no cabide de parede e vestiu-a com cuidado que não atenuava o padecimento pelo tecido resvalando na pele lesada. Maria Odila assistia à ação sem entendê-la. Na gaveta da cômoda pegou uma camisa limpa. A costela avariada acusou e Bio se demorava no cuidado de vestir-se.

Que você está fazendo? Onde é que você vai?

Não agüento ficar fechado neste quarto. Não agüento a senhora me enchendo a cabeça com essas bobagens. Não tenho nada com a safadeza do meu pai. Repeti não sei quantas vezes e a senhora fica insistindo. Estou ruim. Aqui em casa é abafado. Quero ar. Estou ficando nervoso preso neste quarto.

Mas Toríbio, ela o cercava: vai pra onde?

Não sei. Quero ver gente. Quero espaço.

Machucado assim?

Não agüento ficar preso aqui.

O Zezé mandou você descansar.

Não quero descansar. Dor não é doença. A dor passa, Bio disse saindo do quarto.

Maria Odila seguiu-o aflita.

Mas aonde você vai?

Não sei. Vou sair.

Sair pra onde?

Não sei. Por aí.

Não tem cabimento meu filho. Não me diga que vai pra fazenda.

Maria Odila acompanhou-o até a cozinha onde Ofélia lia um romance sob a lâmpada suspensa sobre o centro da mesa. Ergueu os olhos para a intranqüilidade da mãe seguindo Bio.

O que foi mamãe? Ofélia disse percebendo o que acontecia: aonde você vai Bio, ela perguntou.

O rapaz passou por elas. Saiu ao quintal e dirigiu-se ao rancho onde deixava o cavalo. A porta da cozinha projetava uma tarja de luz no quintal e na escuridão da noite ainda não absoluta. Maria Odila e a filha dissuadiam-no.

Não faça essa loucura. Aonde você vai? Fique em casa Bio.

Sem ouvi-las, trouxe o animal de sob o telheiro puxando-o pelo bridão. Superando dificuldades e pontadas de dor pegou os arreios pendurados na trave baixa do madeiramento e jogou-o sobre o lombo do cavalo. Selou o animal e apertou a barrigueira recalcitrando às restrições do corpo. A seu lado mas sem tocá-lo Ofélia tentava demovê-lo enquanto arreava o animal.

A mamãe Bio. Você sabe como ela é. Fique pelo amor de Deus. Pouse em casa. Amanhã cedo você vai.

Preciso ir, ele disse montando com cuidado: quero andar um pouco. Não estou doente Ofelinha.

Bio, a súplica atravessou o quintal.

Deixe mãe: eu sei o que faço. Na fazenda esfrio a cabeça. Que diabo: já falei que não estou doente. Não vou morrer por causa disto.

Não vá brigar mais pelo amor de Deus.

Que brigar mãe? Como eu vou brigar? Por mim não tinha brigado nem antes. Estou dizendo: vou pra fazenda. Lá esfrio a cabeça.

Chame o Queiroz então. Ele leva você no automóvel.

Estou bom mãe. A senhora não vê?

Sob o céu grandioso os caminhos se abriam para a direção que escolhesse. A prisão não eram as paredes da casa os arranchados do quintal os muros o quartinho de depósito onde Viúvo Percedino dormia quando vinha à cidade. Para onde fosse levaria o que o afligia. Desvencilhar-se de quê?

Eu sei o que é, a mãe falou com raiva: é ela. É aquela amaldiçoada.

A italiana não tem nada com isso, ele falou de cima da montaria.

É aquela. É aquela, dizia apontando a direção da Mata Grande.

Quem mãe? Que aquela a senhora está falando, ele disse sobressaltado.

A bruaca da fazenda.

A senhora ficou louca?

É ela. É ela, Maria Odila acusava: tudo por causa dela. Apressou-se. O que a mãe poderia saber?

Eu vou, ele disse.

Antes de cruzar o portão coberto pelo chumaço avinhado da buganvília voltou-se na sela. A silhueta escura da mãe e da irmã compunha um monólito contraposto à projeção de luz da cozinha. Na influição o animal acostumado tomou rumo. Perfume pervagante de gavia. Avançava pelo corredor da rua dominando dores e o animal que queria adiantar-se no trote. Grupos formavam rodas de cadeiras à porta das casas. Ferraduras tinindo nas pedras do calçamento. Bio controlava a montaria. O corpo acusava o balanço da andadura. O vento no rosto era um bálsamo. Ultrapassado o casario as luzes da cidade desapareceram atrás do morro.

Parou. A estrada estendia-se à frente. Beirando o ribeirão a várzea plantada de arroz ondeava à brisa. Aguardar que a noite avançasse e recompusesse alguma ordem dentro dele. Desemaranhar a nebulosa conturbação que a intromissão da mãe provocava no que o transia. Seu guardado mais íntimo se banalizava nas palavras de Maria Odila. Baixar a poeira dessa noite interior mais escura que a prateada por luar. Concatenar idéias. Definir ações. Compreender e só então voltar para casa.

As indecisões se adensavam na tristeza febril. Exibir ao pai e a Doralícia as marcas do que experimentava na carne ferida: o sacrifício pela não interferência na relação deles.

Era cedo ainda. Empurraria silencioso a porta da cozinha e eles ignorariam sua chegada.

Árvores riscavam sombras na estrada. O animal seguia em trote sincopado. Remirava céu e chão perguntando-se se o que fazia era o que queria fazer. Deslocava-se como um bote sem remo na correnteza. Qual sua vontade? Sua necessidade? Indefinia-se. Refrescar-se. Dormir e esquecer. Mostrar-se a Doralícia e comover o pai.

Como o pai o acolheria?

Apeou. Voltar ou seguir? Encostou-se a um mourão de cerca. Na

Entreato Amoroso

janela iluminada de uma casa de sítio viu pessoas sentadas ao redor da mesa. Moitas espinhentas de caraguatá reproduziam o fulgor da grande lua amarela pendurada acima dos morros. À sua garupa troteavam Doralícia e a excitação que ela provocava nele. Seu corpo exigente e expectante embora incomodado pelos ferimentos. Ia à fazenda porque era onde ela estava. Deixava-se reger pela mulher pertencente ao pai. Selada no silêncio do segredo deles: não me esqueceu como não esqueço dela e não esqueço nenhuma mulher que tive.

Sentou-se num barranco baixo. Urinou na ravina da estrada. O azedume da bebida castigando o estômago vazio. Montou. Apeou novamente na bica entre pedras e bebeu no jato d'água para não respingar nos ferimentos. Arrotou abrandando a azia.

Deixou o cavalo solto. O luar espantava as estrelas. Bio queria o amparo e o acolhimento que não encontraria na fazenda. Queria que lhe consolassem a fraqueza. Palpou a testa. Luzes pontificavam na extensão do vale. Seguia duvidoso: tudo podia ser ou não na atmosfera que o oprimia a cada vez que entrava na sede da Mata Grande. Era uma criança travessa à espera de reprimenda ou perdão do pai? Ela seria solícita? Os velhos eucaliptos farfalhavam ao vento. Dali avistava o maciço do pomar as touceiras de bambu o vulto da casa. Na vargem alvacenta a colônia enfileirada. Desceu lentamente a estrada recortada nos morros.

O cavalo contornou a sede e parou sob as paineiras no extremo do gramado. Luzes acesas por toda a casa. Talvez nove da noite. A porta da cozinha estava fechada e ele voltou à frente. Hesitava mas os passos o levavam. Subiu a escada do terraço e o guinchar da porta abrindo-se no giro da maçaneta anunciou-o corredor adentro. Do quarto do pai e Doralícia vinha música e estática do rádio em volume baixo. Entrou. Eles estavam sentados lado a lado na mesa de jantar. Bio encostou-se ao batente do corredor. Olhou o pai e a moça que continuou comendo. José Afrânio descansou o garfo no prato olhando com surpresa o filho parado na passagem encimada por um arco. O desamparo fluiu como bolha de sabão na ponta do canudo soprado. Empenhadamente reprimiu a vontade de chorar. Não permitiria que um resumo de todo o aventado durante a vinda escapasse do corpo que represava o segredo.

José Afrânio levantou-se afastando a cadeira e veio ao seu encontro.

Que foi isso? Que aconteceu meu filho, perguntou alarmado.

20

A CAVALO EM TROTE MODERADO José Afrânio atenua a luminosidade da manhã baixando a aba do chapéu sobre os olhos. A serrania azul recorta-se no rés do céu. O mato enferrujado gesta a primavera. À idéia de renovação nas copas de árvore ele se apruma. Aspira com prazer o ar que o revigora. Flocos de cerração no fundo das perambeiras. Fios de fumaça sobem das massas de arvoredo em sítios cujos proprietários ele conhece desde sempre. Vôos e pios traçam vãos no silêncio. José Afrânio tem no mapa da memória a estrada e cada sítio ou chácara fracionado das antigas propriedades. A cada vez que transita por esse caminho sem segredos a natureza manifesta-se: o lerdo lagarto ao sol a placidez eloqüente da paisagem a floração do cipó-de-são-joão enramada no barranco. A perobeira imponente na curva onde sempre esteve. Raras cobras inclusive a grande caninana rajada em preto e amarelo que não permitiu que Bio garoto matasse explicando que essa espécie come as venenosas. Gaviões planapiando. Seriemas aos pares também inimigas das cobras. Bugios ruivos na beira do mato. Flores sem raça salpicando os verdes. Entresseios minando água e grutas de pedra nos alcantis. Portas-furnas franqueadas nas casas onde pulsa uma vida simplória. O cavaleiro desvia dos mata-burros e abre as porteiras sem apear do animal. À distância a sesga lâmina do Jaguari cortando vales.

José Afrânio vai estribado na alegria que lhe atapeta dos dias. Viver é bom: na plenitude dos anos redescobre emoções no prazer sexual. Investido de amorosa ternura por Doralícia ele atenta para que não se quebre o encantamento desse amor de primeira vez. Ameigou-se sua crosta de rudez. O enlevo tornou-o condescendente com a existência que surpreende por oferecer recomeços. O isolamento de semanas certamente arrefeceu a onda de boatos, ele acredita: o ausente acaba esquecido e o tempo gasta contrariedades. A vida não se resume a Doralícia, lamenta. Vai em visita à família por obrigação moral. Não quer se furtar de certas obrigações e por isso cedeu à auto-intimação de mostrar que cumpre os deveres que a quebra de alguns laços não afetou. Vem para desincumbir-se da exigência e adestrar a magnanimidade que o momento autoriza repartir com os seus. Conferir o pulso das suas relações na cidade. Vem preparado para ouvir e aparar provocações pois de antemão está defendido e compensado. Maria Odila reclamará do afastamento prolongado e repetirá o rol de malefícios que pelo seu ponto de vista ele provoca. Escutará com toda a paciência que dispôs para o encontro. Reconhece as razões da mulher. Mais que nunca se consolidou a distância entre os dois. Suportará argumentos esvaziados de significação para si e acatará a mágoa que Maria Odila acumulou desde a última visita. Nem Viúvo nem Antonha freqüentes em Conceição têm feito referência ao que ocorre na família. Amasiar-se com Doralícia definiu a conjuntura e ele crê que se ajustaram à nova realidade. Espera um encontro dificílimo mas relevará ao máximo resistindo a discussões e constrangimentos inúteis. Afere certo fundo de tensão que atribui ao imponderável na empreitada que assume nessa manhã. Aconteça o que acontecer computará como paga do privilégio de estar intimamente satisfeito. Pensa que será melhor não deixar a satisfação transparecer e agirá com naturalidade.

Não planejou nem imaginou a radical reviravolta na vida e as transformações inesperadas levaram-no a extremos. Foi o acaso que reuniu criaturas como só o destino poderia encaminhar. Dispõe-se ao entendimento já que a desavença é irreversível. Não é caso de morte nem mal sem cura portanto cada um deles deve seguir no seu roteiro. Com certeza nada se alterou no cotidiano de Diloca e dos filhos.

Garantirá a assistência costumeira inclusive monetária. Está pronto a concordar com um acerto que seja favorável à família porém seu futuro seguirá separado. Como viverá, não vem ao caso. Pretende mostrar-se o mesmo embora perceba-se outro e muito melhor. Parar no armazém de Donatílio rever os companheiros. Escutará os comentários com riso compreensivo. Acha que já pode restaurar os hábitos e reintegrar-se no grupo. Aos poucos e cautelosamente introduzirá Doralícia na convivência social da cidade.

Cruza com conhecido e o cumprimenta suspendendo o chapéu. O cavalo sabe a direção da cidade sem precisar da condução pelas rédeas. Uma cruz fincada à margem da estrada assinala o sítio em que mataram o preto Lico Silvestre. Há quem jure ter visto à meia-noite o vulto do negro clamando punição para o matador nunca identificado.

Viúvo Percedino é repositório de casos que assombram as rodas da destala do fumo ou lidas de matar porco. Nas capelinhas poeirentas o povo deposita imagens quebradas: os cacos sagrados não se jogam no lixo. Admira o velho jacarandá enfeitando a entrada da Fazenda São Silvano. Cachorros latem por trás do cercado e atiçam os outros da vizinhança e juntos iniciam a zoada que só pára quando o cavaleiro desaparece na curva. Cumprimento a camaradas no eito. Os lavradores descansam a enxada para vê-lo passando.

O pensamento volta a Doralícia e aos ardores da cama. O corpo reage e ele esboça um riso. Apressa o trote do animal pela vicinal que desemboca na estrada de rodagem do governo. Bambuais trançam varas formando um túnel pontilhado de manchas de sol. Na aguadinha rasa o cavalo prefere o vau à ponte baixa. As mulheres da roça vêm descalças até ali onde lavam os pés antes de calçar os sapatos trazidos na sacola. José Afrânio larga as rédeas e o animal pateia na água e bebe na correnteza ferrosa. Depois retoma o passo e o caminho. A curva à entrada do burgo orna-se de velhos pinheiros.

Adentra a cidade.

Conceição dos Mansos tem traçado irregular. Uma comprida rua principal desemboca na praça triangular quase nua. À beira das cal-

Entreato Amoroso

çadas a cercadura de arvorinhas arredondadas pela poda no inverno. Um alto cedro posta-se como sentinela verde-escuro à direita da fachada da igreja matriz. No meio da praça o coreto onde a Corporação Musical Lyra Conceiçãomansense dá retretas dominicais. À sua sombra meninos aprendem vícios trocam lições de sexo contam mentiras e proezas e os velhos coletam as tradições e o pitoresco que personalizam a cidade. Fincados no passeio o renque de postes de ferro pintados de preto ostentando no alto os braços volteados que terminam em pantalha franjada sustentando bicos de luz. Maria Odila admira-se de ter-se acostumado e gostar de viver numa cidade que requer tantos melhoramentos para ganhar aspecto menos desolado. As montanhas o bom clima e a gente amiga são compensações, ela diz. A matriz é construção atarracada com frontaria dividida em três seções por colunas em ressalto e sobre as quais se assenta a larga base do triângulo achatado cujo vértice culmina numa cruz enfeitada de volteios simétricos apontando o céu. No centro desse triângulo como o olho do Eterno vigiando, abre-se um vão circular esperando o relógio nunca entronizado. Por ali circulam morcegos e suindaras habitantes do forro da matriz e que à noite voam e piam sobre o casario. Uma inscrição em relevo avoca a padroeira Nossa Senhora da Conceição festejada em oito de dezembro com procissão e quermesse. José Afrânio contribui com um garrote para o leilão que acontece depois da missa cantada das dez horas. Nos dias comuns o movimento nas ruas e praças é pouco. Charretes e cavalos amarrados nos troncos das árvores esperam os ocupantes e cavaleiros voltarem das visitas ou do bar ou das compras nos armazéns abertos nos domingos de manhã para atender moradores da zona rural. Vindo à missa aproveitam para se suprir do necessário. Conceição dos Mansos se configura como uma via comprida que se bifurca formando a ilha da praça central e segue contornando os lados da igreja e se junta para continuar depois dela. Meia dúzia de ruas paralelas e nove ou dez transversais compõem quarteirões regulares com casario mais cerrado nas proximidades do centro. Sobradões decadentes atestam o antigo fausto cafeeiro. O nome de família dos fundadores batiza a rua principal. As ladeiras do lado oeste empinam construções sobre porões e os quintais descem até o Córrego dos Mansos que liga o burgo ao mar.

José Afrânio saúda pessoas às portas e janelas levando a mão à aba do chapéu. Não confere respostas. Tinem sons na manhã: martelo na bigorna (ou a araponga branca na gaiola que o sapateiro pendura no galho da árvore no passeio) ferraduras triscando no calçamento cadência surda da beneficiadora de grãos crianças brincando nas sarjetas. O carro do Queiroz e outros três carros de aluguel fazem ponto à sombra do coreto. Lavínia chamada Dona-Vina-da-telefônica vem à porta escrutina os lados da rua e entra antes de notar o amigo do marido chegando. Na praça e nas ruas adjacentes concentram-se farmácias bancos lojas de armarinho armazéns repartições públicas e escritórios de serviços. Bares. A padaria dos trevisanos. A construção do novo hotel já nos arremates embeleza o largo principal. A oficina do folheiro mantuano. A relojoaria de João Grillo de cabeça leonina encanecida cuja filha elegante e perfumada vem visitá-lo querendo que se mude para a capital mas ele resiste. O velho úmbrio de terno preto e solidéu marrom na cabeça branca. Gente vinda de Minas tem selaria na esquina oposta à do armazém dos turcos que vendem carvão e lenha. Todos o conhecem, José Afrânio pensa. E possivelmente comentam sua passagem pela rua.

Segue a passo lento. Subitamente detecta na atmosfera da manhã uma animosidade que empana seu reaparecimento como um espectro esperando-o num beco em tocaia emotiva. Alveja-o e o acompanha verificando o efeito do ataque. Na decisão de vir a Conceição desconsiderou precauções sobre o que não fosse a família. Imaginou situações que rebateria com argumentos e confiança inabaláveis. Surpreende-se no calor de contrafação aderido à espinha dorsal. Atitudes e frases ensaiadas perderam a incisão na praça quase deserta. O que observa em si e na cidade não espelha o ideado. Na nitidez da manhã pairam obscuramente indiferença e hostilidade. Esperava deparar com Maria Odila e Ofélia espantadas de vê-lo mas ele riria amigável. Os meninos brincando na rua se soubessem que ele estava em casa ficariam longe. O cachorro estendido na nesga de sol abanaria o rabo em reconhecimento. Sua ausência não modificou a rotina daquela gente. Nada a recear. Mas a insegurança dissemina-se das fachadas velhas conhecidas e estende-se como tapete na rua. Um cão urina num pé de poste. O movimento nas casas de comércio é escasso. No pátio da ferraria vários cavalos esperam vez. A bomba de gasolina à calçada parece um farol diante do sobrado onde mora a família do italiano que brigou com Bio. Alheadas pela esclerose duas velhas à janela de um sobrado com reboco carcomido no baixo da parede são o que resta na cidade da gente que a fundou. A italianada que chegou para a lavoura tomou conta do comércio e Conceição aderiu à polenta que ele detesta: comida boa pra porco. Depois de declarada a guerra alguns carcamanos publicamente apoiavam Mussolini. Correu boato de que se promoveria uma manifestação pública pró eixo mas a maioria sensata dos filiados à Sociedade Italiana não permitiu a desfeita. Ecos da gritaria no recreio escolar. Sob sombrinha colorida a moça apressada cruza de uma calçada a outra a rua pavimentada de paralelepípedos. Às dez horas mas com provável atraso chegará o ônibus trazendo a mala de correspondência e os jornais do dia. Depois do almoço nos bancos das duas farmácias ou do centro telefônico ou nos armazéns e lugares públicos fatos do mundo e da guerra equivaler-se-ão em importância aos da crônica diária local.

Conceição não se subverte ou se comove à sua passagem. Baseado nos comentários de Viúvo Percedino e Antonha acredita que a mancebia tenha causado celeuma. Viúvo é sempre vago e parcimonioso nas palavras e sua cara redonda com olhos que não piscam pode ser expressão do indevassável ou de idiotia. Precatou-se contra situações mais da expectativa que da realidade. Nem tanto: Maria Odila continuará a incriminá-lo e certamente com maior veemência.

O incômodo persiste. Melhor ir direto e resolver depressa o que pretende. Livrar-se da incumbência. Em casa saberá como agir. Maria Odila estará à janela caçando passante e fiscalizando o vaivém de pessoas. O primordial é evitar discussões. Não veio para se aborrecer embora já se sinta aborrecido. A conversa torta no armazém de Donatílio ouvirá com complacência de quem sabe que falam por inveja. Tudo tem custo e pago com gosto. Compensa. Acabarão se acostumando.

Doralícia entra nesse desconchavo pela porta dos fundos: o papel dela é secundário. Não a conhecem na cidade. Fosse outra qualquer no lugar dela o frege seria igual. A questão sou eu e o agravo é pela minha atitude, ele pensa. Ela vagueia pela casa abrindo janelas para a luz e o ar e escuta rádio e nem sorrindo desmancha o triste dos olhos:

Meus olhos é que são tristes, ela diz: eu não sou.

Ela não conhece os que possivelmente os criticam. Quando fala em retaliação ela olha interrogativa. Criatura simplória que não ergue a voz nem demonstra contrariedades. Tão quieta que ele disse:

Nunca sei se está achando boa ou não a vida comigo. Que tal? Nem repara na mudança?

Repara sim e está bom, ela diz: contenta-se com pouco. Não fosse sua insistência dispensaria as roupas que compraram em Campinas. Mandou Queiroz buscar as encomendas. Cometeu uma pequena traição: a escolha dos vestidos saias blusas e roupas de baixo quem fez foi uma conhecida antiga (apresentada por Totó Bicalho nos tempos da parceria) que providencia mulheres discretas para homens como eles. Queiroz entregou na fazenda. Ela tirava as roupas das caixas e pacotes e erguia-as à frente do corpo olhando-se no espelho com um sorriso breve. Está na hora de comprar um automóvel e ganhar autonomia, ele pensa: Queiroz é de confiança mas preferia andar pelas ruas entrar nas lojas e nos restaurantes como par de namorados sem o testemunho do chofer. Por duas vezes perguntaram-lhes se eram pai e filha e ele riu negando. Voltou a Campinas com Doralícia que mostrou gosto nas escolhas que fez. Na fazenda espalharam sobre a cama as roupas chapeuzinhos alguma jóia pares de sapato e ela provou peça por peça. Têm saído pouco porque Doralícia se retrai em ambientes desconhecidos. Sente vergonha:

Você não faz feio. Pelo contrário: seu ar tímido passa por boas maneiras, ele diz.
Doralícia abre o guarda-roupa e ri diante da demasia:
Não precisava tanto, ela diz: não mereço.
Merece. Merece muito mais.
Pra quê? Não tenho onde usar.
Veste pra mim ué. Gosto de ver você bem arrumada.
A boca do leão de pedra no chafariz atrás da igreja verte água na bacia limosa. José Afrânio pára estrategicamente para reorganizar-se. O cavalo não bebe. Tudo continua o mesmo: basta olhar ao redor. Discernir o que lhe ofusca as convicções. O linho do terno rechaça o sol que aquece as fachadas à sua esquerda e projeta sombras no outro lado da rua. Uma preta esmolambada enche a bilha de barro assenta-a na rodilha de pano no alto da cabeça e vai. José Afrânio prossegue. Ferraduras no calçamento cadenciando as passadas. Devia ter-se informado melhor. Baseou-se apenas no que diziam os caseiros e nas próprias suposições. No silêncio de Viúvo Percedino e Antonha deduziu diminuição na fogueira dos boatos. Não tinha sequer certeza de que os falatórios fervilharam com a intensidade imaginada. De quem poderia se valer ou a quem franquear advertências e conselhos? O Constante na telefônica? Agora era tarde. Ninguém teria coragem de atalhá-lo. Provavelmente reconhecesse essa animosidade no recesso da culpa. Que diabo: sou igual a todo mundo. Essas sensações eram íntimas. Meias verdades. Culpa inteira? No coração da cidade viu-se presa de dúvidas. Tivesse ao menos comentado com Viúvo a visita à família.

Visava à pacificação possível. Bio com certeza abastecia a mãe de notícias sobre como se vivia na fazenda. Havia recomendado sem muita determinação a Antonha que evitasse falar sobre o que testemunhava na Mata Grande. Implicitamente sugeria a não proibição e à insistência da patroa Antonha deixaria escapar algumas informações pois era mais leal à patroa que a ele. Maria Odila era perita em ler entrelinhas e divisava o escondido atrás da palavra. Ele mantinha Antonha na sede também para pôr a esposa a par da vida com Doralícia.

Melhor que Antonha contasse. Não o abalava que pessoas de seu relacionamento estivessem ao corrente. A Mata Grande continuava de porta aberta. Não o visitavam porque não queriam. Cruza as seis portas da venda de Donatílio. Não o vê à escrivaninha na semi-obscuridade do salão. Na volta apeio, pensou. Reincorporar-se ao conselho informal que judicia a vida de Conceição dos Mansos. Vê-se réu num tribunal em que ninguém o defende. Vai vagaroso: cachorro no rastro de Doralícia, pensa diante da casa do açougueiro Eleutério amante de caçadas e criador de perdigueiros.

Alarma-se numa premonição traiçoeira: vislumbra desconsideração na resposta ao cumprimento que dirige aos que estão nas calçadas às mulheres à janela ao italiano velho inutilizado pela apoplexia ou aposentado por velhice. Impressão ou fecham mesmo a cara? Esperar surgir alguém para repetir saudação e conferir. Otaviano não: bêbedo e vivendo da caridade e sem pouso certo não servirá de medida. Dona Joana mulher do sacristão vem pela calçada em passo rápido sob a roupa escura comprida. Esta serve. Mas entra na casa da filha antes de se cruzarem. Bobagem, repete-se: o antagonismo está só na minha cabeça. Conhece a natureza da gente pacata com quem conviveu toda a vida.

Formas moventes dentro das casas vêem-no passar. Gaiolas penduradas nas fachadas ou nos galhos da guirlanda de árvores no passeio. Cães dormitando no sol. Carrocinhas e charretes à frente das casas. Entre rebrilhos das prateleiras envidraçadas distingue Zezé-da-Farmácia e ocorre agradecer o acudimento a Bio conforme relatou Viúvo Percedino. Ergue o chapéu e ri um bom dia. Não pára e desgosta-o reconhecer que normalmente pararia. O farmacêutico vem à porta tira os óculos esfrega as lentes na barra do jaleco e recapitula eventos na biografia de José Afrânio. O italiano da padaria notifica à mulher a passagem de José Afrânio na rua e ela responde que está em falta com Diloca a quem deve visita. Para o tabelião Cunha que vê o fazendeiro através da vidraça do cartório a piora da doença de Diloca pode provir das traquinagens do marido, ele diz à mulher: mas ninguém negue que formam casal descombinado. A gordura exagerada veste muito desleixo nela e olhe que era bonitona quando veio pra cá. Como ouviu dizer que o fazendeiro quer se desquitar da mulher repassa o boato à esposa. A mulher manda-o calar a boca: casamento é compromisso selado por Deus. Você é das antigas. Amiga da Dona Diloca. Mas considere: sendo casada Dona Diloca tem que agüentar essa humilhação toda. Desquitada ficava livre. Acho que bem pouca gente conhece a amante do Zé Afrânio, ele diz ao que a mulher responde que não interessa conhecer gente dessa laia. E chega de falar em Zé Afrânio.

Falei porque ele acabou de passar na rua, ele diz e a mulher se apressa à porta da frente.

Que vale casamento como o deles? Cunha volta ao livro onde a pena de aço rasca na folha grossa passando a limpo textos de escrituras públicas rascunhadas em tiras de papel manilha amarelo. Leitor de jornais e romances o escrivão parafraseia Churchill: a vida é escrita com tinta de sangue suor lágrima. Lágrima não: sangue suor e esperma pois o que cria conflitos é o sexo. Olha o Xavier de Montepin na prateleira ao lado dos carimbos e fica indeciso entre consignar divisas e a posse oficial das terras na sua letra inclinada ou vogar no devaneio dos enredos. Antes de decidir se lê ou trabalha torna à cozinha e bebe um fundo de xícara de café.

A casa no meio do quarteirão. José Afrânio avista-a desde o chafariz. As vacilações são como cisco no olho: não cega mas incomoda. Uma tensa contrariedade prevalece sobre as certezas. Nas cenas imaginadas paravam-no para conversar e ao chegar a casa teria adestrado o discurso e encorpado a argumentação. Refugou enérgico o relance da idéia de retornar à fazenda já que não tinha obrigação de justificar seus atos. Cogitar de desistência era renunciar à hombridade. Escapou de outros apuros e não renunciaria a enfrentar mais esse. Doralícia longe o desestimulava e enfraquecia suas razões. Era isso: faltava Doralícia no deslustre da manhã que havia começado transparente e propícia. O galope do coração ao se aproximar da casa revelava o cediço da realidade.

Desejou estar já vivendo o posterior do que o esperava na casa pintada de amarelo-ocre com ressaltos brancos na fachada. Precipitava o desenrolar dos fatos? A pretensão de consertar o irremediável surtia como rompante de poder que lhe era próprio mas inadequado para a situação. As ironias e as raivas na troca de palavras e concessões a que se obrigava esgotavam-se sem objeto. Compreendeu tardiamente que vindo ameaçava o equilíbrio que a família teria conseguido durante seu afastamento. Trazia uma resolução particular de contraparte desconhecida. Não: são os molóides de sempre. Maria Odila principiaria a cantilena costumeira e ao menor indício de discórdia calar-se-ia aceitando o que fosse. Resolver logo. Voltar à fazenda.

A casa cerca-se lateralmente de pátios de terra batida separando-a dos telheiros para animais carroças e charretes e do depósito fechado onde pousam moradores da fazenda e do bairro que vêm à cidade nas festas religiosas. Um vasto terreno murado quase chácara. Aproxima-se apreensivo. Ressentimentos e comoções situam-se nele ou na família? Maria Odila não está à janela e era ali que a concebera. Nem a vizinhança comparece na calçada. O portão aberto à esquerda e enflorado pelo caramanchão de buganvília cor de vinho não se fechará para cassar o direito de viver como queira. Por isso estou aqui, diz-se como se defendesse.

Ao avizinhar-se do portão Bio sai galopando em direção oposta. José Afrânio detém o impulso de chamá-lo. O filho toma a direção do campo de futebol sem olhar para trás. Deduz que a saída de Bio é para escusar-se de presenciar a cena que acontecerá. Sabem que ele está chegando. Gostaria do filho junto como referencial não sabe precisar de quê e lamenta a saída do rapaz concomitante à sua chegada.

José Afrânio se espanta pela clareza com que percebe estar só.

O sol chapeia nas paredes amarelas.

21

QUE FOI ISSO? QUE ACONTECEU MEU filho? A silhueta da mãe e Ofélia abraçadas à luz que vinha da porta da cozinha e ele fugindo. O trajeto até a fazenda feito num sorvedouro que o cavalo foi vencendo: manchas de prata e ébano na estrada. O vômito ácido. Brisas. Na noite clara o conjunto dos telhados sobressaindo da vegetação escura. Aproximava-se. O comando não lhe pertencia e Doralícia era um ímã. Rodeou a sede apeou do animal soltou-o no gramado e entrou. De repente à frente do pai.

Briguei, Bio disse a José Afrânio que se ergueu da mesa onde jantava.

Brigou?

Me provocaram no bar do Evilário e briguei.

Com quem você brigou?

Ah um sujeito que invocou comigo. Não teve jeito.

Mas que sujeito foi esse?

Ah um rapaz. Um que é filho do italiano da bomba de gasolina.

Por quê? A história da irmã dele?

Ele me provocou. Aproveitou que eu tinha bebido.

Eu sabia que isso ia dar confusão.

Eu estava quieto. Ele veio pra cima de mim feito um leão.

Você não é de beber, o pai disse vindo a seu encontro. Segurando-o pelo braço integrou-o na realidade que rondou durante horas o copo de vinho: homem e mulher ajustados e ele intervindo e desarmonizando. Doralícia continuou jantando. O pai perguntava e ele respondia. Disfarçadamente olhava Doralícia que ergueu os olhos e baixou-os para o prato alheada do que falavam.

Não sei o que me deu. Fiquei tomando vinho. Fiquei zonzo. Meio bêbedo. Aí veio o italiano querendo briga de qualquer jeito. Não tive escapatória.

Então foi briga feia. Do jeito que você me aparece só pode ter sido.

Foi pai. Fez estrago no bar.

Mas esse italiano, José Afrânio começou.

Está tudo doendo. Estou sentindo um quentura ruim no corpo. Vou deitar.

Bio foi para o quarto. Estendeu-se na cama imerso numa expectativa densamente suspensa no espaço do quarto. Bio idealizava seqüências por saber que sua chegada não encerrava a situação que trazia consigo e oferecia para desdobramento. Ouviu murmúrios na sala. O pai e Doralícia surgiram à porta. José Afrânio acercou-se da cama. Em pé e atrás do homem a voz da moça sussurrou palavras que Bio não entendeu. Olhou-a mas as feições eram neutras e a figura recolhida à calma. O pai pediu que relatasse detalhes da briga e Bio esforçando-se para escapar dos monossílabos repetiu o que dissera. Que tentaram segurar o italiano mas ele veio pra cima com socos e pontapés. De surpresa. O ódio curou o porre então partiu pra briga. Teve que se defender. Falou da mãe e dos acudimentos de Chico Soldado e do farmacêutico. Cenas do bar embaralhavam-se com as do quarto em que as atenções da mãe incomodavam mais que os ferimentos. Então preferiu vir à fazenda porque ela não lhe daria sossego. Esforçava-se para que as frases tivessem nexo maior que o desejo de proferi-las. A voz embotava.

Mas o que você tem? Está com uma cara estranha, o pai disse.

Estou esquisito.

Pra resumir: brigou com o italiano e com sua mãe. Foi isso?

Minha mãe não queria que eu viesse pra cá. O senhor sabe como ela é. Ficou nervosa e desandou a falar umas bobagens. Aí me deu uma coisa esquisita uma vontade de sair de lá de qualquer maneira. Não me segurei. Tive que vir. Deixei ela falando. Ofelinha ficou com ela. Minha mãe não se segura. Fala cada disparate. Não sei onde arranja o que dizer. Ela se melindra por tudo e por nada. Fica brava.

Brava como?

Não sei. Aquele jeito dela. Contrariada. Queria que eu ficasse. Que eu pedisse pro Queiroz me trazer. Se eu fico ela se preocupa porque estou assim. Se saio ela se preocupa também. Cansa. Estou cansado. Quero dormir.

Quer um chá? Um melhoral? o pai disse.

O Seu Zezé me deu uma injeção, Bio moveu-se devagar: mas não estou muito bom.

Dói?

Dói a costela mas não é a dor. É um mal-estar. Acho que é da bebida. Eu vomitei.

O que você está sentindo?

Não sei dizer.

Apagar da memória a tarde no bar e a briga rumorosa ecoando na cabeça. Desmentir a mãe agora que se aplacava o anseio de toda a tarde. Doralícia aproximou-se e num ato decidido pousou a mão em sua testa avaliando a temperatura. O corpo rente como nunca desde o vivido no mato. Um calor expandiu-se dela e o engolfou. Tocando-o ela fustigava seus sentidos físicos. O gesto irradiou-se para todas as fantasias da esperança. Desejou que a mão continuasse pousada na testa. À fraca luz da lâmpada elétrica e de olhos fechados escutava-se pulsar. O corpo parecia levitar. As tábuas do forro corriam em sucessão. Com um lenço ela secou-lhe a testa. No estado decorrente da impressão de cenas vividas nas últimas horas Bio imaginou que a mão dedilhava sua sexualidade.

Está um pouco quente. Acho que está com febre, Doralícia disse a José Afrânio.

Dói alguma coisa? José Afrânio disse: está inteirinho esfolado. Que foi isso na cabeça?

Dei na quina do balcão e fez um talho. Precisou dar ponto. Dói o lado se me virar. Machuquei a costela no batente. Ergueu o braço esquerdo livre cobrindo os olhos e suspirou.

José Afrânio e Doralícia trocavam palavras em voz baixa. Bio relaxou ensurdecendo para o que diziam. Queria a mão afagando também os pensamentos e que pelo tato ela entendesse o recado do seu desejo. Tentou girar o corpo e gemeu uma pontada de dor. Estava onde se determinava estar. Era sua vontade que tudo se dispusesse assim no cenário contrário ao da casa da mãe onde sufocava. No asilo da fazenda juntava-se ao pai numa aliança temerária. Estarem juntos os três era parte do plano que executava sem conhecê-lo na íntegra e que se revelaria aos poucos enquanto se encadeasse. Cessava o correr hipnótico das linhas no forro. Indo à cozinha buscar água José Afrânio propiciou o ensejo. Quis crer que Doralícia compartia a lembrança acompanhante de toda a tarde. A mão espontânea na testa era um consentimento no casarão semi-deserto. Romper a estagnação. Doralícia a seu lado. Os passos no assoalho avisariam o regresso do pai. Com insuspeita facilidade sobreposta às dores Bio sentou-se à beira da cama estendeu a mão puxando-a e abraçou-a pela cintura. Encostou a cabeça a seu corpo e sob o vestido as mãos subiram pelas pernas. Esfregou a cara entre os seios acariciando o lado interno das coxas e os pêlos púbicos sob a calcinha. Ela se enrijeceu mas não se afastou. Na parca claridade do quarto o rapaz se levantou apertando-a entre os braços dividido entre a empolgação e a sensação de perigo. Ajustou a sinuosidade dos corpos e abarcou-lhe o rosto com as mãos.

Não, ela murmurou enquanto a beijava. A noção de tempo subverteu-se e o contato durou a eternidade suficiente para perturbá-la.

Empurrou-o. Ele sentou-se novamente na borda da cama puxando-a para si. Nela os olhos desmesuravam um pânico que lhe conturbava a expressão. Contraiu-se como se uma dor a atravessasse. Moveu a língua entre os lábios colocando as mãos atrás do corpo. Encostou-se à parede. Ele estendia as mãos chamando-a. Doralícia baixou os braços ao longo do corpo com o olhar estático transfixando-o. O punho cerrado subiu apertando o flanco os seios e as mãos abrindo-se deslizaram pelo rosto e o pescoço. Respirou fundo. Os dedos se entrelaçaram na nuca e ela empurrou a cabeça para trás descendo as mãos pelo colo. Olhava-o intensamente. Bio ergueu-se para abraçá-la mas com o braço à frente ela o manteve à distância. Bio sentou-se. A costela lesionada e o ombro doeram mas suplantou a dor nos braços estendidos em apelo.

Venha, ele sussurrou.

Não, ela falou.

Eu quero, o moço disse: eu não esqueço.

Bio estendeu-se devagar na cama sob o olhar impermeável.

Esqueceu, ele perguntou.

Ligeiro negar de cabeça. Bio deitou-se escondendo a ereção movendo a mão sob o cós da calça. Mirava-a carregado de intenções. Teve certeza de que daí por diante se regeriam pelo abraço a que se não correspondeu não evitou. Apenas afastou-o pelo perigo que corriam, Bio pensou: também não se esquecera. A aquiescência renovava e legitimava intenções.

Doralícia foi juntar-se a José Afrânio. Da cozinha vinham vozes indistintas. O cansaço e a confirmação da reciprocidade apaziguaram-no. Voltaram ao quarto trazendo uma caneca de louça. Doralícia permaneceu à porta.

Beba, José Afrânio disse.

Deu-lhe um chá amargo. A respiração percutia na lateral do tórax mas Bio agora podia dispensar compaixões.

Reclamou do gosto da bebida.

O amargo faz bem pro estômago. É carqueja. Tome mais um pouco.

Deixaram-no sozinho depois que garantiu estar melhor.

Se não melhorar me chame, o pai disse.

O tempo coagulou-se e o sono veio a mando do cansaço.

22

A CASA DE DUAS SALAS E quatro quartos de dormir forrados e assoalhados com tábuas largas exsudava a presença de Maria Odila. Objetos de enfeite e móveis de qualidade deviam-se à herança da mulher e às posses de José Afrânio que ao se casar providenciou tudo ao gosto da noiva. O pé-direito alto garantia ventilação nos cômodos. A melancolia estagnada na sala não se solvia na leveza das brisas.

José Afrânio passou o portão por onde o filho saiu e apeou sob o telheiro. Amarrou as rédeas do animal numa trave e em vez de entrar pela cozinha dirigiu-se à porta da rua. Sua sombra antecipou-o na tarja de sol projetada no corredor vedado pela porta-cancela com vidro colorido. Dois passos adentro chegava-se à porta da sala de visitas quadrada com assoalho encerado e bem arrumada: móveis austríacos de madeira vergada com assento e encosto de palhinha trançada. Duas cantoneiras com vasos de avenca que Maria Odila cuidava decoravam e refrescavam o amplo cômodo. Antes da porta da sala ficava o porta-chapéus. Olhou-se no espelho bisotado oval alisou o cabelo com a mão e pendurou o chapéu num dos ganchos. Refluiu um passado em que o ambiente agora inóspito lhe era familiar – antigamente – mais sentiu que pensou. Mais um passo no corredor silencioso como a casa inteira e à porta da sala deparou com o grupo imóvel: Maria Odila sentada na poltrona e ladeada pelas filhas. Ele estacou surpreso. A altanaria tensionava a postura das mulheres. Ofélia cruzou os braços tateou do colo ao ombro e à parte baixa do rosto cobrindo a boca com os dedos. Em pé Noêmia pousou a mão no ombro da mãe sinalizando proteção. José Afrânio observou com interesse as sobrancelhas da filha duvidando se elas sempre se marcavam pelo arco em que nunca havia reparado ou se a fixidez dos olhos postos nele acentuava a linha. Maria Odila amassava o lenço nas mãos desviando a vista do marido.

Bom dia, disse com uma decisão mentirosa.

Não responderam. Faltou-lhe palavra ou ato com que prosseguir. Noêmia invalidava previsões e alterava o desenrolar da visita. Não a imaginava em Conceição. Considerou que encontrá-la poderia aliviar o peso da circunstância e dar consistência à conversa que teriam. Sendo ponto de equilíbrio da parte adversa a filha emprestaria aos seus argumentos uma ponderação criteriosa. Falavam-se costumeiramente num nível de acatamento mútuo. Amparava a mãe com sua figura recortada contra o retângulo da janela encoberto pelo cortinado de renda. Ofélia sentou-se no braço da poltrona e estendeu seu braço no encosto às costas da mãe. O cotovelo de Maria Odila pousava em sua perna. Formavam um sólido bloco em pose para fotografia ou escultu-

Entreato Amoroso

ra. Encontrá-las agrupadas reafirmava a idéia de que a notícia de sua chegada o precedeu. Estavam à espera.

Bom dia, repetiu mais brando.

Depois de carregado silêncio Noêmia respondeu:

Aqui em casa os dias não têm sido muito bons papai.

De qualquer modo quando se chega o costume é cumprimentar.

Estou cumprimentando.

Maria Odila posava sua muda dignidade num alheamento forçado. Ofélia resmungou inaudivelmente. José Afrânio caminhou pela sala afastou a cortina espiando a rua. Foi à escrivaninha de tampo recurvo remexeu nos papéis e borradores intocados há tempos. As folhas da avenca viçosa roçaram a manga do paletó.

Não tem nada pra mim? Não chegou correspondência? disse erguendo livros de escrituração e abrindo gavetas. Atos baldados: Bio levava as encomendas e cartas à fazenda. O jornal diário chegava à Mata Grande pela viagem de depois do almoço do caminhão do leite. José Afrânio ganhava tempo.

Quando chegou Noêmia, perguntou à inflexibilidade da filha: nem sabia que estava na cidade.

Vim domingo.

Domingo? Deixe ver: hoje é quinta-feira. Todos estes dias aqui e eu nem sabia. Cadê o menino?

Achei melhor não trazer. Ficou com a outra avó.

Por que não trouxe? disse e baixou a tampa corrediça do móvel: pelo que sei ele gosta de vir pra cá.

Sacou o relógio do bolso sem conferir a hora. Noêmia encarava-o pouco disposta ao diálogo inócuo. Maria Odila recostou a cabeça ao braço de Ofélia passeando o olhar pela parede oposta à que fazia fundo para o marido.

E o Rodolfo?

Ele me trouxe e voltou pra Bragança no domingo mesmo.

Sem me procurar? dissé consciente de percalços no tom cortante da filha: sem conversar comigo?

Papai, ela disse num tom de evidente descabimento: o Rodolfo procurar o senhor?

Por que não? Gosto de conversar com ele. Gosto do modo dele enxergar as coisas. É instruído. Tem visão. Me dá satisfação conversar com gente assim.

Voluntariosa em não encará-lo Maria Odila fitava a parede. O marido vistoriou-a: cabelo preso no birote roupa cor de chumbo destacando a alvura da pele oleosa. Na olheira luziu umidade – suor ou lágrima. Demorou-se no quadro da mãe e suas filhas a se escudarem pelo toque físico. Unidas para enfrentá-lo? José Afrânio subitamente desmotivou-se compadecido da indigência emotiva de Maria Odila fingindo indiferença e Ofélia contraída na timidez medrosa. Pelo temperamento igual ao seu Noêmia destoava das duas mulheres e mesmo compactada no agrupamento algo nela deveria rejeitar tanta fraqueza. Inútil conjeturá-las num mundo que não fosse estreito e dependente como o de que faziam parte. Nada que falasse ou propusesse consertaria a precariedade dos relacionamentos. O seu propósito de harmonizar e esclarecer exigia outra qualidade de pessoas. Sequer cogitariam num entendimento em que ele não figurasse como réu de condenação sumária. Sou o carrasco delas. Não: o carrasco de Maria Odila porque Ofélia não me quer mal. Quer me ver longe pra não se molestar. A divisão patenteava-se nas pausas e na conversa erradia que impossibilitava a permuta de idéias. O sentimento erradiamente temeroso trazido da rua permeou-se do que ressumbrava na casa.

Vim ver se, principiou mas retificou a fala: vi o Bio saindo quando cheguei. Ia numa pressa, reticenciou e elas permaneceram caladas. Ofélia observava-o e um receio agrandava seus olhos verdes. Na posição imudada Noêmia resguardava a mãe. Maria Odila de olhos baixos apertava o lenço entre os dedos. José Afrânio segurou as lapelas do paletó.

Ele foi pra fazenda?

Não houve resposta.

Acho que não, José Afrânio disse e as mãos procuraram nada nos bolsos do paletó: saiu pros lados do campo de futebol. E num galope de quem tinha muita pressa. Pra onde ele foi?

O sol nem tinha aparecido quando o Bio saiu pra fazenda, Noêmia disse.

O que estava fazendo aqui então?

Veio avisar o Nato-ferreiro pra ir ferrar os animais da tropa.

Então ele já foi e voltou da Mata Grande? Por que saiu daquele jeito? Nem que quisesse fugir.

Elas nada disseram.

Com certeza preferiu não me encontrar aqui. Será? Tem motivo?

José Afrânio repôs o silêncio como deixa. O interregno de mudez que o rechaçava fermentou no seu íntimo. Dominar o desconforto, pensou. Não erguer a voz nem permitir à irritação entremostrar-se. Que pretendiam? José Afrânio imaginou que haviam combinado essa renitência. Era uma aliança para provocá-lo. Sua índole pronta a revides em família espicaçava-se. Acionar a tolerância com que se municiara. Esperar situação menos espinhosa seria desconsiderar antecedentes e supor complacências e abrandamentos incabíveis. Maria Odila resguardava-se na filha para amortecer suas investidas.

Vinha carregado de bons propósitos embora esperasse ouvir censuras reclamos lamentos. Enganava-se. Não queriam sequer começar a conversa. Não estivesse Noêmia entre elas e com meia dúzia de palavras remataria o acordo sem muita discussão. Proporia condições bastante favoráveis em troca da aceitação das regras do novo jogo. Mas conhecendo Maria Odila como conhecia deveria antecipar obstáculos de toda sorte inclusive a teimosia. Que outra maneira de tratá-la senão com rispidez se permanecesse obstinada no mutismo que não pertencia ao rol de suas virtudes? Maria Odila não erguia os olhos do soalho. Decerto o comportamento era uma estratégia estudada que sumariava o parecer do comadrio. José Afrânio vagava de uma idéia a outra sem apegar-se a nenhum ponto de partida. Facilidades só existiam no seu otimismo. A conjura instalada na sala desfavorecia a concórdia.

Bio saindo a cavalo anunciava o inoportuno da sua vinda. Olhou

Maria Odila e respirou fundo. Correu a mão pela borda do móvel a que se encostava. Conformar-se ou usar a habitual franqueza? Desejou não ter vindo. A renitência lesava-o e seria difícil deter a onda animosa que se levantava. Ergueu a cabeça e esfregou o pescoço num gesto impaciente.

Eu disse bom dia também a Diloca mas acho que ela não escutou. Você falou que os dias por aqui não têm sido bons. Isso não é novidade minha filha. Você bem pode ver que aqui em casa e pra sua mãe – apontou-a com o indicador – ela não permite que dia nenhum seja bom. Se tiver um dia bom não é mais a Diloca.

Disse e arrependeu-se porque sua ironia punha a nu o essencial que os separava – o sedentarismo caseiro da mulher confrontado com a sua liberalidade – e avalizava a vitimez a que Maria Odila se condenava. Fumigou na implicância pelos olhos baixos pela testa franzida pela boca cerrada da esposa.

A fala de José Afrânio recorreu fundo nas mulheres e a esposa firmou nele um olhar carregado. Pálida ou refletindo a luz matinal na pele luzidia mexeu-se como fosse se levantar da poltrona. No esforço emitiu um som abafado. Ofélia prendeu-a pelos braços murmurando palavras que a mantivessem sentada mas Maria Odila movia os pés e o corpo e virava o rosto para os lados em agitação pedindo extravasamento. José Afrânio conferiu em Ofélia a cor verde dos olhos o formato do rosto e a beleza dos traços que em Maria Odila escondiam-se na gordura e na severidade das roupas. Copejada na acidez paterna Noêmia empertigou-se:

O senhor hem papai, ela disse debruçando-se sobre a mãe para acalmá-la.

É sim, José Afrânio abandonou branduras embora modulasse a voz: há muito tempo a risada sumiu da boca de sua mãe. Ela se dá melhor com o ruim e com o desgostoso. Não sei que prazer é esse de viver no sofrimento. Pra ela tudo é nervoso vertigem lastimação choro. O bom não cabe nela porque já está tudo ocupado pelo ruim. Se está aqui desde domingo então me diga se escutou alguma risada de Diloca nesses dias. Me diga se ela achou alguma coisa bonita alguma coisa boa. Gostosa. Divertida. Ahn? Que me diz? Estou exagerando? Ahn? Estou mentindo? Afrouxar a prudência aliviou-o. Irado atiçou-se na vontade de desabafar. Ilustrar o que o afastava desse antraz em infinita supuração. Fugia porque intolerava a opressão de sua casa. Da casa não: da mulher. Diloca era lixa no vidro. Ele saía à caça de liberdade por insuportar a convivência amarga. Ela cobrava-o sem considerar que os motivos da evasão estavam nela. Longe de casa esquecia. Ia procurar gente que como ele tinha prazer em existir. Maria Odila não entenderia porque os dias eram para ela um ininterrupto exercício de autoflagelação. Noêmia compreenderia se quisesse. Ressalvar-se com ela porque as outras duas transitavam em estreitezas. A ocasião prestava-se para esclarecimentos. Acentuou-se a necessidade de afirmações aceradas e divisoras:

Ou nunca reparou que sua mãe choraminga até por costume de choramingar? Diz pra quem quiser ouvir que tudo de mal que acontece com ela vem de mim. Dela mesmo nunca. Eu. Eu sim. Porque eu não parava em casa porque saía sem dizer pra onde porque isso e aquilo. Que a rabugice dela me afastava daqui ela nunca pensou. Ao menos tentasse se corrigir. Na culpa dela por tudo o que aconteceu ninguém pensou. Nem pensa. Quem sofre é ela. Quem está doente é ela. Não sei o tamanho dessa doença. Não sei o que é e o que não é essa doença que não tem limite. Tudo é doença. A vida é doença. Nunca vi ninguém mais reclamante. É impossível que ela não enxergue que nem tudo é ruim. Nunca um gosto uma alegria? Não acredito. Não há quem de vez em quando não tenha uma satisfação por menor que seja. Minto. Há sim: ela. A Diloca é amarga. O que sei Noêmia é que sua mãe sofre tendo ou não motivo. Se tiver motivo sou eu. E se não tiver motivo sou eu também. Tendo eu pra cristo o mundo se encaixa na doença nas reclamações e no resto que esparrama pra cidade inteira. Passo por vilão. Decerto ela quer que eu fique aqui sofrendo e chorando junto. Por que se do jeito que eu vivo eu sou um prato cheio pra ela? Não sou o espinho fincado na carne dela?

Então foi pra sustentar a doença da mamãe que o senhor providenciou tanto aborrecimento pra ela, Noêmia disse: agora ela não serve mais porque é doente. O senhor se aborreceu e se afastou porque ela adoeceu. Por que adoeceu não vem ao caso? A doença da mamãe é o motivo pro senhor fazer o que faz. Azar o dela não é? Mas acho que o senhor está invertendo tudo.

Não foi isso o que eu disse, José Afrânio contestou.

Foi sim. O senhor está dizendo que é como é por causa da doença da mamãe e que se ela estivesse boa o senhor seria de outro jeito.

Isso é você que está dizendo. Está fazendo como ela: entende como quer. Eu não disse isso.

E antes? E no começo?

José Afrânio repassou os olhos pelos retratos dos ancestrais nas paredes.

Noêmia minha filha: essas coisas não são fáceis de explicar. Quanto mais se explica mais complicadas elas ficam. Não adianta procurar quem tem ou não tem razão. Sua mãe tem as dela e eu tenho as minhas. Mas diante de uma situação que vem desde o tempo em que você era uma criancinha tudo o que você tem pra dizer é essa acusação?

Não é acusação papai. É o que vi a vida inteira. A criancinha que o senhor está dizendo que eu fui cresceu vendo. Naquele tempo o que a gente podia fazer era assistir. Não compreendia direito o que se passava. Boato atrás de boato. Eu via e ouvia e pensava: será verdade? o meu pai? Num ponto o senhor tem razão: a questão não pára nisso. É muito mais. Muito mais.

Maria Odila inquietou-se na poltrona. Ofélia esgueirou-se para o vão das folhas das janelas abertas e encostou-se à parede. José Afrânio atentou na esposa a olheira ensombrecendo o verde da íris que antes sobressaía luminosa no rosto:

Então me diga o que é esse muito mais Noêmia. Será que tem tanto que eu não sei sobre mim mesmo? Ou é birra sua? Despique? Acordou disposta a discutir comigo?

Não tenho nenhuma vontade de discutir com o senhor. Que é que

Entreato Amoroso

nós temos pra discutir? É o senhor de um lado e nós do outro. Nas últimas vezes que vim pra cá nunca vejo o senhor. E pra falar verdade não tenho muito gosto de perguntar como é que o senhor vai passando porque o que escuto não é bom de ouvir. Eu até pensava que o senhor nem viria mais aqui em casa depois dessas coisas que. Ah papai. Estou aqui porque me chamaram. Porque a Ofelinha telefonou que a mamãe não estava boa. Ontem que ela melhorou um pouco e a pressão baixou. O Doutor Romeu vem aqui duas vezes por dia. Hoje já veio. Bem cedinho. A mamãe está doente.

Ele veio tomar o cafezinho de costume, José Afrânio antepôs.

Não. Ele veio ver a mamãe. Desde domingo ele passa aqui de manhã e à noite pra ver como ela está.

Duas vezes por dia? Por quê? Aconteceu alguma coisa diferente na doença da sua mãe? E se é tão sério por que não mandaram me avisar?

Pra que avisar o senhor? E avisar como?

O Bio.

O Bio? O Bio diz que nem vê o senhor na fazenda. Que o senhor fala com ele pelo Viúvo ou pela Antonha. Manda recado e ele nem entende o que o senhor está querendo.

Exagero seu. O Bio tem liberdade pra fazer e desfazer na fazenda. Se fosse o caso ele também podia me deixar recado.

Com quem? Com o Viúvo? Com a Antonha?

Ué. Por que não?

Então pergunte ao Bio por que ele não disse nada. Mas não é do Bio que se trata. O senhor saber ou não o que se passa em casa já não tem importância pra nós. A gente não conta com o senhor. Não faz diferença.

Bom. Bom. Bom. Doente a sua mãe está faz bem uns dez anos. Olhando pra ela não parece que é uma doente agravada. Pra mim está igualzinha. O Doutor Romeu vem aqui porque é meu amigo e sempre foi de dar atenção pra minha gente. Não precisa ter alguém doente pra ele vir aqui. Sempre veio. Entra pra tomar café e dar uma prosa.

Desde que o senhor, ela principiou mas se conteve passando a mão sobre os olhos. Suspirou. Olhava o pai incompreendendo-lhe a postura. Aborreceu-se com a obrigação de prosseguir no debate que a nada levaria. Prosseguiu:

Não é pra tomar café e nem pra conversar que ele vem duas vezes por dia em casa. É por cuidado com a mamãe. Está preocupado.

Escute Noêmia: foi pisar no corredor e bateu em cheio no nariz um fedor de remédio. Esta casa cheira remédio. O cheiro grudou nas paredes no chão no forro. Em tudo. Reparou na fedentina aqui dentro ou já se acostumou e nem percebe? A gente entra e vem o ranço de reservado de farmácia. A cômoda é uma prateleira de medicamento. Dá a impressão de que ninguém abre a janela pro ar entrar. Um cheiro desses espanta qualquer pessoa. Enjoa. Eu não gosto.

Ninguém gosta, Noêmia disse.

Sua mãe gosta.

Estou doente, a mulher murmurou.

Doente nada, ele falou: sua doença é não querer sarar. Assim pode sempre repetir a ladainha pronta. Tem gente que é o contrário de você Diloca: vive satisfeita e contente. Sofrendo dor e fazendo de conta que não é nada. Você não: cada vez que perguntam como vai você diz que ontem estava melhor. Ontem você sempre estava melhor e amanhã vai ser pior que hoje e assim por diante.

Eu sei o que sofro, ela empuxou suspiro e lágrima.

Ah vá, ele contradisse com desdém. Voltou-lhes as costas olhando a rua vazia. Tamborilou os dedos na madeira da escrivaninha com impaciência.

Meu coração descontrolou. Estou com pulsação alta, Maria Odila disse: a pressão subiu. O Doutor Romeu diz que é do nervoso. Que é porque estou me entregando. Não estou. Não quero a doença mas ela é mais forte que eu. Todo mundo fala que preciso reagir e não consigo. Que eu posso fazer?

Você se entregou desde o começo, ele disse virando-se e falando diretamente para ela: nunca reagiu. Nunca procurou o positivo nas coisas.

Por culpa sua papai. Culpa sua, Noêmia disse ríspida e reivindicativa. A acusação pairou tensa. Para amenizar a assertiva Noêmia movimentou-se entre as poltronas. José Afrânio fechou a expressão ruminando a contundência da fala de Noêmia. Estugado pelo antagonismo que lhe custava reconhecer e ofendido pelo que considerou ingerência num assunto restrito ao par que formava com Maria Odila ele titubeou. Relutava em reconhecer na filha a defensora da mãe delegando-lhe o papel de antagonista. Nunca havia cogitado em Noêmia afrontando-o abertamente. A filha admoestava-o para demonstrar o quanto a preocupava o que ele parecia escutar com má vontade. O acudimento nas crises da mãe obrigava-o a respeitar a filha. Opondo-se tão claramente Noêmia punha fim na costumeira falta de oponentes nessas divergências familiares. A altercação ameaçava seu comando e impedia-o de penetrar no círculo defensivo formado pelas três mulheres. A troca de palavras endurecia sem que se tocasse na razão principal da visita. Rodeavam o fosso da pendência. Doralícia paradoxal pela passividade alçada a agente das discórdias pairava como sol involuntariamente fazendo sombras.

Não grite comigo Noêmia, ele advertiu.

Não estou gritando papai. Estou falando que o senhor tem boa parte de culpa em tudo o que aconteceu e está acontecendo, aveludou o tom mas não a força da afirmação: o senhor pensa que o mundo é seu e que as pessoas estão aqui pro seu uso. Pro senhor somos umas porcarias e nem merecemos atenção. Faz e desfaz como quer e pra nós cabe escutar aceitar obedecer. Baixar a cabeça e calar a boca. O que a gente sente é irrelevante. O que a gente pensa e o que os outros pensam não tem a menor importância. O senhor falou e está acabado: virou lei. O ponto final é seu. Essa a consideração que o senhor tem pela família.

Bom. Que meu mundo me pertence é questão que não quero mesmo que seja posta em dúvida. Cada um é dono do seu nariz. Inclusive você sua mãe e quem mais seja.

Me admira o senhor dizendo isso porque não é o que o senhor pensa quando se trata de outras pessoas. E se é verdade que pensa desse modo então não age de acordo com o pensamento.

Como não? A pessoa nasce sozinha e morre sozinha. Ninguém ocupa nosso lugar na hora de nascer e de morrer. Por que durante a vida tem que ser diferente?

Isso vale só pro senhor ou vale também pra mamãe pra mim ou pra quem quer que seja?

Se os outros são capazes de entender e viver de acordo com essa idéia então eu aceito que não vale só pra mim. Vale pra qualquer um que não viva na dependência de nada e que saiba o que quer da vida. Mas é o que vale, ele disse erguendo a voz e apontando o indicador para o próprio peito: pra mim isso é o que vale. Quanto aos outros não sei. Cada um que se cuide. José Afrânio tinha a boca seca e umedeceu os lábios com a língua. E não pretendo ficar batendo boca por assunto que vocês não iam entender nem que a gente ficasse falando uma semana inteira. Não é esta a conversa que eu queria ter com sua mãe. Vim por outro motivo. Queria esclarecer umas coisas. Não quero e nem admito discussão. Sou seu pai.

O senhor admitir ou não admitir pouco me interessa, Noêmia interpôs e depois prosseguiu: pra nós não faz mais diferença o senhor admitir ou não os problemas aqui de casa. O que o senhor acha e pensa pra nós agora já não quer dizer mais nada. Não estamos querendo mais saber a sua opinião nem esperando que o senhor decida o que é pra gente fazer. Eu já disse isso mas acho que o senhor não escutou. O senhor nunca escuta. Então faça o favor e escute: o senhor debandou daqui de casa e agora está difícil obedecer à sua lei. Sem o senhor pra impor e vigiar essa lei perdeu valor. Essa lei nem existe mais. Repito sempre pra mamãe que ela tem que viver a vida dela independente do senhor e ela está começando a compreender isso. As coisas mudaram papai e o senhor não percebeu. E não percebeu porque nem é mais daqui de casa. Se não quer ser marido da sua mulher e pai dos seus filhos o que o senhor quer que a gente faça?

Entreato Amoroso

princípio. Não tivesse baixado a cabeça como fez. A gente escutava as empregadas cochichando. Na colônia a mesma coisa: a gente chegava perto e eles desconversavam. A Nhanita mandava calar a boca e mudar de assunto. A mamãe fingia não acreditar e a gente vendo a aflição dela. E o senhor? Ah o senhor: belo e lampeiro. Lavava as mãos. Não tinha nada com aquilo. Ria desmentia e ignorava. Vergonha em cima de vergonha. Me lembro de uma ocasião papai que o senhor estava conversando com uma mulher no correio. Era visita da Dona Celina Moreira. Parente dela. Moça bonita bem vestida. Me chamou atenção a maneira do senhor falar com aquela mulher. Mesuroso. Agradando. Rindo. Animado na prosa. Pensei em como o senhor tratava mamãe. Na minha inocência entendi o que era aquela gentileza do senhor. Me envergonhei. Trata minha mãe com casca e tudo e essa mulher com tanto jeito? Voltei pra casa querendo remediar o que tinha visto. Sentei perto da mamãe. Ela estava bordando na sala e cantava baixinho. Me mostrou o bordado perguntou se estava bonito. Disse que sim e fiquei por perto de companhia e ela estranhou. Que é, ela perguntou e eu disse: nada. Vá brincar menina. Não fui. Tive raiva do tratamento que o senhor usava em casa. Aquela diferença dizia eu não sabia o quê mas tinha a ver com as histórias que escondiam de nós. Na hora de jantar o senhor com a cara de sempre. Pouca prosa. Eu nem quis comer de tão ressentida. Queria falar da minha mágoa. A quem? Imagine dizer uma palavra contra o pai.

Noêmia, a mãe atalhou.

José Afrânio escutava com calculada apatia.

A senhora errou mamãe. Fingia que não era nada e se remoía sozinha. Quando começou a reclamar era tarde. Quanta vez escutei a senhora trancada no quarto chorando baixinho. Eu tinha medo de que a senhora soubesse o que diziam na rua. Como fosse possível não saber. O papai engrossava a voz e resolvia e a senhora além de aceitar, encobria. E a gente engolindo a falsidade. Duas risadas e um punhado de balas e papai amansava os filhos. Com a mulher nem precisava se preocupar. A reclamação dela o senhor nem registrava. Não foi só a risada que sumiu da boca da mamãe. O senhor tirou dela o direito de falar. E a gente que trazia à fazenda jogar baralho? Os colonos contavam a sem-vergonhice da mulherada no areão do rio. Pensa que ninguém via? Na colônia cansaram de ver e comentar. Faz tempo não é papai? Não conta mais. O que passou passou. Loucura atrás de loucura. Até agora. O senhor já avô e bancando rapazinho. Não enxerga o ridículo?

Agora chega, ele interpôs. Um calor afogueou-lhe o rosto.

Tem que me escutar ou não sou quem o senhor diz que sou. Preciso falar. Enquanto era maluquice passageira a gente aceitava por não ter outro remédio. Mas agora o mundo inteiro sabe dessa.

Cale a boca Noêmia, ele exigiu.

Dessa. Dessa cróia. Dessa caboclinha desqualificada. Lá na fazenda. Na casa onde. Ô papai. O senhor perdeu o juízo? A dignidade? O que quer? Some de casa larga a família apronta um escândalo desse tamanho e vem aqui pra quê? Pra dizer que não é como estão falando? Que é mentira? A cidade inteira fervendo na falação. Que pouca vergonha meu Deus. Se amigar com uma qualquer. Uma caboclinha reles que serve de filha pro senhor. E o Bio morando lá.

Feche a boca Noêmia, ele a interrompeu: não se intrometa no que não lhe diz respeito.

Como não me diz respeito? ela quase gritou.

Um sentimento de humilhação formigou intoleravelmente e seu mundo estreitou-se. Sua intimidade conspurcada e sua alegria pisoteada. Doralícia transformada numa das mulheres sem rastro na memória. Atravessou a manhã bonita com alma leve para escutar ofensas. Pôr termo ao abuso de Noêmia e à quentura umedecendo as axilas. Não merecia a erupção do ódio da filha. Tamanho ressentimento jamais podia esperar. Por que se calava? Além das ofensas havia que arcar com outras penas? Noêmia remexia um passado aparte da ligação com Doralícia. Sentia-se honesto na coragem de contrariar a lei que atrelava um ser à sua infelicidade. O pensamento ancorado em Doralícia e a boca fustigante da filha.

Entreato Amoroso

Ela falou em Bio, José Afrânio apreendeu um alerta *e Bio morando lá* soou num eco retardado. Como se um tinteiro entornado manchasse de negro a página branca. O que recear em Noêmia invocando Bio ao se remeter a Doralícia? Ergueu a vista ao forro procurando delimitar o fulgor de um relampejo ameaçador e novamente olhou para a filha. Ofélia inquieta perto da mãe e com braço aposto às suas costas. Maria Odila num pasmo fixava Noêmia com olhos estreitados. No âmago instigado de José Afrânio pela increpação da filha mais que nunca ele sentiu que a mulher na poltrona nada significava. Uma estranha.

Um alarme ilocalizado arrefeceu seus estímulos. Voltavam a ranger engrenagens viciadas e agravadas por elemento que conhecido tornar-se-ia perigoso por contaminar certezas. Quais certezas? José Afrânio apequenou-se num receio turvando a corrente de idéias. Melhor adiar esclarecimentos e deixar para pensar depois. Levou a mão à altura das sobrancelhas deslizando-a pela orla das órbitas. Assimilar e posteriormente avaliar esse pânico erradio. Permitindo que Noêmia continuasse a falar ensejava ameaça à liberdade prezada acima de todo interesse. A casa da família mais uma vez o aprisionava nas conhecidas teias. A voz da filha devastando sua segurança. O momento exigia que se esvaziasse de sua obsessão passional e se apartasse do prazer da companhia de Doralícia para se concentrar na fala de Noêmia citando Bio. Onde a ameaça ou o perigo? desnorteou-se pelo que a filha dizia. Ainda Bio, pensou contrafeito.

Noêmia araponga martelando a manhã:

O Bio é moço papai. E a atitude do senhor recolhendo a. Essa criatura infeliz porque só pode ser infeliz quem se deixa engabelar pelo senhor. Recolhendo essa caipirinha na sede. Isso não é de quem está no juízo perfeito. De quem é pessoa considerada na cidade. De gente responsável de pai de família. Por que não fez como sempre? Instalasse a sem-vergonha fora de Conceição. Alugasse uma casa no Arraialzinho ou no Tuiuti. Enfiasse essa tontinha num buraco. O que o senhor fez é coisa pra se esconder. Quem tem um mínimo de seriedade não afronta o mundo dessa maneira. Capricho. Desafio besta. Só pode ser. Não é possível que o senhor tenha coragem de se mostrar com uma pessoa dessas num lugar de gente decente. E eu sei o que vai acontecer. Logo enjoa dessa trouxa e acorda da estupidez que está cometendo. Aí eu quero ver como fica. E nós? E mamãe? O povo da cidade? E Deus? Quanto vai durar essa loucura? E quando acabar que é que o senhor vai fazer? Pra onde o senhor vai? Já pensou no que ela quer do senhor?

Chega Noêmia, ele ordenou e ela calou-se esfregando as mãos nervosas. Afastou-se do centro da sala e foi à janela. Voltou-se para o pai como fosse prosseguir mas interrompeu-se.

José Afrânio espalmou as mãos no tampo da mesa de centro e tornou para perto da escrivaninha. Escolheu o canto por faltar espaço embora a sala sobrasse. Massageou novamente a testa com o indicador e o polegar estendidos. Bio esgueirando-se pelo portão à sua chegada e esgueirando-se dele no cotidiano. José Afrânio ateve-se ao instante e à raiva que o tolhia. Destituía-se de certezas. Algo trazido nas mãos escapava-se inapreensível. Sobrevinham sobressaltos. As axilas acusaram desconfortavelmente a umidade. A testa rorejava.

Na sã juventude com seu cabelo rebelde e o riso franco Bio transitou pela sala e esvaneceu no balanço da cortina. Nada seria obstáculo para o filho como não era para si. Iguais. Animais parelhos na raia. Na soalheira o peito musculoso de Bio coleou queimado de sol. José Afrânio invadiu-se de invejosa admiração e insuspeitada comparação competitiva. Bio estendeu-se no gramado à sombra da espatódia florida vermelha com o braço torneado jungido ao tórax glabro. Cheiros sadios. José Afrânio teve urgência de estar na fazenda. Ver. Vascular. Catar rastos e restos. Urgia também a paisagem: a quina da casa a janela do quarto aberta sobre os terreiros o mato cobrindo os morros por trás da colônia. Na imprecisa sensação de perda pululavam imagens: seus dois meninos (que sentiu queridos e a lembrança o magoou) um escoiceante animal cinchado e sofreado na doma e o trecho de caminho em que se deteve para olhar um cavalo no pasto e o arco-íris fulgindo inteiro numa gota pendurada na folha do cafeeiro. Viu-se sob a arcada que sustentava o terraço da sede sombreada pelos galhos da alamanda enfiando-se pelos vãos da grade de ferro. Maria Odila amassava nervosamente a ourela da blusa entre os dedos. Noêmia de sobrancelhas arqueadas encimando os olhos castanhos límpidos diretos. Tanto a considerar. Um estouro de boiada em indício de pânico. A sala com seus perigos. Baixou um prenhe silêncio. José Afrânio recorreu a orientações do instinto ameaçado e vulnerabilizado no arisco repassar de olhos em Maria Odila e Ofélia. Aquilo de Bio: isca venenosa. Não: golpe traiçoeiro. Doralícia no quarto vestindo o penhoar cor de rosa calçando as chinelinhas estofadas e Noêmia insinuando calúnia. Um perigo que. Não: ela não disse nada. Falou do irmão na fazenda o resto é decorrente de sua invenção. Não há providências a tomar. Contra quê? Contra quem? Doralícia sob sua asa protetora.

Na incongruência da sala precisou buscar o que dizer:

Olhe sua mãe Noêmia, ele indicou com a mão aberta estendida: olhe a companhia que ela oferece. Pelo que você me diz o meu lugar é sentado naquela outra poltrona. Esperando a vontade dela. Não posso querer outra coisa porque o casamento me condenou a ficar ao lado dela. Que nem um animal preso no cercado. Sendo casada acho que você entende o que eu quero dizer.

Com o senhor não tem conversa papai. Não vamos concordar nunca. A mamãe não foi sempre assim.

Não sei. Quem sabe não fosse mesmo. Por fora não era mas por dentro acredito que. Olhe sua irmã: o mesmo molde. A voz que as duas têm. O noivo de Ofélia não calcula o futuro que vai enfrentar.

Tenha dó papai, Noêmia reagiu irritada com um passo à frente: que estupidez. Quem o senhor pensa que é pra julgar os outros? Que o senhor sabe da Ofelinha? Quantas vezes o senhor viu o João Batista? Quando falou com ele? O que o senhor sabe do que acontece fora da Mata Grande? Por que dizer uma coisa tão sem cabimento? Logo o senhor apontando defeito nos outros? Por que não se olha no espelho? Se examine bem e diga pro senhor mesmo o que está vendo. Tiver que esconjurar alguém me esconjure: eu é que estou falando o que senhor não está gostando de ouvir. O João Batista é bem diferente do senhor. Graças a Deus o João Batista não é o senhor. Por que essa malvadeza com a Ofelinha? Por que o senhor quer atingir ela? Eu estou falando. Me xingue se tiver que xingar alguém.

Estou querendo que ela acorde, disse evasivo.

A observação sobre Ofélia lívida e desarvorada como atingida por uma pancada descabia. Percebeu que ofendia a filha de forma gratuita. Na verdade falava por falar porque sua idéia ruminava a advertência de Noêmia. Ofélia olhava-o malferida.

O que o senhor falou é pura maldade. Mostra o pai que nós temos. Quem tem que acordar é o senhor. Por que essa grosseria? Acha que ofender a Ofelinha justifica o que anda fazendo?

Não estou me justificando. E você nem percebe mas está recitando a mesma ladainha de sua mãe. Vai ver sua raiva é porque agora são vocês que escutam a lengalenga que sobrava pra mim. Pras coisas chegarem onde estão muita água rolou debaixo da ponte. Em nenhum instante você considerou que devo ter algum motivo para ser esse bicho que diz que sou. Acha que não tenho? Acha que não tenho necessidade de nada? Que sou de ferro? De pedra? Minha função é dar dar dar, ele espalhou mãos como em semeadura: dar sempre. Pra vocês é que não pode faltar nada. Tenho costa larga. Se faltar alguma coisa para mim não tem importância.

Papai isso está indo longe demais. A mamãe está doente. Tem preocupações de sobra e o Doutor Romeu pediu pra ela evitar contrariedade. Esta conversa só piora a situação. Que é que o senhor quer de nós? Da mamãe? Que o senhor veio fazer aqui?

Que é isso Noêmia, ele esbravejou: estou na minha casa.

Sua casa? Quanto tempo faz que não entrava nesta sala? De repente chega e quer continuar falando como quem manda e desmanda? Fala como se não tivesse acontecido nada nesses meses. Nós o bando de trouxas que engole tudo. Igual sempre não é papai?

Você tem razão. Aqui não parece casa de família. Esse cheiro de

santa casa. Isto aqui é uma toca cheia de bicho assanhado pronto pra atacar. Pra me morder. Gente em pé de guerra. Gente assustada. Não é susto: é medo. Eles têm medo do senhor. Não é respeito e nunca foi. É medo. É o jeito do senhor se impor: incutindo medo nas pessoas. E essa implicância com a minha irmã? Por que diminuir quem o senhor nem conhece? Fica puxando assunto pra fugir do principal. Está querendo evitar o assunto.
Que assunto? disse alarmado.
O senhor nunca repara no que não lhe interessa. Não conhece os filhos que tem. Não conhece os meninos aqueles coitados que nem pai tiveram. Gente sem esteio, escorreu uma sobre a outra mão: gente sem estofo. Bonecos de mola. Fujo é da estreiteza desta casa. Deste velório sem fim. Gosto da vida bem vivida e aqui preferem tristeza e doença. Não querem que eu seja como sou e não me deixam ser como quero. Me rodeiam que nem mendigos morrendo de fome. Carrego uma carga que não sei onde despejar.

Meu Deus do céu, Noêmia deplorando: olhe o que meu pai está falando. Misericórdia, ela exclamou e prosseguiu: nem eu nem meus irmãos pedimos pra nascer e se existimos foi por obra sua. Ou não concorda nem com isso? Custa crer que o senhor. Meu Deus do céu quem o senhor está censurando? Não dá pra fugir do fato de ser filho de alguém. Não acredito no que escuto. O senhor põe a gente no mundo e vem cobrar porque existimos? O senhor ficou louco papai? Pra mim isso que o senhor está falando é pecado. Tamanha rejeição deve ser pecado.

Pecado coisa nenhuma. Pecado é deixar a vida escoar pelo vão dos dedos sem tirar proveito.

Por que casou? Por que pôs filho no mundo?

Fiz como toda gente faz. E errei. Errei fundo. Se pudesse voltar atrás não me casava. Nunca.

E sentimento papai? Existe sentimento no senhor? Noêmia disse com olhos desmedidos: penso no meu menino e imaginar que algum dia o Rodolfo fale dele como o senhor fala de nós eu

Você fala *nós* porque quer. Sabe muito bem que não é igual a eles. Eu sou igual a eles, Noêmia escandiu quase gritando: tenho o mesmo sangue e mesma carne deles. É minha mãe. São meus irmãos. Quero ser igual a eles. Não escolhi o pai que tenho. Nem eles. Se eu pudesse tinha escolhido outro mais. Alguém que. Meu Deus. O senhor não tem sentimento, exclamou.

Sentimento é outra coisa. Sentimento é o que comanda a cabeça mesmo sem a pessoa permitir. Estou falando da qualidade de gente. Criei uma família que exige muito de mim. Depende demais. Se põem de vítima pra me chamar de carrasco. Eu não sou tudo isso que você disse. Não sou esse endemoniado. Não sou mesmo. E se eu morresse amanhã o mundo acabava pra vocês? Se eu morresse a quem iam reclamar? Eu morto resolve tudo? Que raça criei? Não sabem como eu briguei com a vida pra chegar onde estou? Sabem. Sabem sim. Pensa que foi fácil? Não aprenderam nada pelo meu exemplo? Ou sou só esse demônio que você está dizendo que sou? O Bio não vive de lamento. Nem você.

E essa moça agora? Noêmia disse.

José Afrânio ignorou a pergunta.

Que falta nesta casa? Me diga Diloca: falta conforto? Dinheiro? O que falta? Mantimento? Roupa? Despensa bem sortida? Alguma vez neguei quando me pediram? Sou mão aberta. Não gosto de miséria. Quando neguei qualquer coisa a vocês, falou em crescendo: que é que falta nesta casa?

Maria Odila ofegava. Movimentou-se na poltrona querendo se levantar mas a corpulência dificultava. Mordia o lábio inferior piscando seguidamente e repassando no rosto o lenço amassado.

Tem sim uma coisa que está faltando papai, Noêmia disse reassumindo o autocontrole: está faltando brio. Honra. Dignidade. E não é nesta casa nem em quem mora aqui. Eu me sinto envergonhada da sujeira que o senhor jogou em cima de nós. Tenho vergonha do meu pai. Cheguei domingo e não pus a cara fora da porta. Me sinto humilhada e sem coragem de encarar os outros. Só vi quem veio visitar mamãe. O

Entreato Amoroso

Rodolfo não se conforma. Não quis ficar em Conceição porque acha. Bom. Não vou falar por ele e o que ele acha não vem ao caso. Eu é que sou sua filha. O senhor encontra uma caboclinha cheirando a sovaco e estrume de vaca e que apareceu ninguém sabe de que cafundó-do-judas manda embora o marido e põe ela na fazenda feito a dona e acha que é caso corriqueiro? E sabe o que mais andam falando? Que o senhor comprou ela. Que pagou ao vagabundo do marido pra lhe vender a mulher. E que seu cavalo entrou no negócio. O senhor fica falando que quer ser livre e não sei o que mais: ser livre pra se meter com gente dessa laia? Nós não servimos pro senhor mas é com essa gente fedida e de calcanhar rachado que gosta de viver? Comprou a mulher como se compra um animal. Pagou o marido e mandou embora pra longe. Disseram que o senhor até bateu no sujeito. Gente da fazenda viu. O senhor pimposo passando na rua e os outros debochando: ah-lá o Zé Afrânio: comprou a mulher do leiteiro. Esse o homem que o senhor é: negociante de mulher. Roubou a mulher do outro. E o senhor sabe quem é ladrão de mulher não sabe? Se não sabe pergunte que a criançada da rua responde. E não é pra se morrer de vergonha?

Esse povo filho da puta não lhe devo explicação, José Afrânio esbravejou transtornado indo para o centro da sala e para o arrimo da mesinha arredondada a que se encostou: e nem devo explicação a você ou sua mãe e nem ao padre eterno. Que vá todo mundo à merda. Todo mundo à puta-que-os-pariu. À merda essa gente, repetiu.

Puxou a cadeira e apertou com força a trave do encosto erguendo-a e baixando com brusquidão. O som percutiu. Alisou nervoso o bigode e correu os olhos de uma figura a outra. Noêmia desafiava a fúria do seu olhar. Ofélia agoniada na palidez recostou-se à mãe. Maria Odila mexendo-se na poltrona respirava em haustos audíveis. Através da janela a placidez costumeira da rua.

A boca do povo acaba engolindo vocês, ele disse com voz dura. E tem mais: não vim aqui pra dar satisfação da minha vida. Vim porque

Veio saber se a gente suportava tudo com o bico calado de sempre, Noêmia interpôs: foi pra isso que o senhor veio.

A mão grande fechou-se no encosto da cadeira branquejando as juntas dos dedos. Buscou palavras.

Estou na minha casa, ele disse estupefato em alvoroço incontido: venho aqui à hora que bem entendo e por enquanto faço e desfaço a vida à minha maneira. Ninguém vai me apontar o que serve ou não me serve, ele falou: por enquanto esta casa é minha.

Maria Odila rezingava sem despegar os olhos do marido. Mordia os lábios e a língua e arfava na respiração opressiva. Tentou novamente se erguer e o esforço fê-la afundar-se mais na poltrona.

Mentira, Maria Odila gritou: é mentira. Esta casa não é sua. É minha, brandia os braços e batia no peito repetindo a posse: minha minha a casa é minha. Herança minha. Herança do meu pai e da minha mãe. Minha, repetia: é minha casa, gritava: comprada com dinheiro do meu pai. Dinheiro que meu pai deixou pra mim. Dinheiro meu. A casa é minha.

No auge da excitação suplantou-se e pôs-se em pé arquejante no esforço de coordenar os movimentos. Ofélia e Noêmia cercaram-na receosas de que perdesse o equilíbrio na gesticulação vigorosa.

A casa é minha, repetiu agudamente avançando para o marido: herança minha.

A afoiteza sacudiu-a. Noêmia ocupou-se em segurá-la obrigando-a a sentar-se. Maria Odila agarrava-se aos braços da poltrona deitando a cabeça para trás e empurrando-a para frente repetidamente. Estapeava o vazio. A rouquidão rascava o aguçado da voz. Estabilizou-se um instante. As mãos alisaram nervosas as laterais da cabeça desceram às roupas amarfanhando o lenço no regaço. Secura na garganta. Olhos esgazeados. Reuniu alento e ergueu-se novamente com meneios grotescos. As filhas amparavam-na. Ajeitava a blusa no cós da saia e apontava o marido:

Suma daqui. Suma da minha frente, gritou: a casa é minha. Você comprou com dinheiro que meu pai me deu. Dinheiro de gente honrada. A casa é minha dos meus filhos da minha gente. Gente de brio. De vergonha na cara. Você não presta cachorro. Suma daqui. Cachorro. Cachorro.

Mamãe, Noêmia suplicava: mamãe. Pare. Se acalme. Sente. Chega mamãe.

Não quero ver este homem na minha frente. Vá pro inferno desgraçado. Pro inferno. Suma da minha frente. Não quero que ponha os pés dentro da minha casa. Esse homem suja a minha casa. Ele fede. É ele é quem traz sujeira. É ele que emporcalha nós todos. Ele é sem-vergonha. Ele não presta. Cachorro, esganiçava: vá pro inferno. Desgraçado. Pro inferno. Demônio. Suma da minha frente, gritava.

José Afrânio encostou-se à parede. A mulher arregimentou a raiva e a revolta e indicou freneticamente a rua: Vá embora. Suma daqui. Rua daqui. Vá embora. Rua. Rua. Rua. Vá embora, gritou esticando a palavra.

Aturdido José Afrânio temeu a certeza de que o barulho escapava da casa alcançando a vizinhança. Faltaram-lhe ações. As filhas cercavam Maria Odila. Nhanita veio assustada da cozinha. Ele saiu da sala em direção aos fundos da casa. As esporas estralejaram no corredor. Voltou para apanhar o chapéu e ameaçou sair pela frente mas à manhã reveladora emoldurada pelos batentes decidiu tornar ao fundo. As portas do pára-vento em vaivém até cessar a impulsão. Fora da cozinha ajeitou o chapéu enquanto atravessava o quintal e montou. Teve a nítida sensação de que não se ia pela confusão que deixava: a pressa era para estar com Doralícia. Queria vê-la e examinar nela traços da denúncia que levava consigo.

O portão sob a buganvília florida despejou-o num galope.

23

UMA VEZ LI NUMA REVISTA OU me contaram – não sei – que no deserto o vento sopra e leva a areia que não é terra firme. A areia não assenta. O vento empurra e ela vai amontoando. Depois vem outro vento e o monte muda de lugar de modo que o morro ora está aqui ora mais na frente conforme a força e a direção do vento. A vista que se tem do deserto não se repete porque está sempre mudando por causa do vento. No sol a pino a areia esquenta que até queima e brilha que chega a cegar quem não está acostumado com tanta claridade. Pedra areia e secura e pro lado que se olhar só se vê o areão vazio. Nenhum pé de mato. De repente naquela imensidão brota uma nascente que corre formando um ribeirãozinho que empoça numa lagoa e na beira da lagoa nasce uns coqueiros. Nesse lugar com água o povo aporta e arma as barracas. Os que moram no deserto não moram em nenhum lugar fixo e vão parando de lagoa em lagoa. A montaria deles é o camelo que é o único animal que agüenta aquele calor fora do comum. O povo dali é de raça trigueira. Os chefes têm barracas de luxo com cortinado de seda tapete almofada e enfeite de ouro. Durante o dia é igual a um forno e de noite esfria que a temperatura chega abaixo de zero. Eles andam em caravana de turco e árabe de turbante e roupa larga igual batina de padre. É difícil pouso de descanso naquelas larguezas de céu em cima e areia em baixo. Nenhuma árvore que não seja coqueiro. O sol de tão estridente faz tremer o ar rente ao chão e nessa faixa de quentura forma figura com vulto de gente de bicho de cidade e até de caravana inteira. É ilusão da luz que é muita e calor forte demais. Se vê o que não existe. A pessoa persegue a aparição e não alcança porque ela representa sempre mais adiante. Quem se perde no deserto enlouquece de privação.

 Será mesmo Doralícia? Pra nós que estamos rodeados de mato fica difícil acreditar nesse mundão de areia. Imaginou: o lugar não tem feição. Hoje é de um jeito e amanhã o vento sopra e muda tudo. Fosse aqui a gente abria a janela e perguntava: ué cadê o morro do cafezal cadê a baixada do Fundão. Cada coisa hem.

 Lá pra cima o Brasil é cheio de árvore que cresce tão perto uma da outra que no alto a rama entrança e veda o sol de bater no chão. Quilômetros de chão forrado de árvores enormes e por baixo tudo escuro. A gente admira o mato da fazenda imagine como será no Amazonas que dizem ser um matão só.

 Na nossa cabeça também existe lugar onde a luz não entra. Escuro. Escuro do pensamento que não é pensado mas que está lá esperan-

Entreato Amoroso

do a pessoa pensar. Dentro de mim tem reserva dessa qualidade. Não me conheço por inteiro. Ninguém se conhece eu acho. Uma circunstância que não se espera pode de repente acontecer. Que nem o vento no areal mudando o morro de lugar. Devia ter regulamento no modo de pensar. Pensamento devia ter rédea. É isso que estou querendo dizer: comandar o pensamento. Vim de lá me fustigando pelo que escutei e vi. Voltei arqueado debaixo de um peso mas andei ligeiro na pressa de chegar. Queria ver você. Queria encontrar algum rastro do que Noêmia falou. Ela acendeu um fogaréu fumacento e eu era um cego no meio da fumaça querendo fugir do fogo. Nem sei como saí de lá. No caminho estanquei a sangria: espere lá: que é isso? Como é que de repente o avesso toma conta do direito? Que condição elas têm de virar do avesso a vida de uma pessoa seja você ou eu? Queriam me desestabilizar. Não sou nenhum bobo. Não vou cair na arapuca. Não. Aí compassei o animal: vamos devagarinho que a verdade não depende da palavra alheia. Quem pode saber de você mais do que eu? Elas entocadas em casa querendo adivinhar o que se passa aqui dentro? Me vigiei. Pensei na nossa história. Avaliei nossa parceria. Querem invadir nossa intimidade e turvar a minha água. Fui descendo o caminho e vi a cidadela guardando você: a sede. Pesada. Qualitativa. Antiga. Tinha sol forte e tudo quieto quente bonito. Como sempre. Eu perder sossego por qualquer palavra cuspida na raiva? Não. Minha Doralícia bem guardada. A Antonha cozinhando nossa comida que a fumaça escapava da chaminé. Nem sombra do Bio. Aqui era dia igual todo dia. Lá a correria pra acudir a desatinada. A Noêmia tinha os olhos muito arregalados e o olho grande da Noêmia estava enxergando demais e vendo o que não há. Na volta pelo caminho estava tudo igual a quando saí pra cidade. Resolver ir: aí sim foi uma coisa de cego. Foi bobagem. Prejuízo. Mas agora está calmo. Me sinto bolido mas com a razão retomada. Você fica a meu lado e minha elas queiram ou não.

A tarefa da gente é clarear a gruta sem fundo sem piso sem teto onde mora o pensamento.

Gente é pouco e pode pouco. Eu vejo. Quando se maltrata a natureza ela se vinga. Míngua. Azar de quem judia da natureza porque está aprontando castigo pra si mesmo. A natureza é caprichosa e larga o homem na mão. A natureza da pessoa é diferente da natureza de um lugar e não cabe comparação. Se eu faltar morre a minha natureza mas a fazenda continua. Se a fazenda fosse de outro proprietário não seria a mesma Mata Grande porque outro dono ia fazer mudanças pra ficar a seu modo não é mesmo? Endireitar uma curva da estrada colocar um mata-burro pra segurar o gado erguer uma cerca ou derrubar a cocheira velha que é sem serventia. A cocheira eu não deixo desmanchar. É uma construção trabalhosa cheia de enfeites igual a sede mas o que pra mim é enfeite pra outro pode ser estorvo. Houve quem me disse pra derrubar a cocheira velha mas não quero. Gosto daqueles arcos. Lá eu guardo arreio velho cangas rodas sem ferragem toras de peroba que ainda posso usar.

Você não entende o que estou querendo dizer mas não tem importância. Estou pensando alto. De toda maneira nunca se conhece direito nem as pessoas nem os lugares. O mundo é feito de muito segredo e de coisa que não se explica, eu acho. Gente é fora de controle. Todo mundo: eu você eles lá de casa. Sopra um vento na cabeça do indivíduo e a areia da idéia muda de posição. O certo vira incerto e o claro fica escuro e o que é manso esbraveja e assim por diante.

Será falta de assunto falar de camelo e areia nesta Conceição dos Mansos cheia de terra boa pra plantação e que dá milho arroz feijão e tanta qualidade de flor? Brota nascente por todo canto e a morraria está onde sempre esteve. O nosso Ribeirão dos Mansos que nasce na divisa da Mata Grande com a Santa Leopoldina vai se despejar no Jaguari e o Jaguari anda anda e se despeja noutro rio e de embocadura em embocadura a água do nosso ribeirão chega ao mar. Um pouco de Conceição dos Mansos chega ao mar. Será?

Não. Não sei porque estou falando essas coisas.

Entreato Amoroso

A troco de que falar dessas lonjuras? Você tem razão. Mas me deixe falar mais um pouco. O camelo tem que nem um armazém no estômago e estoca a comida que engole. Quando a fome aperta o bicho faz a comida voltar pra boca e então ele mastiga e engole. Interessante essa capacidade não é? Homem é um pouco assim. Não com comida é claro. Cada pessoa tem o mundo inteiro na cabeça. Você também tem Doralícia. Só se fosse de espécie de gente que não é gente. É assim: eu olho pra você e por mais que olhe não tem jeito de saber o que está passando na sua idéia. Se você não contar ninguém descobre. Está comigo vinte e quatro horas por dia e nem assim eu adivinho o seu pensamento. Você é livre pra pensar o que quiser e só você conhece o seu pensamento e esse pensamento é lacrado. De certa forma isso é bom. Se o pensamento ficasse escancarado não daria certo. Mas não quero me desviar da idéia. A questão é que toda pessoa é secreta. A pessoa é pra si. E muito do sofrimento entre dois que dependam um do outro vem desse cofre que não se abre. Você tem um cofre sem porta e me pergunto se você conhece o que tem guardado dentro.

Está bom. Se não compreende eu paro. Falo por falar. Mas você entende que pensamento não se reparte? Ué. Estou tentando mostrar pra você o meu segredo. Mas não dá não é? A palavra é pouca. Meu pensamento. Seu pensamento. Pudesse entrar dentro dele aí sim ia saber quem você é.

Tivesse visto o que eu vi naquela sala. Tivesse escutado o que escutei.

Aquela mulher maluca alarmando a vizinhança inteira guinchava que nem porca esfaqueada. A Diloca. Não é possível. A doente. A que mal e mal anda meia dúzia de passos e já ameaça vertigem. Aquela força no pulmão. Ela esgoelava Doralícia. Coisa horrível. Se me contassem eu não acreditava. Coisa extraordinária. Ficou louca meu Deus do céu. Só quem enlouquece faz um papel desses. Ficou no ouvido aquele guincho. Cara de santa sofredora que dá raiva lembrar a Nossa

Senhora das Dores que ela quer ser com um punhal fincado no coração de repente lhe acode um cinco-minutos e vira outra. Uma que não existia até aquela hora. Ou existia escondida dentro do cofre que só ela sabe abrir. Segredo guardado por vinte e nove anos que é desde quando conheço a Diloca. Ou pensava que conhecia. Não me deram direito de defesa. Não escutaram o que eu queria dizer.

Chego em casa e dou com elas enfurecidas. Eu de bandeira branca na mão e elas prontas pra guerra com a munição estocada na sala. O povo que vai visitar a doente – ela é mesmo doente mas da cabeça: doente da cabeça – o povo pôs lenha na fogueira. O vigário vai levar comunhão pra ela e a Diloca desfia o rosário. Pra quem passa na rua ela me prega na cruz. Eu fechado na fazenda e nem mostrando a cara na cidade mesmo assim sou eu quem pinga todo dia um pouco de veneno dentro dela. Sou eu quem adoece ela. Não é verdade. Como é que a Noêmia não enxerga? Não pode ser verdade. Mas é o que a Diloca pensa. É o que a Noêmia pensa. E deve ser o que pensa toda a gente de Conceição.

Não posso ser sofrimento nem remédio de ninguém. Não tenho esse poder.

O vigário pobrezinho do velho enfiado na batina preta com aquela voz grossa que até fica estranho escutar como um homem pequenininho magrelinho pode falar tão grosso. Que sabe ele da vida de casado pra dar conselho a Diloca? Só quem casou entende de casamento. Uma vez o vigário ameaçou me chamar atenção. Não agora. Tempo atrás. Anos. Eu nem conhecia você. Foi no centro telefônico quando eu estava esperando uma ligação pra Santos. Toda tarde o vigário vai ler jornal no centro. Eu e o Constante batendo papo vem o padre entrou na conversa e começou a falar que casamento é sagrado e céu e inferno e castigo de Deus. Batendo na cangalha pro burro entender. O Constante me olhou como quem diz ah não dê importância deixe ele falando. Pigarreei. Fiz de desentendido e ficou por isso mesmo. Tem cabimento na minha idade ouvir sermão de encomenda?

Vão à puta que pariu. Eu devia dizer: Seu Vigário o senhor tem boa intenção e entende de assunto do céu mas das coisas da terra o senhor não é pessoa apropriada pra orientar. Que fale pra Diloca mas não pra mim. Falar é fácil: quanto custa dizer uma palavra? Então. Eu devia ter falado: de obrigação de marido o senhor pouco entende. Ou partir pra ofensa: a não ser que me engane e o senhor conheça na prática como é casamento. Coisa desagradável. Fiquei quieto mais por respeito que por vontade. No primeiro momento não percebi onde ele queria chegar. Será possível o vigário me passando um pito? Pois estava. Não cabe a outro administrar o que é da gente e eu devia ter dito ao vigário que se Jesus Cristo não falou isso na bíblia foi por esquecimento. No passo miudinho segurando as mãos nas costas conforme é o costume dele o padre foi embora. Falou por encargo da Diloca. Tenho certeza. Fiquei amolado e o Constante percebeu a minha contrariedade. Perdi o ânimo da prosa. Largue mão Zé Afrânio que o seu vigário não fez por mal.

Conselho se dá a quem pede você não acha? Eu dispenso conselho nesta altura da vida.

Quis me dizer alguma coisa antes de me juntar com você o que não diria hoje com nós dois juntos? Me amaldiçoava e excomungava. Pra eles você me virou a cabeça. Me enfeitiçou com mandinga. Coitadinha de você tão conformada com o que tem. Não conhecem você. Quem usa feitiço espiritismo benzimento e acende vela e joga sal nos cantos da casa e deixa copo d'água de noite em cima da cômoda é a Diloca. Ela é que acredita nessas bobagens. Querem me ver dançando a música que tocam. A Diloca me destratou. Me apontou a porta da rua. Doente por minha culpa diz a Noêmia. Eu danifico o mundo estrago a casa onde moram arruíno a vida deles. Pode ser? Por aí se vê que imprudência a minha de procurar a Diloca. Ficasse quieto em casa ganhava mais. Não tinha o que fazer lá. Tinha? Fui uma besta.

A Noêmia e o Bio bandearam pro lado da mãe mas deles dois eu esperava mais compreensão. O Bio não me ofenderia como a Noêmia fez. A Noêmia me ofendeu Doralícia. Tirou do diabo e pôs em mim.

Me pintou a pior pessoa do mundo. Falou o que quis e tive que engolir e não deu tempo de responder. Eu esperando ela acabar pra depois falar minha parte de repente a louca da Diloca se levanta e começa o berreiro. Enfurecida. O Bio não me insultaria. Sendo homem há de perceber o que elas não percebem. Acho que o Bio compreende a minha razão. Que idéia ele fará dessa situação toda? Nunca vou saber hem Doralícia. Não esqueço eu chegando em casa e ele saindo com o cavalo num trote picado que ele nem olhou pro meu lado. Sumiu. Na certa desconfiou do que ia se passar e não quis assistir.

A Noêmia me desancou sem a mínima consideração. Quanta palavra ofensiva ela me disse. Ríspida. Encrespada. Mal me encarava. Despejava um rancor que não era daquela hora. Vinha de antes. A cara branca de raiva. Nunca vi a Noêmia desfigurada daquele jeito. Foi dura demais. Azeda. O rancor a ofensa o desprezo incomodam mais conforme de onde vem. Viesse da Diloca pouco me afetava porque dela não espero outra coisa. Não ligo pro falatório do povo. Mas minha filha Noêmia. Ódio igual a. Sei. Conheço esse tipo de ódio. Mas apontado pra mim? Não mereço o que ela falou. O desprezo dela.

Oi-ah. Tenho que relevar. E agüentar. Elas partiram pra guerra aberta.

A patada doeu porque veio de pessoa estimada. Não quero ficar mal com a Noêmia. Com eles. Gosto do moço com quem ela casou. O Rodolfo é gente séria. É um homem capacitado. Encheram a cabeça dele também. Dizer pra mim que ele não ficou na cidade por minha causa? Conversa. Mentira da Noêmia. Ele não é bobo: conhece a Diloca. Sabe que a situação não tem volta. Nem conserto. E digo mais: se eu voltasse a morar lá e me enquadrasse naquele sistema que me faz mal só pensar a situação continuava. Não há condição. Não há entendimento. O Rodolfo foi embora porque não agüenta a rabugentice da sogra. Há de enxergar o caso com mais justiça que meus filhos. De fora a pessoa analisa melhor e julga com mais clareza.

Quanto casamento acaba em separação? Quanto marido larga a mulher sem arrimo e some e deixa a penca de filho pequeno e a mulher que se arranje. Não é meu caso. O Rodolfo sabe. Tem tino. Tem visão. Homem esperto. Já me deu opinião em negócio e ganhei dinheiro seguindo o conselho dele. A conversa dele é até instrutiva. A gente senta prum papo ele acende o cigarro dá uma tragada espia a fumaça diz uma palavra e espera antes de dizer outra. A prosa dele é pensada. Um assunto emenda noutro e vai longe. A Noêmia casou acertado. Estão bem de vida. Ele é guarda-livros e trabalha com corretagem. Uma vez trouxe comprador pra fazenda mas nem abri preço. Foi mais por insistência da pessoa interessada porque ele sabia que não vendo a minha terra. Nunca falei em me desfazer da Mata Grande. E era gente riquíssima capaz de pagar o preço que eu pedisse.

Esse embaraço vai separar minha filha de mim. É questão de tempo e uma hora ela volta atrás. Vai me dar saudade deles. Meu netinho: criança inteligente buliçosa que só vendo. Fala que parece gente grande. O bichinho cativa. Cada vez que vou a Bragança passo pela casa deles principalmente por causa do menino. Ele faz festa quando chego. A Noêmia trata o marido de bem: bem daqui bem dali. Aprendeu as maneiras com a mãe. A Ofélia também é moça educada.

A Diloca é louca varrida mas de boa criação. Foi. Porque agora pra mim ela não. Bom. Deixe estar. Oi-ah. O avô é nome de rua em Atibaia. Família antiga que se afundava no mato caçar índio procurar ouro em Minas Gerais. Sangue de bugre e português. O lado da mãe é gente loira tedesca acho que alemã austríaca não sei. Ela morou internada em colégio de freira porque queria ser professora. Parou o estudo por causa de uma doença da mãe porque era só ela de filha fora os moços mas rapaz não resolvia e cuidar de doente precisa jeito. Quatro ou cinco anos minha sogra ficou entrevada na cama. Morreu. Depois Diloca se achou velha pra voltar ao colégio e me conheceu e largou o estudo. A Diloca sabe entreter uma visita arrumar uma mesa prum banquete. Mas que adianta educação se o temperamento não ajuda?

Toda pessoa homem ou mulher tem que se reservar um tanto. A gente não deve se mostrar por inteiro. É melhor deixar o outro descobrir como a gente é. Eu desconfio de pessoa que vem contando garganta nem bem a gente conhece. Não aprecio gente assim. Eu me economizo porque sei que a amizade não rende. Eu não. Não favoreço ninguém prever minha reação. A vida é um jogo. Um fingimento. Um esconde-esconde. Gente papuda logo se esgota e daí pra frente só vai se repetir. Não estou falando de reservar o que é ruim coisa como mentira e traição. Não. Estou me referindo à capacidade de fazer ou dizer o que não se espera de nós. Aceitar quieto o desafio e resolver. Vão olhar pra você com admiração: olhe o que ele disse olhe o que ele fez. Aí respeitam. O sujeito cresce na consideração. Nada de caber na compreensão dos outros. Eles taxam e põem carimbo e despacham sem tomar conhecimento. Pelo meu modo reservado se alguém julga que sou fácil de levar esse se engana. Tudo é questão de limite: a gente disfarça e quando a ocasião exige você mostra até onde é capaz de chegar: ué, eles admiram: veja esse aí quem diria?

Não tenho razão?

Mostrar gentileza ou grosseria é fácil. O silêncio às vezes é suficiente. Fica indecifrado. A pessoa não entende e não sabe o que esperar e não tem jeito de perguntar. Imagina que conhece o cerne do indivíduo mas ele está sempre escapando e aparece lá na frente capaz até que zombando de quem ficou atrás. Sai por cima. Esse não é dominado. Em todo ramo da vida é assim. Afeto. Negócio. Demanda na justiça. Fazer amizade não é difícil mas eu espero antes de cimentar um achego. Quero saber onde piso.

A Diloca me tocou de casa mas a casa é minha também. Não tem cabimento aquela mulher que só olha pra si procurando onde dói de repente virar uma onça. Me tirou a ação. Nunca tinha visto a Diloca num estado daquele. Nunca ergueu a voz pra falar comigo ou com as crianças. Nunca escutei um grito dela. Reclamava discutia choramingava mas grito nunca. Não foi só a gritaria: queria me bater me estapear. As meninas seguraram ela. Saí. Se ficasse seria pior. Do jeito que ficou a Diloca estava prontinha pra vestir uma camisa-de-força chamar o Queiroz e internar no hospício. Se sacudia inteira. As meninas tiveram trabalho pra sentar ela na poltrona.

Entreato Amoroso

Ela tirou a valentia de dentro da raiva que estava sentindo. Do nervoso. Me pegou desprevenido. O revertério em casa. Que coisa. A confusão me assustou mas é pouca pra me separar de você. Se pensam que me intimidam com atropelo que façam meio-dia. Serviu pra nada. Têm que provocar um barulho muito maior têm que mexer o céu e a terra. Terremoto. Enchente igual no dilúvio. Foi um momento de descontrole que nem levo em consideração. Me receberam com pedra na mão e uma enxurrada de ofensa. Falo macio vou palpando procurando não mexer no vespeiro e elas me apedrejam. Fui de espírito leve. Você é testemunha: antes de ir eu não disse que não queria levantar questão? Elas estavam com a lição afiada. Desaforadas. Me desautorizaram. Eu não preciso delas mas elas precisam de mim. Não sei como a Diloca não teve um siricotico no meio da sala. De animal xucro a gente sabe o que esperar mas como é que se enfrenta uma mulher enlouquecida? Só se vendo Doralícia. Credo. Foi um deus-nos-acuda. Diz que é fraca do coração. Fraca do miolo isso sim. Avançando pra cima de mim. Quem diria: a Diloca. Fiquei passado. De repente acontece uma estupidez e ela cai morta. Vá que sofra mesmo do coração. Viro assassino. Me denunciavam e processavam. Capaz de quererem me mandar pra cadeia.

A Diloca gaba a família dela mas hoje em dia eles prevalecem do nome. Não tem mais ninguém rico naquela raça: quando muito uns remediados. Ela sempre achou ruim que as crianças parassem o estudo no grupo escolar. Queria pôr as crianças no colégio mas não deixei. A Noêmia uma época se entusiasmou pra estudar com as freiras em Amparo. As meninas podiam ser formadas. Duvido que o Bio ache falta de estudo. Ele quer é lidar com terra gado cavalo plantação. Está no sangue. É do que gosta. Quem sabe os pequenos eu encaminhe pra ver se dão alguma coisa. Um filho do Pedro Camargo estuda em Campinas. Mora lá. Quando vem pra Conceição anda pra lá e pra cá com um livro debaixo do braço fazendo farol. Estuda pra advogado. O Camargo ronca papo do filho e diz que vai ser prefeito como ele. Bom de discurso o sujeito é. Não pode ver rodinha formada que solta o verbo. O Pedro Camargo esquece que foi prefeito porque nós pusemos ele na prefeitura. O moço de bigodinho aparado é fazedor de verso e a rapaziada se diverte com ele que é pândego e contador de anedota. Rapaz malandro que tem fama de debochado. O Bio conta e dá risada.

Certas pessoas não se medem Doralícia: bela merda o avô ter nome em placa de rua. Conceição é um lugar pequeno e minha gente é aqui o que a dela representa lá. Meu avô e meu bisavô ajudaram na fundação da cidade. Quando eu era pequeno a escola era aprender a ler escrever contar e olhe lá. Tive um começo de vida difícil demais pra não prezar o que consegui. Desatei a embromação que meu pai deixou quando morreu e eu era um molecote. Aprendi o que era empréstimo avalista cartório promissória hipoteca letra assinada. De repente uma montanha de papelada cai na minha frente e eu sem entender patavina. Me vi perdido. Pedi ajuda pra quem sabia. O aperto me valeu muito e foi um aprendizado e tanto. Me desembaraçou. Percebi os truques. Pra falar com uma autoridade tem que ir bem vestido senão não lhe dão atenção. Tem que saber como insistir pra não aporrinhar. Desde aquele tempo formei um círculo de amizade com gente graduada.

Meu bisavô chegou por estas bandas quando tudo era mato fechado mais de cem anos atrás. Cento e vinte. Abriram a fazenda a machado. Morou num rancho sem parede e coberto de folhagem ele e dois escravos debaixo de quatro paus fincados no chão. Trouxe a mulher depois que ergueu um casebre de barro. Tudo ermo sem vizinhança perto. Brigou com ladrão de cavalo. Naquele tempo roubar cavalo era crime grave. Espantou a tiro bandido escondido aqui perto no Bairro do Couto que foi por onde Conceição começou. Ajudou negro fugido: tinha dó. A justiça ficava longe e não havia a que se apegar. Só aos santos. Meu avô contou que pra não morrer foi obrigado a matar um assaltante que com o facão na mão parou ele no caminho. A garrucha na guaiaca ele meteu um tiro no peito do outro e enterrou na beira da estrada. Era baixinho no tamanho mas valente. Tenho vaga lembrança dele. Morreu eu era menino novo. Aquela gente regou a terra com suor. Também suei. A unha pretejava de tijuco a palma da mão era uma lixa grossa. Minha roupa cheirava terra mato estrume. Tomava banho na bica do monjolo e ficava me esfregando até o fedor sumir. Meu pai tinha a cabeça dura e o braço curto. Minha mãe penou com ele. Um bruto que Deus-me-perdoe morreu em boa hora. Nunca entendeu que o dinheiro compra até a alma do sujeito. Viciado em bebida. Foi a bebida que matou meu pai. A doença empedrou o fígado. Um homem desorganizado que por pouco não enfiou o que tinha no nariz. Fui eu que agüentei a mão. A terra ficou comigo porque virei e rompi pra segurar. Minha mãe me socorreu mas paguei o empréstimo tostão por tostão. Isso a Diloca e as meninas não reconhecem. A Mata Grande ficou pra mim e um dia vai ser deles. É de onde tiro pra dar a elas.

Meu pai não tinha ambição. A fazenda estava sempre no prejuízo porque ele não era homem da terra. Pra fazer algum dinheiro alugava partes de terreno pruma rocinha a meia. E baralho: perdeu muito com baralho. Vendeu gado pra pagar dívida de carteado. Também gosto de baralho. Bom: gostava. Não jogo mais. O jogo nunca me prejudicou e eu mais ganhava que perdia porque tenho sorte no jogo. Ficava de olho aberto. Arriscava até certo ponto. Pra que brigar com o azar? Fiz de outra forma: vendo a vida boa que alguns levavam quis igual pra mim. Fui aprendendo e usando o que aprendia. A manha abre o caminho pro ambicioso. A manha e a coragem. Aprendi vendo. Copiei o que servia de modelo e meti os peitos. Emprestei dinheiro e paguei quando pude. Levei anos pra livrar a cara. Usei a fazenda de garantia. Fui melhorando e subindo na vida. Ganhei dinheiro com gado e com café. Compro a produção da redondeza e revendo pro comissário em Santos. Graças a Deus proporcionei um fim de vida decente a minha mãe. Ela morreu nesta casa e eu já era casado com Diloca. As duas se davam bem mais por minha mãe que era mulher que percebia as coisas. Negociei demandei e a bem da verdade às vezes passei por cima do escrúpulo pra aproveitar ocasião. A vida é uma aventura Doralícia e correr risco é próprio de quem busca o melhor pra si.

Sou direito e quem negocia comigo sabe. Cheguei a passar a per-

na nos trouxas porque sempre tem quem serve de escora pros outros. Meu pai era um homem assim. O dinheiro dá poder Doralícia. Não sou mesquinho e tenho na mente que dinheiro é pra gastar. Me acusem de muita coisa mas nunca de muquirana. Elas que tanto cobram conhecem minha mão aberta. Não vai ser por desentendimento com a Diloca que vou negar o que pedirem. Me destrataram mas sabem que podem contar comigo. Isso pra mim é sagrado.
Se sou assim por que me negam o direito de agir pela minha vontade?

24

UM PÉ DE GUINÉ PLANTADO NA lata colocada ao lado da torneira e por trás do ripado azul cercando a pia defende do mau olhado e separa em duas partes o balcão comprido da venda de Donatílio. O espaço à esquerda de quem entra é ocupado pelo armazém. À direita correspondendo às duas primeiras portas abertas para a rua na direção da matriz fica a loja de armarinho. Ao armazém e loja integrados o comerciante refere-se como *a venda*. O comprimento do salão é mais que o dobro da largura. Na parte destinada ao comércio de secos e molhados as prateleiras exibem mercadoria variada. No lado oposto menos freqüentado as peças de tecido empilham-se nas prateleiras envidraçadas. Nas gavetas há toda sorte de avelórios. O banco lustroso de uso é o móvel mais importante dessa sala informal onde ocorrem conferências diárias nas quais a vida da cidade é passada a limpo. Ou *a sujo* como ironiza Pierim Ciano componente freqüente das tertúlias. Enquanto conversam os homens revezam-se sentando levantando indo à porta observar o pouco trânsito na rua. Encostam-se ao balcão ou sentam-se na sacaria junto à quina das paredes quando o número de congressistas excede o de assentos que o banco oferece. Na hora morta do princípio da tarde são raros os fregueses. No interior do balcão e atrás da escrivaninha Donatílio anota o movimento do deve-haver nos borradores e atualiza cadernetas dos fregueses mensalistas. Uma porta ao fundo liga o co-

Entreato Amoroso

mércio à moradia e através dela sua mulher confere discretamente os presentes a cada sessão. Os homens nem a percebem.

Sentado com o braço estendido ao longo do encosto de madeira e de costas apoiadas na extremidade do balcão Doutor Romeu refuta críticas à administração municipal que segundo a opinião da maioria está demorando muito para instalar a rede de água e esgoto no loteamento recém aberto onde já estão construindo novas casas. Os terrenos foram vendidos rapidamente e a cidade cresce naquela direção.

O médico acha prioritário aumentar a capacidade da caixa d'água e conta aos demais a discussão que teve com Pedro Camargo sobre o assunto ainda de manhã na porta da prefeitura. Exposta sua opinião o médico cruza as pernas.

Não entendi direito, diz Pierim: um reservatório maior é mais importante que a rede de distribuição?

A capacidade da caixa é pouca e a pressão também. Não adianta ter rede de água se não tem água pra abastecer as casas. Isso é elementar. Tem que providenciar as duas coisas de uma vez só se quiser fazer um serviço bem feito, diz Doutor Romeu: é uma questão de planejamento.

Mas o prefeito diz que não dá pra fazer as duas coisas agora. Não tem dinheiro. Ou faz o reservatório novo ou faz a rede.

Bom: se é problema de recursos a conversa é outra. Você perguntou qual é a prioridade e eu expus meu ponto de vista. Se dá ou não dá pra fazer a rede e aumentar a capacidade de armazenamento de água é o prefeito quem tem que resolver, disse Doutor Romeu: é pra encontrar a solução dos problemas que ele ocupa o gabinete.

A história do ovo e da galinha, Pierim disse e riu.

E o que você acha Pierim, o médico zombou: o ovo ou a galinha?

O instruído é o senhor. Quem tem que saber é o senhor.

Eu não. Foi você que levantou a lebre.

Acho que só Deus sabe, disse Pierim.

Então é procurar na Bíblia, Doutor Romeu continuou provocando: deve estar no Gênesis.

Isso eu também deixo pro senhor esclarecer. Quando descobrir o senhor me conta.

Depois de trivialidades começaram a comentar as notícias da guerra.

Quê. Quando muito meia dúzia de pracinhas, Doutor Romeu intervém: os tontos. Os bucha de canhão.

Foi briga feia com a alemoada, diz Pierim Ciano.

A perna direita descansando sobre a esquerda deixa à mostra parte da canela branca e a meia de algodão desbeiçada:

Eu não acredito, o médico balança a cabeça: brasileiro não é trouxa de morrer na guerra dos outros. A Europa arrumou a encrenca agora eles que se matem. Nada de vir buscar a nossa mocidade e empurrar pro sacrifício.

Perdemos uma quantidade de moços. Não leu? diz Pierim: não pode ser invenção de jornal.

Papel aceita tudo, Doutor diz.

Fora os que morreram nos outros combates. Escutei no rádio, diz Pierim Ciano: a soldadesca brasileira está morrendo que nem mosquito na Itália.

Pode ser pode ser, Doutor diz: mas não com minha aprovação nem por minha decisão. O Getúlio é uma besta quadrada mandando a rapaziada pra matança. Vocês sabem que nunca gostei do Getúlio. É um ditador de meia tigela. Demagogo. Populista. Enganador. E você Antenógenes com sua visão caolha de política e no contra-senso de ser fazendeiro e getulista não me venha elogiar esse pústula que aquilo é um fascista de marca maior. Sempre fui contra o Brasil entrar na guerra.

Quem é que não sabe que o senhor é da UDN? diz Antenógenes.

O fato é que o país entrou e a moçada está lá. É gente nossa morrendo, diz Pierim.

Nessa questão da guerra estou com o Doutor. O Getúlio errou, diz Antenógenes.

O exército não foi à Itália passear. Monte Castelo foi briga brava. Um desastre tanto rapaz novo jogado na fogueira. Pobre da nossa rapaziada, diz Pierim.

Entreato Amoroso

Brasileiro sempre foi de paz. É do temperamento, diz Doutor num tom de voz que sugere irrelevância pelas opiniões contrárias. Antenógenes aperta o nó da gravata sob o colarinho. Donatílio mexe nos copos encarreirados no granito da pia. Seus olhos azuis vão do Doutor a Pierim. Os temas se mesclam e derivam de foco. As discussões dificilmente se concluem. Suspendem-nas quando alguém sai iniciando a debandada para reatarem no encontro seguinte. Ou relegam ao esquecimento. A troca geralmente baldia de idéias e opiniões justifica a reunião e sacramenta a amizade que os une.

Já que estão na frente de batalha não vão se acovardar. Brasileiro é firme, Pierim diz com uma ponta de provocação capaz de afetar o médico. Olha para Antenógenes e Donatílio pedindo cumplicidade mas os dois se mantêm neutros.

Doutor aperta a língua nos dentes e produz som de estalo. Batuca os dedos no balcão e faz-se mouco.

Cada hora dão notícia diferente, diz Doutor: afirmam agora e em seguida desmentem. E essa guerra amaldiçoada não chega ao fim. Pros maiorais que brigam dentro dos gabinetes o grosso do exército que se lasque. Os graúdos resolvem e os coitados vão pro matadouro. Estão arrasando cidades de mais de mil anos destruindo parques jardins catedrais palácios monumentos o diabo-a-quatro. Estão dizimando o futuro do mundo. A mocidade que ia começar a vida. Vai faltar homem na Europa. Vão perder uma geração inteira. Não se sabe o quanto de soldado já morreu.

O acordo está difícil.

Que acordo? Nunca vão chegar a acordo nenhum. Ninguém dobra o Hitler.

Ele deve ter fôlego de gato, diz Pierim.

Então a guerra não vai ter fim? Um lado há de ceder. Vão ter que assinar o armistício, diz Antenógenes: um dia a guerra acaba.

A França e a Inglaterra fizeram uma que durou cem anos. Não é verdade Doutor?

Esses dois países viveram em guerra. Sempre. Inglês não se bica com francês. O que preocupa é o que está perto da gente. Um dos pracinhas que morreram é aí do Amparo filho de família conhecida, Doutor diz com pesar na voz.

Algum combate bravo a rapaziada fez, diz Pierim que ergue braços exclamativos para exaltar: morreram mais de cem no meio da neve.
Duvido. A imprensa manipula o nosso nacionalismo. Elogiam a coragem dos moços pra incutir no povo que é uma glória o Brasil participar de uma guerra mundial. E não digam que tinha submarino alemão rondando a costa e atacando navio nosso. A troco de que vão atacar o Brasil? O interesse deles ainda não chegou até aqui. Não acredito.

Como não acredita Doutor? Foi o que levou o Getúlio a decretar nossa entrada a favor dos aliados.

Desculpa dele, Doutor diz levanta-se e sai à porta. Coça a cabeça e corre a unha do indicador sob a unha do polegar limpando o interstício. Livra-se da matéria sebosa esfregando na parte de trás do encosto de madeira. Perdeu o ímpeto da discussão. Doutor é de arrebatamentos. Pierim e Antenógenes se entreolham compreensivos do ardor ou da apatia que ele manifesta quase concomitantemente.

Só comentei o que li no jornal e escutei no rádio, diz Pierim.

Logo o Doutor falando assim, diz Donatílio do outro lado do balcão: achava que o senhor ia dizer que brasileiro se quiser ganha a guerra sozinho. Brasileiro não: paulista. Patriota de verdade pro Doutor só se for paulista.

Da porta o médico acena um gesto de desconsideração.
Lembra de trinta e dois? diz Antenógenes.
Os homens riem.
Por pouco o senhor não se estrepa hem Doutor.
Vinham os vermelhinhos todo mundo corria e Doutor só faltava sair aos pulos pra agarrar o avião, diz Antenógenes. Não vá dizer que não ficou com medo naquele dia da rajada de metralhadora.

Os tiros não tinham mira. Era bala de estopim, Doutor diz rindo. Mas não temos que defender aquilo em que acreditamos? Sou assim

Entreato Amoroso

fazer o quê? Me chateia é ver o jornal cheio de ufanismo e exagero pra justificar o Brasil na guerra. Atrás disso está o interesse americano. Quem entende o patriotismo do Doutor? diz Antenógenes: a rapaziada vai à Itália e morre feito gado de corte e ele não acredita. Acredito. Não disse que não acredito. Mas que adianta a valentia o sacrifício e o sofrimento da nossa mocidade se o benefício fica pro estrangeiro? Que nós temos com isso? Está bom: vá que seja intervenção em favor da legalidade. De investida contra essa direita furiosa esse nacionalismo absurdo que eu tenho horror a radicalismos. Aqui é a América do Sul. Que é que nós temos a ver com a guerra da Europa? Quê que a guerra representa em Conceição dos Mansos? Pergunte pro Otaviano que vive bêbedo pela rua se a guerra dificultou a vida dele, disse riu e indicou o cenário entrevisto pelas portas: dê uma espiada na rua. Vazia. Quieta. Cadê a guerra? Vá no Amparo e pergunte se a família do moço está contente com a morte dele. Mesmo que prestem homenagem e digam que é herói e ponham o nome dele numa rua e de consolo mandem uma medalha um diploma e essas coisas decerto preferiam que ele estivesse passeando no Largo da Estação e subindo a Rua Treze. Comparar com a revolução de trinta e dois? Aquilo sentimos na carne. A nossa honra estava em jogo. O filho-da-puta do Getúlio o safado do Oswaldo Aranha e os traidores do sul e de Minas desautorizando São Paulo. O que a gente queria era uma constituição porque não há democracia sem ordem. E a ordem vem da lei. O canhoneio trovoava atrás do morro que daqui se escutava. A revolução era aqui. A ponte do Jaguari que o Washington Luís inaugurou foi pro beleléu. Tocaram fogo. Conceição dos Mansos se viu evacuada pra servir de base de operação. Vocês viram soldadesca aquartelada no grupo escolar. É a mesma coisa? A guerra mundial não: Hitler Mussolini Churchill Chamberlain. Eles que se arranjem com a guerra que inventaram. A política deles é outra. Estão disputando pra ver quem pode mais.

Com Hitler invadindo tudo quanto é país alguém precisava brecar esse alemão. Quem ele pensa que é? diz Antenógenes.

Ele nem é alemão, diz Doutor: é austríaco.

O gato enrolado sobre a sacaria acorda lambe o pêlo branco espreguiça arqueando o corpo e desaparece no escuro do depósito.

Então é esperar que a guerra não chegue a Conceição que já está bom, Pierim diz com acento caçoísta coçando a verruga rente à narina.

Está com medo Pierim Ciano? Doutor ri: esse sobrenome parecido com o do genro do Mussolini se a guerra chega aqui você é o primeiro que enfrenta o pelotão de fuzilamento. Vão dizer que é o Conde Ciano disfarçado, Doutor zomba. Senta-se estende o indicador na direção do outro e diz forçando um sotaque arrevesado: qüesto qua é il Conde Piero Ciano, Doutor ri solto: lui é um traditore, Doutor sacode os ombros rindo. Move-se no banco suspendendo as calças enrugadas na dobra do joelho exibindo quase inteira a canela estriada de veiazinhas azuis.

Aí queria ver pra que lado o senhor bandeava, diz Pierim.

Algum dia você duvidou que sou dos aliados? Minha posição é contra as ditaduras e contra todo totalitarismo que tolha a liberdade do indivíduo. Por isso sou contra o Getúlio e o Estado Novo e contra qualquer regime de força. A índole do homem é libertária. A gente nasce pra ser livre e aproveitar as oportunidades que a vida oferece. A pátria é um bem do cidadão e não aceito quem ache que o cidadão tem que viver pra sustentar o Estado. O interesse do Estado não pode significar o objetivo mais importante de um governo.

Escutem esta, diz Antenógenes: disseram que o Tonim-padeiro e o Casoli ligam rádio na estação do estrangeiro. Toda noite pelas oito horas oito e pouco estão os dois de ouvido grudado no rádio. Quando é notícia a favor do Eixo eles soltam rojão.

O quê? diz Doutor com espanto.

De vez em quando escuto mesmo uns estouros fora de hora, diz Donatílio.

Então. São eles, confirma Antenógenes: falaram no bar do Evilário que o Hitler isso e o Mussolini aquilo e na hora que a Alemanha ganhar a guerra vão fazer uma bruta festa.

Mas será possível? diz Pierim. O Tonim-padeiro? Aquele bosta que se diz amigo da gente? Mais de cinqüenta anos de Conceição dos Mansos querendo a vitória da Alemanha? Mas onde é que já se viu? Enterrou o umbigo dos filhos debaixo da raiz da roseira no quintal. Vive do dinheiro que a gente dá por aquela porcaria de pão. Essa gente falando bem do Hitler? Querendo que o nazismo ganhe a guerra? Por causa da Itália, não da Alemanha. São mussolinistas, Pierim contemporiza com deboche: e o pão que ele faz é bom Doutor.

Antenógenes prossegue:

Diz que qualquer domingo vão vestir camisa preta pra ir à missa. O Evilário é testemunha de que falaram mesmo.

Doutor levanta-se. Enfia as mãos nos bolsos largos do paletó onde repontam os condutos de borracha do estetoscópio. A roupa dança no corpo magro. Balança desaprovativamente a cabeça.

Não é possível. Não acredito. Não pode ser.

Verdade. O Evilário é prova.

Mas que bando de lazarentos, Doutor exclama: que desplante. Camisa preta. Então tem fascista declarado aqui em Conceição? O Tonim-padeiro. O Casoli. Dizendo abertamente que são fascistas. É coisa que se diga? Nazista. Fascista. Comunista. Esses dois ignorantes decerto nem têm idéia do que seja um regime desses. Não bastasse ter que engolir o Estado Novo ainda me aparecem esses radicais de meia tigela. Gente do nosso povo torcendo pelo inimigo. Anos de Brasil e a mentalidade desses ignorantes não muda. Mereciam continuar morando nas taperas e cagando atrás da bananeira e carpindo café que foi pra isso que vieram. Estabeleceram no comércio ganharam dinheiro melhoraram de vida e dizem essas heresias. Que falta de civismo. Voltem pra Itália esses carcamanos morféticos. Sugam o sangue da gente e arrotam semelhante baboseira. Que ignorância. Se falam perto de mim e eu atiço a cachorrada pra cima deles. Nem ousem. Viro a cara e nego cumprimento. Paro de comprar pão. De onde tiram o de comer? Doutor se exaspera quase discursivo: mas os dois, pergunta acentuando incredulidade.

Você não ouviu essa conversa Donatílio? diz Antenógenes.

Aqui? Aqui no armazém, Doutor pergunta quase gritando.

Não falaram declarado mas deu pra entender que é isso que eles pensam, Donatílio confirma.

E você não meteu o pé na bunda deles? Não jogou os dois no olho da rua? Escutou quieto? Dois quinta-colunas. Traidores. O cúmulo. Alguém devia dar parte na polícia dessa traição. Mandar o Chico-Soldado prender e dar uma sova de borracha. Isso é lesa-pátria. É crime, diz Doutor verdadeiramente irado.

O senhor nunca escutou rojão pipocando pros lados da casa do Casoli? Conforme a novidade no rádio ele comemora.

Sim senhor. Quinta-coluna desclassificado. Filho-da-puta.

Ah Doutor nem tanto. É o sangue que fala alto. São italianos, diz Antenógenes com sua voz rouca ressonante.

Italiano uma ova. O Casoli nasceu aqui.

Doutor, diz Pierim: o Casoli é que nem cria de gata que pariu no forno. Continua gato. Não vira pão. O Casoli nasceu no Brasil mas cresceu italiano. Aquilo que a gente dele fala é língua de brasileiro?

Protegendo o berdamerda polenteiro Pierim? diz Doutor. Que torçam pro Palestra eu compreendo mas torcer pro Eixo? Até o Palestra trocou de nome. Pergunte pros dois o que é Eixo e vão falar que é o que segura a roda da carroça. Ignorantes, ele emite a qualificação carregada de toda sua cólera: aposto que não sabem do que estão falando.

Deixe falar, Antenógenes ameniza: o pensamento deles não vai ditar o destino da guerra.

Que voltem pra Europa. Pro meio do bombardeio. Vão limpar o entulho das ruas. Viram no retrato do jornal como fica uma cidade bombardeada? Renegando a tranquilidade que gozam no Brasil. Se não está bom enfiem a trouxa no rabo e embarquem no primeiro navio. O país recebe essa gente de braços abertos. Casam procriam enchem o bolso de dinheiro e querem que o fascismo ganhe. Nossa mocidade em Monte Castelo lutando debaixo de canhoneio de alemão e tiro de todo lado. E vem dois porqueiras adorando Mussolini como se ainda estivesse vivo. Se penduraram o desgraçado de cabeça pra baixo que nem porco no açougue é porque devia valer menos que porco. Mandar fuzilar essa gente. Mal agradecidos. Cuspindo no prato que comem. Vão pra linha de frente saber o que é bom.

Quando se agasta Doutor encomprida o final das frases franze a testa chuvisca perdigotos move os braços e arrasta os pés no chão. Os outros se calam para não açular o patriotismo exacerbado e a veemência com que o médico defende suas idéias.

O Policarpo Quaresma disse que pouca saúde e muita saúva são os males do Brasil mas é porque ele não conhecia o Tonim e o Casoli. Gente assim é pior que saúva e barriga d'água, Doutor diz.

Quem disse? Que Policarpo, pergunta Pierim.

Ah Pierim. O Policarpo Quaresma. Do Lima Barreto.

Não conheço essa gente que o senhor está falando. Vocês conhecem? Não são daqui, diz Pierim.

Não, Doutor diz, vocês não conhecem mesmo. É gente de papel. Personagem de livro. Esqueçam.

O vinco da testa junta as sobrancelhas. Vai à porta volta ao balcão inquieto na contrariedade. Por sobre a cercadura azul da pia ele recolhe e toma um copo d'água. À verrina do médico segue-se silêncio. São afeitos às explosões que passageiras limitam-se às palavras: Doutor Romeu é criatura pacífica e bondosa. Cobres e alumínios fulgem na antigüidade patinada das prateleiras. Talas de bacalhau sacas de camarão seco e dedos de lingüiça odorizam o armazém. Antenógenes emborca outro gole de cerveja. Donatílio amontoa na escrivaninha as cadernetas da freguesia. Doutor abre os braços.

Dá pra ficar sossegado com tamanho desaforo? Vizinho da gente e mussolinista. Italianada sem compostura. Raça à-toa.

Epa: também sou italiano, diz Pierim rindo para desanuviar a ira do médico.

Eu também, diz Donatílio.

Ah vá: italiano que nasceu nos Mansos. Você escuta estação de rádio estrangeira? Também vai vestir camisa preta? Se for desses diga logo que eu não ponho mais os pés aqui.

Doutor apalpa e aperta no nó da gravata e vasculha os bolsos já se apaziguando:

Essa italianada de Conceição tem muito pra aprender.

E quem sabe até pra ensinar. Bem que o senhor aprecia uma bela macarronada. Um frango com polenta.

Italia Italia nostra grande e bella Italia, declama Pierim solene e risonho.

Vocês me conhecem. Me aborreço com certas coisas e acabo falando o que não quero. Eu sei que os dois têm espírito de porco. São sempre do contra principalmente o Casoli. Não compensam a raiva mas a ingratidão deles é demais. A pátria é um valor sério. Se não for pra eles pra mim é. Não admito pouco caso. A maioria do povo daqui tem sangue italiano que misturou com bugrada. Deu liga boa. A história recomenda os dois mil anos de tradição da Roma antiga. Esses quinta-colunas desconsideram nossa estima e a tradição que carregam no sangue. Tenho muito respeito pelos italianos que imigraram. Minha família conviveu muito bem com o espírito alegre que trouxeram. Vocês conheceram meu pai e sabem que ele estimava os italianos. Admirava a energia a capacidade de trabalho. Lembro dele falando: os imigrantes da Itália ajudaram nosso estado a ser o que é. Gente civilizada. Gente trabalhadora. Gente que sabe reivindicar. E dizia que a mistura de sangue desenfeiava o brasileiro. Punha cor na cara e nos olhos do povo. Um ou dois iguais àqueles não estragam a qualidade da raça.

O senhor esbraveja por pouco, diz Antenógenes.

Se a guerra fosse aqui o senhor ganhava ela sozinho, diz Donatílio.

Não se trata de ganhar a guerra. É que eles não sabem o que são esses regimes duros que judiam do povo. Seja de esquerda ou de direita. Fascismo na Itália comunismo na Rússia nazismo na Alemanha socialismo na Espanha: é tudo a mesma mazela. Nome diferente do que vem dar na mesma merda que é ditadura. Igual ao Getúlio. Um atraso.

O mundo não pode ficar na mão de meia dúzia de loucos que pensam que são Deus.

Giovinezza giovinezza / primavera di belezza / il tuo canto squilla e vá, Pierim cantarola e Doutor gesticula enfado.

Ah vá vá Pierim. Se junte àqueles dois traidores. Vista a camisa preta de partigiano, Doutor debocha: não passe vontade de mostrar seu anarquismo.

Musiquinha bonita hem Doutor.

O Casoli passa na rua assobiando.

Provocação. Esse vira-bosta com certeza nem tem idéia de quem foi Mussolini, diz Doutor: se os próprios italianos mataram o homem é porque boa bisca não era.

É o temperamento brincalhão do Casoli, diz Donatílio. Tem uma fieira de netos e não muda o espírito de moleque arreliento. A língua dele mal cabe na boca.

Aquele não é espírito de porco: é a bosta do porco, diz o médico.

Lembra do tempo do gasogênio que precisava acender todo dia os postes na rua? diz Antenógenes: conforme o Guilherme acendia os lampiões o Casoli ia atrás apagando. Ficava escondido pra escutar a blasfêmia.

Os dois mereciam levar um rojão no rabo, diz Doutor: o Tonimpadeiro e o Casoli.

Deixe estar. A guerra é pior que os dois, diz Antenógenes: a gente folga com o assunto porque estamos deste lado do mar. Guerra é muito triste. O jornal mostra.

Se um deles ainda fosse o Chamberlain, reticencia Donatílio.

Doutor tem movimentos imprevistos como as reações. É homem solitário e recebe afetuoso acatamento da cidade. No Doutor Romeu as emoções básicas mascaram-se pelas afirmações pusilânimes nem sempre acordes com suas crenças. Sua verdadeira natureza é incógnita. Benfeitor que consulta e dá receita e se o doente é pobre paga o medicamento. Leitor contumaz considera *Os Sertões* obra de grandeza máxima. Mora em casa demasiada para sua solidão.

A guerra é uma catástrofe, Doutor diz: apaga uma cidade do mapa de um dia pra outro. Li sobre Dresden. Bombardearam o centro histórico da cidade. Arrasaram Dresden. Num dia só morreram mais de trinta mil pessoas. Gente do povo. Monumentos de arte viraram caco e poeira. Um prejuízo incalculável pro patrimônio da cultura. Uma vergonha pra espécie humana. Quanto se arruinou e se perdeu em arte e arquitetura nessa guerra. No lugar da beleza que causava admiração sobraram as ruínas. Quanta vida torada na juventude. O sujeito perde as posses e a família e às vezes perde a energia para começar de novo. Por isso que os dois

Ah Doutor vamos trocar de assunto, diz Pierim.

Doutor Romeu cala-se. Abstrai-se nos botões do paletó. Ergue-se e atravessa novamente do balcão à porta no habitual passo rápido das calçadas. Volta ao banco senta-se e corre dedos entre os cabelos rareando. Ausenta-se em reflexões. O fato que o contrariou já perdeu significado. Os homens servem-se da cerveja. Os copos marcam círculos molhados no balcão. Antenógenes sai à calçada escarra no meio-fio e assoa-se no lenço que tira do bolso traseiro da calça. Um vira-lata preto mancha o vazio da rua. A matriz corpulenta e maciça mal cabe na moldura da porta. Um suave azul amacia os morros. Pés arrastados pigarros chios estralejos sorveduras. Doutor bate a ponta dos dedos na madeira. Donatílio repete o pano no balcão. As folhas verde-escuras do pé de guiné se aveludam na sombra interior do armazém. A pausa se estende. A reunião pode terminar ou surgirá novo tema. Olham-se sobre as bordas dos copos e limpam a espuma da boca no dorso da mão.

E as novidades Pierim? diz Antenógenes.

Que novidades?

Você sempre traz novidade. Perguntei por perguntar. De repente todo mundo ficou mudo, diz Antenógenes.

Não vá repetir aquela do Teodomiro-alfaiate. A história de ontem foi pesada. Ontem ou anteontem? diz Donatílio.

Ele não é tão velho pra negar fogo, diz Pierim.

A menina é que é muito novinha. Ia se engraçar com o Teodomiro? Aquele bigode atravessando a cara é de espantar passarinho no arrozal, diz Antenógenes. Maior que o bigode do Artur-Folheiro, diz Donatílio. Eu soube de fonte limpa. Caiu no ouvido da minha mulher. Ela não mente. Mas você mente, diz Doutor numa gargalhada. Os outros também riem. Esse aí inventa a calúnia e reparte a autoria, diz Doutor. Repõe-se o silêncio. Goles de cerveja. Antenógenes cruza os braços mirando o bico das botas. Donatílio veio para fora do balcão e sentado numa saca de feijão trança as pernas e entrelaça as mãos entre os joelhos. Fundem-se na atmosfera particular mas disponível do armazém aprisionando o imensurável do tempo no metro de madeira para medir tecidos. O grupo está reduzido mas as ocasiões motivadoras alargam-no até à dúzia. José Afrânio é membro honorário dessa grei cujo objetivo é preservar o relicário moral da tradição e dos bons costumes. Desimportam atitudes isoladas e secretas. Sabem-se pecadores porém perdoam-se pela discrição com que cometem as faltas. Desse concerto inscrevem-se os anais da cidade no arquivo da memória. O cotidiano suplanta em importância as convulsões internacionais. O pigarreio esterroado de Pierim preenche a espera de novo tema. Antenógenes enrola um cigarro de palha. Recostado ao batente da porta Doutor Romeu balança o molho de chaves. De repente desprende-se do grupo e se retira. Caminha ligeiro buscando a sombra dos telhados projetada na calçada. Os três riem da inesperada saída do médico.

Nem um tchau, Donatílio diz: quando menos se espera ele chispa.

Uma das portas enquadra o médico atravessando a rua com passo lépido e cabeça baixa. As abas do paletó embicam ao peso do bolso carregando receituários moedas papéis avulsos bulas termômetro estetoscópio esfigmomanômetro envelopes de comprimidos. Raramente usa valise.

Vai à casa da Diloca, diz Antenógenes: todo dia passa lá.

Perde tempo, diz Pierim apalpando a verruga no rosto: quem cura mania de doença?

Mania? diz Donatílio: faz anos que ela sofre de nervoso.

Motivo pra nervoso a Diloca tem de sobra, diz Pierim.

Mais de vinte dias que ele não aparece, diz Antenógenes interpretando a deixa do companheiro e acendendo o cigarro de palha com um isqueiro de pederneira: pelo menos não tenho visto.

Visto quem? diz Donatílio.

Como quem? De quem estamos falando? diz Antenógenes.

Zé Afrânio, pergunta Donatílio.

Quem mais podia ser?

Não entrou mais lá desde a briga, diz Donatílio.

Depois de um escândalo daqueles o Zé Afrânio precisa ter muita coragem pra encarar a Diloca.

Vamos esquecer essa briga. Já encheu o saco tanto comentário. A Mariúta volta-e-meia torna a falar disso. Basta chegar da casa da Diloca que vem com a mesma história. Será que aqui também o assunto não muda? diz Pierim.

A Diloca sofre muito desgosto, diz Antenógenes.

Desgosto? diz Pierim – desgosto todo mundo tem. Se desgosto fosse doença o Zico-do-Lau estava de cama. Souberam o que aprontaram com ele domingo? Estava no bar do Tide com uma turma de moços cantando e tocando. Esconderam a égua dele atrás da raia de bocha. Enquanto o Zico saiu pra urinar um dos moleques estourou duas cordas do violão só por malvadeza. Quando ele voltou os moços pra quem estava tocando não estavam mais. Ué Tide cadê a rapaziada? Tide a gente sabe como é aquele ar de inocente: foram embora, ele disse. O Zico pegou o violão viu o que tinham feito e ficou fulo da vida. Catou o violão dizendo que ia embora. Pra enchouriçar ainda mais o Tide não deixou ele sair e disse que ele tinha que pagar a conta e o Zico xingando e dizendo que pagava coisa nenhuma. Acabou saindo do bar e foi procurou a mula e cadê? Achou que era obra do Tide que desta vez era inocente. Não sabia mesmo o que tinham feito do animal. O Zico chorava de raiva. Deu parte pro Chico-Soldado que foi até o bar e passou uma descompostura no Tide que jurava que não sabia onde estava a mula. Até acharem o animal e o Zico ir embora a coisa foi longe.

O Zico bebe e sempre dá espetáculo, diz Antenógenes.

Você compara o desgosto do Zico com o da Diloca Pierim? Pro Zico quando achou a mula acabou o desgosto.

Pierim leva tudo na brincadeira, diz Donatílio: minha mulher acompanha a doença da Diloca. Ela não anda boa.

Agüentar a Diloca deve dar uma mão-de-obra e tanto, diz Pierim: a gente nunca sabe se ela está conversando queixando cantando chorando. O cantochão não muda.

Que exagero, diz Donatílio.

O Zé Afrânio entortou da idéia, diz Antenógenes.

Ué. Parece que vocês não conhecem o homem, diz Pierim. É nosso amigo e a gente gosta dele mas quando ele tem interesse em jogo não cabe ninguém na frente da fila porque o primeiro lugar tem que ser dele. Depois os outros. Está certo que o despropósito de agora é de matar de vergonha a família mas a Diloca faz tempo que não é suficiente pra ele. Ele vivia dizendo isso. Aqui mesmo no armazém ele falou. Não falou Donatílio? O casamento deles acabou faz muito tempo.

Coisa mais fora de propósito Pierim. A Diloca é mulher dele. Mãe dos filhos dele. Não é amante. Ele costuma trocar de amante não de mulher.

Coitada. Parece uma pipa, diz Donatílio.

Não é você que gosta de mulher gorda? diz Pierim.

Ô Pierim. Que língua. Que falta de respeito com a Diloca.

Não estou me referindo a Diloca.

Do que você está falando então?

Das gordinhas. Foi você mesmo quem disse.

Disse o quê?

Que prefere mulher gorda.

Eu disse isso? Quando? Não lembro. E se falei deve ter sido no

tempo do onça. Quando foi que eu disse isso? Está lembrando da mocidade? Nem lembro se disse isso alguma vez. Você está inventando.
Disse sim. Faz tempo mas não esqueci.
Se o Doutor escuta uma prosa desta vai dizer que vocês perderam a compostura e com razão, diz Antenógenes: que conversa de moleque. Viram como ele azedou quando soube do amigamento.
Qualquer dia o Doutor chama o Zé Afrânio no tento.
Ah não. Isso o Doutor não vai fazer, diz Donatílio: ele não é de melindrar ninguém.
Situação danada, diz Antenógenes.
Desarranja qualquer família, diz Donatílio.
A Noêmia tem que vir de Bragança pra acudir a mãe, diz Antenógenes: as meninas do Zé Afrânio nem saem à rua. Pode reparar que quase não se vê a mais nova dele. A Ofelinha vivia em casa com Belinha. Ainda aparece mas é raro. Eu mando a minha menina ir na casa deles. A gente tem que dar apoio.
E o Bio?
Ouvi falar que o italiano-da-bomba ia dar parte. Querem que ele case com a moça.
O quê? O Bio? Casar? Ah não. Vai pra cadeia mas não casa. Casar com uma que deu pra meia Conceição? O Bio é danado, diz Pierim: segue o rasto do pai. Vive encrencado com mulher. Não é primeira vez. Qualquer hora se estrepa.
A italiana é fogo. Pelo que corre não é só o Bio que anda comparecendo lá, diz Antenógenes.
Como ele fica na briga do pai com a mãe? Toma partido ou nem liga?
Não vai ligar Pierim? diz Donatílio: vê a mãe naquele estado e não liga?
Deve ser duro pra ele. Assiste na fazenda e assiste na casa da mãe. Fica no meio do tiroteio.
O Bio já se meteu com outras, diz Pierim: é do sangue. Ô sangue quente daquela gente. O Zé Afrânio bem que gostava quando ficava

Entreato Amoroso

sabendo dos enroscos do Bio. Disseram que na Mata Grande ele arrombou duas e que uma foi meio à força. Não sei se é verdade. Falam demais. Deve ser mentira, diz Antenógenes.

A história da italianinha da bomba vai dar pano pra manga. Capaz que sobre pra ele.

Será que vão mesmo dar parte? diz Pierim.

Dar parte de quem? Diz que até o seu menino é da turma que andou por lá Pierim. A bisquinha é danada. Deu pra todo mundo. Não comeu quem não quis.

É verdade Donatílio. O Dico também andou pulando aquela janela.

Eu sei. E falei sério com ele.

No nosso tempo tinha a Tula. Quem não traçou a Tula? Lembra? diz Pierim.

Eu não andei com Tula nenhuma, diz Donatílio.

Então você não foi moço.

A briga acabou em nada?

Em nada? Como em nada? O Bio de cabeça rachada o outro de braço quebrado. É pouco? O estranho é o Zé Afrânio ficar quieto. Nem que fosse pra gabar o braço quebrado do italiano e contar prosa do filho.

No rabicho que anda o Zé Afrânio esqueceu do mundo.

O Zezé-da-Farmácia contou que remendou a cabeça do Bio um corte de cinco seis pontos. Que a Diloca deu mais trabalho que o rapaz. Choramingou tanto que o Bio não agüentou e sumiu. Não ficou na cidade. Domingo de noite mesmo foi pra fazenda, diz Pierim.

Onde você queria que ele fosse? Ele mora lá.

Mas o Zezé estranhou. O rapaz cheio de dor levou um chute na costela um esbarrão não sei. Mal podia se virar na cama. O Zezé recomendou que ficasse em casa mas ele foi pra Mata Grande. Uma história que pegou o cavalo sumiu pra fazenda e largou a mãe nervosa. O Zezé precisou voltar lá pra acudir a Diloca. Daí que ele soube que o Bio tinha ido embora.

Então não devia estar tão machucado, diz Donatílio.

Não sei, diz Pierim e esfrega as mãos no rosto apertando o nariz. Ele modula a voz: acho que tem algum boi nessa linha.

Antenógenes procura os olhos dos companheiros e interrompe o gesto de levar o copo de bebida à boca:

Que você está querendo dizer?

Bobagem. Nada.

Que boi-na-linha tem aí? Você está falando.

Que diferença faz o Bio ficar aqui ou na Mata Grande? A vida dele é um pouco com o pai um pouco com a mãe, diz Donatílio.

Então. Não tem nada, diz Pierim: é isso mesmo. Bobagem minha.

Estão vendo? O Pierim joga a quirera e espanta o frango que vem comer, diz Antenógenes: agora fale o que que é bobagem sua. Desembuche. Fale de uma vez. Já que começou vá até o fim.

Nós que somos chegados a Zé Afrânio ficamos nesta futricagem imagine o resto do povo, diz Donatílio.

O Zé Afrânio acendeu o estopim e quando a bomba estourou sumiu de circulação.

É um pedaço de mulher, diz Antenógenes depois de uma baforada.

Você conhece? espanta-se Pierim alisando a verruga.

Já vi a tal.

Onde, pergunta Donatílio.

Na fazenda.

Quando isso?

Antes. No começo do caso. Ela veio algumas vezes a Conceição com o marido mas ninguém reparava porque ainda não tinha nada com o Zé Afrânio. Fui na Mata Grande não me lembro fazer o quê e vi ela na colônia. Perguntei e o Zé Afrânio falou que era mulher do empregado novo. No que falou eu já pesquei tudo. A cara dele contava.

Percebeu nada. Fala agora que todo mundo sabe, diz Donatílio: ela ficou importante.

Porca importância, diz Antenógenes.

Então é papa-fina? diz Pierim.

E você já viu o Zé Afrânio se engraçar com bagulho?

E ele faz luxo com mulher? diz Pierim. Deve ser que nem tatu: se enfia em qualquer buraco.

Das que pega e larga pode ser que não faça cerimônia mas pra fazer o que fez a moça deve ser especial. Bobo a gente sabe que o Zé Afrânio não é, diz Donatílio: não deve ser igual às outras

A que eu vi era bonita, diz Antenógenes.

Era ou não a bichinha que está com ele? diz Pierim.

Uma criança entra e Donatílio a atende. Abre a gaveta procurando o mostruário de vidros de esmalte para unha. Constata o vidro vazio que a criança traz e pega outro igual. Donatílio é calmo de fala e maneiras. Quando volta repassa o pano úmido no balcão.

Estou pensando comigo: não é só o Zé Afrânio que anda sumido. O Bio também, diz Donatílio. Antes passava toda hora no armazém procurando o Dico-meu-filho. Faz tempo que não aparece.

Está ocupado na fazenda, diz Antenógenes.

Pierim ergue o chapéu passa a mão espalmada na calva sunga as calças enfia a mão entre cós e camisa e reaperta o cinto.

É. Não se vê ele por aí, diz Pierim: o rapaz vive entocado na fazenda.

À porta mira a vaguidão da rua e em pé repete o movimento desnecessário de ajustar o cinto depois de tatear a fralda da camisa por dentro das calças. Leva a mão à testa puxa-a rosto abaixo e aperta o lábio inferior entre o polegar e o indicador.

Que Deus me perdoe, continua: ando com uma desgraçada de uma idéia na cabeça que experimentei esquecer mas não adianta. Vai e volta. Vai e volta. Só nós três aqui vou dizer, fala desenrugando com os dedos o amarfanhado imaginário na barra da calça.

Veja lá se não vai ser leviano. Cuidado com a língua Pierim, Antenógenes diz brandindo o indicador.

Pra mim o Bio tem qualquer coisa nessa história do Zé Afrânio com a moça. Tem rabo preso. Não sei o que é. Não sei.

Que idéia extravagante. Você está querendo achar pêlo no ovo.

Mas o que pode ser, pergunta Donatílio.

Já que começou vá até o fim, diz Antenógenes: despache de uma vez o que faz meia hora que está ensaiando.

Eu, Pierim começa. Eu, gagueja: não sei. Pode ser cisma. Desconfiança sem fundamento. Mas. Eu acho que o Bio e a tal. Os dois morando na mesma casa e ele fogoso igual o pai. Compreende? diz esfregando os indicadores um no outro.

Aprumam-se no banco baixam os olhos e mexem-se desconfortados. Talvez idéia semelhante lhes tivesse ocorrido mas enunciada soa instigantemente incômoda.

Ficou doido Pierim? censura Donatílio.

O que tem o Bio morar na casa? Faz tempo que ele mora na fazenda. Antes ele já morava. É praticamente o administrador da Mata Grande, diz Antenógenes.

Andei pensando. Olhe: fosse eu o Bio e o Zé Afrânio fosse meu pai eu não ficava na casa pra onde ele levou a amante, diz Pierim. Pelo contrário: acho eu que cortava volta da casa e nem queria ver a mulher. A Diloca em pé de guerra com o marido e reclamando do desaforo por tudo quanto é junta e o Bio na fazenda? Como ele fica no meio dessa embrulhada? Pode parecer que ele está dando cobertura ao pai o que a gente sabe que não é. Então o que é? Por que ele precisa ficar lá?

Por causa do serviço Pierim. O Bio trabalha na fazenda. Administra tudo: cafezal leite gado. O Zé Afrânio faz tempo que nem precisa administrador porque o rapaz é suficiente. Ele falou aqui pra nós. Porque o pai se desentende com a mãe ele vai largar a fazenda? A vida continua. O serviço também.

Não precisa largar. Estou falando de morar. Morar na casa onde o pai mora com a amasiada. É um arranjo descombinado. Acho esquisito, diz Pierim: ainda mais que a Diloca tocou o Zé Afrânio de casa. É guerra declarada. Mulher pra cá marido pra lá. O Bio devia ficar do lado da mãe mas não é o que se vê. Eu não continuava na fazenda por nada deste mundo. A não ser que

Você conhece a casa de sede Pierim. É grande. Eles se ajeitaram. A gente não sabe como é que eles resolveram mas está cada um pro seu lado. Não fale duas vezes uma asneira dessas que é muito grave, diz Donatílio levantando a parte levadiça da passagem no balcão saindo à porta da rua e voltando para o lado de dentro.

Compenetrado ele abre e fecha a torneira arruma a pilha de cadernetas e ajeita os lápis e as canetas ao longo do livro-borrador. Coça os cabelos sob o chapéu que equilibra com as costas da mão no alto da cabeça.

Por que besteira, pergunta Pierim. Que é gente de sangue quente nós repetimos uma porção de vezes.

Não tem cabimento levantar um falso destes Pierim. Passa alguém na calçada ouve repete e pronto. Pela amizade que temos a Zé Afrânio pega mal. Não repita isso. Não aqui no armazém. Se uma coisa dessas acontecer é lá com eles e eles que se entendam. O Bio não é besta de enfrentar o pai. É sua cabeça que está voando.

Largue de inocência Donatílio, diz Pierim: pode muito bem acontecer. Não pode Antenógenes?

Discordar dessa leviandade é inocência? diz Donatílio.

Pode ou não pode Antenógenes? insiste Pierim.

Me perdoe mas com o Zé Afrânio eu duvido. Em negócio com mulher ele anda na dianteira dos outros.

Pois pra mim esse rapaz sumido, Pierim diz balançando a mão: largado dos amigos e nem bola joga mais. O Donatílio sabe que ele não está mais jogando futebol porque o Dico disse que o Bio não vem mais treinar na quinta-feira e que está difícil arrumar outro centeralfo. O danado é bom na bequeira.

Só porque não vem jogar bola? diz Donatílio.

Gente moça é de outro modo Pierim, diz Antenógenes.

Que outro modo? Qual moço larga do futebol à-toa principalmente ele que era louco pra jogar? Era o primeiro que chegava no campo. É quem arruma jogo com time de fora. É meio chefe do time. Fosse um perna de pau. Faz falta e sabe disso. Gosta de bola. Perguntaram e ele disse que qualquer dia volta. Qualquer dia mas ninguém sabe quando vai chegar esse dia.

Pode ser por causa do machucado na briga.

A briga foi depois. Faz tempo que largou o time. Três quatro meses que não joga.

Mas disse que volta. Como a gente vai saber por que o rapaz não quer jogar bola?

Não invente moda Pierim, diz Antenógenes: o moleque não joga por causa da briga com o italiano. Sobrou alguma dor no corpo ou qualquer coisa. Desviar da italianinha ou dos irmãos dela. Isso de processar na justiça e querer que ele case. E o que tem a amante do pai com isso? Jogar bola é diferente de andar com mulher. Uma coisa não tem nada com a outra. Tenha paciência.

Descanse esse miolo mole Pierim, diz Donatílio: o Antenógenes tem razão.

Estou falando até pra desanuviar o pensamento. Não disse a ninguém fora daqui. Não ia ter coragem de comentar. Tomara que não tenha mesmo fundamento. Mas eu acho

Melhor nem continuar, diz Donatílio: é situação estragada o suficiente praquela gente. Ponha uma pedra em cima desse assunto.

Pierim pigarreia. De repente instala-se um ruminante silêncio. Donatílio vai à geladeira que zuniu intermitente e abre uma garrafa de cerveja. Recolhe os copos onde pousam moscas e coloca-os sob jato d'água na pia. Traz copos limpos e enche-os. O pano absorve o transbordamento. Pierim debruça-se sobre os joelhos baixa a cabeça e alça os olhos observando meditativo o trecho de rua. Depois cruza pernas e braços e fixa o bico pendulante da botina. Antenógenes alisa as costas do banco e fuma soltando fumaça com olhar distante. Na pia Donatílio asperge com os dedos água na terra do vaso de guiné. Os copos cheios esperam.

Vamos, diz Donatílio: bebam. Bebam.

Entreato Amoroso

25 O CORAÇÃO DE BIO ACELEROU E o empolgamento contraiu a garganta quando o pai falou que depois do almoço iria a Conceição tratar com o Bertinho-marceneiro o conserto dos condutos na máquina de benefício. Vinha adiando a providência desde o ano anterior. Grãos de café escapando pelos rombos choviam nas correias e polias quebravam a produção. Dava trabalho catar. O pai também se referiu à necessidade de trocar as ferraduras no animal que montava. Bio absorveu-se na xícara de café alongando goles na desordem da mente.

Doralícia ficaria sozinha. Desde a briga com o italiano semanas atrás Bio espera ocasião como essa imerso na possibilidade de dar seqüência à noite daquele domingo. Bio nem brincou com Antonha perguntando se Viúvo Percedino já tinha vindo namorar na visita diária de tomar café com broa. O pai passou-lhe duas ou três recomendações esquecidas em seguida. Seccionou-se a continuidade do dia. Com o raciocínio catalisado as tarefas pareciam adiáveis. Saiu logo de casa mas nada no serviço rendia à idéia audaciosa que lhe roubava a concentração. A iniciativa requeria decisão e coragem. Bio divagava sem conseguir estabelecer uma estratégia de abordagem. As conversas dos camaradas dispersavam-se sem chegar ao pleno entendimento. Os leiteiros terminaram de lavar o chão de pedra depois da ordenha. Ainda era cedo. Zanzou pelos arredores da tulha e do mangueiro. Pensava intensamente em Doralícia sozinha na casa. À sombra das tipuanas os latões de leite enfileirados já esperavam para a primeira viagem do caminhão de transporte. Um dos leiteiros levava-os de carroça até o ponto de entrega na estrada de rodagem e o caminhão do laticínio os recolhia. Ofereceu-se para o carreto geralmente feito por quem estivesse disponível. Aos domingos o encargo cabia a Viúvo Percedino que esticava o passeio até Conceição e almoçava na casa da patroa. Bio contou e recontou os latões e atrapalhou-se com a soma dos litros. Anotava numa caderneta para o acerto mensal com o comprador mas estava intranqüilo a ponto de notarem.

O Bio acho que está com bicho-capinteiro, disseram.

A comoção era intensa como a incerteza. Sopesando o destemor da afronta a José Afrânio sua determinação afiançava a aproximação à mulher. Como agir? Não devia alterar rotinas. A excitação crespava na epiderme sensibilizada e a mente ocupava-se por imagens lúbricas e cada fibra nervosa reagente na ereção que disfarçava dos empregados. Cumpria mecanicamente o trabalho. Verificou no chiqueiro os cochos abastecidos de quirera. Vistoriou na cocheira antiga o trole em desuso que José Afrânio havia mandado trazer do quintal na cidade onde ficava exposto ao tempo. O pai queria recuperar a relíquia do tempo do avô que abandonada deteriorava-se com o toldo e assentos de couro roídos pelos ratos. Vários pares de olhinhos luziram na penumbra e desapareceram na súbita claridade da porta se abrindo. No terreiro de café estendia-se o tapete granulado colorido marcado por sendas na largura do rodo de madeira indo e vindo e revolvendo a colheita na secagem. Refez o caminho do pai madrugador à colônia. A escada atufada na folhagem de hera e o capão de guanxuma empestando a margem do ribeirão. Não conseguia pensar no que não fosse Doralícia. Desbastou os galhos baixos de um pé de hibisco e amontoou taquaras secas espalhadas no extremo do jardim da sede. Viu que o cercado do pomar precisava de reparos. Andou pela franja do cafezal próximo à colônia vagou pelo estábulo limpo e entrou na tulha. Pelos vãos de telhas quebradas desciam tarjas de luz empoeirada. O antigo maquinário silencioso o odor fragrante das sacas de café em estoque completavam a vaga de luxúria que o arrebatava. A vida recendendo silvestre ao olfato afeito. Passou a raspadeira na crina e no pêlo do seu cavalo. Andou entre moitas de bambu à entrada da fazenda.

Também ela não se esqueceu, pensava encorajado.

Carregou propósitos e decisões no lombo do animal até a venda do Mendes. Comprou alpiste e o vendeiro reparou na pressa.

Que aconteceu Bio, o Mendes disse: está distraído. Eu falo e você parece que não escuta.

Escutei sim.

Escutou? O que eu disse?

Entreato Amoroso

Bio sorriu confirmando a desatenção.
 Estou dizendo pra você vir hoje de-tarde que o Terguino vai trazer a viola.
 Se der eu venho.
 Ué. Que você tem pra fazer depois do serviço?
 Não. Nada. Eu venho.
 Nem assunto de futebol o prendeu. O campo onde o pessoal do bairro jogava ficava perto do armazém à beira da estrada. Domingo vem o time do Passa-Três-de-Baixo, Mendes falando: se quiser jogar pode vir.
 Negou-se: não estava jogando nem no Conceiçãomansense. A conversa flutuava abaixo do desejo sexual e das dúvidas. Seria capaz? Ela aceitaria? E ela pensava o quê? O arroubo recente estimulava-o: ela também quer. Bordejou o mato tentado a entrar pela vereda até o tronco onde haviam copulado. Manhã parada. Saúvas trabalhando ativas na calva dos carreadores sumiam nos buracos do chão. Ah Doralícia: aceitasse. A temeridade era um componente a mais para excitá-lo. Abraçá-la como à beira da cama naquele domingo. Pensar em conseqüências era desistir. Imaginando estar com ela o pai deixava de existir. Ardia por novamente se fundir naquele corpo firme e tenro ao toque e dormindo contíguo nas horas de sua insônia. Bio penava temores na ronda da fantasia arrebatando seu corpo moço. Valia-se da auto-satisfação que em seguida abominava. O recolhimento os modos recatados e o silêncio quebrado pelo som do rádio que definia como indiferença de Doralícia não o desanimavam. Rebatia essa neutralidade relembrando-a ávida no mato e passiva no quarto.
 Esconder-se do dia e das pessoas sob as mangueiras pejadas de fruta verde. A palma das mãos no tronco em arremedo de carícia. Urinou nas raízes respingando nas botas. Encostou-se sensualmente à árvore de galhos bifurcando-se como junções de pernas de mulher abrindo-se. Voçorocas vermelhas vaginas no morro. A botina rangeu no charco do regato espraiado onde os bichos vinham beber deixando fezes e pegadas na areia.

Voltou a casa almoçar. Comeu e encurtou a prosa com Antonha indo e vindo à porta da sala onde o pai e Doralícia almoçavam. José Afrânio à cabeceira da mesa e Doralícia de costas para a cozinha. O rádio soava baixo e a música chegava à sala. Decidir. Sair e voltar quando se certificasse de que o pai não estava. Ou esperar no quarto. Da mesa o pai o chamou. O coração percutiu.

Quer que traga alguma coisa da cidade, José Afrânio perguntou.

Não, ele disse.

Tem o que levar pra lá? Posso deixar com o Constante que ele entrega pra sua mãe.

Não. Não tem nada, afirmou pensando que se tivesse ele mesmo levaria.

Para chegar ao seu quarto teria de cruzar a sala onde acabavam de comer. Da porta e às costas do pai veria Doralícia de perfil. Bastaria um gesto. Hesitou entre voltar à cozinha ou entrar no quarto. O instinto empurrou-o para o interior da casa. Na ponta da mesa o pai em pé e Doralícia à direita. Andou devagar e valendo-se de estar fora do campo de visão de José Afrânio ousou um aceno de convite num aviso de que a esperaria no quarto. Não soube precisar se ela compreendeu a mímica rápida mas o corrediço dos olhos permitiu supor que sim. Disfarçadamente se fechou no quarto. Os minutos se arrastavam. Viu o pai saindo do telheiro pegado à cocheira montado no alazão novo que havia comprado. Deitou e levantou muitas vezes indo da janela à cama e da cama à janela. Ansiosamente aguardava que Antonha e Aurora fossem embora e a casa mergulhasse na modorra das ausências.

Um pio de sem-fim rompendo o fio da idéia. A espera espessando o entretempo. Nas plataformas dos terreiros a água cachoava nas canaletas onde se lavava o café recém colhido: desejou ser como essa água imperturbada. Ele se alterava na ansiedade que mal cabia em si e no quarto. Pela janela o pai a caminho da cidade.

Ela viria?

O sem-fim cantou tristonho no mormaço. A cara acalorava no fresco da fronha. Receios inflando e murchando como fole: tudo po-

Entreato Amoroso

dia acontecer. Será sempre esse receio? pungiu. A vidraça coava luz e devolvia reflexos na expectativa pulsante no peito e ressoante nos ouvidos. Qualquer estalido assustava. A demora se alongava e ele já pensava em desistir. Ela não viria. Procurá-la no quarto? Não: isso não faria. Tinha feito o convite mas a decisão seria dela. O sexo turgia e manuseava-o quase à ejaculação. Estendeu-se na cama insuportando a espera. Apenas os dois no casarão. Temor de que Doralícia o rejeitasse e contasse ao pai. A ocasião propiciava e ele ousou. Levantou-se decidido a procurá-la no quarto mas tolheu-se. Um martelo na veia do pescoço. Expunha-se a perigo de conseqüências imprevisíveis. Se for destino que seja: Deus castigará esta loucura? Deus ou o pai? José Afrânio surpreendendo-os nus. Expulsando-os como Deus às criaturas no paraíso. Encostou-se à parede cuja temperatura contrastava com a do corpo. Postou-se no vão formado pela quina de paredes e o guarda-roupa de onde via o pomar e além do gramado os morros cobertos pelo cafezal. Agonia de minutos lerdos. Deitou-se na colcha branca com as mãos sob a cabeça. Surpreendido na traição saltará da janela para o abismo de quatro metros até a calçada de pedra. A mando do pai os homens pearião seus braços e pernas como um garrote na marcação a ferro quente. O pai vingativo podando-lhe o pênis. Sangrará até a morte. Vira-se e encolhe as pernas com as mãos presas entre elas. Gira de borco e principia um movimento de quadris simulando coito. Fecha os olhos e afunda a cara no travesseiro.

Doralícia, murmura.

26

PERDI O SONO. NEM QUE TIVESSE areia no lençol pra não conseguir encontrar a posição de dormir. Abri a janela por causa do calor. Está abafado aqui dentro. Entrar um pouco de ar. É ruim ficar tanto tempo acordado. Chamo e o sono não vem. Mais eu persigo mais pra longe ele some. Tem um vigia na porta do sono. Foi a cabeça que mandou esse guarda que me proíbe dormir e fica me obrigando a pensar no que não quero. O pensamento desembesta e a cabeça fica caçando idéia que aparece do nada igual mina d'água borbulhando. Borbulhando. Não pára nunca. O pensamento faz a gente virar do avesso. Quero desviar dessa viagem mas é um caminho único. Com isso vou enchendo o quarto com gente que conheci e nunca mais deu notícia e volta sem eu chamar pra me ocupar a idéia. A mesma coisa com acontecimento que parece recente mas que foi há muito tempo. Dias. Meses. Coisa que vivi muito antes e lembro como estivesse acontecendo agora.

Quem podia imaginar a Diloca me chamando de cachorro e me enxotando de casa como eu fosse mesmo um.

Reconheço que fiquei abatido e triste. Melhor seria se fosse raiva mas é de tristeza o meu sentimento. Estou amargurado. Não por Diloca: com ela cheguei onde deu. Nem é bem tristeza. Um repassamento. Um desencontro comigo mesmo. Errei indo lá porque a situação caminhou pela pior maneira justamente aquela que queria evitar mas não posso mudar o que aconteceu. Não há volta. Ficou impossível. Bom. Fazer o quê? A situação está muito verde ainda. Acredito que não dure muito e mais hoje mais amanhã a vida volte ao eixo. Falo assim mas não sei qual eixo qual direção. Com quem posso contar daqui pra frente se não for com você? Tenho que achar uma saída. Pensar no que vou fazer. Por ora tenho que esperar pra ver pra onde vão as coisas. Como está não pode ficar. Que diabo. Não sou mais o chefe daquela família? O homem daquela casa?

O céu está cheio de estrela. Limpo. Tudo quieto. Parado. Todo mundo dormindo.

A discussão buliu muito comigo.

Gosto da madrugada. Prestando atenção na madrugada dá para escutar um silêncio barulhento. Se a Mata Grande falasse era com essa voz. Percebe? Ocupa a fazenda inteira. Tem um ronco surdo que parece o cachão da cachoeira. A madeira estala. Pio da coruja e suindara esses barulhos que a gente nem imagina de onde vem. É sinal que a vida e o mundo continuam acontecendo. Se a gente prestar atenção o barulho fica nítido. Tem até alma-do-outro-mundo me desafiando: então bobo quem você pensa que é pra enfrentar a força do mundo? A resistência das pessoas é igual à das baratas: depende do chinelo que dá o golpe. Seja que nem eu, a terra me aconselha: tranqüilo. Nada me molesta, a Mata Grande diz: tanto faz você seu pai ou seu avô. Vocês é que mudam. Eu não. Eu continuo aqui. Sou pra sempre, a fazenda diz. A fazenda não se importa comigo Doralícia. Não se importa com ninguém. A terra não tem sentimento. Reparou que a Mata Grande fica na concha de uma bacia? Tem a cercadura de morro e a fazenda no fundo. Às vezes me representa que existe uma tampa suspensa em cima da fazenda ou em cima de mim e que se baixar a tampa ela me cobre e sufoca. Acaba o sol e o vento. Credo que idéia ruim. Ainda bem que é só pensamento.

A terra está me passando um recado. Quer me dizer alguma coisa que eu não entendo mas vou compreender. Vou prestar atenção. Com a terra me entendo mais do que com as pessoas.

Voei por cima dos morros até Conceição e visitei a casa onde morei tantos anos. Minha gente está dormindo. Entrei no quarto escutei a respiração de passarinho de Ofelinha deitada virada pro lado direito que é assim que ela dorme desde criancinha. A Noêmia me acusando que não conheço a menina e eu sei até de que lado ela deita pra dormir. Depois espiei os meninos. Andei pela casa escura sem trombar nos móveis. Conheço cada palmo dos cômodos. Uns têm madeira no piso e no teto e na parte do fundo é ladrilho. A cozinha tem forro ripado em xadrez. Armários mesas cadeiras. Será que a Noêmia ainda está lá? E o meu neto? Ficam melhor sem mim? Na sala da frente o soalho brilha vermelho de cera que Nhanita ralha se pisam com pé de poeira. A mesa grande na varanda pra dez pessoas sentadas. O sol entrando pelas janelas da rua. A casa tem platibanda larga. Fiquei escutando a bulha de todo dia e me bateu saudade: senti saudade da casa. Deles não porque deles eu tenho um certo dó. Não entendo: perdi mas não sei o quê. Não é nada das coisas que falei e que estão lá. Gente. Mobília. Então não perdi não é mesmo? Não quero estar no meio deles mas sinto que sem eles me abriu um vácuo. O vazio da falta que fazem. Mas se estou onde quero e com quem quero essa saudade parece sem fundamento. Saudade de quê Doralícia? Era eu chegar em casa e os meninos sumiam. Corriam de mim como do capeta. É a mãe que ensina. Diz pra eles que eu sou o demônio e me põe chifre e rabo e diz que não tenho coração e que não gosto deles. Mentira dela. Estimo os meninos. Pra Noêmia são uns coitados largados ao deus-dará e que ninguém orienta. Trazer os meninos perto de mim? Como? Aqui não tem quem cuide. Engraçado: quereria me incomodar com eles e interferir e encaminhar pra que a vida desse certo praquelas crianças mas uma barreira me separa e me impede. Difícil. Custosa de varar. Ou eu ou eles: alguém sobra. Que nem ter burro e carroça pra ir a algum lugar: se não atrelar não adianta. Não pode faltar o engate. Me estranha ser pai dos meninos. A separação fez um estrago na gente. Idéia maldosa essa de que renego as crianças. Não é renegação: é estranheza mesmo. É ruim. Distância. Vazio. Separação.

Não devo ter sido bom pai. Não é por gosto que pareço o pai que a Noêmia diz que eu sou. De sã consciência eu nunca disse: vou largar mão dos meus filhos. Isso nunca me passou na cabeça. Por que foi então? Me dispersei por aí. Me entretive com que não devia. Acho que preferi atravessar a vida no rasinho do vau e em vez de enfrentar a correnteza e o fundo eu evitei as dificuldades. Queria imediatismo. A gente erra até por falta de atitude. Se pudesse eu assistia melhor os meninos e consertava a diferença mas não sei como.

Não tive amor no meu pai que era homem que Deus me perdoe dizer pouco valia. Ele maltratava minha mãe. Era relaxado. Inconseqüente. Largava documento em cima da mesa ou enfiava no fundo da gaveta depois procurava e não encontrava e então vinha debicar por cima de nós. Que era minha mãe que escondia. Como se a culpa não fosse do descuido dele. Inventava negócio sem pé nem cabeça e esperava que alguém fizesse funcionar. Não ele mas alguém que fizesse por ele. Os outros. Claro que nada dava certo. Era desorganizado na

Entreato Amoroso

idéia e no que fazia. Não considerava as dificuldades: era tudo isento. Demorava pra perceber o fracasso. No meu tempo de criancice quase passamos necessidade. Um fazendão como a Mata Grande e nós sem dinheiro nenhum. Sem nada. Ele fora de casa dias e dias sem dizer onde estava. Nem horta mandava fazer. Os colonos plantavam verdura e mandavam pra minha mãe. Meu pai morreu e não fez falta. Foi espinhoso e levou tempo mas consertei o que ele deixou pra trás. Minha mãe não foi uma viúva triste. Vestiu preto por obrigação e o luto era só na roupa. Nos anos que viveu viúva ela dizia que ganhou alforria e que estava liberada como as negras da princesa Isabel. Podia sair sem pedir ordem a ninguém e visitava quem quisesse e ia à missa com a fita da Irmandade do Sagrado Coração pendurada no pescoço que até isso ele proibia. Casei e pensei em morar na fazenda mas Diloca preferiu a cidade. Minha mãe nunca se meteu no meu casamento. Passava dias com a gente lá em casa e depois voltava pra Mata Grande. Morou sozinha neste casão. Nhamarta do Percedino dava assistência a ela. Minha mãe morreu antes do Bio nascer. Era uma mulher de fibra.

Sei que meus filhos não me querem bem e sei que pouco faço pra trazer eles perto de mim.

Eu morto vão dizer o mesmo que digo do meu pai? Sou pai deles. Sou pai deles. Repetir sou pai deles só me faz ver como não me sinto pai deles. Soa mentiroso. É como vestir uma roupa que daqui a pouco vou trocar por outra. É um sentimento que fica escondido por trás de outros. Fundo: lá no fundo. Sou estranho pra eles e eles são estranhos pra mim. É um caso sério porque até cachorro a gente agrada passa a mão no pêlo coça a orelha e o pescoço. Não faço agrado nos meus filhos. Pra mim é mais fácil coçar a cabeça de um cachorro que a dos meninos. Pro Bio e pra Noêmia fiz mais festa e parece que não adiantou. Era diferente no tempo deles crianças. A casa era diferente. A Diloca era pessoa normal.

Vê que atropelo? Que confusão? Tenho dó e me magôo e sinto arrependimento e desgosto. Precisa uma ordem nessa confusão. A razão me acusa e o coração aceita a acusação. Mas falta uma parte da verdade porque eu gosto das crianças. Gosto. Quero o melhor pra eles. A pendência com a Diloca não é com a família inteira. Não é com a Noêmia. Queria diferente Doralícia mas não é. Como serão os meninos na hora das brincadeiras e das risadas? Como será a alegria deles? Nunca vou saber? Não conheço a risada dos meus meninos. Esqueci como é a conversa deles. Meu Deus. Que coisa.

De vez em quando eles vêm à fazenda. Desobedecem à mãe porque ela proibiu. O Viúvo Percedino contou. Vejo eles na colônia no mangueiro mas é o irmão que procuram. Arreiam animal e vão pra invernada trepam na jabuticabeira vão pra beirada do córrego pescam caçam passarinho chupam cana. A Antonha fala que eles são bonzinhos. Malandros mas educados. Divertidos. Não falam da mãe e a Antonha disse que precisa perguntar se quer notícia. Tomam café com a broa e a manteiga que ela faz. Gostam. Pediram pra ela fazer curau. Vieram ajudar a apanhar o milho e ralaram as espigas e eu nem percebi o movimento deles na cozinha. Onde será que eu estava? Aqui no quarto com você? Ou foi nalgum dia em que nós saímos? Não quiseram levar um pouco pra mãe senão ela percebia que eles estiveram aqui, Antonha me contou depois. Na sede quando muito entram na cozinha. No resto da casa só se não tiver ninguém e esse ninguém que falo sou eu. Entram quando nós estamos fora. Ô meu Deus do céu a fazenda é deles também. Eu devia trazer esses meninos pra cá uma vez ou outra. Quem sabe um se interesse pelo café pelo gado como o Bio e mais tarde ajude a tomar conta.

Fico falando neles e me purgando num.

Tsi.

Me comovo acredita? Sinto uma estreiteza aqui dentro do peito. Imagine se às três da madrugada é hora de pensar que os meninos me comovem. De lembrar deles é que bateu essa impressão de perda essa saudade de nada. Mentira que rejeito os meninos. Se fosse verdade não me preocupavam. Vou dizer pra Noêmia que tome as providências pros dois continuarem o estudo em Bragança seja no internato dos padres ou na escola do estado. A instrução vai encaminhar eles

Entreato Amoroso

para lugar mais largo do que Conceição porque ficando aqui não vão ter campo pra melhorar. Nem vi os dois crescendo. Dezesseis meses a diferença de idade um do outro.

Numa hora dessas eles estão dormindo. Tomara Deus que nada ruim aconteça pra eles.

Na vida cada acontecimento esperado ou imprevisto emenda noutro e forma uma corrente e a gente arrasta essa corrente pra onde for. Deitei achando que ia dormir depressa e no meio da madrugada acordo e me aflijo pelas crianças. São gente Doralícia e não uns bonecos de pau. A dificuldade é em mim não é verdade? Neles não. Mal começaram a viver. Nem sabem direito o que está acontecendo.

Me dê a mão. Fique juntinho de mim. Assim. Se ajeite bem rente. Mais. Isso. Vamos espantar o travo amargo. É: foi mesmo da maldita discussão. Uma pena as coisas estarem no pé que estão. Mas daqui a pouco o dia começa e a cara da vida muda com a luz que alegra a casa as pessoas. O dia vai acabar com o rejeitamento e a decepção. Com a raiva também. Mas queria uma raiva maior que a que faço força pra sentir e não sinto. Esta é pouca pra provocar uma sacudida uma revolta uma atitude.

São minha gente. Minha gente.

Tsi.

Não tenho o defeito da ruindade. Me considero bom. Sou bom de coração. Sou sim. Ajudo quem precisa e sou pronto a fazer favor. Muita gente eu socorri com dinheiro incentivo opinião então como posso dizer essas barbaridades dos meninos e da Ofelinha? Ela é uma menina retraída. Se você visse a delicadeza dela. Está sempre rindo. Coitadinha. Menina bonita. A minha filha Ofélia. O nome dela a Diloca escolheu de uma história que passa no teatro uma moça que enlouqueceu e se matou afogada. A Ofelinha tremia que nem vara verde na hora da discussão. Não queria magoar a menina mas magoei. Peço perdão. Ela não me escuta mas peço perdão assim mesmo. Ela gosta de ler livro revista jornal. Gosta de ficar a par do que acontece. O Hitler invadiu a Polônia e começou a guerra ela sabia tudo muito melhor que eu. Não é boba não. Moça jeitosa. Está noiva do João Batista um rapaz de Itatiba gente de família conhecida.

Lá em casa eu falei demais. Foi o momento. Devia ter calado a boca.

Será que você está me amolecendo o sentimento?

Na minha vida inteira nunca passei tanto tempo dentro de casa. Que lei será essa de me cobrarem mais justamente quando me sossego? Essa briga. Não se tem direito à felicidade? Não me pesa na consciência trazer você pra morar comigo. Não me arrependo. Que merda.

Depois da discussão de quinta-feira pouco adianta ficar pesando o certo ou errado. Já foi.

Se era ruim ficou pior.

Meus meninos. Por que pensar neles agora?

Me deixe falar que assim eu desabafo.

Sabe como me enxergo Doralícia? Eu sou uma escora de madeira sustentando a parede. Se eu largo a parede desaba em cima de mim e a carga inteira cai nas minhas costas. Deixo a parede desabar pra ver se acontece o desastre? Mas que desastre? Que desastre é esse que a Diloca promete e que eu tenho medo que aconteça? Esse incômodo. Não está no meu poder resolver problema de todo mundo. Tento resolver os meus e não deixam. Eu ficando em Conceição ou aqui a situação continua a mesma. Lá me representa um motor encrencado que não tem conserto. A correnteza do rio é pra baixo e eles nadando pra cima. A Diloca vê perigo onde não tem e põe todo mundo nervoso. Meus filhos crescendo debaixo do resmungo da mãe. Que vou fazer no meio deles? Nunca vou viver outra vez naquele ambiente. Não quero mais. Chega. Acabou. Enjoei daquele purgatório.

Olhe Doralícia: se tivesse que nascer de novo queria ser como sou sem tirar nem pôr.

Passei do limite algumas vezes. Reconheço. O povo me critica porque não leio a cartilha deles. Esse pessoal vive com o pouco que quer da vida então eles que façam bom proveito mas não exijam que eu seja igual. Eu não: quis mais. Quero mais.

Dez quinze anos atrás eu alugava o automóvel do Queiroz e saía.

Entreato Amoroso

Se a gente não se preenche a vida enfeza. Quem leva a vida a ferro e fogo acaba enrolado na miudagem. Esse povo contenta com o que tem. Vão dormir cedo e a cidade morre e parece que nem sabem que no resto do mundo o movimento não pára. Gente festando automóvel passando clube tocando música restaurante cheio e o entra-e-sai nos bares. Brincadeira por todo canto. Risada. Não me conformava. Olhava a rua morta às nove da noite sem nem um gato nem uma assombração passando. Eu andava na calçada e me recolhia contra vontade. Ah não pode ser, não vou me esconder da vida. Ia. Chamava o Queiroz e ia. Queria estar com gente nem que fosse só por estar. Procurava as pessoas. Sentava na mesa de baralho ou me juntava aos outros na casa de alguém. Sempre aparecia quem tocava sanfona violão cavaquinho bandolim e a cantoria entrava pela madrugada. Alugava outro carro de praça pra me trazer de volta porque não ia fazer o Queiroz me esperar a noite inteira. O dia clareando e eu cansado e com sono mas satisfeito. Trazia comigo as horas que farreei na cama ou paguei bebida pros companheiros de prosa. Eu pouco bebo. Naquelas horas eu esquecia o rosário de casa. No alto da serra eu via o sol nascendo por cima da cerração que formava um mar branco e o pico dos morros apontando pareciam ilhas. Bonito de ver. Punha o pé na porta de casa a maravilha acabava. A Diloca acordava e começava numa ladainha que só servia pra mostrar a diferença entre gosto e desgosto. O mar de neblina sumia no matraqueio dela.

Estou falando falando falando. Falando a pessoa conta quem é? Você do meu lado: seu ouvido escuta mas o seu espírito escapa pra onde a idéia leva. Aquele mar quem viu fui eu e pra você ele não tem significado. Onde você estava enquanto eu me admirava com o topo da serra apontando igual ilha no meio da cerração? Se você fosse minha naquele tempo eu não teria visto o mar de neblina nem teria do que reclamar por ter visto e perdido.

Queria que me escutasse Doralícia. Alguma coisa me faz falar desse jeito e me sinto precisando falar. Nos meus cinqüenta e poucos anos nunca fui tão falante.

Eu me conto mas não sei se lhe interessa a minha história.

A casa em Conceição: a parede amarela a faixa branca contornando as janelas. Telhadão de quatro águas. Minha casa. Conheço tão bem a casa que me calculo capaz de contar de memória as telhas da platibanda.

Conheço você Doralícia? Conheço? Você não há de ser só essa paciência de me escutar. Esse visgo me prendendo o que é? Você me espertou e me deixou mais moço. Olho minha mulherzinha e fico procurando pra descobrir o que tem no sítio desses olhos recolhidos onde não me convida a entrar.

Me contou tão pouco de você.

Oi-ah.

Quero distrair e não adianta. A casa cresce na minha frente e pensar na casa revém a impressão de perder e quero saber o quê. Perdendo a família? A Noêmia. O meu neto. Os meninos. O Bio. A minha filha tem razão: não sei quem é a Ofelinha. Ofélia não é a mãe dela. Tsi. Fui lá e o incômodo deles grudou em mim como o cheiro de cânfora grudou no quarto de Diloca. Não tivesse ido lá eu ignorava aquele pé de guerra.

Não vou deixar que isso estrague nosso casamento.

Preciso que me ajude a esquecer o que me atrapalha. Você me ajuda?

Por quê? Pode sim. Ô se pode.

Ora como. De tanta maneira. Me dando a certeza de que você me compensa. Também não sei como. Quero que você faça valer a pena a gente passar essas contrariedades. Pra mim vale porque ter você comigo é o que mais quero.

Seja meu motivo. Minha recompensa.

Largue a mania de achar que é pouco. Pra mim você é tudo. Não me contento com pouco.

O quê? Não sabe por que está aqui?

Porque eu quis e você aceitou e agora meu apego é tanto que não fico mais sem você. Eu não era um homem. Era um galo que trepava

Entreato Amoroso

na galinha sacudia a asa e pronto. Não queria liame com ninguém mas você me invadiu e eu nem pude me preparar pra escapar. Você ocupou minha cabeça meu corpo meu interesse minha imaginação. Você mora em mim. Saio pro terraço ou pro quintal ou até quando estou conversando com alguém você me vem à idéia e me distraio do que estou falando. Perco o assunto. Eu me assusto de chegar a esse ponto. Como é que acostumado com mulher e eu nem sei dizer com quantas eu fui pra cama só agora descobri a maravilha que é ter alguém que parece uma continuação da gente. Essa vontade de ficar junto de poder pegar com a mão de poder sentir o cheiro. Seu joelho. Seu pescoço. Sua orelha. A sua umidade e a sua quentura molhada. Pensar que quando você nasceu eu já era escolado. Comecei cedo Doralícia mas só com você conheci o que pensei que conhecia. Por isso você está aqui. Prefiro perder o braço a perder você. Perder a Mata Grande a perder você. Acha pouco?

Não se vive à-toa Doralícia. Não sou de largar pela metade seja o que for. Se não me agrada fazer alguma coisa eu nem começo. O que a gente vê ou escuta sem prestar muita atenção às vezes volta com força até pra mudar o pensamento. Cada coisa existe independente do consentimento que ninguém dá pra essa coisa existir. Se é muito acontecimento ao mesmo tempo a pessoa não dá conta de tudo. Um galo cantando e o marreco gritando e o cachorro latindo: o som se perde assim que acaba o barulho que cada bicho faz. Entra pelo ouvido e às vezes nem se percebe que escutou. Só pra cada um deles é que não seria igual se não tivesse cantado ou gritado ou latido. Não me entende? Pra falar a verdade nem sei por que estou falando isso. Mas veja: o cachorro latiu e eu prestei mais atenção nele do que no galo que cantou mesmo que eu nem tenha percebido. Alguém escutou e disse: o galo está cantando como eu podia dizer: o cachorro está latindo. Sabe Doralícia: a gente não dá conta de tudo.

Não me compreende?
Será que estou doido Doralícia?
Não. Perdi o sono.

A água nascer da terra e a idéia brotar na cabeça é da natureza da água e da idéia. A chuva cai pingo a pingo mas a poça é uma água só. A Diloca e a Noêmia pensam de outro modo e pra elas pode ser que a água da poça não é a que choveu. Elas exigem o que não tenho pra dar porque não está disponível em mim. Bem que a exigência delas podia ser como o galo cantando enquanto estou dormindo. O som morria e não incomodava.

Alguém que me veja na janela nesta hora da madrugada não calcula o que se passa comigo. Acha que eu sou só um homem na janela no meio da noite. Não. Não é isso. Ninguém me viu. Não se vê nada aceso na colônia. Olhe como tudo está parado. Hoje é sexta-feira dia do Percedino virar lobisomem. Tem quem diga que ele é mesmo. Perguntam se é verdade e ele ladino ri e deixa a dúvida. Se o Viúvo virou também já desvirou: nesta hora nem lobisomem fica acordado.

Lobisomem: que bobagem.

Um rádio? Pareço mesmo.

Estou falando por falar. Não precisa entender. Já esqueci o que disse. Eu falando você fica sabendo como funciona minha máquina de pensar. Está bom. Durma. Me larga falando sozinho? Mais um pouco de paciência. Me faça companhia enquanto o sono não volta.

Ontem com a cabeça no travesseiro e quase apagando no sono senti uma coisa esquisita. Igual uma convulsão no escuro um atropelo no peito um aperto na garganta. Me cresceu um desconforto e parecia o corpo querendo se desfazer. Um desconsolo naquele medo não sei de quê. Um medo diferente. Um desapego escuro. Foi rápido igual a um relâmpago que acendeu e apagou. Foi um abalo que me sacudiu e no minutinho que fiquei quieto voltou ao normal. Ficou a pergunta: que será isso? Esse desarranjo sem autorização. Me faltou o controle e nesse entretempo não fui dono de mim. Até me recuperar durou um intervalo em que a vida acho que parou. Do intervalo sem comando é que fiquei com medo. Se me foge de vez o controle quem me acode? Foi um instante que bambeou o equilíbrio e de repente me vi diante de uma escuridão desnorteante onde tudo podia acontecer. Durou menos tempo do que estou levando pra contar. E eu fiquei assustado de perceber que não deve ser tão raro um homem perder o juízo. Tive medo de perder o juízo e ser capaz de cometer uma besteira. Morte. Minha ou de alguém. O escuro que me encobriu ontem de noite era um escuro de fim. Fim da vida? Não sei. Foi ruim Doralícia. Passou logo mais foi muito ruim. Fiquei cismado no receio de me desgovernar e não achar o caminho da volta. De um momento pra outro eu perder o juízo.

Não pode acontecer?

Esse medo me rondando e abrindo um buraco onde posso cair.

Oi-ah.

Este homem pensativo não sou eu o eu de sol claro. Pensar é uma merda Doralícia. Gente é muito mais pensamento que atitude. Gente é merda.

Meu Deus: nunca falei tanta bobagem.

A Diloca me acertou um tiro.

Ela perdeu a estribeira. Abriu a gaveta onde estava guardada a capacidade de armar um escândalo. Um ódio tão forte que ela me matava se tivesse uma arma na mão. A situação saiu do trilho pra Diloca. Como pode sair do meu trilho não é verdade? Deus-me-livre.

Eu duvidoso de mim: quem diria?

Eu que não sou triste reconheço que a tristeza deixa a gente baqueado.

Estou na fazenda e em Conceição.

Oi-ah.

Quando as crianças corriam pisando forte no soalho e atrapalhavam meu cochilo depois do almoço a Diloca mandava parar e eles nem sempre obedeciam. Continuavam na barulheira sinal que obedecer não era a única escolha deles. Eu não me importava tanto. As crianças me obedeciam desde que aprenderam a falar e andar tropeçando nas cadeiras. Caíam. Choravam. Alguma vez ergui as crianças e eles devem ter chorado no meu colo. Não lembro mas em alguma ocasião devo ter agradado minhas crianças. Carreguei a Ofelinha e passeei com ela na calçada levando a menina pela mão. Não me lembro mas é impossível que não tenha acontecido. Com certeza amparei o passinho das minhas crianças.

Que coisa Doralícia: não lembro.

Manter o comando se torna uma obrigação. Será que eu queria que tivessem receio de mim? Nunca levantei da cama pra repreender a barulheira mas lembro da algazarra. Que bom que eles não obedeciam. O que será que está acontecendo pra eu sentir o remorso de não ter dado mais atenção às crianças?

Se eu pudesse punha mais palavra na sua boca. Você quieta me obriga falar dobrado. Não dê risada que é verdade. Se também me calo vão pensar que não mora ninguém na sede.

Que se passa? Fale. Me conte uma história. Todo mundo tem história pra contar.

Quando entro no quarto me dá um tremido gostoso de pensar no que acontece aqui dentro. Nós dois. Feitiço. Sua roupa bole comigo. O vestido jogado na banqueta o sapato virado no tapete o fio de cabelo nos dentes do pente. Seu olho pensativo.

Ah como lhe quero Doralícia. Como preciso de você.

27

ESTENDIDO NA CAMA BIO ESPERA DORALÍCIA. Os olhos passeiam pelas paredes de pintura desbotada na incerteza ansiosa do corpo exigente e do cenário que esmerila a espera. Fecha os olhos para captar anuências no organismo da casa da qual é parte. Desafia temores atuando como supõe que o pai atuaria. Transgride a lei que organiza a vida atual na Fazenda Mata Grande. Doralícia e ele se encontram ateando a combustão de emoções que latejam na casa. O que subjaz na placidez dos dias subverte-se no caos que se instala nas ausências de José Afrânio quando os corpos moços liberam o primitivismo dos instintos. Os fados debruçados na linha dos morros acompanham o enredo do qual propiciaram a tessitura: dois espécimes jovens cumprindo a rota da espécie. Nada transparece do segredo guardado pelas sólidas paredes da construção solenemente alheia ao testemunho tanto do que acontece agora quanto ao que aconteceu à passagem dos anos com outros personagens. O tempo caminha sob a impressão de imobilidade. Nas ocasiões propícias como a do momento eles se juntam e se separam. Com Bio fica a incerteza de que um novo encontro venha se dar. Bio sempre à espera. Nenhum resquício emocional revela-se em Doralícia. Após a cópula ela se fecha e vai sem compromisso de uma próxima vez. Bio pergunta se ela virá quando novamente a circunstância favorecer. Ela ensaia um riso que nem nega nem afirma. Não cumplicia providências para os encontros. Comparece compelida pela sua natureza de fêmea mas ele não define nem ela elabora mentalmente o que a mobiliza. Cede gozosa e deixa-se usar. Durante o ato arfa e geme e morde como sofresse o prazer e o gozo a castigasse. Arrojam apertam-se e interpenetram-se. Ela retorna intocada à sua individualidade, Bio capta: o que procura e encontra nela não é o que Doralícia deseja nele. Diferenciam-se muito mais do que na essência que os define homem e mulher.

Mentira que o pai seja capaz de controlar todas as situações. O desencadeio delas desobedece à orquestração de José Afrânio. O pai não imagina traições em Doralícia. Mesmo ausente ele vigia nos indícios que apõem sua pessoa: o chapéu no cabide de parede ou o paletó no encosto da cadeira ou as esporas jogadas atrás da porta ou o jornal largado aberto sobre a mesa. Bio pressente nessas marcas as sentinelas que precisa ludibriar.

O rapaz integra-se na casa como José Afrânio e Doralícia. Coabitam para inscreverem na sede da Fazenda Mata Grande a trama que avança tocada pela mesma força que impulsiona o vento as enxurradas os desmoronamentos e as línguas de fogo. Com suas ausências José Afrânio consente o extravasar da sensualidade. Bio envia sinais mas nunca tem certeza se Doralícia os capta. Depende igualmente de que Doralícia aceite e compareça. As oportunidades são raras e por isso mais desejadas. Com Bio Doralícia é concreta e volátil: com o pai seria igual? Bio tem que aguardar a disponibilidade para então atuar. Protagoniza atos roubados, pensa enjaulado no quarto à espera. A expectativa só se aplaca se Doralícia vier.

Algumas vezes a demora encomprida-se: o tempo do desejo não se compassa pelo pêndulo do relógio da sala. Pode contar nos dedos as vezes que copularam depois que ela veio morar na casa de sede. Em algumas ocasiões ela negaceou furtando-se e ele amargou malogros. Frustrado e raivoso esgueira-se para não ser visto ao sair pela porta dos fundos amenizando a decepção com a idéia de que ela tivesse motivos para negar-se: sabia que José Afrânio voltaria logo ou que Antonha retornaria para um serviço na sede. Numa ocasião chegou a procurá-la mas desistiu diante da porta fechada e do silêncio ao seu chamado. A acrimônia da espera persiste pelas horas seguintes ao insucesso ou se esvai na gana com que a abraça ao surgir à porta.

Doralícia não intervém no serviço das empregadas. A sala de jantar é o maior cômodo da casa e território comum mas ela o evita. Circula nesse espaço apenas na companhia de José Afrânio ou se Antonha estiver na casa. Bio respeita o marco não assinalado que o exclui dos cômodos dianteiros ocupados pelo pai e pela amante. É na sala de jantar que se vêem. E quando ocasionalmente isso acontece acentua-se a impressão de pressa na necessidade de um deles se afastar. Resvalam-se de olhos. Silêncios tímidos substituem palavras. Ele se movimenta pelos fundos. O quarto onde dorme dá para um pequeno corredor cuja porta se abre diretamente na sala de jantar e é esse seu trâmite usual: vindo da cozinha corta obliquamente a lateral da sala até o quarto.

Enquanto espera Bio pensa no sentimento de ternura que lhe suscita o segredo intensamente revisitado que partilha com Doralícia. Cultiva-o como desforra de sentir-se possuidor da essencialidade desejada pelo pai. Sob esse aspecto inverte-se a primazia do poder. Bio receia e ao mesmo tempo deleita-se com a ascendência de saber o que o pai não sabe. Ela entretanto o confunde. Bio se condói do desvalimento que se desprende de sua figura fugidia. Articulará nessa melancolia alguma intenção de atiçar a disputa entre filho e pai para punir-se e puni-los? Ela deve pensar no que aconteceria se José Afrânio descobrisse a traição.

Mas o que aconteceria?

Às vezes vê Doralícia andando na orla dos terreiros de café. Gostaria de compartir a suavidade com que ela se absorve no jardim. O que pensa em seu alheamento? O que move sua sôfrega entrega? Bio pretende questioná-la para entender mas submerge no envolvimento físico e esquece. O consentimento não se verbaliza como nada entre eles se veste de palavras. Doralícia não se revela. São dois estranhos atrelados pelo sexo para se violarem ou violarem a ordem decretada por José Afrânio.

No princípio da mancebia o automóvel de aluguel chamado por José Afrânio levava os amantes para viagens de que ninguém conhecia o destino. Voltavam à noite. Nas horas mortas da tarde a casa ficava vazia. Mesmo sabendo-se sozinho Bio pisava cauteloso na visita que fazia aos cômodos. No quarto do casal abeirava-se da cama aspirando o ambiente levemente perfumado. Tocava objetos e buscava sobras do que ali ocorria. O espelho do guarda-roupa o refletia. Afagava as roupas penduradas nos cabides. Abria caixas de sapato e o porta-jóias. Cheirava as peças íntimas e esfregava-as no rosto e no sexo teso e repunha-as cuidadosamente nas gavetas. Farejava a roupa de cama do lado onde ela dormia e vistoriava objetos no psichê: pentes escovas frascos de perfume esponjas nas caixinhas de pós e talcos. Tocava as roupas dobradas nos gavetões da cômoda. Masturbava-se deitado na cama com a cara enfiada no travesseiro que reconhecia dela pelo cheiro. Aparava a ejaculação na palma da mão e ia lavar-se na pia do banheiro que ela usava. Observava as toalhas o sabonete e a escova de dente que testemunhavam a moça. Saía do quarto como quem roubasse preciosidades.

Não agora inquietamente à espera. À janela constata a estagnação percuciente no receios ampliados por qualquer estalo no telhado. A pedido do pai selou o animal que o levou a Conceição. Bio o esperava na cocheira e entregou-lhe as rédeas. Enquanto faziam a transação

Bio pensava na deslealdade que cometeria e num repto mental contava ao pai o que estava para se dar dali a pouco. Recompõe a feição de José Afrânio que viu saindo no alazão arreado. José Afrânio saiu da cocheira puxando o animal e montou-o debaixo da mangueira. Do alto da sela deitou um longo olhar na direção da casa. Bio inventa José Afrânio carregando desconfianças. Perscruta sinais que denunciem o que sempre teme que o pai faça: avisa que vai sair mas será aviso falso e voltará para surpreendê-los.

O pai teria medo de agir como ajo? Como eu reagiria se fosse ele e descobrisse a perfídia? Com pessoa estranha José Afrânio seria violento na vingança mas é remota a possibilidade de alguém estranho se aproximar de Doralícia: serem pai e filho facilita e agrava a transgressão.

O reatar das cópulas aconteceu na tarde em que o pai foi buscar o Bertinho marceneiro que levou dois dias consertando o maquinário. Bio se recorda da voz do locutor e dos ruídos de estática e da música do rádio na superfície mansa do dia em oposição ao tumulto que o industriava. Achava-se no direito. Depois do almoço fechou-se no quarto recompondo a clareira onde copularam. O tecido ralo das roupas de Doralícia os cheiros e a quase fúria molhada na boca e no sexo. Bio imaginava-os cada qual fechado em seu espaço e querendo-se. Os vagos da casa preenchiam-se pela densidade do desejo que apenas as paredes apartavam. No quarto ela ruminaria se atendia o convite feito às costas do pai. Ele na tensão expectante (como a da presente espera). O ectoplasma dos dramas na morada telúrica congestionava suas fauces e com braços imateriais incentivava-os a consolidar no novo episódio a trama iniciada na proteção dos troncos e da folhagem espessa. A indiferença com que ela continuou almoçando se desmentiu ao surgir hesitante à porta do quarto onde a esperava.

Esperançoso e recluso como na primeira quebra do regulamento Bio vigia o vão da porta. Nesses encontros nada obedece ao que planeja. Ela vem tímida. Pára à porta mais ocultando que mostrando o rosto e ele a abraça num tropel de instintos. Idealizações e receios sucumbem na voragem. Entredevoram-se entre sons abafados. Não há

Entreato Amoroso

tempo para carícias e palavras no momento que os arrebata. Depois ela se aparta num ensimesmamento de couraça. Livra-se dele e cruza apressada o corredor. Seu quarto é seu refúgio. Ele escuta o ruído da chave rolando na fechadura. A cena não se conclui na brusca separação e o encontro termina insatisfatoriamente. Falta falar e pedir que ela também fale e ele crê que o diálogo selará a cumplicidade contra o pai e contra os obstáculos.

Passos de gato nos grumos pisados: venha Doralícia, o sexo exige. Ele olha a porta encostada cevando paciência e desejo. Fossem comparsas verdadeiros não existiriam dúvidas nem demora. A desistência se esboça na espera infinita e Bio se segura para não sair pelo pomar baixando o chapéu sobre a testa e a decepção. Ou sair pela porta da frente pouco importando que o vissem.

Naquela primeira tarde Bio exasperou-se. Melhor voltar ao serviço. Ela não quer e não vem. Parou na sala de jantar concedendo a Doralícia um instante a mais. Vinte passos e estaria à frente da porta do quarto onde ela se acoitava. Dominou-se para não avançar no espaço separando-os. Pombas arrulhavam nos beirais e no forro. Então Doralícia surgiu na meia-luz do corredor e veio como se obedecesse à marcação de uma cena ensaiada. À distância de três metros e sob o arco de madeira do batente alto apoiou-se à parede no mesmo lugar onde ele havia parado no domingo da briga em que chegou machucado. Foi até ela e abraçou-a assenhoreando-se aos poucos do corpo trazendo-o para o côncavo dos braços. Embargado de refletir puxou-a surdo à recusa murmurada fracamente. Beijava-a esquecido de que pretendia inventar vagarezas no despi-la e explorar recessos e dobras do corpo e cadenciar para mais fruir. Os braços a rodearam. Estreitou-a pelos quadris para que se colassem aos seus. Desequilibravam-se. Ela o empurrava e o abraço estreito atropelava os passos. Cedia murmurando nãos. Aninharam-se entre a parede e o guarda-roupa e as negativas morreram nas bocas gulosas. As mãos percorriam flancos descasando os botões da blusa branca. Desceu as alças do sutiã e os seios ofereceram-se à luz da janela entreaberta. Acariciou-os apertando brandamente os bicos enrijecidos abrindo os dedos à volta das aréolas crespas. Lambeu-as. Ela estremeceu e arfou.

Copularam em pé grunhindo e arfando e semi-vestidos como no mato. Ela cercada pelo guarda-roupa pelas paredes em ângulo e pelo homem. Ainda abraçados e sem encarar o enigma da sua feição Bio falou-lhe com lábios quase colados à orelha sobre a mocidade de ambos e o direito de se quererem. Na palma crespa da mão a pele tépida do rosto de Doralícia. Com o dorso da mão afagou-a amorosamente:

Não esqueço de você um minuto.

Tenho que ir, ela disse desvencilhando-se e recompondo as roupas.

Tentou prendê-la e ela reagiu com rispidez:

Me largue. Preciso ir.

Num encontro posterior ele propôs fugirem para longe do alcance de José Afrânio e desfrutar a regalia de serem moços. Ela escutava e ele talvez falasse para soldar o vínculo embora ciente do despropósito da fala: a vida não lhe propiciava agir de outra forma que não fosse a que usava. Doralícia cobriu com os dedos a boca de Bio:

Não fale isso, sussurrou: é loucura.

Pudesse ser de outro jeito, Bio disse: minha cabeça vive entupida de pensar em nós dois. Você sai e eu já quero de novo.

A cada vez ela vinha disposta a dizer que seria a última mas a débil recusa diluía-se na intensidade do gozo. Deixava-se aos abraços gemendo ao ser penetrada como nos sonhos em que a vontade fica à mercê do imponderável. A determinação de comparecer ao encontro não lhe pertencia. Vinha entregar-se e entregar a Bio a tomada de decisões. Depois se acabrunhava por trair quem lhe oferecia segurança.

Certificado da saída do pai Bio fechava-se no quarto cuidando que não percebessem. Já dispensavam combinações. Às vezes Viúvo Percedino ou Antonha e Aurora continuavam na cozinha e as vozes animadas na conversa impacientavam-no porque encurtariam a duração do possível encontro. Por fim saíam. Abreviando a espera ou torturando-o pelo atardamento Doralícia chegava. As mãos engalfinhavam-se como raízes buscando seiva nas camadas mais fundas da terra. Doralícia cerrava a boca que Bio expugnava com língua sequiosa. Ela o agarrava convulsiva e mordia os próprios lábios para recalcar gemidos. O olhos escuros brilhavam na delicada moldura dos cílios. As unhas riscavam as costas do moço. Pendurava-se ao pescoço e com roupa erguida à cintura apertava-o entre as coxas. Ele a sustentava enganchada segurando-a com as mãos. Em pé no mesmo canto entre o guarda-roupa e a parede e sem se desnudarem porque ela não queria. Contorcia-se murmurando negativas. Cessados os espasmos do orgasmo era difícil romper o silêncio concreto como uma terceira presença. Ainda abraçados ele propunha fugirem. Dizia gostar muito dela. Escutava-o muda e quando se separavam ela atravessava com passos sonoros o corredor e se trancava no quarto. Lá se lavava e chorava.

Em Bio o ato estragava-se pela sensação de revés. Doralícia não falava de si nem de emoções que os ligassem. Esgarçavam-se as oportunidades de questioná-la. O pai avultava no silêncio entre eles. Raramente ela se despedia com um sorriso. Às vezes deixava que ele acariciasse seu rosto. Doralícia deixava marcas da sua voracidade e ele as procurava no peito palpando o arroxeado na pele:

Foi ela, dizia-se.

Na pressa de ir-se não o encarava. Bio esgueirava-se pelos fundos da casa protegido pelo arvoredo do pomar e seguia até o chiqueiro dos porcos. Entrava na tulha ou na cocheira e estirava-se na sombra com as mãos sob a cabeça ruminando ressaibos de antagonismo como fossem adversários atraídos pelo ímã da sexualidade.

O sem-fim piando a espera. Bio no quarto à janela. Ela virá? Seu vulto leve e comovente preencherá o quarto e o desejo caso vença a luta que trava entre vir ou negar-se.

Chegará. Sofrerá por chegar e sofrerá por estarem juntos.

Num mundo variado de pessoas por que pai e filho envolvidos com a mesma mulher? Destino, pergunta-se. Na prenhe quietude o espírito de José Afrânio arrasta correntes de aviso de que está vigiando. Bio tenta afastar receios. Acarinha o pênis com a mão por dentro das calças. A fazenda aquém dos horizontes e o sem-fim de pio triste na tarde começando. Domina o impulso de masturbar-se à imagem esdrúxula de sexos acoplando-se. Planeja despi-la mas Doralícia não lhe permite tirar de vez o vestido erguido acima da cintura. À cama prefere o canto da parede.

Daqui vejo a estrada. De repente ele pode aparecer, cicia.

Bio respira fundo. Não virá, desanima. Abotoa-se e se levanta. Sai do quarto e na sala de jantar indecide se vale a pena esperar mais um pouco. Observa a imobilidade dos objetos sentindo o corpo febrilmente tenso. Volta e senta-se na cama com a cabeça entre as mãos e os cabelos da mulher enroscados nos dedos e escuta o murmúrio ao ouvido:

Me comprou, ela disse.

À janela. A luminosidade intensa desmente a nostalgia no pio do passarinho. Emparedado no casarão Bio esvoeja pelas asas do sem-fim e tromba nas vidraças abaixadas. A baba cristalina do sexo mela a ponta dos dedos. Calor adernando em ondas. Virá, insiste na espera enquanto se prepara para escapar da casa.

A vida tem muito estorvo, ouviu o pai dizer a propósito de negócios.

Medo é bobagem, Bio falando a si mesmo.

O sem-fim piando novamente. Duas horas cheias soam na sala da frente. Em Conceição dos Mansos José Afrânio negocia pelo telefone e conversa com Dona Vina que insiste na ligação difícil de completar-se ou faz visita para comprar safras no acalorado de setembro. Atulhado de temores e memórias Bio reinventa a esperança antiquada e própria para a solidão da noite quando acorda e pensa no pai e Doralícia dormindo a poucos metros.

Por que não? ele pensa que dirá tirando a roupa: me olhe. Faça igual.

Largar o pé no mundo nós dois.

Ela o olhará para fazê-lo entender que não quer e que não crê que ele queira.

Tem muita coisa errada no mundo, Bio pensa.

Doralícia à porta. Entra. Bio se compunge. A espera se expande num maravilhamento que transcende a presença penosa. É minha,

Entreato Amoroso

pensa: vou ter o que quero. Nada pode ser melhor do que o que está acontecendo. Não se move. Acompanha com o olhar os passos lentos da moça. Ela se encosta à cômoda com as mãos na borda da tampa e ri seu riso de merencória flor. A mão pousada no móvel percorre o rebordo da madeira e procura a outra mão apertando-as de encontro ao ventre.

Não quero mas não sei evitar, reclama baixinho: fico no quarto tão sozinha. Ninguém me defende. Nem eu mesma.

Ele levanta e puxa-a para si como abraçasse a quimera.

28 Estão sentados no alpendre ao crepúsculo ajaezando o céu enquanto a passarinhada trina nas árvores que vão compactando em vultos:

A maioria é pardal, José Afrânio diz: passarinho que presta pra nada: não canta não é bonito e não serve pra comer. Diz que foi trazido pelos portugueses quando vieram começar o Brasil. É uma praga pra infestar o beiral de telhado com ninho e entupir as calhas.

Pardal voa livre, Doralícia pensa.

José Afrânio fala amorosamente. Conta como ficava acompanhando-a da sacada:

Daqui via você indo pro córrego lavar roupa.

Ela inventava demoras: parava perto de arbusto cheirando a folha amassada entre os dedos e apanhava flor e afastava o galho do chorão caindo e cortinando a trilha.

Quando a gente lembra, o sentimento é mais doce, ele diz.

Só sinto gosto do amargo, ela pensa.

Cada dia gosto mais de você Doralícia.

Adianta? ela pensa.

Por que demorou tanto pra aparecer na minha vida? Teria me economizado em vez de me desperdiçar tanto. Me gastei muito por aí.

Assentado como estou vejo que gastava o tempo no que achava bom e não era. Do tudo o que passou não sobrou nada nem ninguém pra me trazer lembrança. Foi bom pra me entreter e mesmo isso eu digo pra não negar o que fiz. Nem quero de volta aquele frege. Hoje me basta e sobra ter o gosto de sentar aqui com você e vendo o sol ir embora. Veja que beleza a beiradinha de ouro da nuvem.

A tarde fresca durando na quietação que ela quebrou:

Se eu morresse Seu Zé Afrânio ficava triste?

Olhou-a sério e depois zombeteiro:

Que conversa mais descabida falar em assunto de morte agora que tudo está tão bom. Morrer todo mundo vai mais cedo ou mais tarde. E pela lei da natureza morro eu antes de você. Por que perguntou?

À-toa.

A sua vida tem um estirão comprido pra frente. Você mal começou a viver. Quanto de bonito ainda vai ter e ver. Espie o céu com essas nuvens de ouro. Faça de conta que esse céu é um presente que estou lhe dando. Guarde ele. Não esqueça esta hora nossa. O bonito que existe no mundo é pra alegrar a gente e o que você disse não combina com a beleza sua e a do céu. Não fale na besteira de morrer. Peço a Deus que eu morra antes.

Ao escurecer recolhiam-se. Jantavam.

Chegada do pomar Doralícia falava da taturana rajada bonita perigosa porque queima a pele e da folha apinhada de mandarovás e do olheiro de onde saíam as saúvas pelando os pés de roseira ou da flor seca ainda coroando a fruta que repontava. No muro arruinado sentava-se com os punhos sustentando o queixo e as mãos aparando as faces. Os olhos acompanhavam o balanço da sombra do galho no chão varrido. Algum empregado vindo consertar um defeito no cano estourado que prejudicava o abastecimento de água na sede ou tapar o rombo na cerca ou roçar o capim alto de facilitar cobra aparecer ela se escondia para não ver gente.

Voltando da viagem que ela se recusara a acompanhá-lo José Afrânio carregava pacotes ria agrados mas encontrava Doralícia sem o entusiasmo de antes.

Ainda impregnada de Bio. Desafiadora e exsudando não se lavou e esperou José Afrânio. A saliva de Bio secou no pescoço e o peito ainda arde da barba rascante. O corpo amassado dos abraços e José Afrânio querendo que desembrulhasse as novidades. A mão um tanto rude de Bio rascando a pele que o suor umedecia. Doralícia forçou o riso e abriu o embrulho arrematado com um laço de barbante dourado: um broche recamado no veludo recobrindo a caixinha.

Esse ouro é pra não se esquecer do sol que se via do terraço, ele disse.

Sonho ruim, ela pensava o mimo na palma da mão. Queria não ter feito o que fez queria recusar a jóia queria dizer-se quem era mas o que se sugeria nessa aflição eram cacos de sua pessoa estilhaçada. José Afrânio abraçou-a por trás. Suja do outro. Não sentia o cheiro? Puxou-o para a cama e ele riu: assim que eu gosto, ele disse e ela fingiu que gostava. Quando ele rolou de sobre ela Doralícia ergueu-se depressa. Olhou o broche agradeceu num murmúrio e foi ao banho.

Antonha trazia água quente para completar a banheira de ágate. Emersa da tepidez entregava-se ao passatempo de mulher: a esponja rasa no rosto e o profundo mergulho no espelho. A mão de Bio tateando sua epiderme e o peso do corpo de José Afrânio calcinavam o desgosto. Tendo agido torpemente não se julgava torpe. A infidelidade que cometia contra José Afrânio ignorante da sua verdadeira natureza constituía um estorvo erradio. Usufruía das penetrações gozosas. Sou ruim e eles não sabem. Gostava mais de Bio sem distinguir as razões da preferência. A breve alforria nos seus braços. Fechava os olhos nos orgasmos até sentir o esperma ejaculando dentro dela. Quando se separavam olhava-o desconsiderativa. Trancada no quarto estirada na cama fixava o forro tentando preencher vaguidões. Ele repetia promessas de ficarem juntos e ela escutava calada.

O ruge corava as maçãs do rosto. Os olhos vedavam as veredas de fuga. Enxergar-se através da furna betuminosa igualando íris e pupila. Agachar-se apequenando-se no recôndito do corpo. Ser a do espelho encurralada na duplicidade: José Afrânio inocente da traição e Bio solvendo-se nas esquinas da casa. Doralícia ao espelho longamente. Imolada por dois homens. Seca como paineira no inverno: melhor o destino da paineira que mais tarde se revigoraria referta de folhas. Dedos desenhando as linhas do perfil a comissura dos lábios as maxilas. Esponja pressionada no rosto. Bons perfumes. Levantar-se movida pela urgência e procurar qualquer janela respiradouro e começo da amplidão. A angústia abria-se para o infinito. Qualquer lugar, desejava.

Que foi Doralícia? José Afrânio dizia à passagem rápida.

Ela silente à janela e ele lendo jornal.

Jantados. Doralícia na cadeira de balanço. Zé Afrânio comentando um terremoto na Ásia com milhares de mortes ou as declarações de chefes de estado sobre o fim da guerra. Mostrava-lhe o horror nas fotografias da primeira página. Doralícia ouvia com indiferença igual à produzida pelo noticiário do rádio. Enquanto ele falava Doralícia desejava contundências que a obrigassem a movimentos. O sexo-aríete de Bio. As mãos largaram a agulha e ela apertou os dedos em garra nos braços da cadeira. Ofegou de olhos fechados. A vontade aplacou-se. Retomou a revista aberta no chão ao lado da cadeira. Sob a luz elétrica amarelando a sala desembaraçou as franjas no toalhado. Cachorros latiram na colônia.

Está quieta, José Afrânio disse: cadê seu sorriso bonito?

Ela exigiu riso da boca. Noite calorenta invadindo a sala. Nuvens acesas em relâmpagos ligeiros.

Será que chove Doralícia?

Ela nada fala. Com a revista na mão e em pé no extremo oposto à cabeceira em que José Afrânio lia jornal. Ele ergue os olhos e depara com a fixa imobilidade dela.

Que foi?

Nada, ela disse.

A revista aberta e você nem olha, ele disse voltando à leitura.

No alpendre mergulhava na noite estrelando. Olência de flor noturna. A terra plácida e seu espírito inquieto. Suspensas sobre a fazenda a lua minguante e a transcorrência dos dias: larguezas só no céu.

Entreato Amoroso

Quem eu sou? Que estou fazendo aqui?

Descer as escadas e ganhar o mundo. Voltar à casa da colônia e refazer o caminho rumo à vida anterior. Fugir. Escapar da jaula. Fugir sozinha e limpar-se da sujeira acumulada dentro dela. Nada a ligava a ninguém. A mão suava e esfregou-a nas roupas. Viagem de um a outro lado do terraço. Projetar-se no espaço livre. Ou viajando de uma à outra janela na sala da frente.

Que está faltando? ele disse sentado à escrivaninha e observando seu vulto transeunte.

Doralícia aprendeu um riso suavemente magoado.

Uma viagem? ele sugeriu certa noite desassossegada.

O riso encobrindo a vontade de chorar.

Falta de convite não é. Se quiser vamos pra Santos. Tenho negócio pra resolver no comissariado e você vai comigo. É bom passear. Areja a cabeça. Uns dias de hotel lhe fariam bem. Mudar de ar andar à-toa nas ruas. Alugo o Queiroz até Jundiaí e tomamos o trem e vamos direto. Quando desce a serra se vê o mar de longe e é tão bonito. Já viajou de trem? Quer? Nunca viu mesmo o mar.

Sacudiu os ombros.

Ou Poços de Caldas. Desde que você veio comigo penso passar uns dias lá. Não é onde os noivos vão na lua-de-mel? Um filho do Damasceno Brito casou e viajou pra lá e gostou muito. Nunca tivemos viagem de núpcias vamos aproveitar agora. Não quer?

Negava sorrindo. Ligava o rádio. Valsas pungiam-na.

Um filho, ele sugeriu.

Deus me livre, respondeu prontamente: não quero filho.

Nunca pensou num filho? Nem antes?

Não. Filho meu? disse pensativa: devo ser maninha porque nunca peguei criança.

Ou está com entojamento de mim, um dia José Afrânio perguntou. A sombra do pé da mesa rajava o gato rajado.

Acabavam de almoçar e Antonha servia o café. Doralícia rodava a colher na xícara. O homem sorvia lentamente a bebida.

Cansou de mim Doralícia? José Afrânio repetiu.

Não, respondeu entre goles.

Mas qualquer coisa anda acontecendo. Eu vejo. Não sei o que é mas tem alguma coisa lhe atrapalhando. Não tem? Por que não me conta? Faço o que está a meu alcance pra lhe agradar e não adianta.

Tenho entojamento do mundo isso sim, ela disse.

Às vezes eu penso umas coisas, ele disse cauteloso: aquilo que a Noêmia falou do Bio morar na fazenda. Nesta casa. Não. Não me olhe desse jeito. Estou só me referindo ao que ela falou. Eu sei que é besteira. Mas a Noêmia falou e aquilo se enfiou na minha cabeça como um prego na madeira que não consigo arrancar. Você mudou depois que lhe contei o que ela disse. É. Deve ser impressão. Quieta você sempre foi. Mas é que. Tsi. Então. Fico reparando. Você parece que murchou. Desalegrou. Calada. Fechada. Me preocupa Doralícia. Não é desconfiança. Nem sei bem o que é. Quem sabe é medo. Medo de alguma coisa que me roube você porque daí eu. Não. Bobagem. Esqueça.

Doralícia põe nos dele os seus olhos ilegíveis.

Acho que tenho ciúme. Deve ser ciúme.

Viver é pesado, ela diz.

Mesmo com tudo à mão? Eu que nem mágico querendo adivinhar a sua vontade? Quando viajo pareço um mascate carregado de mercadoria tudo pra você. Nem assim está bom?

Não é isso.

Viver é pesado porque você quer que seja.

Não quero não. Não peço nada, ela disse.

E tanto eu repito, ele falou com carinhosa admoestação: peça o que quiser e eu faço. Peça que tenho gosto em fazer. Sou seu escravo. Você é que não aceita o mando.

Não quero mandar em nada quanto mais numa pessoa.

Fico procurando um meio de modificar o seu acanhamento. Essa tristeza. Não foi assim que conheci a Doralícia da colônia. Cadê o jeito antigo? Perdeu? Por quê? Onde?

Sinto uma coisa ruim, ela disse: sinto tudo estragado. Parece que o

escuro me rodeia até quando é no meio do dia. Um escuro dentro da cabeça. Parece que não tem amanhã. Tudo está no fim. Tenho medo.
O que pode lhe dar medo Doralícia? Não há perigo de nada. Aqui na fazenda ninguém bole com a gente.
É medo de mim: um medo em mim.
Você fica muito sozinha. Só conversa comigo. Por que não desce à colônia prosear com os outros?
Outro dia desci à casa de Antonha. Fui com ela.
Então.
Lá não me gostam, disse acompanhando com a ponta do indicador o desenho do toalhado.
Quem disse?
Eu sei.
Alguém maltratou você?
Não.
Você ficou com uma impressão errada. Vá lá. São gente boa. Converse um pouco. Percedino enreda a gente com as histórias dele. Distrai.
Sempre converso com Viúvo aqui. Com eles da colônia o que eu podia falar?
Você é mulher do patrão. Eles respeitam.
Não tenho vontade.
E viajar Doralícia? Fazer uma estação de águas. Descansar num hotel em Serra Negra ou nas Águas de Lindóia. Esquecer que o mundo existe e ficar gozando vida de rico vida de granfino.
O mundo parece que nem existe. Esqueci como é o mundo.
Eu também preciso esquecer a gente de Conceição. Vira-e-mexe eu me lembro deles. As ofensas. A gritaria. Esquecer da Diloca querendo pular em cima de mim.
Dona Diloca tem a razão dela.
Até você falando assim?
Estou me pondo no lugar dela.
Nem sei quem me incomoda lá. Penso em cada um separado dos

outros e me dá pena acredita? O que será? Não sei em quem pôr a raiva. Foi por causa deles que você se desgostou? Estou com eles atravessados na garganta. Também gostaria de um desabafo e de devolver a xingação mas xingar quem?
    Doralícia escutando.
    Nem a Conceição você desce mais. Pode ir que lá ninguém vai lhe tratar mal. É certo que só fomos na casa da Vina do Constante e de mais ninguém. Mas eles me consideram. Nenhum conhecido meu ia lhe fazer desfeita tenho certeza. Na casa da Leontina do Atílio Franco não porque aquilo é cobra criada. É das que vivem pajeando a Diloca. Aquela é capaz de malcriação. Os outros a gente não precisa recear. Vamos pra cidade ah vamos. Qualquer noite dessas chamo o Queiroz pra vir buscar a gente e entramos no cinema na hora que o filme estiver começando. Ia ser gozado a cara deles vendo nós dois de braço dado. O falatório voava que nem rojão ao ouvido da Diloca. Vamos Doralícia. Dia de semana é de pouco movimento. Você gostava de filmes me contou que de solteira ia assistir sempre. Ou se quiser alugamos o automóvel e tocamos pro Amparo. Ver pessoa diferente. Deixei amizades no Amparo. Eu visitava as famílias de lá e cheguei a levar a Diloca comigo. Tenho parentesco pelo lado da minha mãe que é de gente amparense. Você me acompanha. Outro dia a Vina-da-telefônica perguntou por que você não desce passar umas horas com ela: diga pra ela vir. O convite partiu dela sem eu dizer nada. Reparou que você vive sem companhia por perto. Ela não acha ruim ficar sempre sozinha, a Vina perguntou. Eu disse que você não vem por acanhamento. Vina insistiu: traga ela, Vina disse: precisa se distrair. Você não vai porque não quer, eu falo.
    Não gosto de ir pra cidade. Fica todo mundo me olhando.
    Bobagem. Vista uma roupa bonita se pinte e vamos. Tanto retiro acaba cansando. Dona Emerenciana mulher do Ricieri-do-Correio que você não conhece é mulher fina. Ela lhe serve um café e lhe trata com educação. Não vem desaforo junto com o sequilho e a brevidade. Vamos descer a Conceição qualquer dia desses Doralícia. Cada vez

Entreato Amoroso

que fomos foi bom. Lembra? Vamos à noite. Passamos longe da Diloca. Acabar com a cisma. Você não ofendeu ninguém. A implicância é comigo.

Girando a xícara vazia no pires.

Não quero ir.

Quer mudar pruma outra cidade? Você querendo moramos um pouco lá um pouco aqui. Que cidade prefere? Escolha. Monto casa e vamos. Nem que seja longe. Por você sou capaz de me afastar da fazenda.

Não Seu Zé Afrânio. Não precisa nada. Não acho ruim a fazenda. O senhor já falou de mudar mas não quero. Pra onde for eu levo essa amargura. Eu queria mas a tristeza não sai. Me vem cada coisa à cabeça.

Qual coisa? Me diga. Se depender de mim eu resolvo custe o que custar. Se está no alcance de resolver me diga. Se for pra lhe ajudar eu enfrento o capeta e vou aonde precisar. Custa crer que eu não possa fazer nada pra lhe tirar desse estado.

Calam-se. José Afrânio à espera de revelações. Doralícia entrelaça os dedos. A boca visgosa de Bio arrepiando seu pescoço e ela dominou o estremecimento à flor da pele.

Me bate uma saudade, ela disse.

Saudade de quem? De quê?

Não sei. De antes. De quando era menina. Do meu pai minha mãe dessa gente que sei que existiu mas não conheci. Da Dona Ester que me criou.

Mas essa Dona Ester não é aquela que lhe fez de empregada?

Foi.

E tem saudade dela? Não contou que casou com o Amaro pra se livrar da serviceira que lhe cobravam?

É.

Ninguém tem saudade do ruim.

Tantos anos que não vejo um irmão meu. Onde será que eles andam? Ficaram espalhados no mundo.

Você disse que nem conheceu direito os parentes como pode ter saudade de quem nem sabe quem é? E a tal da Dona Ester não lhe tinha consideração. Sentir saudade?

Ela me deu escola. As meninas me queriam bem. Gostaria de estar lá até hoje? Casou não foi pra escapar delas? Alçou os ombros:

Quem morre acaba? ela disse.

Por que falar em morte outra vez Doralícia? O futuro é seu. Moça como é tem tanta coisa lhe esperando.

Eu nunca penso no futuro. O hoje já custa tanto.

Você tem modos de gente de trato. Valeu ser criada por aquela família porque aprendeu direitinho. Sua conversa não é igual a desses caipiras de pé no chão que não sabem o que é morar numa casa decente. O jeito de falar. Não tem nada de grosseira. Era até pecado você vivendo na colônia. Errado foi casar com Amaro. Sujeitinho reles. Você não. Você é moça bonita.

Queria sumir pra bem longe. Gostava que essa coisa que me aflige me largasse. Pra mim tanto faz ser bonita ou feia. Adianta beleza?

Adianta e adianta muito. O feio inveja o bonito. Acho até que o que é velho inveja o novo. Comigo o caminho vai bem andado. Tenho idade pra. Acha que não penso na diferença da nossa idade? Penso sempre. E nem assim fico reclamando. Não desanimo.

Tudo pra mim parece emprestado. Não sou nada, ela disse: ninguém.

Não fale dessa maneira. É mentira. O que é meu é seu. Você estando alegre eu também me alegro. Não acredita? Quer me mandar de volta àquela gente resmungona? Preciso da Doralícia cheia de ânimo.

Acariciou-a. Noite. Doralícia desligou o rádio. De repente desejou que a despisse e se apossasse dela. A onda inesperada percutiu na cavidade do sexo como um elemento ativo espojando-se dentro do corpo. Mordeu os lábios.

Não sei o que me acontece, ela disse como referisse a uma segunda pessoa em si.

Entreato Amoroso

29 DORALÍCIA SAI À JANELA E AFASTA-SE do enquadramento de primeiro plano protegendo-se pelas vidraças fechadas. Sua visão sensibilizada pela saturação da luz derrama-se sobre os telhados e os planos da paisagem. Concentra-se num detalhe credenciando-o como ponto de partida para onde? O olhar persiste fixo no que a atraiu mas o pensamento deslocou-se para regiões sombrias criando um vácuo entre o senso e os sentidos. Nesse vácuo transita oprimida por um medo surdo. Anseia por um arrimo que não se caracteriza objetivamente. A perscrutação do desamparo interrompe a relação com elementos semoventes: o balanço do tufo roxo de cipó-de-são-miguel envolto em vergônteas recentes ou o cachorro perseguindo a galinha enquanto a mulher grita brandindo a vassoura para espantá-lo. Escuta e ignora ruídos da vida desenrolando-se. Demora-se à janela vendo sem ver. Circula pela casa abrindo cômodos fechados e aspirando o ar estagnado neles. Pára à porta da camarinha intrigada com a sensação de imobilidade do tempo: entre o agora e qualquer outro momento anterior nada transcorreu: ela é a mesma de ontem e dos ontens. Lembrar-se de Antonha e Aurora na cozinha defende-a.

O mofo das alcovas estimula saudade do tempo de menina. Invejava a filha da mulher que a criava por caridade conforme frisava repetidamente como a lembrá-la do favorecimento. A boneca da garotinha tinha vestidos melhores que os seus. Entreparada no corredor que lhe parece a garganta da enorme casa que ora habita os olhos descem do forro ao papel de parede manchado da chuva coada nas goteiras. O repetitivo ramo de rosas agita um vórtice doentio capaz de sugá-la. Diante da parede ela freme. Apressa os passos para fugir do torvelinho. Parada à porta segura-se pelos cotovelos receando a dilatação da dúvida de existir que a engolfa. Comprova-se palpando os braços e os flancos e atritando os dedos nervosamente. Prende as mãos frias entre o braço e o tronco. Vagueia pela casa sem considerar-se pertinente ao corpo e ao sítio que ocupa. Onde é seu lugar, pergunta-se quase surpresa de estar no casarão da Mata Grande e ao mesmo tempo atravessar na memória o caminho entre a colônia e a casa de sede e bater roupa na madeira lisa à beira do córrego. O hibisco vermelho que oscilava ao vento. Fragilizada foge das penumbras poeirentas e busca a sala da frente devassada pela claridade.

Liga o rádio. Na novela a personagem feminina gargalha e um riso involuntário aflora também em si mas recolhe-o. Seu corpo instrumento para uso alheio. Imobilizada pelo ferro em brasa enfiado no seu corpo arma que fere e castiga com prazer mais agudo do que qualquer outra sensação. É essa a única perspectiva de fuga da redoma opressiva dentro da qual respira. Ou o fogo que incandesceu o ferro para feri-la esteja aceso no fulcro precioso pelo qual se mantém viva. Procuram-na para atiçar a chama que a consumirá e ela espera que os carrascos da tortura ou do gozo o aplaquem. Eles não sabem que sua vontade é aplacar-se.

A moça da voz no rádio gargalhou. A música de fundo vara os ouvidos e desaparece no interior da cabeça. Ou fora dela na direção do mato vedando a passagem. A vida circunscreve-a. Pouco sobra dos diálogos que escuta no capítulo da novela. A atenção pervaga e ruídos informes fragmentam a solidão provocando-lhe um enternecimento sem causa ou objeto. Precisa dos ruídos do rádio como companhia.

José Afrânio chega. Ele veste com o paletó o encosto da cadeira e endireita a aba do chapéu antes de pendurá-lo no cabide de parede. Desabotoa e descalça as polainas. Conversa. Ela responde articulada mas a voz soa-lhe estranha. Receia enganar-se no que está dizendo porque o significado das palavras é tarefa difícil de concatenar: como alguém que não existe pode falar? O som de sua voz desagrada-a. Preferia calar-se mas é obrigada a falar. Pára no meio do quarto destituída dos atos que perderam valia e intentos. Acompanha pelos rumores a movimentação do homem pela casa e sem vê-lo sabe qual porta está abrindo ou fechando. Dobradiças rangem. Os passos de José Afrânio percutindo no soalho de madeira. Ela pensa seus passos leves: levitaria se fosse possível porque o chão onde pisa se desmerece e ela não pertence ao corpo ou à casa onde se abriga do mundo que sabe vasto mas acaba rente.

Da porta da alcova assiste a José Afrânio limpando e engraxando armas de fogo guardadas num armário. Ele contou-lhe que gostava de caçar no mato da fazenda e mostrou fotografias: numa delas um grupo de homens empunhando rifles posam como vencedores cercados de cachorros perdigueiros. A pequena paca jaz à frente como um troféu em triste exibição. Muitos caçadores espingardas e cachorros para caça tão pouca. Teve dó do animalzinho. Senta-se ao lado de José Afrânio na escrivaninha vendo-o anotar números e acontecimentos no livro borrador: as atividades na fazenda as condições do tempo os estragos da geada ou o local de aceiros e queimadas. Esse registro foi mais copioso quando ele se ocupava mais diretamente da movimentação das tarefas e acordos. O trabalho de anotar ocupa-lhe alguns momentos do dia. Doralícia folheia e lê: *está uma beleza a florada de café parece coco ralado despejado por cima do cafezal*. Quantias inscritas nas colunas de débito e crédito e controle de estoque da colheita ensacada e dos litros de leite vendidos. Fretes contratados.

sessenta sacas de café em grão seguiram para Jundiaí no caminhão do Mateus

A Quaresma pariu um bezerro macho perto da curva da perobeira recebi o tratado de a-meia do arroz plantado na vargem – o Tarcílio M foi honesto

comprei a partida de café da Maria Nonna a velha é dura de negociar

Numa página de maio do ano anterior:

O frio chegou mais cedo e hoje geou um pouco na várzea do pinheiro velho. Não pegou o café.

Trouxe Doralícia para morar comigo

Lê e inquieta-se na idéia de os meses transcorridos desde sua chegada à sede se resumirem num único e infinito dia escoado como água no ralo. A vida de agora indistinta da que levava antes.

Tanto faz, ela pensa.

Vira a página:
Percedino encontrou a Morcega atolada no brejo do fundão não deu jeito de salvar porque quebrou a perna. Mataram e aproveitaram a carne

    Retorna ao registro de sua chegada na letra inclinada de José Afrânio. A mão tateando a folha e o dedo em vaivém sobre a linha querendo apagar a anotação que a assinala e enumera como uma das transações. A imagem de Amaro ressurge na rara recordação em gesto de coçar o canto direito da boca e espalmar a mão no rosto com a ponta do dedo médio na orelha. Amaro apagou-se sem notícia. Não lhe pronuncia o nome. Para José Afrânio ele deixou de existir como para ela não existe a vida anterior. Também não existe esta de agora.

    Quarta-feira vinte e oito de maio: *Trouxe Doralícia para morar comigo.*

    Fecha o livro aprisionada no pensamento de ser prisioneira. Dama em seu castelo. Rainha como ele prometia, ri triste: boas roupas e perfumes e tempo para cuidar do cabelo que penteia imitando as moças de revista. Em pé ao lado da escrivaninha alisando a efígie de Mercúrio na capa da agenda. O tinteiro de vidro com tampa de metal os lápis e as canetas de pau e penas de aço. Mexe nelas rolando-as nas reentrâncias formando escada de dois degraus. As pontas aguçadas sugerem ameaças. Pega uma das canetas de madeira com enfeites de madrepérola e encosta o acume da pena à palma da mão. Ferir-se.

    Retratos na parede. Um dia perguntou a José Afrânio quem era aquela gente. Ele contou casos. Um deles é o da Boba tia-bisavó atrapalhada da cabeça porque se casavam dentro do parentesco por falta de parceria da mesma qualidade de família e nasciam crianças mal formadas por causa do sangue igual no pai e na mãe e a Tia Boba era um exemplo. Arrumaram-lhe casamento com um moço pobre escolhido pela boa aparência apostando na melhoria da raça. Para casar com a boba o moço recebeu um bom dinheiro com trato de sumir depois de dois ou três filhos mas acabou se mostrando gente de bem e se integrou na família. Tratava com carinho da Tia Boba que era lesa sem

Entreato Amoroso

aparentar e teve três filhos perfeitos. Do alto da parede a mulher sépia de olhar severo repreende-a no propósito de machucar-se com a pena de aço. Doralícia repõe o objeto no degrau do porta-canetas de cristal. Noutro retrato uma senhora em bandós e fichu observa-a com arrogância. Essa gente eternizada na parede andou pelo corredor e pelas salas e quartos ora vagos e nos arredores da sede. O espaço verberou às risadas gritos gargalhadas mas é como jamais tivessem existido. Toda essa gente acabou e os retratos testemunham a sua desimportância. Hoje a dona da casa José Afrânio diz que é ela.

Não sou, ela quase se desculpa ante as figuras austeras.

Não encontra com que se entreter. Na existência travada pelo pensamento cansativamente ocupado não há escolhas. Seus atos são manifestações de um mecanismo que funcionando à revelia liberta-a de iniciativas e assim livra-se da autoria e da responsabilidade. Sabe o que faz mas não sabe porque faz. Risos assomam e precisa contê-los. Ir e vir pelo corredor e pelos quartos. Aparecer à janela. Um estado confusional que lhe formula a pergunta irrespondível:

onde existo em mim

Toda atitude demanda uma resolução penosa. Ir à janela é difícil por ter que vencer um impedimento de origem quase física. Uma espécie de envoltório imaterial aderido à epiderme impermeabiliza-a aos contatos. Ela não se sente de osso e carne como os outros. Um desalento metafísico impossibilita o prazer da vontade satisfeita que lhe é negada antes da ação de buscá-la. Vem do quarto à sala com um vestido retirado do guarda-roupa dobrado no braço e incompleta a iniciativa de trocar por ele o que veste. A inutilidade desanima-a. Pendura-o de volta ao cabide. Detém-se olhando o renque de vestidos. No estojo mira as jóias com que José Afrânio a presenteou. A pedra do anel faísca contra a luz. Senta-se na cama com as mãos no regaço e recosta-se à guarda e estende-se de lado. Os desenhos em relevo no tecido da colcha imprimem-se no seu rosto. Fecha os olhos. Transformar-se em bichinho mínimo e penetrar na rachadura da parede e esconder-se para sempre. Uma dolorosa sensação de isolamento se materializa quando a realidade que percebe maciça e sente etérea tolda-lhe as direções. Não tem para onde ir. Não há portas ou frinchas por onde escapar. Viver ficou aquém dos empecilhos. Não se integra na seqüência dos fatos porque precisa pensá-los e isso lhe está vedado. Não se dá direitos. A existência míngua. Toca os objetos para constatar sua forma. A espontaneidade dos gestos desde os menores é patrulhada. Doralícia debruça-se sobre o abismo entre o objeto e sua percepção sensorial. Tal abismo desespera-a por induzi-la a um pânico intraduzível porque pode apenas senti-lo. Cala-se. Retrai-se. Sensação de perene perplexidade. A compreensão do pasmo que a reparte esbarra numa dualidade: tem noção de existir plenamente mas atrofiada no núcleo através do qual se sente existindo.

A relação sexual tornou-se uma necessidade porque através dela rechaça uma sofreguidão indefinível que se esforça em reprimir. A luz natural gritante empana-se. Apequenada no medo a garganta trava-se e a comida não desce. O sexo pode salvá-la: ela é quente por dentro e lateja. O orgasmo suplanta por momentos a abulia geral. Amortecida nas iniciativas e à voga dos ensejos: assim se mobiliza para os encontros com Bio. Comove-a essa obtusa vivência. Entrega-se aos homens que a assediam. Roubam-lhe a univocidade e afogam-na na umidade do ventre onde depositam veneno.

No rádio a valsa compassa os dias. Doralícia liga o aparelho e intrigada com o mistério da transmissão perguntou a José Afrânio como um fio elétrico pode trazer música. Ele riu a resposta: ondas que a eletricidade capta e reproduz. Ondas. Doralícia pensou no mar que não conhece e o entendimento inconcluiu-se. O rádio tornou-se um aparelho semelhante ao mecanismo inexplicável que a encarcera.

Na casa há peças de louça e metal. Sensível à delicadeza das formas Doralícia acha bonito que vidro e madeira transfigurem-se em vasos travessas bandejas estatuetas e na imagem da capelinha perto da colônia. Pára à frente do quadro pendurado na parede da sala onde o cachorro traz na boca a ave morta pelo caçador. Alguém pintou. Alguém riscou o desenho e com tintas e pincéis produziu o que agora vê. Concentra-

Entreato Amoroso

se espessamente nisso e aflige-a ocupar-se com assunto tão dispensável. Procura explicar a angústia a José Afrânio que não apreende o sentido da dúvida. Onde está o pintor? Morreu, José Afrânio conta: é um quadro antigo e já era antigo na minha época de menino. Meu avô comprou de um pintor alemão que morou por algum tempo em Conceição dos Mansos. Doralícia passa a mão na superfície da tela: o tato é um elo com o mundo estático retratado a pincel e pouco diferenciado daquele que a cerca. Olha o cachorro caçador e José Afrânio entretido na leitura do jornal: duas realidades escapáveis fundidas dentro dela. Não define ou localiza o que é ruim e apenas permeia-se do que a cerca. O ruim está em si ou nos objetos? Horror e medo na constatação de que até Antonha e Viúvo existem fora de si. Gostaria que lhe pertencessem mas não pode gostar de coisas e pessoas. Nada a agrada e tudo se torna intocável num distanciamento opressivo. Zé Afrânio é da consistência do cachorro pintado: ambos exilados do seu mundo interior.

O pavor é uma fera enjaulada na cela da mente. Alimenta-se de pequenos receios e ruge em espiralada ameaça. Nada fala a José Afrânio porque se entrava à possibilidade de verbalizar. O que dissesse revelaria apenas o que chega à mente e já é passado. No redemoinho emotivo impulsiona-a o instinto de sobrevivência. Cansa-a tanto esforço para suplantar o desamparo sem arrimo.

Rearruma gavetas. Muda a seqüência das roupas penduradas nos cabides. Maneja agulhas de crochê e abandona o trabalho. Alarga as refeições e a imersão na banheira de ágate. Folheia revistas largando-as sobre móveis ou à beira da cadeira ou da rede. Evita a sala de jantar porque é perto do quarto de Bio. Surdos temores a assustam e Bio está na base desse temor. Enfileira pares de sapato junto à parede. Troca objetos de lugar e espana os móveis. Liga o rádio. Suspira às valsas tristes arruinando a manhã. José Afrânio nos arredores da casa. Ela aparece à janela e de onde esteja ele acena como se estivesse à sua espera. Não corresponde ao gesto.

Senta-se muda à borda da cama e o homem pergunta-lhe a causa. Ela se contrai num riso negando.

É um ruim que não sei o que é, ela diz.

De repente invadem-na imagens pungitivas de cromos e instantâneos fotográficos do tempo em que podia ser alegre. Esforça-se para recapturar situações sem certeza de tê-las vivido: relances de pessoas reunidas e vozerios perturbantes. Vê-se na sala da casa em que se criou. Uma boca sorridente. A dobra macia de tecido. No recreio da escola as meninas que a convidam para a brincadeira e ela recusa por timidez. Tem vontade de brincar mas quando a chamam não vai. Por que não foi? O interesse de professora condoída ao tomar conhecimento da falta de laços: não tenho pai nem mãe, ela disse: moro de favor. Rostos indefinidos de pessoas com quem supõe ter repartido horas agradáveis em memórias que não se recompõem por inteiro. Preciosidades perdidas. Vê José Afrânio penteando-se diante do espelho.

Vou dar uma olhada no cafezal, ele diz: volto logo. Quer ir comigo?

Ela nega e ele fala:

Então fique na cozinha com a Antonha. Converse com ela. A Aurora também está lá. Desgrude um pouco do rádio, José Afrânio toca-a da leveza com que ela toca os frascos de vidro. Ela é de louça frágil e oca como as estátuas.

Na cozinha pede uma xícara de café. Antonha aprendeu que com Doralícia as proposições não têm continuidade. O sorriso desenha-se e lhe adoça as feições mas não perdura e é mais reflexo que manifestação. Tem pena da moça a quem Dona Diloca maldiz e adjetiva copiosa e acidamente: ara Dona Diloca ela não é isso, Antonha fala. Ao que a patroa pergunta se acha certo o que José Afrânio fez e se está defendendo a mulher que acabou com seu casamento. A empregada cala-se. Antonha diz a Doralícia que se sente à mesa para tomar o café. Oferece bolo e ela não aceita: precisa comer, Antonha insta. O perfume evolante e querendo agradá-la diz que é bonita a roupa que veste.

À tarde no terraço Doralícia recostada ao ombro de José Afrânio. Vira o rosto de encontro à junção do braço e peito do homem como se o cheirasse.

O que é? diz José Afrânio.

Entreato Amoroso

Ergue a mão do homem e aperta-a contra o seio solto sob a blusa. Guia-a em direção ao bico endurecido. Sua mão procura-lhe o sexo: está perdida e quer encontrar-se. Não há lascívia na procura. Ele ri agradado e nem remotamente interpreta o desespero na intenção da moça.

Quer? Agora? ele diz.

Doralícia vislumbra certa perversão vingativa em impor-se a José Afrânio pelo sexo. É trunfo inútil pela ausência de objetivos já que nada está em jogo na relação com o homem. Ele diz que expresse vontades pelo prazer de satisfazê-las. Insiste em que exercite sua ascendência mas Doralícia não se interessa. O contato sexual é para comprovar-se viva e escapar do pavor que a acomete. Atiça-o contra si. Pune-se. Vão ao quarto. Fecha a porta a chave. Purgação: ela passivamente sob ele. Viva. Ele precisa de mim, comove-se e corresponde ao ato.

A danosa claridade do dia revela recantos da tristeza. Supõe movimentos agitando a treva em ameaça de materializar-se num espectro. Premonições na luz que acende a paisagem seja sol ou lua. O espectro do medo mora atrás dos morros: era dele a voz mandando sair da fazenda à chegada. Impressões não se consubstanciam mas que a atemorizam. Pânico. O que é? move a cabeça.

José Afrânio apreensivo cerca-a de afagos.

Não sei o que tenho, diz na incapacidade de entender-se.

Abraça-o como agarrasse escoras no caudal que a arrasta. Anseia pela chegada da noite. Dormir e esquecer.

Mas ainda é manhã, ele fala: a noite mal acabou.

Queria escutar chuva no telhado e vento rajando na árvore, ela diz na noite silente.

Está um tempo quieto. Não vai chover. Por que você quer tudo ao contrário Doralícia?

Não sei. Assim mudava alguma coisa.

Mudar o quê?

Não sei. Eu. O tempo.

O nosso tempo é seu. Eu sou seu. Me use. Se cansou de viver longe

de movimento e de gente vamos mudar pra cidade. Qualquer cidade que queira. Que tal morar em Conceição?
 Não, diz peremptória.
 Se tem do que reclamar na fazenda vamos embora daqui. Também estou achando que vive muito afastada. Vamos de mudança. É só querer.
 Não gosto de lugar nenhum.
 Não gosta da Mata Grande?
 Aqui não tem o que fazer. Não tem aonde ir.
 Leia revista. Plante flor. Arrume o jardim. Ágüe a horta. Peça a Viúvo que tenho certeza ele gostaria muito de ajudar. Saia andar com ele: O Viúvo conhece os quatro cantos da fazenda. Os lugares bonitos.
 O Viúvo Percedino é um homem bom, ela diz.
 Convide a Antonha e passeie.
 Onde?
 Tem tanto lugar. Por onde quiser. A beirada do rio. As cachoeiras. Com sorte é capaz que veja capivara paca veado do campo. Os bugios que um dia eu vi um bando atravessando a estrada. Vá ver o que ainda não viu na Mata Grande. Quando morava na colônia não saía caminhando por aí? Então. Gosta de andar a cavalo: pegue uma menina na colônia de companhia e vá. Vista o culote que comprei e a polaina nova que nunca usou.
 Não gosto de cavalo. Não gosto mais de nada. Quero gostar e não consigo. Nem sei o que quero.
 É até pecado falar assim. Faço as suas vontades e só não faço mais porque não sei o que é.
 Eu sei. Não reclamo.
 Às vezes gostaria que reclamasse.
 Não tenho do quê. O que o senhor me deu já é demais. Se eu tivesse o que querer seria bom.
 O que falta então?
 Nada.
 Mas seu jeito diz outra coisa. Parece que tem coisa faltando. Me desgosta ver você triste.

Entreato Amoroso

Quero o que não existe. O que não sei.
Então não quer de verdade.
É um querer aqui dentro. Uma aflição. Vontade de largueza não sei que qualidade de largueza.
Todo mundo é desse jeito. Tem dia que a gente fica mais amolado.
Eu estou sempre. Toda hora.
Agora também?
Agora, ela confirma.
Ela sentou-se na cadeira de balanço que rangeu. Estirado sobre as cobertas e descalço a cabeça apoiada no braço dobrado José Afrânio ensombreceu-se. Silêncio pesando. Doralícia virou-se para ele com dureza:
Por que me quis? Por que me trouxe pra cá?
Já falei tantas vezes. Não acredita quando digo que não posso mais passar sem você perto? Que lhe quero um bem que nunca pensei caber em mim. Um bem que me dá medo. Que me tirou a liberdade. Você é o lugar pra onde eu volto. Saio um pouco e já quero voltar.
Era melhor ter ficado na colônia, ela disse.
Que é isso Doralícia? Que injustiça. Venho enfrentando tanta complicação por querer você comigo. Está sendo ingrata. A gente conversou bem conversado o assunto. Lembra?
Eu sei. Eu lembro. Mas me sinto numa gaiola.
Não Doralícia: não prendo você. Nunca forcei nada. Eu pedi que viesse morar comigo e você aceitou. Foi de comum acordo. Será que esqueceu?
A gaiola é na minha cabeça. Tem hora que me bate um sentimento tão ruim tão escuro.
Está me dizendo que quer liberdade?
Não.
Quer me largar?
Não.
Então o que é?
Ah se eu soubesse, ela diz e silencia. Depois prossegue:

Eu sonho repetido com uma menina rodeada de cachorro bravo latindo e arreganhando os dentes. É no quintal da casa onde me criei. Lá não tinha cachorro. Avançam pra cima da menina e mordem e estraçalham o corpo dela. Abriu um furo na barriga por onde escapa a tripa e o sangue e a menina fica sem nada dentro. Vazia. A cachorrada comeu o recheio de pano ou de palha ou algodão. Recheio de boneca. Estou de fora vendo e a menina que nem sei se morreu ou se é uma boneca ou uma estátua: a menina sou eu.

E que tem sonhar? Sonho é sonho. Se você foi menina sozinha no meio da cachorrada não é mais.

Acordo assustada. O coração pula.

Estou do seu lado. Se acuda comigo.

Por que me quis? repete: me deixasse lá.

Lá onde? Na colônia? Era melhor?

Não sei. Não. Melhor não era.

Então. Não entendo você Doralícia. Não está bom comigo?

Também não sei explicar. É uma coisa que eu sinto. Antes nem pensava se a vida era boa ou ruim.

E agora?

Agora vejo que é melhor. Por dentro de mim é que parece pior.

Pior como?

Se antes eu era triste eu nem sabia.

Será o modo como lhe tirei do Amaro? Tinha outra maneira? Foi como deu pra resolver a situação. Você não queria mais ficar com o Amaro.

Eu sei.

Estando comigo não vai lhe acontecer nada. Não deixo. Pode confiar.

Rente à cama ou à beira de abismo. Saudade infundada e renúncia apequenando:

Melhor a vida de antes, murmurou.

José Afrânio recostou-se à guarda da cama. Estranhava-a falando e rompendo a quase mudez dos últimos tempos.

Ô Doralícia, ele disse persuasivo: a vida de antes? A ciganagem de estar um dia aqui outro lá? Morar numa casa acanhada e sem conforto? O Amaro? Era melhor a companhia do Amaro?

Não é isso. Não é o Amaro.

O que é então? A serviceira que fazia? O pé no chinelinho trançado em vez de calçar sapato? O calcanhar rachado. O vestido remendado? Pegar na enxada e carpir roça e apanhar café desde madrugada até o sol esconder? O que de antes pode ser melhor que agora? Abra o guarda-roupa e veja quanta roupa bonita quanto par de sapato.

Eu sei.

Se tem saudade de antes, ele disse: se era melhor, ele disse reticente.

Me comprou, ela falou: é ruim lembrar.

José Afrânio escuta-a e acolhe o ressentimento que ecoa infundado.

Doralícia, diz conciliativo: não foi negócio de compra. Você estava junto na hora do ajuste e ouviu. Não tratamos deixar o Amaro com alguma posse pra ele se arrumar depois? Eu cumpri a minha parte no combinado. Fiz o que fiz a seu pedido. Se ele ficou descontente foi porque tinha que ser e era lógico que não ia gostar. Isso eu falei que ia acontecer. Não foi só ele. Uma porção de gente não queria e não quer nós dois juntos. Não gostaram. Concordar não iam mesmo. Não me sustentava mais na condição de entrar escondido na sua casa. Facilitei a vida do Amaro fora de Conceição.

Sou escrava igual as negras de um tempo, ela diz.

Escrava? Como escrava? Aqui goza de tanta regalia. Não é mais patroa porque não se põe no lugar que é seu. Escravo sou eu: mande que eu cumpro, José Afrânio fala e alveja um riso que esbate na nublada feição da mulher. Ele procura guardados naquela tristeza. Olha-a. De que verdadeiramente reclama?

Doralícia enjoou de mim? É isso?

Ela arremeda um sorriso e sussurra baixo:

Não. O senhor é bom.

Não me gosta mais?

Gosto.

Abraça-a pela cintura mas a sensação de protegê-la não se renova. Partes dela esparsas como as roupas sobre móveis. Abraçados e ilhados.

30

Pra Finados vou mandar lustrar o granito do túmulo da minha gente. A Antonha cuida disso uns dias antes. Peço a ela que ponha flor nos vasos. Os lírios estão quase abrindo no canteiro pegado ao tanque. Todo ano Percedino enterra as batatas da planta e isso já era costume desde o tempo de minha mãe. Diloca nunca precisou pensar nessas providências. Ela sabe que eu faço o que precisa.

Oi-ah.

Vivo como quem acha que nunca vai morrer. Gosto da vida. Sou homem de saúde e graças a Deus tenho condição e tiro proveito. Ninguém fica pra semente mas penso pouco na morte: quando for a hora ela vem mesmo então pra que pressa? Pra existência ser proveitosa a pessoa precisa saber manejar as coisas. Não se pode levar a ferro e fogo. É abrir mão aqui e segurar a rédea ali. Sempre aparecem os nós que atrapalham mas se eu passar a minha vida na peneira sobra muito de positivo. Ultimamente é que a coisa anda meio emperrada. Não tem sido o mar de rosa que eu gostaria de fosse mas mesmo assim acho que o saldo é bom. Tudo passa não é mesmo Doralícia? Boa ou ruim nunca uma coisa é pra sempre. Nunca. Sempre. Difícil de medir quanto dura o nunca e o sempre. O momento não está favorável então é fazer de tudo pra agüentar e levar adiante. O que é desconhecido não se pode prevenir. Toca esperar. Fazer o quê? Já vivi com meus negócios ajustados caminhando quase sozinhos. Tudo encaixado. Caía do céu. Me achei capacitado. A gente acaba pensando que nada faz frente e esquece dos contratempos. Não me queixo da vida porque Deus tem me ajudado mas eu facilito pra Deus me ajudar. Tenho faro e enxergo longe. Em negócio a gente tem que seguir a regra. Tem que prestar

Entreato Amoroso

atenção. Mais dinheiro em jogo mais dura fica a parada. Aprendi a lidar com as pessoas. No ramo de negócio é um querendo tirar do outro e o jogo é esse. Eu me tarimbei e me fiz pessoa de respeito em negócio. Sou sério e responsável. Vá que de repente me aperte numa necessidade tenho a quem recorrer. Me dão crédito. Meu nome é limpo. Apaguei o que fiz sem muito escrúpulo no começo. Recuperar a confiança dos outros foi tarefa de muitos anos. Se prejudiquei alguém não foi a ponto de estragar a vida da pessoa. Ninguém perdeu muito por minha causa.

A fazenda regulou meu destino porque eu soube tirar dela quase tudo o que podia dar. Daqui a trinta anos não sei como vai estar a Mata Grande. Abandonada não há de ficar. Por enquanto sou eu que resolvo como deve ser aqui e o comando é meu. Depois vão ser eles. É da lógica. Depois de morto vou ser igual à gente dos retratos na parede: quem quer saber a história deles?

Oi-ah.

Não precisa ir longe: meu pai. Tivesse vivido mais e babau a Mata Grande. A casa agora é quase vazia mas no tempo do meu avô o movimento era grande porque tocar fazenda de café precisava de muito camarada. A colônia tinha mais casas e era tudo cheio da italianada que morava aqui. Trinta anos atrás o município tinha mais população que hoje principalmente nos sítios e nas fazendas. A cidade era meia dúzia de ruas mas o derredor era cheio de gente na lavoura. Na crise quem trabalhava em plantação teve que se mudar pra onde havia fábrica. Largaram o cafezal no abandono. Muitas famílias de Conceição foram embora pro Osasco. A cidade que tinha pouco morador ficou mais esvaziada ainda.

Setenta e poucos anos entrando e saindo gente pelo corredor. Viraram poeira e a casa continua firme. Morro eu morre você morrem meus meninos e a casa continua. Tem dois modos de estragar uma construção: muito uso ou abandono. A casa enfrentou as duas situações e está firme. Mais firme que nós.

Pudesse ler o futuro uma espiadinha que fosse.

O que será uma pessoa: criatura feita pelo molde de Deus ou um bicho da natureza igual formiga cobra cavalo? Olhar um boi um burro uma besta me admira a força que tem nesse animal. Tivesse inteligência pra usar a força do que não seria capaz? O boi o cavalo ficam lá parados. Não tomam iniciativa. Homem não espera. Escolhe e diz porque escolheu. Não sei dizer por que escolhi você. Não escolhi você. Um acaso pôs você na minha frente e não tive escolha. O ferro perto do ímã não há o que impeça grudar. Eu era criança e via o Orlando-Sapateiro recolhendo preguinhos e tachinhas do chão passando o ímã e formava uma trancinha um preso ao outro. O ímã que me puxa é você. Com animal é o instinto que manda. Não. Não estou falando direito. Quem é humano pensa antes de escolher mas nem sempre a escolha é certa. Quem sabe no fundo a gente faça a escolha pelo instinto. Igualzinho um bicho. Instinto. O motivo da nossa escolha é sempre a tentativa de compensar o que falta dentro com o que está disponível fora.

Pensou Doralícia: beija-flor sabe voltar pro ninho. Eu admiro. Sai caçar comida e a cabecinha miúda funciona porque ele conhece o caminho de voltar. Então beija-flor pensa. Tem um modo de beija-flor pensar não tem? No arco da ponte de tijolo perto do estradão da DER tem um ninho com formato de coador de café. É de cuitelo. Vi o passarinho parado no ar batendo a asinha tão depressa que nem enxergava o movimento. O bichinho voa longe e volta direitinho praquele lugar escondido debaixo da ponte. Falo de beija-flor mas todo bicho é assim. Do menorzinho até os grandes. Eles têm que ter um maquinismo de pensamento porque lembram o rumo. Lembram a obrigação de dar de comer e de proteger o filhote. Se isso não é do pensamento de onde é? Formiga: formigueiro trabalhando é igual máquina com todas as peças ajustadas. Cada qual com sua tarefa. Sem erro. Abelha: tudo organizado. Dizem que beija-flor de rabo branco dentro de casa é aviso de má notícia. Um dentista de Conceição que morreu de repente a mulher contou que um cuitelinho entrou na sala uns dias antes. Não acredito que bichinho tão enfeitado de cor traga notícia má.

Outro dia ver você chorando me doeu fundo. Que diabo: a Doralí-

Entreato Amoroso

cia chora e eu não sei por quê. Devia saber. Pelo bem que lhe quero eu merecia saber o motivo. Os motivos. Nós juntos dia inteiro e você não conta nada. Não se mostra. Eu não. Falo o que sinto.

Falo demais Doralícia?

Quer saber: ninguém conhece ninguém. A discussão daquela vez lá em casa: cada um usando a raiva pra derrubar a opinião do outro. Ninguém escutava. Cada qual falando pra si e ofendendo o brio do outro. Todo mundo quer falar porque ouvir não desabafa. Depois me censurei. Por que não falei assim ou assado por que não zombei da gordura da Diloca não escolhi a ferida mais dolorida pra cutucar como fizeram comigo? Aquela discussão era um esgoto de raivas. Sujeirada.

Quando vai acabar tudo isto?

A cabeça não descansa. É como você se queixa. Eu costumava dizer que idéia ruim é pra varrer longe mas infelizmente a gente varre e ela volta. Fosse um rádio desligava e acabou. Me vejo discutindo comigo mesmo e me mostrando o pró e o contra. Me desmentindo me acusando me defendendo me dando ou não razão. Melhor ser que nem bicho. O que pode se passar na cabeça de um gato atravessando quintal? Ou no miolo do beija-flor embaixo da ponte? A única ocupação deles é se garantir vivo. Pros gatos vale o que está acontecendo no instante e pro gato não tem hoje nem amanhã. Trepa no telhado porque sabe que a raça dele despenca do mais alto e cai sempre em pé. Ah ser como gato. Gente precisa cuidar do que fala. Uma palavra é bastante pra causar um bruta estrago. Sim. Não. Às vezes um gesto. É um perigo falar. Será que falar é uma fraqueza a mais no homem Doralícia? Mas como se o que se diz é que o humano é mais que animal porque tem dom do pensamento e da fala? Nossa raça é complicada. Não sou a raça. Eu sou eu e que vá à merda a raça. No fim das contas o homem acaba como qualquer cabeça de gado entalada no brejo. Muita vez nem atinando com o perigo se evita que um mal aconteça.

Dia de finados faz pensar na morte.

Pela boca do povo a Mata Grande virou um lugar assombrado. Amaldiçoaram a fazenda. Ninguém vem mais aqui.

Se o céu é lugar dos bons e inferno é lugar de pecador pra onde nós vamos? Honestamente não acredito que mereça o inferno. Tem medo de inferno Doralícia? Nem tanto. Podia ser pior. Por que não? A vida um inferno? Acha mesmo? É muito rigoroso dizer isso. Há coisa pior por aí. Não bestemo e não renego Deus. Eu não. Nem que seja pra me valer na hora do aperto é preciso acreditar que Deus existe porque faltando o resto o apego é Deus. De castigo sim tenho medo. A cegueira e não enxergar mais você. Me entravar numa cama. Estragar a natureza e nunca mais namorar você. Deus-me-livre.

Ser ruim ou bom é relativo. Pra Diloca eu encarno o demônio. Solto fogo pela boca e fumaça pela venta. Sou da opinião de que existe Deus. Como ele é eu não sei e duvido que alguém saiba. Não me fio em conversa de padre. Tenho dúvida sobre se Deus é como os padres dizem por que se for é folgado ser Deus. Ele nunca precisa se explicar. Ninguém tem direito de saber por que ele quer as coisas de determinada maneira. Quer e pronto e desse querer acontece o mundo. Ofício melhor não há porque Deus não erra. Coisa boa é Deus que faz. Coisa ruim é castigo de Deus. Tudo está explicado: vontade de Deus. Não é assim que falam? Minha crença ou descrença – a minha e de qualquer um – não modifica Deus que existe independente de se acreditar nele ou não. Eu nado bem mas se me atrevo no redemoinho que o Jaguari tem parte traiçoeira onde está a vontade de Deus: me aconselhando a ficar no raso ou me tentando a enfrentar correnteza? Aí dizem: é a pessoa que escolhe o raso ou fundo e quem quer se arriscar que se arrisque. Ué. Mas antes da minha vontade não está a vontade de Deus? Quem se arrisca está fazendo a vontade de quem? A própria vontade? Mas como se gente tem que ser autorizado por Deus pra ter vontade de alguma coisa. Você decerto também já ouviu falar que nem uma folha de árvore cai sem que seja pela vontade de Deus. Como fica essa história? Hem? Quem explica?

Não é difícil de entender?

A humanidade podia se ajustar e viver de acordo com a vontade de Deus se soubesse qual era.

Tenho dinheiro pro gasto e sobram uns caraminguás. A mulher que quero está comigo. Isso é bondade de Deus não é? Nisso a vontade dele é igual à minha. Quer dizer que não me acha tão errado. Não vou ter resposta. Ninguém vai. Nem precisa. Deus deve ter com ele a resposta antes da pergunta. Pergunta não é assunto pra Deus porque ele conhece tudo antecipado. Vê Doralícia? Onde vamos chegar se começar a fuçar na mente? Ah. Largar disso. Não vou pensar nessa intrigagem.

Minha família. Minha filha Noêmia.

A rédea afrouxou porque me descuidei em algum trecho. O beabá virou um abecedário. A estrada em que me vejo obrigado a andar com eles não sei aonde vai dar. Perdi a segurança? Estou numa curva sem certeza do que me espera à frente.

Tem uma pendência me incomodando que preciso resolver. Me distraí nalguma passagem. E foi por sua causa Doralícia porque ocupado com você acabei me esquecendo das brigas da vida. Relaxei o comando e agora acham que podem me enfrentar.

Aqui de longe na fazenda ainda escuto a gritaria em casa.

Você disse que antes era melhor. Pode ser.

Meu sono anda perturbado. Pra falar a verdade ando perturbado até de dia. Não conhecia o que era um incômodo essa circunstância surda parada. De repente dei espaço pra insatisfação e ela chegou e não quer ir embora. O desarranjo é da discussão com a Diloca. Passa. Há de passar.

Sua tristeza deve ser contagiosa. A minha Doralícia me passou a doença da preocupação.

Brincadeira. Você é a lamparina no meu escuro. O seu compromisso é me alumiar.

É que cuidando do pequeno esqueci do grande. Nós conversamos de um jeito e a gente lá de casa conversa o avesso. Vai ver a vontade de Deus é uma pra cada lugar. É ele quem quer que lá seja daquele jeito e aqui deste. A verdade não existe e se existe só ela se conhece. Zomba de todo mundo. Se eu fecho uma porta e passo a chave a porta fica trancada. Alguém bate pra entrar e a verdade muda. É tudo assim não é Doralícia? Quem amansa ventania chuva de granizo geada inveja? Quem modifica o modo de ser da pessoa? Se pudesse a Noêmia me cuspia na cara e a Diloca me unhava.

Ando na rua em Conceição e minha família é que nem um estrepe me atrapalhando o passo: um calçado apertado que não vejo hora de descalçar. Me lembrou uma passagem: o Bio em criança estrepou a barriga da perna com uma farpa de taquara. Arruinou e arranquei o estrepe com uma agulha mas a ferida não cicatrizava. Vertia pus e tinha um olhinho preto que não sumia. Um dia examinei o machucado vermelho inflamado pra ver o que era a pontinha rodeada de pus. Apertei e saltou uma lasca da felpa que não tinha saído inteira. Enquanto o espinho ficou a ferida continuou purgando. Ele tem a marca na perna até hoje. Quem será o estrepe: eu no pé deles ou eles no meu?

Nunca convivi bem com a minha família. Quando me procuram sei que notícia boa não é. Eles chupam a cana e me mandam o bagaço. A vida é uma troca e devolvo o que me dão. Meus filhos reclamam de barriga cheia porque vão herdar muito mais do que recebi. Preciso do Bio aqui na fazenda e por insistência dele trouxe o José Cardoso de volta pra ajudar mas o menino conhece a fazenda melhor que eu e ele. O Cardoso tem experiência e me dá essa mão mais por distração porque não precisa trabalhar. O Viúvo disse que o menino reclamava que não dava conta de tudo. Dá conta sim. O Bio é suficiente. O Zé Cardoso descarrega um pouco ele. A gente anda meio desafinado mas o Bio me respeita. A Noêmia também. Tenho certeza. Ela sabe que não sou aquele satanás que pintou.

Falou o que falou com coração magoado.

Ela pingou uma gota de veneno no meu sangue e quase conseguiu estragar uma coisa que estava tão boa. Me remoí. Acreditei e duvidei e até espionei um pouco. Não fica certo ninhar ovo de cobra e eu. Bom. Depois passou. Passou? Não passou. Você sabe do que estou falando. Eu vou de certeza a certeza. Do sim para o não. Me esquento e esfrio.

Entreato Amoroso

É tudo na cabeça porque fora eu sei como as coisas são. Eu vejo. Aí estou somando uma conta conferindo a lista que o Bio manda e sem querer nem esperar nem permitir aparece a certeza de que está acontecendo o que não quero. Uma certeza inteira. Acabada. Me dá como um choque elétrico. Depois com a mesma certeza acho o contrário. Não. A Doralícia não. Nem o Bio. É assim. Mas a idéia volta. Olho você olho o Bio mas o que a Noêmia disse volta. Contra minha vontade mas volta.

A Noêmia me avaliou pela metade. Só conheceu o tempo de vaca gorda por isso não sabe o que é passar apertado. Tivesse visto a Mata Grande que veio pra mim me daria mais valor. O cafezal afogado no mato. A casa goteirando por tudo. Recuperei a sede e o resto. Veja que caprichada é a cercadura pintada perto do forro. O papel de parede já contei que veio da Inglaterra e por isso não deixei tirar. Meu avô conservava a casa e eu quis fazer igual. Quarenta anos atrás um mestre-pedreiro italiano trouxe uma turma pra erguer uma igreja matriz nova em Conceição e ele pediu pra eles fazerem uns arranjos e melhorar a casa de sede. A escada da frente foi desenho desses italianos. A pintura o papel da parede o gradil do terraço a escada de dois braços são dessa época.

Veja como é: meu avô com tanto zelo na fazenda e meu pai quase enfiou a Mata Grande no nariz. Teve tempo que só a gente do Percedino morava aqui. Meu pai perdeu o crédito. A terra ficou pra nós porque não apareceu interessado. Pra me aprumar só não roubei. Até me envergonha lembrar do que fui obrigado a fazer. Vendi por bom coisa estragada. Desmanchei negócio de terceiros pra me beneficiar. Fui mão de ferro com quem me devia. Era melhor cobrador que pagador senão a terra me tragava. Meu pai judiou de minha mãe e disso eu nem gosto de lembrar. Era grosseiro e nem parecia filho de meu avô: aquele sim era de boa cepa. Minha mãe não merecia sofrer o que sofreu.

É fácil ser honesto quando se tem posses. Hoje acredito que tenho mais qualidade que defeito. Faço questão de saldar os meus compromissos em dia. Não preciso mais recorrer a empréstimo de banco nem de particular mas penei na mão de agiota. A prática ensina e sempre fui de prestar atenção: aprendi vendo. Acompanhar o mais adiantado pra não ficar atrás. Minhas amizades fora de Conceição são gente graduada. O Doutor Alípio Nogueira é advogado conhecido em São Paulo e quando vinha à sua fazenda ali no Couto ele me visitava nem que fosse pruma passadinha rápida. Às vezes almoçava comigo porque gostava do feijão grosso e do arroz branquinho solto da Antonha. Ele é gente daqui e curioso de tudo especulava até futrica da gente miúda do bairro. Perto do Doutor Alípio sou um bugre analfabeto. Lembra a história do Totó Bicalho? Contei ao Doutor Alípio e ele rolou de rir. O Totó, ele dizia: mas o Totó. E gargalhava. A Aretusa brava daquele jeito e o Totó na bandalheira. Eta José Afrânio Leme de Camargo ele dizia meu nome inteiro e me abraçava. Corria mundo e mandava cartão postal do estrangeiro. Deve ter algum na gaveta da escrivaninha. Alguém dessa qualidade que me dá valor tenho que pôr na balança: não lhe passam perna hem Zé Afrânio, ele ria. Mas pra minha gente sou o demônio do inferno. Ninguém é só ruim nem só bom. A Noêmia disse que em casa o comando mudou. Que mudança teve se o que vi foi a xingação de sempre inclusive dela? Sou o diabo? Não sou. Não sou Doralícia. O demônio da Diloca é ela mesma.

Pra ela você não é de carne e osso. Pra ela você é uma criatura em quem põe o defeito que quiser. Conheço a Diloca: cada vez que fala de você ela aumenta um pouquinho pra piorar o retrato. É disso que ela vive: de piorar o nosso retrato. Imagina que é você quem me aparta dela. Tonta. E que sabe a Noêmia pra falar o que falou? Você e o Bio nem se cumprimentam. Vejo. Se evitam. Tenho reparado como são um com outro. Não trocam nenhuma palavra. Nem se dão bom dia. E mocidade é de entendimento mais simples. Moço com moço se entende.

Me faço de moço mas cada noite que chega acaba mais um dia na vida. É que nem o côo do café mas até o café cheiroso da mocidade acaba esfriando e azedando. Mocidade e café é aproveitar a quentura.

Entreato Amoroso

Ah a mocidade. Na mocidade a alegria debocha da tristeza. É o tempo de existir sem precisar da memória porque tudo é novo. A mocidade é o tempo em que o que vem é sempre melhor do que o que ficou pra trás. A cara corada. O corpo sem dobra nem sobra. A aba do nariz treme e o braço é de peroba. Na mocidade a gente está sempre querendo mais e o compromisso maior é com viver. Moço é que nem leão atrás da caça: o instinto solto. Palpe a tábua do meu peito. Da minha barriga. Veja quanto cabelo eu tenho. Pode catar que não acha um fio branco. Nunca perdi um dente. Enxergo bem. Escuto como tuberculoso. Subo e desço escada em casa e no terreiro trinta vezes por dia e de noite não sinto quebreira no corpo nem pontada de dor. Nunca fui triste. Nunca. Nossa idade diferenciada atrapalha? Veja o meu braço estendido. Treme? Não vai me ver como o Bio naquele domingo. O Viúvo contou o arranca-rabo. Estava em Conceição visitando Nhô Nito Bernardo que deve beirar cem anos e de quem é parente. Foi uma briga que balançou a cidade. Comentavam na rua e no bar. Ele esteve em casa mas o Bio já tinha saído. A Diloca não conseguiu segurar ele que quis porque quis vir pra fazenda. Na segunda-feira cedinho o Viúvo perguntou pra Antonha se o menino estava aqui. Onde mais ele podia estar, me deu vontade de mandar dizer pra Diloca. Pedi ao Zé Cardoso que descesse a Conceição avisar a mãe dele pra se acalmar se é possível acalmar aquela mulher. Como não segura a língua ela me criticou pro Cardoso. Me culpou. Culpou o italiano e a raça inteira. Que o menino fugiu e ela ficou na maior aflição. O Zé Cardoso garantiu que o Bio estava bom. A Diloca deve ter falado demais porque o Zé Cardoso fez reparo: é, a Dona Diloca está um tanto alterada.

A briga amansou o Bio. Ele tem ficado mais na fazenda. Se enfarou da mãe mas quem não se enche com ela? Que deu nele naquele domingo? Não é de bebida. Não se mete a valentão. Lembra da cara dele?

Quando falo do Bio me vem a impressão de coisa fora do lugar de perigo solto. De estrago. Não sei o que é mas parece que eu devia saber. Não quero achar que é por causa do que a Noêmia falou. Não.

Não quero. É por causa da minha briga com a Diloca. Ele me evita porque a mãe. É. É a mãe. A mãe. Será que é o dia de Finados chegando que entristece o mundo? Quando eu era pequeno na loja do Grandim as filhas dele faziam coroa de papel pra vender e penduravam na vitrine. Não gostava de ver as coroas. Eu me obrigava a cortar volta pra nem pisar na calçada da loja. Queria que passasse logo o dia dos mortos.

Ou será que você enfiada nessa cisma repassa a tristeza pra mim?

Está aqui pertinho mas tão longe.

Ô Doralícia. Erga a cabeça. Dê uma risada.

Em Finados vamos visitar o cemitério. Vamos aparecer pra eles. Mostrar a cara porque não tenho o que esconder. Eu sei que você prefere ficar em casa. Cemitério não é passeio. Ah vai sim. Veste uma roupa bem granfina e quero ver se alguém tem coragem de desfeitear a gente. Continuar entocado aqui que nem criminoso é que não podemos. Sair do buraco Doralícia senão a gente mofa.

Está escutando o vento assobiando no telhado?

Na estrada o vento embola a haste seca do capim-gordura e forma um novelo que vai rolando e crescendo e se enrosca na ravina. Parece que é gente quem faz os novelos tão bem enrolados.

Vamos esquecer Finados. Melhor pensar noutro assunto.

Querer compreender a vida, quem pode?

31

Às NOVE HORAS QUEIROZ ESTACIONOU o automóvel diante da casa de sede. O dia santo começava num marasmo condizente com o significado da celebração. Espessa massa gasosa envolvia o sol e opaciava a claridade. Nenhuma brisa na manhã apática. Do terraço José Afrânio fez um gesto pedindo ao motorista que aguardasse. Queiroz avaliou o homem e o casarão: sujeito de topete. Fazia meses que José Afrânio não lhe solicitava serviços. Não demorou e o fazendeiro e a mulher surgiram no terraço. Enquanto desciam a escada (o homem conduzindo a moça pelo braço) Queiroz reparou na retração dos movimentos e na compenetração do rosto comumente afável do fazendeiro. O gramado entre a casa e o automóvel dificultava os passos da moça calçada com saltos altos. Não apenas o chão irregular a atardava. Descendo para abrir a porta do automóvel Queiroz percebeu nela certa hesitação. José Afrânio cumprimentou-o e acomodou-se ao lado da mulher no banco traseiro. Doralícia não o cumprimentou.

Calor hem Queiroz, foi o único comentário de José Afrânio.

A poeira erguida pelo automóvel sucumbia os verdes na orla da estrada. Vidros erguidos para evitar o pó José Afrânio comentou que até o tempo entristecia em Finados e Semana Santa. O motorista concordou.

O dia aprende a ser triste, comentou.

O carro sacolejava. Doralícia olhava pela janela. José Afrânio e o chofer reclamaram da pouca chuva e do calor forte como num janeiro antecipado. Queiroz dirigia ligeiramente arqueado à frente. Ultrapassavam troles charretes cavaleiros e famílias a pé e pessoas carregando braçadas de flor engolfados na poeira largada atrás. A conversa no automóvel entremeava-se de pausas incomuns no fazendeiro. Doralícia indiferente. Resistiu a vir o quanto pôde. Não gostava de aglomeração. Ele disse que na circunstância agradava-lhe misturar-se ao povo. Não eram par de condenados homiziados na fazenda e indo à cidade ratificava sua escolha:

Quero mostrar que não me fazem frente, disse.

Pediu ao motorista que evitasse a rua principal e contornasse a cidade desviando pela estrada-do-governo mesmo um trecho sendo rua de casario e trânsito. Adiante à esquerda derivava-se para o caminho do cemitério. Visitariam os mortos e depois os vivos, disse a Doralícia. Passariam pela casa do Constante com quem tinha combinado tomar um café.

O caminho do cemitério começava um pouco além das últimas casas da cidade. Atravessava uma ponte mais estreita que a estrada e subia o morro da saudade sombreado por bambuzais de taquara-poca.

No altiplano as ruas com túmulos de alvenaria ou granito ornados de esculturas de mármore ou bronze ou simples montículos de terra com cruzes de madeira fincadas na cabeceira atestando a pobreza do finado. O cemitério era um quadrilátero rodeado de velhas palmeiras e fechado por muros ruindo em vários trechos. À frente um pátio largo de terra nua cercado de tipuanas encorpadas sob as quais ambulantes armavam barraquinhas ou estendiam pedaços de lona e espalhavam objetos à venda. José Afrânio vestia um terno de linho cor de palha com colete traspassado pela corrente de ouro do Patek Phelippe.

Que adianta eu ir, Doralícia disse.

Quero que me vejam com você.

Não tenho vontade de ver ninguém. Não conheço a gente enterrada no cemitério daqui.

Faça o meu gosto, José Afrânio disse: quero mostrar nós juntinhos que nem casal de noivos.

Ela olhou-o. O suspensório caído abaixo da cinta e cabelo molhado do banho recente.

Não queria ir, repetiu.

Por quê? Está com medo do povo?

Poucos meses depois que foi morar com ele não era raro que o acompanhasse à cidade. Ficava no automóvel se José Afrânio dizia que seria rápido no que o ocupava ou se a ligação telefônica demorava sentava-se na saleta da Vina-do-centro-telefônico que se repartia entre os pinos da mesa e ela. Doralícia não se expunha. Temia que a soubessem ali. À falta de interlocutor José Afrânio lia o jornal no banco colocado aquém da balaustrada. Tímida e tendo pouco a dizer constrangia-se por ocupar a atenção da telefonista julgando que a estorvava. O fazendeiro conversava com conhecidos que paravam para um cumprimento sem imaginar que a amante o acompanhava. Até completar-se a chamada Vina servia café e tratava-a amigavelmente apesar de Maria Odila mandar recados indiretos acusando o desagrado dessa amizade: onde se viu receber a escandalosa em casa? Vina justificava-se que sendo o centro telefônico um local público não podia escolher

Entreato Amoroso

quem precisava do serviço. A campainha da mesa interrompia Lavínia a Vina. Deixava Doralícia com uma revista na saleta parcamente iluminada. O ambiente penumbroso resumia a hostilidade pressentida na cidade.

Vamos sim, ele disse apertando-lhe as mãos e animando-a. E se arrume bem bonita. Eles vão ver como trato bem minha mulherzinha. No calor pegajoso desde cedo nuvens esfiapadas no céu desmaiado formando um halo pálido à volta do sol. No largo empoeirado o povo conversando sob guarda-chuvas pretos e sombrinhas coloridas. À sombra do arvoredo enfileiravam-se automóveis conduções atreladas e animais de montaria. O cemitério mal cuidado ficava afastado da cidade. A ocasião pedia e a prefeitura mandava carpir o mato e limpar o pátio que cascalhavam para firmar o solo. O sol esturricava a terra recoberta por uma camada de poeira solta que à menor aragem erguia-se grudando à pele e à roupa. O portão de ferro escapando de dobradiças enferrujadas e os muros esboroando eram prova do descaso da administração pública. Pedro Camargo sempre prometia que ia cuidar do cemitério pavimentando as ruas e consertando a alvenaria derruída mas a desculpa da falta de verba adiava a providência. Cavalos e vacas invadiam o campo santo e circulavam entre os túmulos.

Pra que investir no cemitério se morto não vota? Pierim Ciano disse no armazém de Donatílio.

Não gosto de cemitério, Doralícia falou.

Nem é questão de gostar, José Afrânio disse: vou cumprir a obrigação.

Tinha a intenção de fazerem-se vistos numa naturalidade que a tensão descaracterizava. O reconhecimento à passagem do automóvel devia causar reação no povo e imediatamente informariam Maria Odila. Queria que sua vinda pontificasse como retaliação da cena vivida na sala familiar. O objeto da atitude não se evidenciava claramente na raiva quase esvaída ou deslocada que fazia de Maria Odila vago alvo da ação.

Àquela hora crescia o fluxo de pessoas. No largo formavam-se grupos animados. Conhecidos e antigos meeiros e gente que há tempos não via fizeram-no perceber o quanto andava apartado da vida costumeira anterior a Doralícia. Nhozito Fagundes comandava a família rodeando a carriola onde Valentim vendia garapa. José Afrânio lembrou da provocação jocosa na pergunta feita ao garapeiro se era verdade que conservava o caldo fresco pondo minhocas no garrafão. Valentim imprecava mais para agradar a freguesia que esperava a blasfêmia em resposta. Alguma atrofia dava aparência de anã à mulher de Nhozito que usava cabelos compridos abaixo dos ombros por cumprimento de promessa gritada a Nossa Senhora dos Remédios num apuro: o carro de boi adernou a carga de café ensacado prensando-o entre o chão e o carregamento. Bradou um valei-me à santa e ergueu-se milagrosamente ileso da sacaria espalhada sobre si. Nunca mais cortou o cabelo por gratidão e pagou a um desenhista a representação do milagre num quadro que mandou pendurar na sala de votos do santuário na Fazenda Pereiras.

Nhozito continua firme na promessa, disse Queiroz.

Ambulantes vendiam flores e coroas de papel crepom enrolado em armações de arame além de frutas brinquedos e quinquilharias. Fatias de melancia e abacaxi expostas às moscas e passantes. Cheiro de plantas e flores pisadas e estrume fresco da fileira de animais com as rédeas amarradas nos troncos do arvoredo.

O carro estacionou quase à frente do portão de entrada.

Aguarde que não é visita muito demorada, José Afrânio disse ao chofer. Vamos apear Doralícia.

Queiroz estacionou. Desceu do automóvel e abriu a porta para o homem. José Afrânio rodeou o carro e estendeu a mão à moça retraída no acanhamento e na contrariedade. Tomou-lhe o braço conduzindo-a. A tensão truncava sua cordialidade habitual. Cumprimentava sem atentar a quem. Buscava dominar racionalmente o desconforto. Nada a temer da gente que conheço que pra eles é igual a sempre: eu é que não estou o mesmo. Avançava sem olhar para os lados. Teve a impressão de alguém lhe voltando as costas à passagem mas não se preocupou em confirmar. Transpôs o limiar da entrada com o pé direito supersticioso. Cruzes e cúpulas repontavam por cima dos muros. Os túmulos recém caiados não amenizavam o aspecto geral de descuido. Parentes ante jazigos familiares reviam-se em prosa animada. Na aléia principal era intensa a corrente de transeuntes e havia gente agrupada rezando ou cumprimentando-se em reencontros cordiais. Nos pés dos túmulos as velas acesas escorriam derretidas no saibro vermelho. Coroas de latão enferrujado e letreiros em relevo carcomido. Sobre algumas campas livros de pedra abertos assinalavam nomes e datas. O anjinho de mármore que verteu água e rumor de santidade da menina falecida num acidente doméstico com tacho de goiabada virando e queimando-a. Uma água inexplicável brotou da estátua e curou a cegueira congênita de menina da mesma idade da criança morta. Ninguém passava sem se benzer nesse local de peregrinação. Numa rua transversal jaziam os três ciganos mortos entre si num ajuste de contas ou disputa pela primazia no bando ou motivo passional em crime que abalou os primórdios da cidade. O povo mitificando o morticínio cultuava e obtinha milagres por meio da intercessão de suas almas: ali sempre havia gente orando. José Afrânio persignou-se diante da sepultura na devoção aprendida em menino. O monumento de pedra da família Abrantes guarnecido de correntes presas a pilastras e constantemente soltas dos ganchos porque sem o desengate dos elos as almas das duas irmãs falecidas de tifo no espaço de uma semana não alcançariam a luz eterna. Sobre o drama contava-se que a família brigada com o médico por motivos políticos impediu o atendimento a tempo. A avenida acabava diante da capela onde jaziam os Cardosos fundadores do burgo.

Na tumba da família de José Afrânio um Cristo de bronze apontava o céu com a mão direita. Sob a terra estavam bisavós avós pais e dois tios. Repassou-se da lembrança da mãe finada recatadamente como viveu. José Afrânio fechou os olhos revolvendo memórias que se incompletavam na agitação interior. Rezou mecanicamente. Com visão arisca conferia quem estava nas proximidades. Doralícia no vestido azul marinho tinha o olhar vazio dos cegos. Seu embaraço era transparente. Joca de Campos acenou e José Afrânio pensou em dirigir-se até ele mas o ensejo desfavoreceu porque o Campos se acompanhava de uma leva de parentes vindos de fora. No trajeto desde o automóvel até diante de seus mortos era como se as personagens com quem contracenaria houvessem faltado ou não desempenhassem os papéis que lhes havia predeterminado ou que esperava soubessem improvisar para o enredo fluir. Qual enredo? Outro engano? Em casa a tocaia com acusações prontas. Agora indiferença geral. Não localizava a animosidade contra a qual se prevenia desde a discussão com a mulher e a filha.

A notícia da estada na cidade chegaria a Diloca. A possibilidade de tal não acontecer e o desinteresse por sua pessoa o desconsideravam. Cumprimentavam-no com aceno de cabeça ou toque na aba do chapéu ou um balbucio de bom-dia a que respondia. Não deparava com alguém que compensasse um encontro de marcar presença. Nenhum conhecido em quem se ancorar. As mãos rigidamente fechadas no bolso da calça. Casais de namorados aos cochichos sob estátuas patinadas ou encostados aos oratórios com retratos de falecidos encabeçando as tumbas. Uma mulher em luto fechado chorava e recebia abraço solidário de duas outras pessoas.

Buscou movimentar-se. Ajeitou nos jarrões os lírios trazidos na véspera por Antonha e o marido na charrete da fazenda. Antonha teria parado em casa de Maria Odila e anunciado sua vinda ao cemitério não por maledicência mas por ser impossível Diloca não a inquirir. José Afrânio tocou os pés do Cristo e benzeu-se. Doralícia imitou-o. Buscou alguma idéia que justificasse alongar a permanência. Simulou continuar rezando enquanto discretamente identificava pessoas no povo passando.

Nada mais o prendia. Segurou pelo cotovelo o braço de Doralícia para voltar ao automóvel. Iam lentos e calados.

Bom dia Zé Afrânio, disse Manuel Mauá vindo da direção oposta.

Abotoada num terno escuro a figura mirrada de pele cerosa e ondas estreitas no cabelo grisalho evidenciavam o porte da mulher alta

Entreato Amoroso

de grandes seios apertados pelo casaco cintado que ele conduzia sob o guarda-chuva preto. O penteado de birote baixo na nuca e o buço indisfarçável celebravam sua reputação de austeridade e braveza. Mauá concretizava a oportunidade esperada. Dona Jandira sua esposa participava do coro regido por Diloca. A razão alertou-o para controlar-se. Só sendo cuidadoso no dizer e polido nas maneiras causaria o efeito tencionado.

Bom dia Mauá. Bom dia Dona Jandira.

A mulher contrafez-se. Com olhos muito abertos e boca cerrada num risco ela postou-se de maneira a aparentar que não participava do grupo que formavam.

Prestando homenagem a quem já se foi, disse Mauá.

Então Mauá. Pelo menos uma vez por ano precisamos visitar os nossos mortos. Não podia faltar. Aliás estava dizendo à minha mulher Doralícia que a morte é a única certeza que se pode ter desde que nascemos.

Como? o homem inclinou-se com a mão em concha por trás da orelha no cacoete forçado pela deficiência auditiva.

A morte Mauá. A morte é a única coisa certa da vida. Nos Finados é pra se repensar a vida porque da morte ninguém escapa.

Pois é, concordou Mauá.

A esposa apertou-lhe o braço e José Afrânio atentou para o sinal. Mauá repetiu o sestro de piscar demorado antes de falar. Hesitou entre estender o assunto ou atender o aviso da mulher abreviando a conversa.

Esta aqui é Doralícia, José Afrânio disse trazendo-a um pouco à frente.

Mauá estendeu a mão frouxa:

Muito prazer.

Um passo atrás Dona Jandira voltou o rosto para a corrente humana. Com a mão direita erguia o guarda-sol acima da cabeça e a esquerda enfiava-se no braço dobrado do marido. José Afrânio percebeu a mulher novamente pressionando-lhe o braço.

Como tem passado Dona Jandira?
Ela o olhou com surpresa. José Afrânio detestou a cara larga inatingível pela animosidade que o trato social obrigava a reprimir. Ela moveu os músculos da cara num arremedo de sorriso.
Vou bem obrigada, disse e fechou-se.
Bom. Vamos indo, disse Mauá: com sua licença. Passar bem Zé Afrânio. Prazer em revê-lo. Com licença.
Seguiram. Os ângulos da realidade são muitos e amoldam-se a exigências que nunca são as nossas, José Afrânio sentiu. A mão fechou-se no bolso do paletó como preparando um murro. A cúpula do guarda-sol levado por Mauá confundiu-se no movimento e o casal sumiu no meio do povo. A testa suava. Mormaço? Buscou o lenço difícil de sacar do bolso traseiro da calça e transferiu o estorvo mesclado ao calor para o cheiro enjoativo de flores e velas. A mulher grandalhona reprovava-o nos lábios cerrados e no buço lenturado. José Afrânio deslocou-a à sala de Maria Odila onde Jandira relataria a troca de palavras e a providência para encurtar a contigüidade. Podia escutar a narração ao grupo onde Diloca era o centro: fechei a cara e fiz de conta que não era comigo, diria para a aprovação das demais.
Gente filha-da-puta, resmungou regrando os passos involuntariamente alargados. O belo rosto moreno de Doralícia sua roupa de bom talhe o esmerado rolo de cabelo no alto da testa no meio da massa mista de gente. Inutilmente precavido. Seus adversários eram entidades esparsas em cada par de olhos que não evidenciavam a curiosidade imaginada. À falta de reptos a energia concentrava-se numa raiva surda. Voltava ao automóvel insatisfeito e frustrado.
Me segure o braço que nem aqueles dois lazarentos, ele falou.
Quem? ela disse.
Aqueles dois. O Mauá e a vaca da mulher dele.
Não sei quem são.
Esses que me pararam agora.
Que tem eles? ela disse.
Não percebeu a cara da Jandira? Vaca, ele disse entre dentes.

Vamos embora, ela disse.

Já vamos. Não tenha pressa. Acompanhe o meu passo. Erga a cabeça. Não olhe tanto o chão.

Que aborrecimento, ela reclamou.

Com alguma afetação oferecia o braço para o pouso da mão da moça. O chapéu ia à mão esquerda descido rente ao corpo. Saudava e respondia cumprimentos sem discernir feições.

Minha vontade é parar lá em casa, ele falou: entrar e mostrar àquela gente.

Mostrar o quê?

Você é inocente Doralícia? Não passa meia hora e a Jandira já correu contar pra Diloca que me viu. Vai daqui direto pra minha casa. Se eu esperar um tempinho na telefônica e entrar lá encontro a linguaruda. Tenho certeza. Aposto.

Entrar na casa de Dona Diloca? ela disse inquieta.

Minha casa. A casa é minha também.

Fazer o quê?

Nada. Entrar dizer bom dia e sair.

Não, ela disse pedindo: vamos embora.

Mulheres agrupadas puxavam o terço pelas almas abandonadas. Crianças brincavam de esconde-esconde entre os túmulos. José Afrânio escutou um claro riso vindo de fora dos muros e o som perdeu-se no ar. O negro Joantônio apelidado Ramona bloqueava o portão estendendo seu chapéu mendicante. Das roupas rotas sacou um gomo curto de taquara e um almanaque de farmácia que colou à ponta do canudo à guisa de partitura e cantarolou imitando banda. José Afrânio procurou moedas no bolso.

Deus pague Seu Zé Afrânio.

O corpo magro bamboleou na sandice de carapinha e barba alvacentas produzindo um som rascante do canudo no papel. Os saltos do sapato de Doralícia afundaram na areia da rampa e ele a segurou mais forte. Chumaços coloridos de flores à venda conservavam o frescor com os cabos enfiados na água dentro de grandes latas. Do portão tinha-se visão da cidade estendida no vale do Ribeirão dos Mansos e a cercadura de morros. Ele pensou na fazenda por trás da serra. Escrutinou o arruado assimétrico e localizou a casa da família.

Um dia essa gente me paga, murmurou.

Uma velha cozia espigas de milho verde num fogareiro de ferro. Copos de leite lírios dálias crisântemos sob calor e desânimo. Cavalos escoiceavam montes de bosta recente sacudindo os rabos e espantando insetos na calma caiando a manhã. Um tílburi remendado emparelhava-se aos caminhões com bancos improvisados de uma guarda a outra da carroceria. Troles charretes montarias arreadas pessoas a pé subindo e descendo o morro da saudade. Pastos com carrapato e carrapicho. Uma grande árvore no descampado. Cafezais. Voz de litania:

Bom dia.

Tentava sorrir. Levava as mãos ao chapéu. O suor das axilas e das costas infiltrava na roupa e grudava o tecido da camisa na pele. Ansiou por um banho. No largo pátio a correria das crianças a quem a verdade da morte ainda não fazia sentido. Uma lufada de vento rasteou poeira papéis e folhas secas ergueu pó e quase fez voar o chapéu que ele segurou apertando o alto da copa na cabeça.

Vai ter chuva de tarde, escutou: se um vento sul não atrapalhar.

Difícil passar Finados sem chuva, alguém complementou.

Olhou sem identificar quem falava. Chico-Soldado abriu um sorriso sob a continência e ameaçou vir em sua direção mas José Afrânio não parou. Apressava-se. Queiroz acocorado à sombra perto do automóvel levantou-se quando os viu. O vento erguia poeira e roupas e Doralícia prendeu a saia com a mão. José Afrânio folgou o colarinho da pele pegajosa. Queiroz abriu a porta do automóvel. O fazendeiro esperou Doralícia entrar e acomodou-se se agastando nos botões revisitados pela necessidade de ocupar as mãos. Ajeitou o chapéu as lapelas do paletó a corrente na botoeira e o fecho do cinto. Doralícia recostou-se e suspirou.

Gente amaldiçoada, José Afrânio murmurou sem que o chofer escutasse.

Pelos vidros erguidos as touceiras avermelhadas nas beiras da estrada sob sol acabrunhante.

Pra onde vamos Seu Zé Afrânio, Queiroz disse: pra cidade? Não. Não estou com paciência pra ver ninguém. Toque pra fazenda.

32

FIZERAM FESTA NA INAUGURAÇÃO DO HOTEL do Tanus-Turco. Tinha convidados de tudo quanto é cidade por perto: prefeito juiz de direito gente graúda. Janta pra mais de oitenta pessoas. Percebi que o Constante quando me contou diminuiu a festa porque não me convidaram: quê, ele disse: a discurseira de sempre. Não acredito. Deve ter sido festa de virar-e-romper. O Constante me poupou. Me deixaram de lado. Mas se me convidassem eu não teria ido. Falam que sumi como se estivesse fazendo falta. E não estando com eles como eu vou saber o que dizem às minhas costas? Bem de mim não será que nunca mais um deles pisou na Mata Grande. Antes todo dia tinha visita. Tempo de manga vinham buscar de jacá. Tempo de jabuticaba. Agora a fruta apodrece e quem come é a porcada.

Quem deixou pra ir ao cemitério no fim da tarde levou chuva nas costas. As coroas de papel estragaram e mancharam a cal que eles mandam pintar o túmulo. Se amanhã fizer um sol igual hoje cedo mela a flor dos vasos. Esta chuva é boa pra quem plantou milho: a muda cresce quase um palmo de um pra outro dia. Ver a roça no dia compara com amanhã nem se acredita como pode verdejar o terreno tão de repente.

Reparei muita gente diferente no cemitério. Gente estranha até pra mim que sempre morei em Conceição. A cidade cresce e o povo aumenta e não se conhece mais quem anda na rua. Criançada cresce vira moço e a gente perde a feição e fica sem saber quem é. Não se vê o tempo passando. Vamos ficando pra trás.

Dos antigos que eu cresci vendo ou dos que cresceram comigo vi poucos. Os mais velhos morreram. Muitos se mudaram. A gente se esquece de quem não vê. De vez em quando lembro de alguém que viveu por aqui e fico imaginando o que aconteceu com essa pessoa. Dá saudade a Conceição de antigamente. A crise do café expulsou o pessoal que naquele tempo a cidade não oferecia trabalho. Conceição esvaziou. Enfraqueceu o comércio e não corria dinheiro. Muitas casas ficaram desocupadas que parecia o fim do mundo e cada semana era uma família que arrumava a trouxa e partia. Só ficou em Conceição quem era dono de terra. Quando vieram as três fábricas de tecido melhorou um pouco. Nos Finados a familiagem volta visitar o parentesco enterrado. Hoje é dia que a jardineira corre lotada pra baixo e pra cima.

Interessante: tem pessoa que é só olhar e pela feição dá pra dizer de que família é. Um bando perto da capela era gente dos Francos que mudaram pro Osasco. Aquele queixo quadrado não engana. Não só o queixo: a boca no modo da risada. Que nem o nariz do Tonim-padeiro. Pode reparar: ele tem a criançada que vai ficando mocinho então o nariz entra na fôrma com a ponta entortada pra baixo e o calombinho no cavalete. A natureza das plantas é mais caprichosa porque é difícil rosa do mesmo pé uma ser mais vermelha que a outra. A gente olha uma braçada de lírios e não tem um mais branco. Já viu rosa feia Doralícia?

Está chovendo forte hem.

O gado que se protege debaixo de árvore é um perigo: árvore chama raio ainda mais se for isolada no pasto ou no alto do morro. Uma ocasião perdi duas cabeças com um raio que rachou uma guaiçara. Aqui dentro de casa estamos em segurança porque tem o pára-raios que resolve. Estava precisando de chuva. Pra mim a coisa pior na seca é poeira: ver uma planta sumida no pó me dá vontade de chuva pra limpar o verde. Me enerva a poeira ruspegando a mão. Resseca. Chuva boa essa. Vai engrossar o córrego. Na Mata Grande já aconteceu enchente de alcançar a escadinha no fundo das casas da colônia. A mulherada queria evacuar as casas mas a água parou de subir e puderam

Entreato Amoroso

ficar. Foi por pouco. Na ocasião foi uma verdadeira tromba-d'água na cabeceira e a baixada virou uma lagoa. Era um colosso de água que descia pelas vertentes e represou embaixo pegando a colônia porque a vazão não era suficiente. Perderam horta e criação na lameira que juntou e depois com o sol fedia muito. O Jaguari bufava de escutar daqui o ronco da cachoeira. De vez em quando precisa enchente no rio pra fazer faxina: arrasta tronco carcaça de bicho tranqueira enroscada na pedra.

Está me escutando ou escutando a chuva Doralícia? Está chovendo pedra acho. Pouca mas está: escute como pipoca no telhado. Pro cafezal chuva de pedra é um desastre. Igual geada. Tomara que passe rápido. Com o café granando uma chuva de pedra agora é prejuízo na certa. Às vezes cai granizo aqui e no cafezal não. Amanhã se vê.

Ô dia comprido. Visitar cemitério não é passeio agradável.

Na vida não se tem escapatória: tudo acaba mesmo. Os nomes nos túmulos me fizeram pensar em gente que morreu e em muito fato que passou. O padre espanhol que teve aqui e que não dispensava uma pinguinha e fumava sentado na escadaria da matriz. Dona Altiva da família Brito: falam que ela cometeu um deslize com um mascate sírio que sempre visitava Conceição e um ramo da família que a maioria é de italiano com pele branquinha cabelo de milho e olho claro saiu trigueiro. A Dona Altiva era boa e dada bem ao contrário do nome. Vistosa distinta quieta. Pode ser verdade que teve o escorregão mas também pode ser maledicência. O marido nunca mostrou ressentimento e eles viviam bem. A descendência de duas cores está pela cidade. A risada a voz os modos que cada qual tem a seu talante como dizia o padre da pinguinha. Qualidades e defeitos valem o mesmo debaixo da terra. Tanta gente: o João Barata que era violeiro de serenata e onde ele estava era alegria certa. O Mattia-mantuano unha-de-fome que economizava vintém por vintém e guardava na burra porque não confiava na Caixa Econômica. Os filhos até hoje não aprenderam usar calçado no pé. Pouca vergonha. Se vestem igual mendigo. E podem: se quiserem compram não um par de botinas mas a sapataria inteira. O Nico Peró: esse sujeito era um preto marrudo que alarmava Conceição quando bebia. Provocava barulho disparava o animal pra cima e pra baixo na rua e enfrentava a soldadesca. Um domingo quase matou o Emílio Soldado. O Emílio repreendeu o Nico Peró pela arruaça com a mula. De cima do animal o Nico pulou no peito do soldado e atacou o pobre feito um cachorro danado. Ia matar o Emílio e ninguém se atrevia a apartar. Quem salvou o soldado foi o filho molecote que vendo o pai ensangüentado debaixo do negro meteu uma pedrada que se pega em cheio na cabeça adeus Nico Peró. Machucou bem e tonteou o suficiente pra guardar o valentão na cadeia onde lhe meteram uma bela surra e um processo. Pegou cadeia. Agora está lá debaixo dos sete palmos. Acabou a valentia.

Que pé-d'água.

Antigamente as pessoas eram de outra qualidade. O nome abonava o indivíduo e a gente conhecia o valor de cada um. Havia respeito. Em casa bastava eu olhar pra repreender meus filhos. A Noêmia e o Bio nunca precisaram de corretivo e por isso me amargura estar mal com eles. Não sei se contei: os meninos têm vindo à fazenda atrás do Bio. O Viúvo me disse e semana passada encontrei com eles. Quinta-feira: foi na quinta-feira. Me mediram ressabiados. Chamei e vieram meio desconfiados mas vieram. O maior me deu susto de tão crescido o danado. Espichou. Encorpou. Vai ficar alto. É moreno de pele e claro de cabelo e de olho. O Bio em ponto menor. O caçula também puxou minha raça e tem o olhão verde da mãe. Me falaram que a Noêmia está providenciando a continuação do estudo pra eles. Vão morar com ela em Bragança. Vamos ver. Estão se reforçando com uma professora do grupo escolar porque faz mais de um ano que o mais velho está fora da escola. Perguntei se querem ir e disseram que sim. Fazem muito bem, eu disse. Falei da carga de jabuticaba temporã e dei um dinheirinho a cada um. Fiquei olhando pra eles. Estimei ver os meninos aqui. Disse que é pra virem sempre porque a fazenda é deles. Cada um tem seu cavalo. O Bio deu um potro bom a cada um e eles vêm cuidar do

Entreato Amoroso

animal. Quando foram embora já falavam solto que mais tarde iam pescar com o irmão. Cuidado, eu disse: água de rio pode ser traiçoeira. Melhor que seja assim. Acho bom eles por perto. Que será que a Diloca diz pra ficarem com tanto receio de mim? Bom. Estavam aí. Fiquei contente de ver os meninos na fazenda. Entraram na cozinha e se entenderam com Antonha. Você não viu? Não escutou eles? Foi. Quinta-feira depois do almoço. Dormindo? É. Podia ser que você estivesse dormindo. Saíram a cavalo. Depois do desentendimento que eu tive com a mãe deles só agora voltaram à Mata Grande. Deve ter sido um castigo pros coitados não poderem vir aqui. Como eu digo: o tempo acalma tudo mas será que a mãe deles sabe que estiveram aqui?

Certeza de que não vieram mais por ordem da mãe. Meu palpite é que foi a Noêmia quem disse a eles que viessem. Que adianta proibição se eles não obedecem? Na idade que estão gostam de correr o pasto caçar passarinho embrenhar no mato nadar no Jaguari. O Zé Cardoso elogiou a educação deles que isso a mãe ensina. A Diloca não é nenhuma atrasada. Pelo contrário. O que represento na cabeça dos dois? O mais velho espichado o mais novo já largando a calça curta. Estão com mania de caçador. Querem espingarda de chumbinho. Vou mandar o Bio comprar.

A chuva de pedra parou. Não há dono de cafezal que o coração não aperte com medo de granizo. Uma chuva pode acabar com a colheita. Me lembro de uma ocasião no mês de março caiu tanta pedra que dois dias depois ainda tinha bloco de gelo no socavão. Viúvo falou que nunca tinha visto coisa igual. Ainda bem que não caiu na Mata Grande mas naquele ano a colheita da São Silvano foi mixa que nem cobriu os gastos.

Oi-ah. Tsi.

Ando pensativo. Duvidoso. Diferente.

Você não é mais a que veio pra cá e eu também mudei. Não sou a pessoa contente que imaginei que fosse ser quando me juntei com você. Gozado: na idéia eu culpo a Diloca. Não me sinto folgado. Me falta satisfação por alguma coisa que vem dela. Interessante porque é o que ela diz de mim: que a doença dela vem de mim. Será que a situação inverteu? A difamação e o amaldiçoamento estão pesando? Vai ver é isso que não me deixa sossegar. Então fica um jogo de empate. Se estrago a vida da Diloca ela não deixa a minha por menos. Antes de vir pra fazenda devia ter parado em casa nem que fosse pra ver o movimento entre eles. A Diloca decerto estrilou quando soube de nós na cidade. Viúvo Percedino contou que a Noêmia está aí com o marido e o menino. Nem sei desde quando não vejo meu neto. Ele é esperto. Um sagüi. Será que me esqueceu? Por que não apeei? Pensou Doralícia: entrar com você na sala e pedir a Nhanita pra servir um café? A Diloca gritando e esperneando. O Viúvo contou que conforme o dia pra andar ela se segura nos móveis na parede e se apóia em quem está perto. Não é desgosto o que adoece a Diloca: é rancor. Está envenenada de raiva. Tanta gente sofre e se conforma. Se eu morresse ela sarava?

A discussão faz mais de três meses quase quatro e não esqueci. De repente me salta uma palavra mal posta. Uma careta um olho esbugalhado. O dedo apontado. O arqueado no olho da Noêmia. Um guincho da Diloca. A aflição da Ofelinha. A Noêmia: onde foi parar a menina de um dia? A da fotografia tirada em Bom Jesus de Pirapora ela em pé do meu lado com a mão no meu ombro. Vestidinho de bolinha e laço de fita. Perninhas finas. O sapato de botoeira. Lembro de nós dois diante do retratista. Quando podia supor que chegaria a me injuriar e atirar aquelas palavras pesadas?

A condição fez a Noêmia se voltar contra mim. Ela vive noutra circunstância com marido filho e outro círculo de amizades. Outra cidade. Me entristece que não me considere mais. Acho que perdi minha filha. Estimo muito a Noêmia. Muito mesmo. Ela esqueceu da alegria quando levei ela comigo na romaria a Pirapora. Esqueceu da hora em que tiramos retrato. Ficou gente grande e enxerga tudo diferente da menina que foi. Mas a fotografia existe. Está lá. Ela e eu: pai e filha. Na caixa de madeira onde a mãe guarda os retratos. Ela não tem motivo pra me acusar com tanta dureza.

Entreato Amoroso

Pelo menos relevassem o cuidado que tenho pra nada faltar no conforto deles. Se eu fosse o carrasco que dizem que sou largava eles na poeira e que se arrumassem. Mas não. Mesmo nesse pé de guerra atendo o que pedem. Dou além porque não quero escutar reclamação. De pedir eles não têm nenhuma vergonha e aí não tem importância eu estar com você ou que a mãe deles me injurie. Quem sabe eu mereça censura mas não sou só eu o errado. Elas acham que você me explora e que está comigo por dinheiro. Coitada da Doralícia que não me pede nem mandando pedir. Dou porque quero. Porque quero agradar. É a primeira vez na vida que gasto com gosto pra agradar alguém. Dinheiro é pra gastar no que vale a pena. Não pensa assim?

Tenho a casa de Conceição encalacrada na cabeça. Cada cômodo cada móvel. A posição das cadeiras os retratos na parede o porta-chapéus no corredor o vaso de planta perto da escrivaninha na sala. Olhe como as coisas são Doralícia: uma ocasião elas disseram que queriam dar um arranjo diferente nos móveis. Não aceitei. Não: deixem como está, eu disse. Mudar pra quê? Se não perguntassem podia ser que nem reparasse na mudança porque não me incomodo com bobagem. Nunca perceberam que tem um modo de resolver as coisas sem minha opinião. Não cobro o que passou. Se não prejudica faço de conta que nem vi. Trocassem o lugar dos móveis como quisessem quem sabe eu até achasse boa a modificação. Me achavam mandão. Eu às vezes dizia não mais por costume. Se fizessem por conta própria eu nem dava confiança.

Exigente? Acha que sou Doralícia?

Não sou. Não me prendo a picuinha.

Nem implicante eu sou. Não gosto que me aporrinhem mas isso é outra conversa. Tem assunto que não merece discussão então por que perder tempo com o que não interessa? Com eles nem querendo eu afrouxava e estou recebendo o troco. A Diloca berrou comigo. Alarmou a rua inteira. Louca. Posso ir nadar, o Bio pedia. No tanque da cachoeirinha? É. Lá é bacia com fundo de pedra firme. Sem perigo. Adequado pra nadar no ribeirão. Na água o Bio é um peixe. Eu proibia. Ia escondido e eu sabia. Moleque é assim. Acompanhava o bando. Aparecia com cabelo molhado e a Diloca ameaçava: você ainda me mata com tanta desobediência vocês não conhecem perigo. A questão não era o Bio correr risco. Era segurar o menino na barra da saia. Pra seu sossego compreende? Ele queria ir onde os outros iam porque criança gosta de se divertir em turma. Perigo existe. Em toda parte há perigo. Ensinar a não abusar: isso sim. Acidente é acidente. Xingava o menino pra não sofrer nem o pensamento de alguma coisa acontecer com o Bio. Como se ele fosse tonto. Largue de mania Diloca, eu falava longe dele: o menino se cuida. É bom aprender nadar. Agora os pequenos vêm aqui e nadam com o Bio no Jaguari. Criam uma união de irmandade. Faço falta pra decidir se podem nadar? Resolvem sozinhos.

A chuva amansou um pouco.

E cadê o Bio? Será que está na sede? Viu o menino hoje? Deve ter ficado na cidade aproveitar o feriado se bem que sendo dia de respeito não deve ter divertimento.

Bio. Ah o Bio
quero ver se
não
bom não falar. Correr longe desse pensamento
melhor esquecer porque se falo pioro tudo
mas
olhe Doralícia:
Doralícia vou lhe abrir o coração.
Preciso dizer o que está me roendo a alma.
A idéia deu uma trégua e esqueci mas ultimamente vem me tirando outra vez o sossego
aquela história que a Noêmia disse
disse?
nem sei se disse. Ou se de pensar no que ela falou sem querer eu comecei a
mas não quis falar? falou não é?
É um grão de areia que não consigo tirar do sapato

Entreato Amoroso

vai e vem
de repente parece que qualquer coisa me incomoda
uma coisa grande que ameaça
é tão forte que se estou deitado ou sentado me põe de pé
me sobe um calor de desgosto.
Vou procurar o que é e é só a idéia. Uma idéia desgraçada. A questão que a Noêmia levantou. A maldade que ela fez comigo – ou se não fez dá na mesma
ela falou você sabe o quê
vamos que não quisesse dizer nada relevante mas me envenenou. Me machucou no íntimo. Fundo. Se foi um tiro no escuro ela acertou o centro do alvo. O coração. Enfiou o punhal na ferida mais doída. Mexeu onde não podia onde não tinha direito. Aceito a gritaria da Diloca que estava fora de juízo. Mas o veneno da Noêmia foi pior que mordida de urutu que cega a pessoa endurece o corpo e mata aos poucos. Credo. Olho você e calculo se é possível. Não. Acho que não. Não acredito. Não posso acreditar.

Vou repetir o que ela disse:
Bio morando nesta casa
não o fato em si
ela quis me alertar sobre o que pode acontecer com ele morando aqui.

Foi isso que ela quis dizer.
E eu entendi. Mas será possível?
Ela quis dizer que era fogo perto da palha. Nós dois e ele. Ele e você.

Olhe: ela quis que eu pensasse que pode acontecer alguma coisa entre vocês dois.

Não posso nem quero acreditar.
Que é que tem ele morar na fazenda? Sempre morou mais aqui do que em Conceição. Antes de você vir pra cá ele já morava comigo.

É muita maldade. A Noêmia capaz de me machucar tanto? Falou uma coisa diferente e entendi assim. Jogou uma semente e a semente caiu dentro de mim e eu adubei a terra como venho adubando. Cresceu uma árvore de sombra tão escura que apagou minha alegria. Na aflição de descobrir o que é essa coisa atrapalhando eu me digo que preciso ver o que está acontecendo. Preciso saber. Preciso descobrir. Começar por onde? Você? O Bio? Perguntar pras paredes?

O que está acontecendo? Não tem nada acontecendo. É história que minha cabeça inventou. Deve ser isso. A Noêmia não ganha nada levantando um falso. Nunca foi de caluniar e de inventar intriga. Tem que ser desarranjo da minha cabeça.

A lembrança do Bio é ele montando e saindo pros lados de Conceição indo pro mangueiro indo pra longe da sede. Me representa sempre ele saindo de casa. Só vejo o Bio pelas costas.

Será uma denúncia da Noêmia que sabe o que não sei? Mas o que ela pode saber? E como pode saber se eu que moro. Ah.

Um aviso uma acusação ou falou sem medir a palavra?

Daí rebato: não falou nada e eu é que desconfiar da Doralícia e do Bio?

Percebeu? Foi recado ou aviso? Não pode ser. Torci a conversa. Pra que tamanha falsidade?

Suponhamos que o Bio lhe faltasse o respeito.

Não me olhe assim. Estou só considerando.

Eu mesmo respondo: você me colocava a par. Lógico que me contaria. E o Bio chegar a esse extremo? Um desastre. Aí sim um fim de mundo.

Fiz muita besteira mas nunca me aproveitei da convivência ou da amizade com alguma mulher e nunca cheguei em quem não manifestasse de algum jeito que também queria o que queria. Acho feio um homem se valer de vantagem pra ter uma mulher. Pecado de bulir com quem não me queria esse não tenho. Cercar e molestar também nunca fiz. Com tanta mulher no mundo porque procurar uma que não quer a gente? Contrariar a vontade alheia? Ter a mulher contrariada desmerece o homem. O Bio tem fama de mulherengo e já andou aprontando inclusive na fazenda. Mas se atrever com você? Sendo minha mulher ele não vai se meter.

Ele me conhece.

Forçar uma mulher é covardia. Não me julgue pelo que se deu entre nós. Nunca fiz com nenhuma o que fiz com você. Meu coração garantiu que você me queria. No meio da tarde lembra? A pessoa não se desvia do que está escrito pra viver. Prum ajuste entre homem e mulher tem que haver entendimento porque sem aceitação o acordo gora. Você é prova. Se não me quisesse eu desistia. Se me dissesse não eu aceitava e não insistia. Mandava embora da fazenda porque ia sentir humilhação cada vez que visse você. Aconteceu de mulher não me querer. Algumas não querem e não precisa ter por que: não quer e está acabado e nem por todo dinheiro do mundo ela se entrega. É direito dela.

O Bio se engraçar com a mulher do pai? Enganar o pai?

No dia a dia ele nem existe. Entra em casa pra comer e dormir. Almoça e janta na cozinha. Estou sempre aqui e se não estou está a Antonha e a Aurora. Nunca vi vocês conversando. Nem se cumprimentam o que seria até bom. Nada. Será possível? A Doralícia e o Bio?

Caso assim sobra rebarba. A pessoa se trai. Conheço o assunto.

Mas conheço vocês?

Que o menino vive na fazenda, a Noêmia disse.

Vive mesmo: trabalha aqui. Tem as coisas dele aqui. O quarto. A roupa. Desconfiei do Bio com a Aurora que os dois viviam de risada e cochicho. A Aurora é feiosa mas rapaz solteiro não enjeita. Falei com a Antonha e ela deve ter chamado a atenção deles. Parou. A Aurora está de casamento marcado com o Zico do Tinho Peixoto. Se aconteceu alguma coisa acabou logo. O Bio gosta de fêmea mas não é abusado.

Nós dois no quarto nem lembro do Bio. Eu e você vivemos rente. Quando saio é de tarde ele está no serviço. Achego assim precisa de preparo. Um tira-linha umas olhadas compridas. Não é sem mais nem menos feito criação no terreiro. Não é assim com gente.

Eu não acredito que vocês dois tsi

mesmo assim não paro de pensar.

Nosso amigamento é crime? Ainda falam de nós na cidade, o Percedino conta. Não esquecem mesmo com a gente recolhido. Principalmente a mulherada rodeando a Diloca. Ele diz: é difícil Nhadiloca não puxar o assunto.

Viu a Jandira do Mauá puxando a manga do paletó dele? Mal me respondeu o bom-dia. Vive em casa com a Diloca. O povo de Conceição que não me provoque porque se precisar eu cuspo fogo. Sou capaz do que nem imaginam. Na venda do Donatílio metem a tacanha em mim e olha que são meus companheiros de política e de conversa e de festeiro de Nossa Senhora da Conceição.

Inveja. Acredita em inveja? O Donatílio tem um pé de guiné na pia do armazém pra espantar mau-olhado. Já vi acontecer de olho gordo matar planta e praguejar roça. Olho gordo não me atinge porque mando de volta. Desço a Conceição passo na rua sinto uma coisa no ar que me ataca de todo lado e parece que detrás de cada janela tem um par de olhos me acompanhando.

À puta que os pariu. Não me dobram Doralícia.

Até assassino o tempo redime será que não mereço consideração?

Vamos mudar pra Conceição. Vamos mostrar pra essa gente. Compro uma casa no largo da matriz ou na rua que você quiser. Compro um daqueles sobrados. Você sai na janela e fica de cima olhando o movimento.

Vim do cemitério me devendo satisfação. Faltou um improviso uma atitude. Umas palavras pra dizer à mulher do Mauá. Por que não parei o Joca de Campos? Por que não entrei em casa? Mostrar: faltou mostrar o que está entalado aqui dentro.

É. Não adiantaria. A louca desandava outra vez.

Estou precisado de movimento. De sol. De montaria. Amanhã se o tempo estiver firme vamos dar uma volta a cavalo assim vejo se o granizo fez estrago.

Eh chuva que não pára. Nós dois fechados em casa e esta raiva sem ladrão por onde vazar. Voltei desgostoso de Conceição. Fica outra

Entreato Amoroso

vez impressão de que não me aprontei direito não me preveni como devia. Não aprendi a lição. Não aprendo.

Ahn?

Por sua causa? Não é. Não é você que incomoda.

Porque pedi que fosse comigo. Foi minha insistência. Não é por sua causa não. A desfeita é pra mim mas não adianta. Minha mulher agora é você eles aceitando ou não. Qualquer dia voltamos a Conceição. Na festa da padroeira que não está longe. Ainda não me pediram o garrote pro leilão e é a primeira vez que não pedem. Só se pediram ao Bio e ele não me comunicou. Não sei. Até Nossa Senhora eles põem na intriga. Vamos visitar o Constante e a Vina mulher dele. Vamos passear na praça tomar sorvete de milho verde. Cinema no domingo à noite. Quando eu descer pra telefonar me acompanha.

Precisamos de paciência.

Venha Doralícia. Me dê a mão. Esqueça o que eu disse. Dê uma risada que você fica mais bonita quando ri. Você ri e sua feição acende que parece o sol nascendo. Esqueço da intriga da Noêmia. Não acredito em nada daquilo. Falei pra aliviar. Desanuviar. É ciúme. Me atrelei demais a você. A minha mulherzinha.

Não tem motivo de risada? Nem eu mas me esforço. Pense em coisa alegre.

Hem? Como vou saber o que não me diz?

Mas quanto desânimo Doralícia. Tendo um homem pra lhe fazer as vontades ainda pergunta o que lhe espera. Fosse eu falando fazia sentido mas você não. Espere o que quiser desde que eu possa dar. A vida comigo. Pode esperar segurança porque não vou permitir que lhe façam mal. Pode esperar do futuro o que disser que serve pra nós. Se quiser ir embora vamos. Largo a fazenda. Largo Conceição. Você não tem ninguém no mundo e até condição de se sustentar sozinha estou lhe dando. Esses enfeites são jóia boa e num aperto você pode vender.

Está vendo como penso em tudo? Com o tempo lhe garanto mais

amparo. Alguma propriedade no seu nome. Comprar uma casa e lhe dar de escritura passada. Já pensei nisso.

Como assim?

A Mata Grande sem Doralícia nunca ia ser a mesma. Não me imagino sozinho nesta casa. Lhe trazer pra cá era o que eu mais queria desde quando ficava vigiando a colônia pra ver você aparecer na porta. Não me arrependo. Machuca um pouco pensar naquilo que a Noêmia.

Não. Não vou começar de novo.

Não é desconfiança: é medo Doralícia.

Medo de perder você.

33 Atada à poltrona Maria Odila repara na orla descosturada da cortina precisando de um ponteado. A luz matinal verbera no verniz dos móveis. A toalha de crochê na mesa do centro da sala foi trabalho demorado que tirou de amostra emprestada ou de revista. Nem se lembra: foi noutro tempo noutra vida – naquele tempo.

Domingo. A saúde combalida desobrigou-a da missa e o vigário lhe traz a comunhão. Às vezes tenta superar-se no esforço de uns passos na calçada mas não ousa atravessar a rua mesmo apoiada no braço de Ofélia ou Nhanita. Desanima antes da empreitada. A matriz tão perto exige o que não consegue. Preferia sofrer o calor abafado na igreja repleta à impassibilidade na sala cheia de presságios e desânimo. O remédio é debruçar-se à janela assistindo a quem passa e conversar um pouco com gente que não se vê se não for domingo. Precisa de ajuda para andar meros metros. Saudade do tempo de vestir as meninas e uma em cada mão ir à missa das dez. Limitada na mobilidade finca os cotovelos na almofada amaciando o batente e apóia a cabeça nas mãos abertas como uma taça. Dobras de enxúndia avolumam-na. Presa em si mesma teme uma vertigem ou um mal estar que lhe prive os sentidos. Erguer-se da poltrona requer empenho. Entretém-se com inquirições para controlar a vida acontecendo fora do alcance da vista. Para Maria Odila a memória é alcatifa do presente e o futuro desdobra-se do passado. Sua doença não são apenas sintomas mas lacunas imagens e bolhas de saudade. Nada lhe dói mas é vazia de iniciativas e vigor. Bulhas cotidianas na cozinha. O riso dos meninos no rancho do quintal chega à sala. Faltam à missa por faltar autoridade que os obrigue: ela manda e eles desobedecem. O garoto maior cresce sem orientação nem limites e o menor segue o irmão por toda parte e ela sem energia para tratar com eles. Tomara os padres do internato ponham freios e bons modos nessas crianças e queira Deus cresçam diferentes do pai e do irmão mais velho que mesmo sendo bom rapaz tem pouca instrução e não é modelo para ser copiado. Os primos de Bragança estudaram e já tem advogado entre eles e ela tem pena de Bio ter ficado sem carreira: seu destino é a fazenda. É um paradoxo que casamento desastrado como o dela e José Afrânio produza prole tão bonita. Na feição puxada ao pai os olhos grandes e escuros de Noêmia e o nariz reto desenham voluntariedade no rosto. Nas linhas delicadas das feições de Ofélia os olhos verdes brilham acentuados pelos cílios escuros. Parece comigo, ela pensa. O menino mais novo vai ser o mais bonito de todos combinando a cor morena do pai com os cabelos aloirados e os olhos verdes da mãe.

Sempre adiando consultar um especialista Maria Odila reclama da visão enfraquecida que dificulta fazer crochê e ler os romances que Ofélia coleciona. Às vezes precisa avisar a filha entretida na leitura que a noite vai entrar na madrugada e ela precisa se deitar. Da última remessa de livros que o pai trouxe de Campinas quando ainda freqüentava a família achou *Quo Vadis?* e *A Filha do Diretor do Circo* maravilhosos. O gato pula ao colo e ela o acolhe ou escorraça assustada. O relógio da igreja mede vagares hora a hora e cada quarto soa musicado no relógio de parede na sala grande onde comem e que chamam de varanda. Andar o tempo pra quê se todo amanhã lhe é negado?

Da sombra rendilhada que a toalha projeta no soalho a vista pas-

seia no espaço da sua sala de visitas. Pelos vãos das janelas passam cavaleiros no meio da rua. Passa também o primeiro ônibus do dia fazendo a linha Amparo-Jundiaí. Um ou outro automóvel. Raros caminhões. Carroças charretes troles. Alguma vizinha espia ou espiará dentro da sala no cumprimento seguido pela pergunta diária:
 Está boa hoje?
 Pudesse renovar a resposta. Empurrada à margem do rio de benesses e alvejada pelas vicissitudes Maria Odila se comove com a própria sorte:
 Vou como posso. Como Deus quer.
 Meia dúzia de frases depois a vizinha em pressa e afazeres promete voltar depois do almoço e nem sempre volta. É comum ter um grupo de prosa à sua volta nas tardes de domingo. Dissecam a vida da cidade. Inesgotam-se os assuntos e inevitavelmente os temas descambam em doenças. Relatando casos recentes e antigos alvitrarão novos remédios para velhos males. Da troca de experiências ou notícias surgem sugestões e perspectivas de um alívio que não chega. Sendo centro das atenções Maria Odila reitera seus males cuja causa nenhum médico atinou. Referem casos semelhantes com desfechos esperançosos e Maria Odila escuta compungidamente se toucando de fatalidade e conformismo. Dramas ocasionais generalizam a desdita humana. Como cassandras provincianas elas deploram infelicidades próprias e alheias. Suspiram. Também riem quando calha rir: Conceição dos Mansos é um sumário do mundo. A boca desdentada de Nhá-Júlia em visita num dia de semana repete na sala o que reza nos transes: Deus faz e desfaz. Aconselham perseverança. Fé: palavra mágica. Tardes preenchidas pela solidariedade e pela crônica oral que dá sustentáculo à existência e edifica a singularidade do pequeno burgo. Evitam o motivo subjacente no infortúnio de Maria Odila que à menor alusão se apossa do tema e renova queixas e acusações.
 A manhã dominical amadurece. Maria Odila viaja até o casarão da Mata Grande solenemente recortado contra o céu: nunca mais. O mundo da fazenda perdeu-se (esqueceu-se do enfado das vilegiaturas

em que no máximo depois de uma semana queria voltar para a cidade por não suportar a gritaria das crianças e a mesmice dos dias). Maria Odila inspeciona-se: eu meu corpo minha pessoa. Minha casa. Minha fazenda. Minha voz. Meu riso morto. Meu cabelo sem brilho. Solteira e apaixonada por José Afrânio dispensou pretendentes mais à altura de posição social de sua família. Como imaginar o futuro? Quanto perdeu aceitando José Afrânio como marido cega de amor pelo moço bonito cujos bons modos encobriam a natureza predadora? Por que ele casou comigo? Teme aprofundar-se no teor da resposta. O que foi que me empurrou para esta penúria? Palpa a dobra da cintura atufada sobre as pernas. Desgosta-se. Suspira.

Quer alguma coisa mamãe? Ofélia aparece à porta.

As crianças não vão à missa?

Eu falei pra eles se aprontarem mas nem ligaram.

Diga pra virem aqui.

Sumiram. Não estão mais em casa.

Escutei a voz deles agorinha. Sumiram pra onde? O que vai ser desses meninos tão malcriados tão desobedientes? Deixei que ontem fossem ao cinema em troca de irem hoje à missa. Falei com eles à noite e me prometeram ir, Maria Odila diz.

Quer?

Ahn?

Ô mamãe. Perguntei se a senhora quer alguma coisa. Chá. Café com leite. Bolacha. Comprei rosquinha na padaria. Está fresquinha. A senhora gosta.

A brusquidão só em mim, pensa olhando a filha animada pela expectativa do domingo. A fala de Ofélia entre ruínas da fazenda.

Estava pensando, diz Maria Odila.

Ofélia receia que a mãe dê forma ao pensamento que certamente se referirá ao pai.

Pensar não gasta a cabeça, Ofélia aproxima-se resvalando os dedos na gola do vestido da mãe em ajeitamento de afago: mas fale se a senhora quer que eu traga alguma coisa.

Não, Maria Odila diz: não quero nada.
Nem um pouquinho de leite?
Não minha filha. O Bio veio da fazenda? Ele dormiu lá não dormiu?
Acho que sim. A cama dele está arrumada. Em casa não dormiu.
E já chegou?
Já. Disse que o Viúvo inventou de não entregar o leite no caminhão. Domingo é o Viúvo que entrega. A senhora não acha que ele está velho demais pra ter encargo? Avisaram e então o Bio teve que levantar mais cedo pra baldear os latões. Fez a entrega na estrada e veio pra cá. A senhora não escutou o barulho da carroça?
Que horas são?
É cedo ainda. Nem acabou a missa das oito.
Onde ele está?
O Bio? Não sei. Deixou o nosso leite e saiu. Foi pra rua.
Tem sobra de leite em casa?
Tem.
Mande a Nhanita avisar aquela gente da rua do matadouro que venha buscar. Eles estão com criança nova. Essa gente não pára de procriar. Têm um renque que enche uma sala da escola. A Emerenciana arrumou uns cueiros do neto e recolheu umas roupas de nenê com a vizinhança e foi entregar pra mulher.
Eu falo.
A Nhanita começou o almoço?
Não senti cheiro de comida ainda.
O Bio nem entrou em casa?
Entrou mamãe. Lógico que entrou, reitera sem entender a dúvida: a Nhanita falou com ele. Foi ele que contou que o Viúvo que não quis vir. Eu não vi o Bio. Era muito cedo quando ele veio.
Será que o Viúvo ficou doente? É difícil ele falhar.
A senhora conhece o Viúvo. Cheio de mania. De vez em quando falha. Não é doença nenhuma.
Ele não disse nada?

Entreato Amoroso

Ele quem?

O Bio.

Eu não vi o Bio. E a senhora quer que ele diga o quê?

Da fazenda. Alguma novidade.

Que novidade pode vir da fazenda mamãe? Ofélia diz e muda o tom: se não quer leite eu podia

Não quero nada filha. Comi quando me levantei. Se tomo leite agora estrago o almoço.

Então vou me aprontar. A Petica e a Dairce vão passar em casa. Vou com elas à missa.

Quem está tocando órgão no coro, Maria Odila pergunta.

A Joaninha Grandim. Por quê?

À-toa.

A organista sempre foi ela, Ofélia diz.

Eu sei. Perguntei por perguntar. Ela está ensinando alguém? Não é bom ter uma organista só. Se ela falta como o coro faz?

Tem umas meninas aprendendo.

Me diga: o João Batista vem hoje?

Ofélia ri:

A senhora não conversou com ele ontem? Se vem no sábado não vem no domingo.

Eu sei.

De tarde vai me telefonar. Pediu pra eu esperar a chamada às duas horas.

Se veio ontem por que já vai telefonar hoje? O que ele tem tanto pra falar? Maria Odila diz afetuosa e cúmplice.

Ah mamãe ele quer falar comigo. Às duas eu vou esperar no centro telefônico, Ofélia diz e vai para o quarto vestir-se.

Ponha a blusa de organdi bordado, Maria Odila grita: a azulzinha.

Movimentar-se. Andar. Esforça-se para se erguer da poltrona e tateando pelos móveis chegar à janela e assistir à saída da primeira missa. Desiste mais pela antecipada desimportância posta no ato que pela dificuldade. Uma tampa da panela roda no chão de ladrilhos da cozinha e o resmungo de Nhanita censurando-se pelo descuido secunda o ruído. Depois o jorro da torneira na pia. A voz cantando baixo é da menina que começou trabalhar há poucas semanas para aliviar Nhanita que está ficando velha. Miúdas intervenções no silêncio que se sobreleva à amenidade do domingo. Assim se esgarçam os minutos. Maria Odila dedilha o rosário e debulha orações que se confundem e ela perde a conta das ave-marias ou o terço escapa dos dedos num cochilo. O safanão da cabeça escapando do apoio da mão dobrada envergonha-a ciosa com que não a surpreendam no momento de alienação.

Qualquer manhã recém passada experimentou andar pelo quintal no terreiro limpo. Dez minutos depois o sol intenso ou a falta de hábito turvou a vista num ameaço de vertigem que a tonteou. Ofélia acudiu e amparou-a até chegar à cozinha. Suava na testa e no buço. As empregadas a rodearam e Nhanita lhe deu um copo d'água. Maria Odila culpava-se por não dominar o rarefeito da sensação. Passava o lenço no rosto e no colo sob o decote. Ofélia abanava-a com uma tampa da panela.

Vê que coisa mais triste? Perdi o costume de andar, disse: um tantinho daqui ali me atordoa. Me deu que nem uma zonzeira.

Tem que treinar um pouco por dia até acostumar mamãe, Ofélia disfarçava a inquietação pelos achaques repentinos: a senhora fica muito tempo sentada. Precisa se mexer mais nem que seja dentro de casa.

Foi o sol muito ardido. A claridade demais pros olhos. Na fresca da tarde deve ser melhor, disse: já estou melhorando.

Para Maria Odila o corriqueiro agora exige suplantar desgastes e contrariedades pela incompetência física. Nos raros dias de melhora chega a arrumar as camas e supervisionar a cozinha falando às empregadas e palpitando sobre almoço.

Graças a Deus pelo menos dormir eu durmo bem, diz.

Bio abrevia contatos. Contorna o que refere à fazenda e nega notícias que ela acaba extraindo de Viúvo Percedino ou de algum morador no bairro ou na colônia. Empregados e conhecidos das bandas da Mata Grande vêem visitá-la quando estão na cidade. Nas ocasiões de festa religiosa manda preparar uma grande quantidade de comida porque ela criou o costume de receber essa gente em sua casa para comer e descansar e assim suportar o programa de missa procissão quermesse parque de diversões e banda de música que ocupa o dia inteiro e avança pela noite e madrugada. Convoca mulheres da fazenda para a faina de preparar o frango em molho o risoto a macarronada e a canja com os miúdos dos frangos. Servem-se nos panelões da cozinha e se espalham pelos telheiros. Nhanita comanda o serviço. As mulheres ajudam na limpeza. Maria Odila gosta da azáfama e fica satisfeita com a presença de agregados. No fim do dia ou da festa vêm pegar os animais amarrados nas árvores no pomar. Hoje o chio de rojão subindo só estrala na boa lembrança. Cultiva postura de patroa generosa – ela é generosa, todos atestam. Na conversa com esses hóspedes recordam passagens e pessoas atualizam informações e inteiram-se por particularidades nas relações familiares ou questões domésticas e íntimas: doenças nascimentos mortes casamentos namoros começados ou desfeitos. Eram tantos os convites para apadrinhar bodas e batizados que ela se diz comadre de meio mundo. Pergunta por conhecidos que se mudaram mas permanecem ligados por laços de família e afeto. Acaba abordando ao que assistem na fazenda. Os comentários reservados pouco acrescentam ao que sabe mas servem para manter viva na memória de todos a sua divergência com José Afrânio.

    O filho que testemunha a situação que lhe espicaça a curiosidade pouco comenta. Fecha a feição e a guarda ele também machucado pela desfaçatez do pai, Maria Odila acha. Chega conversa e brinca com os irmãos e pede que desarreiem e escovem o cavalo. Antes dessas tarefas os meninos montam e saem passear o menor na garupa do maior. O eco amistoso das vozes alcança Maria Odila. Bio na porta da sala fala trivialidades. Está contando que na venda do Mendes assaram um gato e teve quem comeu.

    Mas sabiam que era carne de gato? ela pergunta.

Ô. Sabiam. E mesmo assim comeram.
Ah que gente nojenta. Credo. Comer gato, ela ri. Os dedos bordejam os braços da poltrona. Pausa.
E lá? aventura-se.
Bio sacode os ombros e resiste:
Trouxe um pouco de feijão novo, ele diz.
No sonegar de informações Maria Odila supõe transcorrências entre José Afrânio e a amante. Não crê que morando com eles Bio não as perceba. Poupa-a.
Na sala à tarde as mulheres reunidas farpeiam José Afrânio. Ela aceita a compactuação solidária embora se ressinta do ressaibo travoso.
Zé Afrânio virou penitente. Não sai da toca.
Ficou bobo. Quem diria?
Bobo de sem-vergonhice, riem e olham-na. Condescende severa demais para contestar. Sacode negativamente a cabeça.
Esteve no cemitério nos Finados. A tal veio com ele diz que num chique de figurino. Roupa fina. Corte de modista.
Falaram que é moça quieta. Tem cara de boba com a cabeça baixa olhando o chão. Não encarava ninguém.
Só pode ser por vergonha.
Que será que ele viu nela?
O comentário que ouvi é que ela é bonita mas desenxabida.
Bonita? Bem arrumada pode ser. Mas bonita?
Não tem jeito de caipira como falaram.
Aquilo é brasa encoberta. Interesseira. Quer o dinheiro dele.
Que coragem.
O Mauá parou pra conversar com eles e deixou a Jandira num apuro. Ela não sabia o que fazer. Quase morreu de vergonha. Mal cumprimentou o Zé Afrânio.
Imagine exibir a amante pro povo.
Ainda mais num dia como Finados.
E ela aceitar vir? Falta de recato.

Ficaram pouquinho: vieram num pé e voltaram noutro. Foi o Queiroz que trouxe e levou de volta.

O acontecimento rendeu muita conversa mas Maria Odila espera que na repetição um adendo amplifique a injúria feita a si e à moral da cidade. Muitas descrições depois os comentários não se esgotaram. Ela se resigna num silêncio altivo. Que falta de respeito. Cemitério é lugar santificado. É moça bonita, acabam concedendo: mas sem sal nem açúcar. Com certeza explora o Zé Afrânio. Deve exigir do bom e do melhor. Com essas os homens não têm miséria. Pra mulher legítima eles regateiam e fazem cara feia. Até comprar o necessário parece desperdício. Não é assim? Com as vagabundas se derretem. Depois levam um chute voltam com o rabo no meio das pernas.

Aí se arrependem do que gastaram.

O domingo aumenta a roda de mulheres. Maria Odila parece renascer da amargura cotidiana no convívio agradável e no falar fiado. Afasta dores dramas e sofrimentos e torna-se partícipe. Ri como na antiga sociabilidade. Conta casos. Fala de filmes assistidos no tempo de moça e dos romances lidos. Sem critérios seletivos a leitura é passatempo da maioria e trocam livros. Têm lido *A Toutinegra do Moinho* e *O Romance de Jane Bertier* que comentam. Subitamente ela se inquieta. A mão sobe ao rosto o lenço palmilha a pele suarenta. As mulheres percebem o desassossego assomando sob a forma de oscilações na pressão sangüínea arritmias dispnéias enjôos. A animação arrefece. Maria Odila abana-se com uma revista ou com o jornal dobrado. As mulheres murmurantes friccionam-lhe o pulso e as têmpora com álcool ou vinagre. Trazem chá. Aos poucos melhora. Recomposta a amenidade opaciou-se o espontâneo da reunião. Mais tarde as visitas saem. Ainda no corredor comparam condoídas a situação de Maria Odila com a de José Afrânio: ela doente e ele regateando com a outra. Da poltrona Maria Odila não capta as palavras mas o tom a reconforta.

O domingo terminando. Maria Odila folheia uma revista na semipenumbra. Antes de escurecer Ofélia acende as luzes e pergunta se a mãe quer jantar.

Vou lá dentro. Janto na cozinha.

A filha ajuda-a oferecendo-lhe o braço.

Ele ligou?

Ofélia faz sim com a cabeça. Os olhos fulgem.

Ano que vem sai casamento?

Não foi pra marcar a data que ele telefonou, ela diz rindo: mas é o que ele anda falando. Quer ficar noivo de aliança. Ele queria falar com o papai mas eu não sei.

Uhn. Seu pai. Ele sabe do seu pai?

Claro que sabe.

Esqueça o seu pai, diz melancólica: o João Batista já falou comigo e com seus irmãos. Seu pai não quer saber de nós minha filha. Seu noivo é rapaz bom e gente de Itatiba contou que ele é direito. E disseram que é cozido por você. Outro dia que as moças dos Carra vieram em casa eu perguntei a elas. Só disseram coisa boa do João Batista que elas conhecem desde criança. A Noêmia e o Rodolfo também gostam dele. Ele se dá bem com o Bio. Isso pra nós é suficiente. É um moço muito adequado. É família conhecida de nome antigo. Seu pai nem lembra que existimos.

Mas eu queria que o João Batista falasse com ele. Se não parece que fica faltando alguma coisa.

Se quiser falar que fale. Seu pai vai até estranhar. Capaz que nem dê atenção. Não precisa não falar com seu pai. O que importa é vocês se gostarem.

Ele é ciumento mamãe. Não quer que eu converse com o Dico do Donatílio. Só se tiver alguém comigo. Não sei se alguém contou pra ele que Dico quis me namorar.

O João Batista gosta de você. Dá pra perceber. É respeitoso, exclama: educado. Viu como ele vem sempre bem vestido? Lencinho no bolso combinando com a gravata. Ele é chique. Quanto tempo faz que estão namorando? Dois anos?

Quase três. No natal vai fazer três.
Puxa vida já? O tempo passa voando, Maria Odila diz. Olha as palmas da mão e pergunta: cadê o Bio?
Foi embora. Amanhã pega cedo no serviço.
Nem falei com ele.
Como não? Ele almoçou em casa. Contou tanta coisa. Esqueceu? Nasceu a criança da Dorva casada com Tião filho do administrador da São Silvano. Eles querem a Noêmia de madrinha porque foi ela que deu empurrão pra sair o casamento deles. Ele até fez a senhora dar risada com o sapo que pulou no colo da Maria-do-Brás.
É. Foi. Mas não conversei particular com ele.
De tarde ele foi jogar bola.
Então acabou a dor na costela dele.
Acho que sim.
Queria perguntar umas coisas.
Se é o assunto que estou pensando a senhora sabe que o Bio não gosta que pergunte.
Eu sei.
Pra que perguntar mamãe?
Não é isso. Era outra coisa.
A senhora pergunta e depois fica sentida. Nervosa. Eu nem quero mais saber dessas coisas do papai. Na fazenda continua tudo na mesma. Não conhece o papai? Mais a senhora embirra mais ele teima. Qualquer hora acaba essa história. A senhora vai ver, Ofélia diz. Sente aqui mamãe. Eu esquento a comida.
Me conte o que João Batista disse no telefone, Maria Odila diz.

34

SAIA DA JANELA. VENHA PRA PERTO de mim. Deite aqui do meu lado. Que tanto espia lá fora? Quando o mundo embaça a gente também acabrunha. Esse céu cinzento quer dizer que a chuva não vai parar. Encharca o chão e a estrada fica um lameiro só. Tem que acorrentar as rodas do caminhão do leite pra não encalhar no morro. Vê a fumaça levantando do matão? Minha mãe dizia: fumaça na serra é chuva na terra. Diabo de tanta chuva que embolora até a alma da pessoa. Uma semana e meia chovendo quase sem parar é demais.

É muita água: a chuva lá fora e o seu choro aqui dentro. Me dói ver você chorar Doralícia. Tanto que eu queria estancar o seu choro. Isso. Pertinho. Me deixe lhe abraçar. Assim. Eu lhe protejo. Encoste a cabeça no meu peito. Eu seria capaz de arrancar um pedaço de mim se lhe servisse de remédio. Essa tristeza há de ter fim. É duro a gente tão perto não enxergar de onde vem essa aflição e não poder ajudar. O coração não aperta sem motivo. Você me olha que parece pedindo ajuda. É isso? E eu não dou? É por isso que você chora? Minha mulherzinha não confia em mim? Então. Se confia por que não me diz o que está trancado no coração?

Diga.

Não pode ser.

Você sabe. Sabe e não fala. Quero ajudar e você não aceita. Que eu posso fazer? Quer um chá de calmante a Antonha faz.

Chorar é bom. Alivia. Mas o seu choro não tem fim. É demais.

Faz tempo que eu não choro. Nem lembro da última vez que chorei. Acho que foi quando perdi minha mãe que com ela eu tenho uma dívida que nada paga. Não fosse ela eu não era quem sou. Mas tirando essa ocasião depois de homem feito não tem outra que me lembre de ter chorado. Tem situação que chego a ficar com um nó na garganta mas eu me controlo. A natureza de mulher é mais sentida. E se é como todo mundo diz que a gente chora por causa de um sentimento a sua tristeza há de ter explicação. Qual será Doralícia?

Eh-la.

Esse tempo chuvoso não vai vingar pra toda eternidade. Passa. Acaba. Qualquer hora o sol vem de novo. Se tudo muda por que a nossa situação não vai mudar?

Chuva enjoa. Confina a gente por não poder sair e o pensamento

Entreato Amoroso

desanda. Penso na minha familiagem em Conceição e me dá desgosto. Me sinto preso aqui dentro de casa e trago eles de companhia pra piorar o castigo. Nosso quarto cheio deles espiando e xeretando. Aparecem sem convidar. Não tenho vontade de ver ninguém de lá. Parece tão longe o tempo em que descia a Conceição e parava na casa de conhecido e entrava pra tomar café e trocar uns dedos de prosa. Era um tempo mais leve que agora. Vai voltar. Vai voltar esse dia. Tenho fé em Deus que vai voltar. Custa mas volta.

Depois que passa o ruim não é tão ruim. A gente esquece tanto a alegria como o sofrimento. Nesta circunstância difícil que estamos passando o remédio é agüentar. Com as coisas paradas sem sinal de melhoria o que mais precisamos é paciência. Esperar que a carroça comece a andar de novo porque o mundo não pára.

Precisa que a pessoa se ajude. Experimente pensar no que não seja triste.

É. Lembre de coisa boa nem que seja da meninice. Me conte. Eu aprendo mais de você.

Decerto Doralícia. Todo mundo tem o que contar.

Por que não gosta de lembrar? Nunca viveu uma alegria? Duvido. É que você não quer enxergar porque a tristeza aí dentro não deixa. Foi duro assim? Veja onde você está agora. Com quem você está. A casa da Mata Grande inteirinha pra nós dois. Um homem que lhe gosta tanto e inteirinho a seu serviço. Pra sempre. O passado não volta. É definitivo. Acabou. Lhe tirei da colônia pra lhe dar uma condição melhor e um conforto mais de acordo. Melhorou. Não melhorou?

Ahn?

Não. Você não é igual a eles. Nunca foi. Eles são de outro tipo. O pessoal da colônia é conformado. Mal sabem o que existe atrás do morro. Esses da colônia são uns coitados. Não reclamam porque nem têm idéia de que a vida pode ser de outro feitio. Repare como ninguém tem ambição. Você não é mais de lá. A colônia ficou no passado e trate de esquecer a necessidade que passou. É outra situação. O que você quiser eu dou. Invente um despropósito que eu trato de fazer virar verdade. É só falar.

E o que tem? Mas isso também já acabou faz tempo.

Crescer naquela casa teve o lado bom. Eu sei. Leve em consideração que não lhe judiaram de bater e de não dar comida. Você mesma disse que tinha certa regalia. Aquela época não volta e ninguém mais vai lhe obrigar a fazer o que não quer. Esqueça. Deu pra tirar proveito não deu? Freqüentou escola e se instruiu um pouco e sabe o que é a vida numa cidade maior do que Conceição. Há gente no Bairro dos Mendes que nunca subiu num ônibus que dirá num trem. Nasceu neste fim de mundo e daqui nunca saiu.

O Amaro não era um homem à sua altura. Foi um erro casar muito nova. Tivesse um aconselhamento evitava o engano até chegar a hora de aparecer um pretendente mais conforme com você. Foi o destino Doralícia. Se casasse com outro não viria à Mata Grande nem estaria comigo. Tinha que ser como está sendo. Haverá o tal livro do destino? Claro que não. Estou brincando. O destino é relativo. Se o destino é dado à pessoa quando nasce acho que nascemos pra viver juntos. O rodeio que você fez pra chegar aqui não foi pouco. De qualquer maneira um dia eu ia encontrar você. Ia dobrar uma esquina não sei onde e dar de topo com você reservada pra mim. Tinha um vazio esperando a sua chegada.

Passou dificuldade com o Amaro e agora que pode não aproveita. Aproveite boba. Quanta moça gastadeira não gostaria de estar no seu lugar? É sim. Não: não disse que quero outra. O que eu disse que elas é que gostariam de estar no seu lugar. Você não aproveita mas se fosse outra aproveitava e fica cheia de exigências.

E em casa elas dizendo que você me explora.

Preciso me sacudir. Me acomodei demais e se deixar como está a coisa não vira. Movimentar os negócios e procurar café pra comprar e aumentar a produção de leite. Cruzar meu gado com raça holandesa que na Serra D'água fizeram a cruza e deu certo porque com menos cabeça de gado e menos trabalho eles aumentaram a produção. Vou procurar quem tem gado holandês. Vamos juntos. Conversar com o Antenógenes ali no Bonfim pra saber se me vende a safra. Não adianta este confinamento porque tudo acontece do mesmo jeito sem nós. Vamos entrar de novo na ciranda que é pra não ficar esquecido aqui na Mata Grande. Se gosta tanto da janela é porque gosta da largueza. Então Doralícia vamos sair por aí. Não tem nada que segure a gente dentro de casa. Vamos usar os caminhos. Lembra de Campinas? Quanta vez almoçamos no Marreco. Passeamos e vimos vitrine e compramos roupa. A camisa que escolheu porque achou que me ficava bem e que eu não sei se é por isso que gosto tanto dela. A catedral trabalhada na madeira. O teatro que pensamos voltar numa noite pra ver um espetáculo. Basta querer e vamos. O filme da *Rebecca* que você quis ver na matinê do Cine Rink. No meio do povo ninguém reparava em nós. Fora daqui o mundo corre livre. Na cidade grande acontece tanto amigamento traição namoro escondido e gente que foge porque a família não quer o casamento. Ninguém se importa porque não se ocupam com a vida alheia. Não ficam cobrando um castigo que pro povo de Conceição é o mesmo que a gente tivesse matado alguém. É o que dá ficar amarrado no lugarejo onde se mora. Estamos vivendo que nem dois condenados. Dois fugitivos. Campinas é um pulinho daqui. Vamos lá passear.

Quando a chuva passar eu chamo o Queiroz. Se você achasse bom eu concordava com morar em Campinas. Comprava um automóvel que eu acho que vou comprar de qualquer jeito. Automóvel hoje em dia é comodidade. Você tirava licença de motorista que muita mulher está tirando. Ia ser divertido. Não quer guiar automóvel? Eu compro. Noutra cidade a gente passa despercebido.

Na minha família

Ah-lá: ia falando neles outra vez.

Parece que estou vendo elas guardando sentinela pra mãe uma de cada lado.

Ninho de cobras. Bando de invejosas.

Já é de noite e nem jantamos. Não estou com apetite. Tomo um copo de leite mais tarde. A Antonha fez pão porque o cheiro chegou aqui. Sentiu?

Ô mulher de volta à janela? Ver o que no escuro?

Aquele pingo de ácido corroendo meu coração.

Discussão é assim: no atropelo escapa o mal-falado e fica o mal-entendido. A Noêmia jogou um fósforo aceso pra ver se ateava fogo. Carecia de capim seco e papel e pólvora perto. Tinha eu: a mecha de breu prontinha. Se não levantou uma fogueira o palito continuou aceso e não fui capaz de apagar. O braseiro continua vermelho. Aqui. Aqui dentro onde a chuva não bate pra apagar o braseiro. A labareda lambendo. A língua de fogo.

Já vivi um bocado e conheço muito bem o jogo de homem e mulher. Nesse assunto não existe lógica nem explicação e não tem um porquê no ajuntamento de dois que se gostem. Não tem regra pra juntar ou separar duas pessoas que se gostam ou se odeiam. Não há regulamento. Pra mim é um castigo enfrentar dificuldade num assunto em que sou especialista. Me infernizando justamente por um motivo que conheço de sobejo. Já vivi essas coisas.

Ahn?

O Amaro. Dó do Amaro? Por que lembrar do Amaro? Ele saiu no lucro e com o bolso estufado. Se arrumou com o dinheiro que dei e se duvidar até casou de novo e vive bem. Não se preocupe porque se ele não foi bobo hoje está bem aprumado. Se você quiser mando caçar notícia dele. Quer? Então. Sossegue pelo Amaro. Estou falando da Noêmia. Se ela fosse outra qualidade de gente era mais fácil acreditar que o que disse foi só um cutucão no vazio. Só uma ferroada venenosa. Se ela fosse das que vivem enchendo a cabeça da Diloca. Ela não. Ela falou por causa de algum fato ou era algum aviso: ela não falou à-toa.

Ô assunto cansativo.

Não Doralícia. É que não consigo.

Eu sei. Eu sei. Meu pressentimento também diz pra confiar em você.

Por que estou dizendo? Porque me veio à mente. Vem sempre. Me perdoe tanto repisamento mas acho que falando eu dou prova de sinceridade. Pior seria me calar e me fechar emburrado.

Tsi.

Encravou igual marca de varicela. De repente me balanço na dúvida: será ou não será? Cheguei a pensar que tinha essa desconfiança antes da Noêmia falar. Ela não fez mais que abrir uma porta que eu queria que ficasse bem fechada. Motivo você não dá. O único comprometimento é o Bio ser homem e você mulher porque fora disso mais o quê? O que então? Me diga.

Eu estou pagando pecado. Só pode ser isso: estou pagando pecado. De antes. De alguma coisa fora de nós dois. Com você não que isto não é pecado. No sentimento verdadeiro não pode existir pecado porque Deus permitiu à gente sentir.

Filho meu molestar a mulher do pai?

Diga a verdade: alguma vez ele atentou você? Uma palavra torta uma brincadeira. Um atrevimento de olhos. Um encaramento. Um sinal malicioso? Um mínimo gesto? Nada? Nunca? Nem quando você morava na colônia ele rodeou a sua casa e ficou espiando como eu ficava? Não mesmo? Foi a alfinetada da Noêmia. Vê que coisa: fermentou na alma. Fale. A mínima desafeição? Um gracejo. Uma conversa duvidosa? Risadinha de intenção? Pensar nisso me sobe um calor à cara. Me envergonha perguntar mas se calo é pior. Releve Doralícia. Isto me perturba e a única pessoa que pode esclarecer é você.

Esta conversa cansa mesmo.

Boca maldita a da Noêmia. Perdi minha segurança que nem o chão faltasse debaixo dos pés. Fiquei cego. Enxergo você mas por dentro me ceguei e o caminho que eu conhecia mudou de direção. Desconfiança é doença. Não lhe culpo porque é assunto meu e eu é que tenho que me controlar. Não acuso nada. Quero conversar sobre a minha dúvida e quero escutar o que tem pra dizer. Você bem sabe que eu podia agir de outra forma. Tenho meios de sondar vocês dia e noite e armar um alçapão como se faz pra caçar passarinho mas é rebaixar demais. Eu receio o seu silêncio. Não: receio o entulho desse silêncio me entupindo e me desnorteando.

Não repita Doralícia. Pelo amor de Deus nem pense uma coisa dessa.

Como vou mandar você embora?

A não ser que queira ir mas pra onde?

Não fale outra vez porque me amargura e me dá razão pra pensar o que não quero. Não está me escutando? Acha fácil prum homem nesta idade roer o osso do ciúme e sentir esta insegurança de rapazinho que não sabe o que quer da vida?

Eu sei Doralícia. É que quero você e quero só pra mim. Isso é que dói. Não admito outro homem relando a mão em você. Não aceito que na sua mente passe um homem que não seja eu.

Me compreenda: preciso de desafogo.

É um susto descobrir que mesmo juntos de não desgrudar um do outro e conhecer o corpo o cheiro a respiração e ter um pedaço de mim que entra em você e a gente se grudar até onde é possível e nem assim dá pra saber o que está na sua idéia. Não quero a sua idéia livre porque você é minha. Tem que existir esse segredo? Esse mistério? A sua cara de estátua. O olho escuro que fecha a entrada da sua pessoa e não posso ver lá dentro. Você do meu lado e minha: corro a mão de cima a baixo. Palpo beijo lambo. Me enfio em você mas não chego onde queria chegar porque não alcanço o comando da máquina que gera o seu sentimento e o seu pensamento. E o mais íntimo: o ponto onde a pessoa é secreta e lacrada. Ali ninguém tem o poder de interferir. É bom pra quem tem o que esconder mas é ruim pra quem está se procurando no outro. Você é de pedra Doralícia? Seu corpo é fraco comparado com o meu mas de nós dois é você o mais forte porque guarda o que pra mim é um peso. Seja igual a mim: aberto franco sincero. Não me reservo de você.

É uma pena que o motivo da lágrima não escorra com ela. O que fica por trás dos seus olhos não se manifesta. Eu me escancaro. Não escondo nada e pouco adianta: você não quer os meus segredos. Eu lhe falo completo e respondo tudo o que me perguntar. É uma injustiça você se mostrar tão pouco. Gosto demais de você e gosto tanto que eu queria a continuação de mim na sua cabeça e no seu sentimento. Instalar uma ligação direta do seu pro meu pensamento. O meu pensamento fundido no seu: um só. Mas você é você. Eu sou eu. O Bio é o Bio. Somos gente esparsa. O Bio fica de fora quando se trata de nós dois. O Bio no quarto dele e nós no nosso. Se tiver um acordo entre você e o Bio quem fica de fora sou eu e isso não quero. Você não pode me pôr de lado. Eu bem sei que cada um é livre pra viver mas eu esbarro na sua liberdade. Veda como a parede. Não quero mais ter liberdade porque minha liberdade é você. Sou ciumento até de não ficar aninhado na sua idéia. Coisa louca que estou falando. Acho que falta cabimento mas é o que sinto.

Podia mesmo. Seria a solução?

Ele se muda e acaba o problema? Recolho a injúria da Noêmia? Não resolve. A desconfiança está na minha cabeça não no quarto do Bio. Não posso fraquejar. O assunto é entre nós e eu queria resolver entre nós. Nós ou eu? Que acha Doralícia: nós ou eu? O Bio não me incomoda. Calar a voz da Noêmia e aquele brilho no olho a boca branca de raiva. Diferente do comum. O que amarra num mesmo atilho a raiva da Noêmia a minha desconfiança você e o Bio? Eu não consigo juntar essas partes. Me desconheço diante de um estorvo escuro: este assunto é escuro. Cresce um espanto em mim. Eu sou só eu. Você é minha mas não é eu. A Noêmia saiu de mim e renega isso quando fala o que falou. Por mais junto que a gente viva somos sempre dois e eu não queria essa diferença. Nada se repete em duas pessoas. Nem se reparte. No pensamento é uma idéia por vez. A idéia vai e volta misturada com outras e não é mais a mesma. O pensamento não pára hem Doralícia. Onde vai chegar esta mixórdia? Até quando vou complicar o simples? Não é possível controlar o que não sei e não vejo e não tenho certeza de que existe e mesmo assim quero ter esse controle.

Você chora mas eu preciso falar.

Às vezes dá a impressão que o melhor jeito de ser contente é perder juízo. Pros loucos tanto faz: a gente vê o Ramona satisfeito com a vida tocando banda de música no canudinho de taquara. Conheço um doutor que cuida dos doentes do sanatório no Amparo. Cuida dessas pessoas que perderam o ânimo e que o nervoso domina ou gente que saiu fora de si. Ouvi uma palestra dele no salão do clube de lá e ele contou como trata quem fica meio leso. Ele vai proseando com o doente e do que a pessoa diz o doutor tira a conclusão e ajuda o infeliz a desamarrar o nó do sentimento. Falo com você pra desamarrar o meu nó. Não consigo. Você não ajuda.

A vida é uma mentira sem fim? Vivi só mentira desde que nasci? Os anos e anos em que fiz e desfiz e pintei e bordei e que me trouxeram pra esta encruzilhada não me ensinaram nada? Porque estou me sentindo um ignorante incompetente. Um aprendiz. Então qual é a verdade?

Se a base treme a construção inteira treme.

Minha alegria é minha desgraça?

Quanta vez repeti que sou seu escravo? Seguro sua mão e aperto nas minhas e espalmo elas no meu peito e prendo grudada em mim. Falo do quanto gosto de você. Falo do que me incomoda. E cadê a sua palavra, me diga Doralícia. Pois é. Em vez de falar você chora. Se abrisse a boca pra dizer qualquer coisa eu ficava mais satisfeito. Quero que diga com toda certeza que estou inventando uma história que não existe e você não diz. Fico numa desconfiança maior que eu e que você que podia esclarecer mas não esclarece. O que preciso escutar da sua boca pra me orientar e sossegar um pouco? Não vejo o que devia ver? Minha desconfiança parece falsa porque não acredito na traição de vocês. Não acredito que se deitaram na mesma cama. Não acredito.

Não é disso que eu falo.

Você me compreende?

Não me olhe magoada porque não quero lhe ferir. Pois é. Pensei que nunca fosse encalhar numa dificuldade nesse particular da vida. Por me achar manhoso eu achava que conhecia a manha. Mas hoje.

Entreato Amoroso

Padeço. Padeço porque sou igual a todo mundo. Padeço porque sou insuficiente pro mistério que é a outra pessoa. Nunca me interessou saber o que pensavam as mulheres que tive. Não me importava. Não me dizia respeito. Juntinho de mim você pode estar pensando naquilo que me confunde. Não me conformo como alguém pode saber de você o que não sei. Mais largo é o espaço que você ocupa em mim mais cresce a minha dúvida. Achava bastante eu resolver e você ficava comigo de corpo e alma. Com as outras foi assim. Não tinha complicação. Nunca tive uma parceira que eu quisesse abrir como se abre um cofre. Eu evitava a verdade pra tornar a vida leve? Foi sempre a meu modo. Com você não. Você me escapa. Foge igual água pelo vão dos dedos. Sua companhia é pouco: quero mais. Quero lhe roubar a liberdade de pensar por si mesma. Não roubar: partilhar. Quero pensar seu pensamento porque se sua idéia aconselhar a me largar como fico? É doído. Isso não pode acontecer Doralícia. Viver deste jeito é doentio. É beber amarga a bebida que podia ser doce.

Que coisa mais louca. Não é absurdo?

Pra você ver. É como estou falando.

Você olha como não acreditasse mas é assim. Nunca foi mas agora é. Eu me mostro por dentro Doralícia. Me entrego a você. Me desprotejo.

Não me entende? Estou sendo sincero como você não é. Por isso não entende.

Nem eu sabia que tinha tanto pra falar.

Escute. Faz mais de uma semana que chove quase sem parar. Nós dois estamos presos dentro de casa. O casarão inteiro pra nós. Hoje sei que o Bio não está porque espiei no quarto dele. É uma baixeza eu querer saber se ele está ou não. Meu Deus do céu que dificuldade.

Parar de pensar. Tenho que parar de pensar. Tapar a mina da idéia.

Fale o que é essa sombra de tristeza no seu rosto. Em você inteira.

Fale Doralícia. Por tudo quanto é sagrado: fale. Se alguma coisa lhe molesta me diga. Se alguém molesta você, me diga.
   De onde vem o travo? De mim?
   Você me desmente mas nem assim me tranqüilizo.
   Tenho medo de ser verdade. Porque se for que arranjo se daria?

35 **Manhã com Viúvo Percedino.** A CALÇA de brim riscado atada acima da linha da cintura por um cordão de pano encardido desobedecendo à seqüência dos passadores e a camisa sem colarinho que tem a roda da gola suja de morrinhas vestem seu perfil ovalado. Viúvo exala um cheiro condensado de falta de banho e roupa sovada: dorme e levanta sem se desvestir. Um amarrilho de barbante ou palha prende a barra da calça. Os dedos esparramados dos pés descalços disciplinam-se dentro de surradas botinas de couro. Calça-se quando lhe apraz. Entra pelo pátio lateral montado na mula e apeia sob o telheiro. Atravessa o terreiro e surge na porta da cozinha em passo sincopado que lhe balança a corpulência:
   'm dia.
   Tem a cara anafada e o cabelo grosso curto franjado na testa e a boca se abre num riso de grandes dentes amarelados milagrosamente naturais:
   Perdi o caminhão do leite, diz justificando a mula.
   Que aconteceu? Dormiu demais Viúvo?
   O caminhão se adiantou.
   O Percedino é lobisomem, os meninos provocam.
   Ele ri segurando a cruz de latão pendente do pescoço e beija o molho de medalhas benzendo-se.
   Creindeuspai, ri sem negar.
   Concentrado no palheiro apagado na unha e guardado no vão da orelha aguarda o prato de comida que mastiga com boca aberta e bulha molhada. Espectador mudo de cenas e discussões ignora a in-

conveniência de escutar conversas particulares nas quais nunca se intromete. Quando isso se dá Viúvo escrutina interlocutores com olhos neutros. Onde está, fica. É como se nada entendesse. Se afere algum conhecimento guarda-o no seu cadastro de sabenças. Alta hora da noite pode bater à porta de vizinho na colônia pedindo algo para comer porque esqueceu de jantar e acordou com fome. Às vezes tranca-se em casa e vara a tarde dormindo. Depois insone ronda pela noite surgindo inesperado do meio do mato ou do milharal à beira do Jaguari onde espanta bandos de capivaras que danificam a plantação. Aparece de madrugada na cidade e encontrando tudo fechado ronda pela praça até que comece o movimento do dia. Desses hábitos lhe vem a fama de lobisomem da qual se defende com persignação risonha. Espera o dia clarear sentado na escadaria da matriz ou entra pelos fundos da padaria do Tunim onde assam a primeira fornada. Dão-lhe um sanduíche de mortadela e ele come com o café preto que lhe servem. Não é raro desaparecer sem que lhe conheçam o paradeiro. Certa ocasião espalhou-se a notícia de sua morte e ele reapareceu cinco dias depois contando que tinha ido passear em casa de conhecido antigo no Tuiuti.

Quando ficar por uns dias fora mecê avise alguém Viúvo, José Afrânio intimou: sem notícia a gente se preocupa. Disseram até que mecê tinha morrido.

Não morri, disse sério.

No comum dos dias levanta-se antes do sol senta na soleira da porta e pita vendo a terra criar forma e feição. Testemunha calada das vindas do patrão à casa de Doralícia assistiu desde o princípio ao cerco à mulher. Viúvo Percedino fala pausado e cavo. Perguntado, relata a José Afrânio as deliberações que conhece terem sido tomadas em casa de Maria Odila por sua vez informada das ocorrências na fazenda. As notícias se restringem a fatos a que raramente acrescenta impressões ou opiniões pessoais. Às inferências responde que não sabe. As abstrações o embaraçam e se expressa com linguagem direta e econômica. Obedece às ordens mesmo à custa de sacrifício: quando em algumas fazendas várias cabeças de gado começaram a aparecer mortas no pasto com evidências de terem sido atacadas por um animal selvagem desconfiou-se de onça pintada rondando. Todo o município se alertou à caça do possível predador. Por brincadeira o administrador José Cardoso mandou Viúvo montar guarda durante a noite e espreitar. Ele obedeceu. Os leiteiros chegaram para a ordenha e Percedino encostado ao mourão da porteira vigiava na orla da pastagem.

Espiando o quê Viúvo, perguntaram-lhe à perseverança no posto.

O Zé Cardoso me mandou guardar o gado.

Mas isso foi ontem.

Então, concordou.

Mecê passou a noite inteira no pasto?

No pasto não. Fiquei aqui perto da porteira.

Viu a onça?

Não vi onça nenhuma.

Riram:

E se visse Viúvo?

Não sei.

Trouxe o trabuco?

Não tenho.

Mas se a onça aparecesse?

Eu via.

E fazia o quê?

Eu via e contava ao Zé Cardoso.

Os homens riram:

Vá dormir, mandaram.

Durmo amanhã, ele disse.

Não precisa mais vigiar que de dia o bicho não ataca. Pode ir embora.

Se o esquecessem não reclamava: deixava à sua figura incisiva a incumbência de reclamar-se.

O mundo é uma bola e rola, dizia pitando e cuspindo.

Seus relatos atavam a casa da família à fazenda. É protegido de Antonha e José Afrânio acolhia-o familiarmente na sede onde não

Entreato Amoroso

passava da cozinha a não ser por insistência ou motivo claro. Viúvo Percedino morou na mesma casa da colônia desde que se casou e lhe nasceram os filhos ora espalhados por vilarejos da Alta Paulista. Foram fazer a vida no sertão, conta: Alípio casou e se mudou pra perto de Sabino. Anésio se perdeu de mim igual a Ana que faz muito tempo não manda notícia. Zulmira casou com gente de estação de trem, ele se referia ao genro ferroviário da Mogiana. Viúvo enxerta e poda roseiras parreiras e fruteiras com mão infalível. Benze bicheira de vaca e garante que três dias de benzimento derrubam os vermes da ferida. Conhece a força de lua pressente estiagens e anuncia chuvas examinando o céu. Rastreia o lugar de cavar poço com um galho de goiabeira em forma de Y segurando as duas hastes junto ao corpo com o ponteiro à frente. Quando a vara treme e curva apontando o chão ele mostra:

Pode cavocar que é aqui.

A natureza mitifica-se na sua voz marulhosa:

O olheiro de içá eu vi na beira do mato perto da entrada do Fundão. Sauvonas de asa brotando da terra e gerando um barulho baixo de motor crescendo de todo lado. Qualé? eu disse e enxerguei o amontoado marronzando o chão num bolo se mexendo igual um enxame de larva na bicheira. Deu medo cair no olheiro fervente e ser comido de pouquinho em pouquinho. Besteira minha que içá é bicho coitado. Se faz paçoca com a bunda frita e pilada: minha mãe fazia e Nhamarta também. Tanajura sai no vôo quando é outubro-novembro. O ar próprio pra elas é depois de chuva. Aí o passarinho voa vê e come. Içá sai do buraco do chão. Eu vi na borda do mato.

Sexta-feira tem lua cheia Viúvo?

Deus me guarde que a lua grandona é de São Jorge, benze-se e beija a cruz e as medalhas pendentes do pescoço no barbante seboso.

Às vezes vinha de carroça encarregado de transportar mantimentos: jacás de milho verde ou frutas e varal de frangos e ovos embrulhados na palha. Obediente à ordem de Maria Odila lentamente descarregava a carga. Depois na cozinha tomava café com leite onde

boiavam manchas da gordura da manteiga passada no pão feito por Nhanita de que gostava e pedia para levar um naco para casa. Com a patroa adoecida ia vê-la na sala de visita dizendo à empregada que o antecipasse pedindo licença. Seus pés descalços rascavam no soalho: Como vai passando Nhadiloca?
Do jeito que Deus permite, ela dizia.
Parado à porta da sala girava o gasto chapéu de copa cônica entre os dedos. Pousava na patroa os olhos muito abertos de íris descorada e a boca semi-aberta entremostrando dentes fortes. Maria Odila mandava entrar e sentar.
Está bom aqui, ele dizia olhando reverente a sala. Percedino impunha vagares como ritual de chegada. Com Viúvo a sagacidade nas interpelações era inútil porque respondia exato e sem dar margem para estender a curiosidade. Maria Odila acabava por inquiri-lo claramente e Viúvo contava o que presenciava. Também registrava o que ouvia contar mas sem considerar de seu conhecimento. Ele a olhava com muda fixidez. Maria Odila incentivava-o a comentários. Estimava-lhe o caráter neutro e essa afetuosidade suscitava nela ressaibos de antigamente. Viúvo trazia o meio jacá de laranja-baiana escolhendo as de umbigo maior para a patroa de quem conhecia a preferência. Pisava como socasse o chão com os pés. Desconhecia a idade exata. Devia andar pelo meado dos oitenta pelos cálculos de Maria Odila.
Pinta o cabelo, perguntavam: passa ruge na cara?
Viúvo Percedino olhava sem compreender.
A cara redonda e lisa e lerdo no raciocínio afeito à constatação do palpável e ao alcance dos sentidos. Apunha com força calmante os olhos nos objetos e pessoas. Sob a placidez simplória Viúvo guardava segredos ou talvez Maria Odila inscrevesse segredos nele.
Mataram porco ontem na casa de Maria-do-Brás e eu trouxe a manta de toicinho. Enchemos lingüiça até a boca da madrugada. Tem também chouriço e cudiguim. A Antonha segurou um tanto na fazenda que o patrão gosta cozido no feijão. Carece pendurar uns dias no fumeiro. O lombo veio inteiro e o Belarmino que lidou no porco pediu

o suã que ele quis que separassem carnudo. O Bio deixou dar e amanhã o Belarmino me mandou comer na casa dele que a Finha vai fazer suã com arroz. Ou: desde de tarde ralei dois jacás de espiga. Sozinho. Entramos na noite cozinhando a pamonha. Elas estavam numa meia dúzia de mulheres. Me mandaram: rale mecê Viúvo que sabe bem o jeito. Ralei direto na peneira. Elas cortaram a palha e amarraram. A Líria do Tinho Peixoto – que foi tudo na casa dela – é que ficou mexendo. Diz que não é bom mudar a mão que lida no doce então ela foi até o fim. As outras fizeram curau. Deu um bom tanto de pamonha e elas repartiram. A Líria mandou trazer na cestinha. As de baixo do guardanapo têm queijo que é como a senhora gosta. As crianças que comam as outras. Ficou durinha e macia. No ponto. Comi tanto que me empanturrei. Foi um dia bem trabalhoso mas nós proseamos muito.

Com a pincelada colorida Viúvo trazia à sala as horas de azáfama preenchidas por cordialidade diversão risos e casos contados e recontados. Incapaz e impedida de presidir tardes e noites iguais a tantas no passado ela permanecia presa à poltrona. Seu posto estava certamente ocupado pela cadela posta na fazenda e integrada no convívio da gente que ia acabar escapando da sua influência e controle. O pausado relato entremeava minúcias que não satisfaziam a curiosidade de Maria Odila. Era amargo ter que renunciar à posição que ocupava. Viúvo seguia percutindo seus encontros no trajeto de vinda a Conceição e referindo episódios recentes e comentários sobre saúde de conhecidos. Ela queria a devassa da casa de sede. Desde o amasiamento de José Afrânio prestigiava o agregado na esperança de explorá-lo como informante. Às vezes Viúvo falava das viagens no carro do Queiroz de quem ela guarda animosidade pela impertinência de não comentá-las: a compostura profissional não permitia revelar detalhes do seu trabalho, Queiroz se defendeu: o bom motorista é que nem padre e por isso a senhora me desculpe o silêncio. Ela sabia que iam contentes e voltavam carregados de compras. No começo eram dois noivinhos alegres.

Não era a máquina do Queiroz, Viúvo disse sobre a última viagem: me pareceu gente de fora guiando a máquina.

Foram pra onde?

Como que eu posso saber?

Ou:

O Zé Afrânio foi sozinho. A moça ficou.

E ela? Maria Odila perguntou certa manhã.

É moça quieta. Nova. Moça boa. É uma fruta no ponto. Uma formosura, Viúvo disse e Maria Odila sentiu-se atraiçoada pelo definitivo da descrição.

Antonha servia a mesa observando José Afrânio falar a Doralícia. Reparou nos olhos avermelhados da moça. Comentou com Aurora quando lavavam a louça em presença de Percedino que reproduziu a síntese da conversa na sala da patroa:

A Antonha contou que ela chorou que até inchou os olhos.

Chorou? Por quê?

Quem sabe? Não é primeira vez. De vez em quando ela chora. Eu também já vi.

Então a vagabunda chora? Ela tem motivo pra isso?

Encostado à folha da porta Viúvo escolhe as frases. A demora da resposta é mais por reticência que ignorância:

Tem dia que ela fica apontando numa janela e depois na outra e na outra. Vem pra sala vai pro quarto. Sai no terraço e entra. Parece sem parada. Passando. Tem vez que eu fico até três quatro dias sem ver a moça. Penso que se foi e pergunto a Antonha.

Ele e Antonha na cozinha e Doralícia chegava. Cumprimentava com voz baixa e riso forçado. À beira da conversa que lhe estendiam convidando-a a participar ela os olhava sem saber o que a trazia para junto deles. As vozes ressaltando os graves de Viúvo encarnavam a esperança de derramar-se para fora da casa ou romper a casca que a isolava do mundo. A sugestão de liberdade que emanava do velho frustrava a expectativa do que a conduzira à cozinha. Doralícia abria a torneira da pia e molhava a palma da mão. Antonha agradava-a oferecendo uma fruta ou pedaço de bolo. Tentava um assunto banal obrigando-a a responder. Ela apertava uma na outra mão e cruzava os braços segurando os cotovelos. O riso enrijecia e descorava na boca. Ia-se sem explicação. Antonha balançava a cabeça desaprovando: Ela diferenciou muito desde que chegou aqui. Ela parece assustada. Receosa. Anda muito quieta. O patrão se aborrece com isso.

Que nem uma planta de estufa, Percedino disse.

Que está acontecendo que a Antonha me contou umas coisas, Maria Odila falou: o José Afrânio maltrata ela? Fala bravo? Fala alto? Discutem?

Isso não sei. Eles se trancam no quarto.

Brigam?

A Antonha disse que se trancam e conversam. A senhora gostava que fosse briga mas não é porque sempre eles acabam se entendendo. Vejo como o Zé Afrânio é cuidadoso com a moça. Vivem se pegando as mãos. Ele abraça ela. É assim.

Você vê os dois juntos?

Sempre. Eles sentam no alpendre quando é de tarde.

Ele é rude com ela?

Capaz. A moça entristece e o Zé Afrânio fica mais paciencioso. Fala baixinho na orelha e agrada como se faz com criança sentida. Eu vi e a Antonha também reparou.

Atando os amantes com os laços da afeição Viúvo finca punhais no seu amor-próprio. De propósito para atormentá-la? Será possível que Viúvo cultive essa maldade? Maria Odila perscrutava-lhe os olhos redondos. A limpidez do olhar desarmava-a.

Nas narrações de Viúvo um componente de ternura envolvia pessoas e animais. Como que biblicamente moldado da terra seu cheiro remetia à doçura mesclando a exalação de folhas secas apodrecendo à saturação olorosa na florada de eucalipto. Pela desora das suas aparições Viúvo Percedino via o que ninguém via: bugios atacando o milharal e o bicho-preguiça atracado ao tronco da imbaúba de que comia as folhas prateadas. Na casa do Zezinho Moraes, Percedino contou:

estão cuidando de um veadinho criado na mamadeira e acamaradado com os cachorros. O bichinho dorme na cozinha. De manhãzinha dispara pelo pomar procurando de-comer. É arisco e bonito e bem feito de corpo e virou cria da casa. Manso de deixar coçar o pêlo. Só escoiceia se quiserem erguer no colo. O veadinho está crescendo tratado a bolo e doce. Uma vez se empanturrou de tanta jabuticaba que ficou três dias sem cagar. Aí ele amuou e não queria trato com ninguém e pensaram que fosse morrer mas se curou. Parece que entendeu que foi a fruta que fez mal e por isso trocou de preferência: agora gosta de pêssego e rodeia o pé comendo o que cai da árvore. Preocupa que o bichinho fuja atrás de fêmea no mato. Vai se defender como se não aprendeu brigar? Vai cair na mira de caçador. As crianças gostam demais do bichinho.

A coitadinha vai murchando igual flor apanhada do galho, Viúvo disse um dia.

Como assim?

Anda triste. Sem ânimo. Senta perto do rádio e fica escutando. A prosa dela que já era pouca agora quase sumiu.

E ele?

Zé Afrânio? Ele rodeia a moça e espia ela pensativo. Se vê que não está contente. Ele anda na casa vai na cozinha comenta qualquer coisa com a Antonha e volta e se debruça pra falar com a Doralícia. A cara dele é de preocupado. O modo é carinhoso. Ela parece que nem escuta e ele fala e fala. Outro dia o patrão estava sozinho sentado no banco do alpendre eu subi a escada que ia podar a alamanda do gradil e ele nem reparou eu chegando. Se assustou quando eu disse o meu bom-dia.

Tenho um sentimento na alma, Maria Odila diz: tamanha vergonha na casa da gente. Graças a Deus é por uma boca só que a cidade me dá razão. Debocham do José Afrânio e eu fico que não sei: não queria que falassem mal dele porque a sujeira respinga na gente. Me mancha e mancha a família inteira. Veja que situação Viúvo. Que pecado eu cometi noutra encarnação minha Nossa Senhora das Dores? Deve ter sido bem grave porque nesta só faço sofrer.

Entreato Amoroso

Viúvo Percedino impassível. Não oferece à patroa mais que a visita solidária. Os olhos fixam Maria Odila que se ensimesmou com a cabeça entre as mãos postas abertas diante do rosto. O silêncio se apõe e ele o quebra simplificando:

O jeito é conformar.

Conformar? Tanta injúria e humilhação. É uma ofensa pra cidade inteira Viúvo. Um homem da posição de José Afrânio fazer o que fez? O coração falou mais alto, ele constata. Na idade dele? O coração é teimoso na mocidade. Depois teimosia de coração tem outro nome: pouca vergonha. Falta de caráter. Se fosse uma aventura passageira. Teve tantas que mais uma não faria diferença. Dois anos amigado com a caboclinha – não é uma caboclinha? Que tem essa bruaca pra ter virado a cabeça do José Afrânio? Me custa acreditar Viúvo que dirá conformar. Esta vida maldita, balança a cabeça.

Amaldiçoamento é coisa que não presta Nhadiloca. Estraga a sorte e traz desgraça.

Quer desgraça maior Viúvo? Só se for a morte.

Não convém apressar a morte Nhadiloca porque daí é o fim de tudo. Deixe o tempo correr, diz como quem conhece efemeridades. Seus pés descalços lixam a madeira. Pigarreia e cala-se mas não desprende os olhos da mulher: vejo que a senhora vai melhor de saúde, envereda para outra direção.

Graças a Deus vou me agüentando. Me esforço pra melhorar. Na fresca da manhã ando um pouco no quintal e vou até a sombra do pomar. Não posso com sol que me ameaça vertigem.

Desejosa de intromissão noutro cenário Maria Odila diz palavras sufocadas no lenço com que aperta a face e a boca:

Me fale dela Viúvo.

Ah Nhadiloca, tem pouco pra falar dela. Ela é sempre dentro de casa e não mostra a cara. Quando muito sai no terraço ou espia da janela. De raro em raro é que desce à frente da sede e anda um pouco na grama e nos canteiros do jardim. Apanha um punhadinho de flor e enfeita o vaso. Não gosta de se mostrar. Se aparece qualquer um diferente na fazenda ela se esconde. É muito quieta. Zé Afrânio não se aparta dela.

Comprada como se comprava uma negra. Cadela, Maria Odila murmura carregando no ódio: me perdoe a má palavra. Há de queimar no inferno porque outro lugar não aceita esse tipo de gente. De tanta vergonha minha filha Noêmia nem gosta mais de vir a Conceição. Quando vem se entoca em casa e não põe nem o pé na rua. Um homem que já é avô e mecê vem dizendo que é coisa do coração. Acha certo Viúvo? Isso é pecado contra a lei de Deus. Pecado contra a natureza.

Lhe digo Nhadiloca: ela não tem culpa.

Como não Viúvo? Maria Odila quase gritou.

É calada que só se vendo. É que nem um brinquedo que o Zé Afrânio põe onde quer. Se mecê visse que coitada ela parece naquele jeito de triste, ele arriscou reafirmar.

Aquela bisca não me engana. Mulher moça vai fazer o que com gente de idade? Ela está é entrando no dinheiro do José Afrânio. Tirando o que é dos meus filhos.

Ara Nhadiloca, diz: a senhora me desculpe mas tenho que repetir que ela é uma coitada. Eu vejo. É como se ela nem estivesse na casa. Não tem boca pra nada.

Desmanchou minha família. Acha pouco?

Será que foi ela? Podia ser outra no lugar dela não podia? A culpa da moça é pouca.

Pouca Viúvo?

Foi o Zé Afrânio que pôs ela na casa. Ele quis.

Se ela tivesse uma isca de brio não aceitava.

É o Zé Afrânio quem manda. Eu vejo. A menina pouco se manifesta.

As quietas são as mais perigosas.

Largar dele ela vai aonde? É sem guarida nenhuma. Perdeu o parentesco no mundo e ficou sozinha. A senhora não me leve a mal repetir mas é o Zé Afrânio que quer ela na fazenda.

Entreato Amoroso

Que vá atrás do marido aquele traste sem hombridade. Maldita hora em que pisou na Mata Grande. Que se venda prum homem sem compromisso de família. Aquela não tem qualificação Viúvo. Mecê com pena dela muito me admira. Ela não presta. Não tem raça boa. Tem casa apropriada pra mulher dessa laia que não dá valor à honra: lá é o lugar dela que Deus me perdoe.

Fazer o quê se o Zé Afrânio se enredou, Viúvo diz.

E vá saber o que ela fez pra ele se apegar assim.

Não fez nada. Eu sei. A senhora se conforme Nhadiloca.

Não é questão de conformar. Não sou só eu que conta. É um desaforo também pros conhecidos pros amigos que ele enchia a boca pra dizer que tinha amigo por todo canto. Onde se viu? Ao menos disfarçasse o descaramento. O José Afrânio perdeu a estribeira. Eu não duvido que ele seja capaz de aparecer na minha porta de novo e eu tenho até medo que se atreva porque nem sei do que sou capaz. Ele que nem pense. Enquanto essa mulher estiver na fazenda ele não cruza a soleira da porta. Aqui não entra. Não vai emporcalhar minha casa com a indecência dele. Não põe o pé nem no quintal. Do portão pra dentro ele não entra. Não deixo. Diga a ele. Eu já falei mas se quiser pode repetir Viúvo.

Não adianta reclamo. O Zé Afrânio pensa de outro jeito.

Se ele aparecer aqui eu toco outra vez. Ele que experimente.

Maria Odila recosta-se e considera a vanidade da esperança de recompor a família. No calor da ocasião o apoio do comadrio à expulsão do marido teve o significado de retaliação vitoriosa. Em seguida a realidade delineou-se com toda a nitidez: afastava-o definitivamente. Doía admitir o arrependimento íntimo. A conversa com Viúvo trazia à tona sentimentos que temia confrontar. Ela se inteira das vindas do marido a Conceição porque vêm lhe contar. O Constante-da-telefônica amiúda o contato com José Afrânio tendo assim um conhecimento mais cabal do que ocorre mas nem ele ou a mulher (que sem nenhum pudor recebia em casa a vagabunda) comentam a situação. Doutor Romeu vem vê-la e a admoesta por falar tanto do marido. Aconselha a pensar mais em si e resguardar saúde. E aguardar. Até quando?

Coitada da Ofelinha. Esperava um casamento com festa e até os tios que moram longe tinham prometido vir. A data estava marcada pra maio mas resolveu esperar mais um pouco. Não quer casar sem o pai pra levar ela no altar e isso eu não engulo e não vou permitir que ele se apresente na festa. Imagino a cara de cafajeste dele rindo pra todo mundo como se nada tivesse acontecido. Não quero. Não deixo. A Noêmia também falou pra Ofelinha que entrar na igreja pelo braço do pai não tem cabimento. No fim vão se casar sem festa mecê vai ver. Esperar o quê não é Viúvo? Ainda bem que o João Batista concordou com adiar o casamento. Assim tem tempo de montar melhor a casa deles. Com pai vivo Ofelinha tem que pedir ao irmão pra acompanhar na igreja.

Tudo passa Nhadiloca, diz Viúvo Percedino: de algum jeito a solução chega. Se não vier de fora vem de dentro da gente.

Feliz é mecê Viúvo que não tem família pra trazer amolação.

Ser sozinho é dolorido. É destino ingrato. A moça do Zé Afrânio é igual. Por isso que eu tenho dó. Ela é avulsa no mundo.

Não tem comparação mecê e ela. Se ela tivesse uma família não ia viver com um homem casado pai de filhos e avô. Tinha quem corrigisse.

Adianta pensar o que não é?

Quem dera ter a minha gente unida outra vez. Dou razão a Ofelinha: tem mesmo que casar e ir embora como fez a irmã. Escapar da vergonha. Vou ficar mais abandonada ainda. É assim Viúvo: perdi a Noêmia e vou perder a Ofelinha. A estupidez do pai afastou minhas filhas. Os meninos crescendo soltos. Me dói ver que não têm disciplina nenhuma. Ano que vem se Deus quiser vão os dois pro colégio. Não vejo a hora. É pro bem deles não meu. A casa vai virar um ermo: só Nhanita por companhia. O Bio vai ter que morar comigo. Vai complicar a vida dele todo dia no vaivém. Melhor que fique longe daquele antro que virou a sede. Por isso pus a menina nova pra ajudar a Nhanita e juntar mais gente em casa. No fim vai me caber voltar pra Bragança e nem sei se me acostumo outra vez lá porque agora tudo o

Entreato Amoroso

que é meu é aqui. Me mudar pra lá porque vou ficar fazendo o quê sozinha aqui? Desde que acabou o quarto ano de escola o pequeno acompanha o mais velho por todo canto. Não param em casa. Viu o cavalão que está ficando? Já querendo engrossar a voz. Sem ocupação nem ofício só aprendem o que não presta. Não me obedecem. Só o Bio falando é que escutam. Vão estranhar a regração mas já resolvi: ano que vem a Noêmia quer eles em Bragança na casa dela ou no internato. O Rodolfo diz que aceita os meninos lá e que essa mudança vai ser boa pras minhas crianças. Ela acha que não se pode deixar os meninos sem preparo. O mundo mudando como está vai chegar o dia que quem não tem estudo não tem futuro. Basta os mais velhos que o pai não deixou seguir escola. Empurrar eles pra trabalhar na fazenda com aquela rameira lá? De vez em quando desconfio que vão atrás do Bio. Nunca viu os meninos na fazenda?

Vejo. Vejo muito.

Não falei, Maria Odila se alarma: não falei? Pergunto e eles mentem e me dizem que não vão. Tanto perigo: estrepe cobra venenosa água do rio. Cai do cavalo e quebra um braço uma perna. Aquela mania de arma de fogo que o louco do José Afrânio deu uma espingarda pra eles. Vão nadar? Morro de medo de água.

Eu vejo, Viúvo confirma: estão sempre com o irmão.

Meu Deus quem segura esses moleques? E o pai?

Vê eles. Conversa com os meninos.

Entram na casa?

Chegam à sede e a Antonha serve eles. Vão com o Bio por toda parte.

E a sem-qualidade na casa?

Ela nem vê os meninos.

Viúvo mastiga mordendo a borda da língua que empurra entre o lábio superior e a gengiva e repassa pela arcada dentária. Nele parece se inscrever a serenidade desfeita, Maria Odila pensa. Mas quando houve harmonia em casa, ela se questiona sob a mira dos olhos escusos de Viúvo sob a franja infantil orlando o alto da cara corada. Em traspasse de saudade Maria Odila se comove pela causa perdida. O trânsito na sua sala e na casa de sede suscita-lhe suspeitas de que Viúvo sabe além do que revela na franqueza com que não poupa a verdade mas é capaz de omiti-la. Viúvo Percedino surgindo do imprevisível seguido pelo cachorro malhado ou enveredando pelas trilhas das minas d'água e dos arruados de cafezal. Seu recorte compactado ao feixe de galhos secos equilibrado sobre as costas curvadas e sua onipresença captando vozes e ruminações nas taperas abandonadas e nas solitárias curvas de estrada mancomunado com o agente do destino fosse esse quem fosse.

Ela fala a Viúvo como não fala a ninguém, um dia Antonha contou: a moça gosta dele. Ouve a voz na cozinha e vem.

A moça liga rádio, Viúvo disse: às vezes põe tão alto que se escuta na casa inteira.

Maria Odila se espicaça diante do homem indevassável que sairá da sala e se dará ao dia de horas eternas e descompromissadas. O Jaguari cor de garapa cachoando na clara noite de lua e Viúvo livre para escolher direções e ela encalacrada em seu trono de fel.

Pouco vejo o Bio, ela diz atenta a contrações na face de esfinge à sua frente. Tece a teia de apanhar Viúvo Percedino em respiração compassada olhando-a: mecê vê o Bio na casa?

O Bio?

Ele tem pouco ficado aqui. A fazenda deve ser melhor porque ele prefere lá. Por que será? E me evita Viúvo. Se evita há de ter motivo. Interessante isso do menino estar tão apegado à fazenda. Fico pensando. Mecê conversa com ele?

Vejo o Bio todo dia. Ele zomba que vou casar com a Antonha quando ela enviuvar e eu digo que o Zico qualquer hora ralha com a brincadeira dele. Converso bastante assunto com o Bio que ele gosta de saber das coisas de dante. Está lá na fazenda todo dia. A gente conversa.

Ele fala o quê?

Fala o que precisa falar.

Percedino também se furta na boca selada. O olhar vazio é a resposta e Viúvo acautela-se para obscurecer o testemunho de certa tarde presente na memória e na sala. Ao alcance de Maria Odila que ele sabe à espreita do que ele conhece. Receia as sutilezas da patroa conduzindo o interrogatório. Rememoriza a cena. Ela não tem como alcançar a lembrança repassando e que o velho sabe perigosa. Fustiga-o. Tenta penetrar em sua mente. Ele conhece o que a patroa refere. Ela solicita e ele negaceia e o diálogo cerca o que não é revelável. Nunca disse ou dirá. O silêncio persiste e a sala se esgarça na manhã volante. Maria Odila vasculha o abstrato. Ele desentende. Encaram-se.

O que tanto ele faz lá? ela ousa.

Viúvo Percedino espera que a pergunta complete o trânsito na idéia. Fecha-se para a lembrança. Coça a cabeça:

O Bio cuida por tudo Nhadiloca. No eito no mangueiro no pasto no cafezal. Ele comanda. Trabalha a par com o Zé Cardoso. Se precisar ele pega na enxada. Anda a cavalo atrás do gado que dá trabalho. Vai pescar com os moços. De tardinha chutam bola no campinho da colônia. Na venda do Mendes depois do serviço junta gente pro mata-bicho e eles jogam malha na beira limpa da estrada. Tem noite que acontece cantoria na casa do Terguino. O Bio canta bonito. Faz terça com o Terguino e os outros escutam. Eu fico junto. Também gosto de escutar.

E o José Afrânio?

O patrão eu não sei. Antigamente aparecia pra escutar a música mas agora não tem ido mais. Fica na sede. Ele raro sai pra vistoriar a invernada e a capinagem do café. Fica sempre no derredor da casa. Antes saía passear de charrete ou a cavalo com ela.

O Bio e o pai, ela reticencia forçando uma sugestão que não se virtualiza. Maria Odila contém as palavras com que pretende apontar o seguimento da frase que não enuncia: e a cadela fechada na sede com os dois. Cadela. Cadela.

Eles o quê Nhadiloca? Percedino pergunta.

Eles e ela, Maria Odila pensa no que os possa unir:

Nada, ela diz. Me diga Viúvo. E ela – a cadela? Dela eu sei o que vejo. Tem a feição triste. Gasta hora no sol do quintal. O patrão se tranca com ela na casa. É assim Nhadiloca. Fale mais, Maria Odila pensa vasculhando na feição de Viúvo mas cala-se. A manhã brilhante ofuscou-se na conversa. Maria Odila remói as suspeitas amassadas pelos pés do agregado movendo-se no limiar da porta do corredor. Ela suspira no lenço amarfanhado. Os silêncios indiciam recolhimentos. Maria Odila não se anima a perguntar mais e Viúvo compreende que a visita acabou.

Bom. Vou indo Nhadiloca.

A mulher emudece escapada da casa e da conversa. Olha alheadamente a rua.

Qualquer coisa que queira de lá, ele oferece.

Não Viúvo. Agradecida. Hoje não preciso de nada.

Inveja-o. Cigano pelos caminhos quietos. Na volta à fazenda admirará o gavião no vôo ou pousado no mourão de cerca. O resto do dia será de prosa com alguém que resolva visitar. Acolhem cordialmente o homem disponível para todo afeto. Agora se dirige aos fundos da casa. Na cozinha conversa com Nhanita e a menina ri gorgolejante como água da torneira. Dão-lhe de comer. Atravessa o quintal até a mula sob o telheiro. Sai. Nada é novo na vida, Maria Odila pensa e repensa em forma de pergunta. A resposta desinteressa. Nhá-Júlia-benzedeira defumava os cantos da casa e exortava à boa espera porém cansa viver de esperança. Amassa o lenço no colo. Ódio a José Afrânio e à cadela. As engrenagens prosseguem em pleno funcionamento. Os meninos caçam pintassilgos e canários-da-terra que prendem num viveiro grande fechado com tela de arame. Com as espingardas de chumbinho presenteadas pelo pai atiram nos gatos que rondam o cercado e já chegou reclamação de vizinho. Os meninos se defendem: melhor morrer o gato dos outros que passarinho deles. Ofélia ultima o enxoval cantarolando baixinho sobre monogramas que borda no jogo de lençóis. Chamada à telefônica corre atender. É Noêmia dando e querendo notícias. Ou o noivo no fim da tarde. As linhas telefônicas precárias dificultam a comunicação e Ofélia grita no bocal do aparelho: a condição das linhas como a existência insuficientemente entendida.

A fazenda cheirando a florada das laranjeiras. Das roseiras que mandou plantar Antonha contou que ela – a cadela – apanha as flores e põe nos vasos. Homens tangendo o gado e o carro de boi chiando. Madrugadas de frio e reconforto quando ela era a mulher de José Afrânio e dormiam na mesma cama. A lubricidade da memória envergonha-a.

A vida é um vento, Maria Odila suspira.

36 A BLUSA DESABOTOADA E AS ALÇAS do sutiã descidas. Os seios livres nas mãos de Bio que os amassava prensando-a contra a parede. Ele arremetia os quadris e ela gemia no ritmo do corpo a que se atava. A boca do rapaz como lesma no seu pescoço. Ele tirou um pé das calças amontoadas nos tornozelos e a perna livre facilitou a penetração. A roupa amarfanhada de Doralícia presa acima da cintura. A posição incômoda dificultava a cópula. Ele a cingiu mais forte. Arfavam. Os dedos da mão direita da mulher enliados nos cabelos revoltos de Bio e a esquerda buscando apoio na parede do canto onde se encastoavam. As pálpebras semicerradas em cortina obscurecendo o quarto. Repetia-se o ato cada vez mais adverso à consciência.

O pênis era uma arma ferindo que resumia o parceiro causando um prazer que a mente rejeitava. Dessa mobilização de humores e secreções derivava-se para o suplício de sentir-se sem direito a contatos. Não sou eu. Não quero o que está acontecendo mas fui eu que aceitei e vim. Como uma substância palpável e abjeta o horror conspurcava a matéria que compunha cada objeto que manuseasse. O toque físico não concretizava as experiências e era como se mesmo sabendo não soubesse o que fazia. A relação sexual era uma derivação escapista e um pedido de socorro sem resposta. Bio provocava-lhe gozo com gosto de desforra e vislumbre de liberdade que se esgotava ao se separarem. Na repetência dos encontros extremava-se entre lubricidade e desagrado pelo consentimento auferido de um estrato desconhecido de si mesma e que amarfanhava sua integridade. O corpo maciço do parceiro despertava e aplacava frêmitos. O ato era bom e ruim e a impermeabilidade do âmago escamoteava o gozo. Os corpos se soldavam pelo sexo mas não se fundiam. Depois a solidão impossibilitava recompor fragmentos. Doralícia não definia mas captava esse estado patológico de pavor tantalizante. Bipartia-se: a que agia e a que não se reconhecia agindo. Procurava-o para ciliciar-se. Estar ou não com Bio era decisão originada em dolorido desapego. Escutava-se na excitação do desejo: não sou eu nem é meu corpo.

De longe Bio era moço bonito e ela gostava do seu beijo ávido. Os obstáculos em férreo círculo rechaçante nasciam do medo primitivo presente no espaço que a rodeava e no ar que respirava. Medo no desvão escuro nas frestas de rachadura nas quinas de parede no instante seguinte estilhaçado e cortante como garras afiadas em superfícies tenras. Estraçalhada. Enclausurada no terror provocado por um inimigo obscuro e invasivo. Porém as resistências desapareciam ao toque da mão de Bio. Ele abarcava suas nádegas puxando-a com força que ia de encontro à vontade aguda de ser assaltada e penetrada. Agarrava-se a ele. Acabar essa loucura, ela se dizia na constrição criada por José Afrânio desconfiado.

Entre negar e ceder não havia escolha e nessa indiferença moral nenhum juízo a sentenciava. Negar-se parecia possível. Bio não faria falta se não existisse mas sua concretude apunha-se sobre toda relutância. Não agia com intenção de afrontar José Afrânio a quem não queria magoar. Ele insistia na acusação rechaçada pelo que a isolava de propósitos e remorsos. Acariciava-a suavemente e falava de um futuro bom e nessa intimidade a traição perdia significado. Apenas uma parte sua dava-se a Bio. A cópula era um corte vertiginoso no tempo que se recompunha ao trancar-se no quarto.

Macho e fêmea engatados. A estreiteza e as roupas descompostas tolhiam os movimentos. Contra a frialdade da parede impressa nas nádegas e aderida ao homem ela respirava arrebatada pelo corpo regente. A mente repelia o que se passava. Presa. Desejou ser ave em vôo: passarinho voa sem conhecer que é livre. Pôr termo ao que a magoava mais que comprazia. Desejou fundamente o estádio posterior: solidão. Pendeu o braço por sobre o ombro de Bio e a mão clara sobre a pele morena do homem simbolizou toda a insolvência represada nela. A posse limitava-se ao possuidor. Nela não: a cada relação sexual com José Afrânio ou com o filho ampliavam-se as esquivanças. Ansiou pertencer ao presente transitivo. O orgasmo não saciava porque passado o prazer reconstituía-se a opressão sem saída.

Suspirou viva e duvidosa e agarrou-se ao homem para não submergir na treva. Comprada como garrote em leilão. A música de rádio esvaindo-se na espiral das horas. O relógio cumprimentando sonoramente a manhã. Ou a tarde. Cada retalho estrito da Mata Grande inserido no sentimento aprisionado nela aprisionada. Fugir do arrepio dos orgasmos? Onde a vida? Os olhos investigadores de José Afrânio eram cães de caça na trilha do destino: ela a caça atraente pelos miasmas da vagina. Bio expunha-a a perigo. José Afrânio perscrutava-a. Deparava com ele observando-a. Cruzavam olhares perquiridores e ele sucumbia ante a intensidade reclamante de inocência. Silêncio pleno de sugestões eram grades separando um do outro. José Afrânio a quem a palavra era recorrência fácil calava-se e a mudez devassava Doralícia no desespero de defrontar a impossibilidade de um fato novo apontar perspectivas de mudança. Condenação. O choro vinha e as lágrimas escorriam sem que as enxugasse. A cabeça baixa velada pelo cabelo solto. Não se acusava de deslealdade. O corpo traía mas a emoção absolvia-a pelo desvínculo: cigarra em abril largando a casca no tronco.

Na dança conduzida pelo ritmo de Bio sua mão preênsil afundou no farto cabelo do homem. Tinha a visão ocupada pelo pescoço a orelha e a face direita do rapaz. Um desapreço ilocado fazia-a sentir que eram desconhecidos acasalados. José Afrânio acreditava-a enfastiada sem identificar sua vontade de evadir-se quando se aproximava por trás abraçando-lhe a cintura e apertando-a contra o corpo. Ele descia a mão ao ventre e ao púbis explorando a sensibilidade genital. Ela entregava-se. Ele possuía-a desatento ao seu abandono. A mágoa brotou da raiz do prazer. Toríbio assediava-a e era difícil fugir de si própria. A quem recorrer? Ele cheirava pungente como a esperança que levava consigo ao se afastar. Via-o atravessando o terreiro atijolado e gostaria de apreender o que projetava à frente – sombra ou idéias da esperança que existia nela. Bio tinha o futuro que ela não podia se assegurar. Necessitava dele para manter o derradeiro sinal de rebeldia contra o que a cerceava. Bio puxava-a para a cama e ela resistia no nicho entre a parede e guarda-roupa. Doralícia sempre considera a possibilidade de gritar denunciando-os e pondo fim à situação nunca sentida como definitiva. Ao se apartarem Bio recompunha as roupas e arremedava um gesto de carinho em seu rosto. Ele ameigava os olhos sorridentes e saía. Voltando ao quarto ela pisava leve pela casa ampla e oca como seu corpo. Inundada no sexo e nas emoções estirava-se na cama. Titilava sem prazer os seios pacificados sob a blusa desabotoada. No cabide da parede a camisa usada o colete o chapéu e o rebenque de argola de José Afrânio. O espelho do guarda-roupa mostrava-a inteira. Nojo. Entravam nela pela porta franqueada da sua insegurança. José Afrânio era seu dono e o filho roubava-a do pai. O mundo reduzindo-se e reduzindo-a à invasão da vagina.

O pênis cravado no fulcro do corpo. Bio palpava as bordas da fenda assegurando-se estar inteiro dentro dela. É por onde querem que eu respire e exista e sirva e esteja pronta e disponível, ela sente: estendem o braço e é o bastante para que me dê. Gostoso. Horrível. Este é um limite e não me agüento mais, ela sente. Nada importa. Os olhos fecharam-se e nesse escuro não vislumbrou qualquer elemento que a defendesse. Bio segurou-lhe a mão espalmada na parede e conduziu-a ao engaste dos sexos. Gemia com a língua em sua boca. Ela concentrou-se na idéia de se desvincular do corpo que a oprimia e que de súbito a repugnou. O choro manou.

Me largue, pediu baixinho.

Entreato Amoroso

A boca do homem na orelha e a língua rija invadindo-a de modo a não deixá-la dona de nada em si. As mãos de Doralícia escorregaram pela parede.

Me largue, repetiu.

Estou quase acabando, Bio sussurrou.

Extremou-se para conter um grito ou um gesto. No brusco movimento de desvencilhar-se o pênis escapou e Bio buscava penetrá-la de novo com a ajuda da mão. Ela trancou as pernas. Condoeu-se do seio exposto e da mecha rebelde de cabelos caída sobre os olhos. Livrou os braços e ergueu a alça do sutiã recolhendo o seio espremido contra o peito do homem.

Me largue, suplicou embargada no choro.

Empurrou-o firme com os braços à frente do corpo.

Esperei tanto esta hora, o rapaz disse.

Torturava-a.

Nas ausências de José Afrânio Doralícia não procurava saber se Bio estava ou não na sede. Às vezes sozinha na casa e tendo-o visto sair a cavalo ia à porta do seu quarto. Receosa de entrar ou tolhida pela inquietação olhava a cama os móveis as paredes o soalho de madeira e os indícios do corpo no cheiro que impregnava as peças penduradas no cabide de parede. Na porta do guarda-roupa o entalhe de ramo de flor subindo em torneados desde os pés esculpidos. Nada lhe sugeria desejo nem remetia ao corpo que locupletava o seu desespero. Na exigüidade do ambiente queria compreender-se. Quando vinha a ele entregava-se buscando uma recompensa nunca obtida por desconhecer a natureza do que pretendia. Notando o aceno de convite ela dissimulava mas o ritmo acelerado do coração a empolgava. Na intensa conturbação dos momentos seguintes a razão aconselhava-a a não ceder. A música no rádio repassava os espaços da casa. Bio desistia quando a vacilação a interditava mais longamente. Ele saia rodeando a casa de sede e por trás da cortina via-o olhando ressabiado a casa em busca dos motivos para o malogro. A ocasião disponível e Bio longe: inquieta ela ia à sala de jantar revinha à sala da frente revistava alcovas voltava ao quarto temendo que de surpresa ele a assaltasse num repente. O medo compunha-se nessa expectativa improvável. À janela. O mundo atrofiado pelas suspeitas de José Afrânio e sua fala amorosa caindo no silêncio que o exasperava. Fugir, ela idealizava – para onde? Lugares onde vivera irreproduziam-se no lugar em que vivia. Não havia retorno.

Um dia vou morrer, disse pensando o mundo minguado cabendo nas palavras.

O que você disse? Bio falou.

O corpo de Doralícia arrefeceu pesando nos braços que a cingiam e ela cerrou os olhos. Bio esfregava o pênis na junção das pernas.

O que é? repetiu ao ouvido de Doralícia.

Calor de febre. Bio moveu os quadris para reatar a cópula.

Me deixe, ela disse e encostou a testa no ombro que lhe interceptava a visão.

Não tem perigo. Meu pai não vem, ele disse.

Vá embora, pediu. O desamparo enfraqueceu a fala.

Foi na Serra D'água ver o gado deles. Olhei bem. Não tem ninguém. Estava com saudade. Tanta vontade de você.

Não agüento mais, ela murmurou: quero ir embora.

Bio agarrou-lhe a mão enclavinhando os dedos. Prensou-a fortemente. O pênis entalou-se entre as coxas. Reconduziu-o à abertura da vagina.

Ajude, ele disse: ajeite pra mim.

Beijou-a com sofreguidão.

Não quero, balbuciou: não quero.

Arqueado ele procurava acoplar os corpos para a penetração de que ela se esquivava. Puxou as mãos entrelaçadas para o sexo.

Deixe eu pôr de novo.

Quero sumir. Quero morrer. Quero ir embora. Me deixe sair daqui, a súplica convulsiva.

Vamos pra cama. Por que você nunca deita comigo? Vamos tirar a roupa. Nós dois pelados.

Entreato Amoroso

Vá embora, ela repetiu. Bio empenhado em seguir copulando. Erga a perna um pouquinho, quase a machucava com a mão forçando-a a abrir-se: deixe eu pôr outra vez. Você não ajuda.

Ergueu o rosto e viu os olhos brilhantes das lágrimas.

Que foi? Ele se perturbou afastando-se o suficiente para alçar a cabeça da mulher. A lágrima desceu em rastro luminoso. Os braços dela cosiam-se à parede. Fungou o nariz.

O que eu sou? gemeu.

Hem?

O que vai acontecer comigo?

Nada. Por que tem que acontecer alguma coisa?

Me largue. Me deixe sair daqui.

Por quê? Está com medo?

Sou pior que bicho. Pior que doença.

Largue de falar besteira. Que deu em você?

Secou o rosto com o dorso da mão. Encostou a cabeça no guarda-roupa e as feições se contraíram num espasmo.

Me deixe ir embora. Me solte, disse com maior decisão.

Me abrace, ele falou.

Eu presto pra quê? Eu não sou nada. Não presto pra nada.

Vamos aproveitar. É tão difícil pra nós.

Sou só pra serventia dos outros.

Bio levantava-a no açodamento com que a apertava. Ela tocava o chão com a ponta dos pés sentindo a boca molhada do rapaz no pescoço.

É por causa do meu pai que você está falando?

Não.

Que é então?

É seu pai. É você. Sou eu. É tudo.

Vamos fugir se quiser, beijou-a resvalando da orelha à face e à boca que se furtava: vamos fugir dele e sair pro mundo.

A claridade oblíqua fulgia nos olhos da mulher.

Não é dele que quero fugir. É de mim.

A gente é moço. A vida é pra nós.

A vida é de quem pode e eu não sou coisa nenhuma.

De onde você tirou essas coisas? Por que está falando assim?

Doralícia inconteve o choro.

Meu pai não é seu dono, disse afagando-a.

Qualquer hora ele descobre. Já está desconfiado. E se descobrir? Que vai ser de mim?

Sempre tem um jeito.

Qual jeito? Que adianta? O dia que caçar a gente junto o que é capaz de fazer? O Seu Zé Afrânio vive perguntando se tenho alguma coisa com você.

Tomo cuidado. Não tem perigo. Ele nunca via saber.

Alguém vê você saindo.

Eu moro aqui. Saio da minha casa.

Eles sabem quando o Seu Zé Afrânio não está.

Ninguém viu. Não sou bobo.

Não me tente mais, ela pediu: vá embora. Não quero mais. Vá pro serviço. Não me tente. Sou do seu pai.

Bio afrouxou o abraço e enxugou com as costas da mão o suor minando da testa. Reparou na penugem de pêssego na lateral do rosto sob a luz da janela semicerrada.

Não me quer bem? Bio falou.

Não sei.

E meu pai?

Não sei.

Não sabe ou não gosta?

Não gosto nem de mim.

Mas eu gosto de você, Bio balbuciou. Beijava-lhe o rosto e ela escudada na frieza e o seio novamente escapando da blusa descomposta.

Cansei desta imundície.

Bio tirou de vez a camisa sem separar-se da mulher. Livrou-se das calças que peavam os pés. Instou para ela despir a saia erguida à cintura. Doralícia cerrou os olhos. Escuro, ansiou: lonjuras.

Entreato Amoroso

Tanto que eu queria ver você sem roupa na cama. Deixe eu ver, ele fremiu: nunca vi você pelada. Tire a roupa, insistiu.

Largue de mim, ela disse convocando reservas revezes revolta: deixe eu ir pro quarto. Agitava-se. Fechou os punhos no peito e recusava-se a encará-lo embora ele a forçasse pelo queixo a erguer o rosto. A nuca formigou numa raiva desconhecida compactando e tomando corpo. A respiração acelerava. Ergueu o joelho afastando Bio que se esfregava nela. Abriu-se um espaço entre os dois e vendo-o Doralícia desvelou nele um algoz.

Igual a seu pai, ela falou: igual à sua mãe aquela desgraçada e a desgraçada da sua irmã que nem conheço, empurrou-o com decisão suficiente para desequilibrá-lo. A roupa desceu cobrindo-a. Guardou o seio erguendo a alça do sutiã empurrando o cabelo para trás da orelha e juntando botões a casas desconexas. Bio surpreendeu-se.

Mas o que é o que eu fiz?

Vá embora, ela disse: vá embora, repetiu em esganiço. Quero ir lá pra frente. Vá embora.

Bio largou-a alarmado. Ela agarrou-se à guarda da cama patente. Roupa e cabelos em desalinho. Recompunha-se respirando fundamente. Um chumaço de cabelo rebelde dividiu-lhe o rosto.

Viúvo, ela chamou baixinho. Antonha, chamou reprimindo o grito e esfregando as mãos nas duas faces e abraçando-se descontrolada.

Fale baixo, ele disse vestindo-se com pressa: cale a boca. Convulsiva ela se apoiava no guarda-roupa semigirando o corpo de pés presos no chão e oscilando a cabeça. Os músculos retesados. Mordia os lábios. Olhou-o apertando as maxilas sem se despegar da guarda da cama. Na casa ecoante o som escapado despertaria o mortiço da hora.

Me diga o que é, ele disse: o que você tem?

A pressa confundia as pernas das calças.

Calada na desordem do pensamento.

Não sei o que deu em você. Não fiz nada. Não falei nada.

Vá embora. Vá de uma vez, ela ordenou ou suplicou de maneira a mostrar que não havia outra coisa a fazer.

Bio deixou-a pesado de preocupações e temeroso do que pudesse acontecer em seguida. Atravessou a sala enfiando a camisa no cós da calça e abotoando a braguilha. O transtorno da mulher perseguiu-o. Assustou-se. A cara queimava. Tratou de se afastar da cena inesperada.

Saiu apressado pelo portão de taramela da cozinha. Cauteloso contornou a casa. O renque de paineiras ao fundo do gramado escondeu-o. Resolveu que devia esperar um tempo na cocheira antiga. Entrou no grande cômodo depósito de badulaques. Ratos roíam o assoalho e o couro de velhas selas. A inquietude obrigou-o a sair dali. Enveredou pelo fundo do terreno. Atravessou a cerca de fios de arame farpado embrenhou-se no bambual e chegou à estrada principal da fazenda. Qualquer direção servia. Acompanhou a margem do ribeirão na contramão da correnteza. À nascente. Elaborava uma escusa e a desobriga que explicassem o que pudesse suceder na sede. Por entre árvores viu o telhado do mangueiro e mais além parte da colônia.

A casa de sede imperava no topo do morro acima dos terreiros. O que aconteceu a Doralícia? Voltar e verificar? Inventar qualquer pretexto e levar Antonha à sede? Bio rondou pelos arredores na busca de sinais que revelassem anormalidades. Teve a impressão de ver o vulto da moça pelo vão das janelas. A casa em extensão da calma tarde. De novo entreviu o vulto: era mesmo ela, teve certeza.

Refletiu no que pudesse fazer: nada. Esperar a chegada do pai embora temesse conseqüências. Se Doralícia falasse?

O pai que se arrume, Bio escusou-se entre bambuais limitando a estrada: parece histérica. Ele que armou o enguiço agora procure a saída. Nunca vi ninguém assim. Que ela gosta, gosta. Gruda na gente. Louca. Que deu nela? Nervosa agarrada na cama. Não sabe se quer ou não quer. Pessoa assim que é capaz de fazer? E se falar? Melhor ir pra Conceição e voltar amanhã. Se acontecer alguma coisa ou ela me denunciar? Invento uma desculpa. Digo que é mentira. Olhe lá: passando pela janela outra vez. Será que ela endoidou? Nem gozei. Nunca tinha visto ela assim. Que será? Meu pai anda preocupado com ela,

Entreato Amoroso

a Antonha falou. Esperar um pouco. Se ela falar eu. Que eu faço? Vou chamar a Antonha. Ver se ela. Não. De repente reage esquisita. O inesgotável ribeirão esbatia nas pedras e seguia. Bio encaminhou-se para o mangueiro limpo e vazio àquela hora. Ah-ah, murmurou sacudindo os ombros: meu pai quer o quê? Não viu que não podia dar certo? De costas para a casa sentou-se no cocho de alvenaria ocupando todo o comprimento da construção.

Doralícia às janelas intermitentemente. Abria-as para libertar penumbras ou livrar-se da sensação que a rarefazia. Remexia as gavetas procurando nada nos móveis da camarinha. Corria as cortinas. Segurava os objetos espalhados no psichê e na cômoda. Abriu a caixa de música e os sons delicados ralentaram nas notas agonizantes. No espelho do guarda-roupa e atraída por sua imagem duplicada especou os olhos para ativamente enxergar-se. As mãos erguidas à testa deslizou-as desde o alto da cabeça repuxando a pele do rosto arreganhando pálpebras e lábios. Punhos fechados na altura dos seios. Dobrou-se encostando a cabeça nos joelhos. Enfiar a cabeça na vagina, delirou: sufocar-se dentro do próprio corpo. Consumir-se. Apertou seios e ânsias. Gemeu. Endireitou-se. A mão direita crispada no ventre golpeou o sexo e como animal ferido ergueu a cabeça investindo lenta em direção ao espelho. O cristal frio grudou na cara.

A casa jacente no silêncio.

Olho contíguo ao olho.

37

DE MODO QUE LHE TRAGO A minha mulher. Como vê ela não está boa. Quem sabe o senhor descobre o que anda errado com ela. O Doutor Romeu lá da minha cidade deu remédio mas não adiantou. Ele esteve três vezes consultando ela em casa e na última visita ele mostrou preocupação com a condição piorada o que também me deixou preocupado. O médico é meu amigo e aconselhou consultar um especialista. E eu estou procurando o senhor porque certa ocasião eu ouvi uma sua palestra a respeito dessas complicações com gente doente dos nervos. Me lembro o senhor dizer que é doença que não mata mas que judia demais. E é verdade. A pobrezinha está judiada de um jeito que me corta o coração. A aparência conta como ela está. Ela anda apagada.

Ela nunca esteve doente antes não é mesmo Doralícia? Quando conheci ela era tranqüila que dava a impressão de nenhuma coisa abalar o seu modo. Pouca prosa mas isso é próprio dela. É moça. Vai completar vinte e seis anos. É minha segunda mulher. Está comigo faz pouco mais de dois anos.

A doente é ela mas falo eu porque. Bom. Ultimamente ela não conversa com ninguém e mal responde o que pergunto. Perdeu o interesse por tudo. Quando trouxe ela comigo foi igual apanhar uma flor cheirosa bonita pra enfeitar a minha vida porque foi isso que ela fez. Mas agora não há o que faça a Doralícia erguer os olhos e mostrar que pelo menos vê o que se passa em volta dela. Emudeceu. Ela não vai falar então tenho eu que esclarecer porque vi como foi acontecendo. Eu conto e depois saio da sala e daí você fala com o doutor não é? Pode ser assim doutor? Bom. Saio e o senhor vê se consegue dela uma explicação diferente da minha. Não sei se pode ter mas quem sabe ela fale pro senhor o que não fala comigo.

Ela tem comido muito pouco. Não era magra assim. Judiação.

Não sei quando nem o quê nem porquê mas houve qualquer acontecimento com ela. Ou comigo. Ou no arranjo de nós dois juntos. O certo é que a situação foi se estreitando. O nosso começo foi uma beleza e era uma satisfação como não tinha vivido igual. Foi um tempo de ouro. Só alegria. Eu trouxe Doralícia morar comigo na sede da fazenda que tenho em Conceição dos Mansos aqui pegado. Ah o senhor conhece a cidade? Pois é. É passagem pra capital. A estrada corta a cidade e então fica passagem obrigatória. Doralícia ficou minha companheira minha mulher. Sou casado e separado. Quando falo separado quero dizer que não me dou com minha mulher nem minhas filhas e bem pouco com meus filhos. Sou pai de cinco filhos e avô de dois ne-

Entreato Amoroso

tos e pro senhor ter idéia de como estou apartado deles nasceu o meu segundo neto e só fiquei sabendo uns dias depois por boca da minha caseira por que. Bom. Não me contaram. Por motivos que não vale a pena ficar comentando eu rompi com a família. Pelo caso do meu neto – neta: é uma menina – senhor vê a consideração que têm por mim. Não aceitaram que me juntasse a Doralícia principalmente a minha mulher Diloca que é doente faz muitos anos. Sei que ela lhe procurou e é capaz de o senhor ter acertado com ela e bem pode ser por isso não veio mais: aquela se sarar, morre. A doença dela ninguém consegue curar mas ela diz que é a minha pessoa o motivo de agravar o mal que sente. Pra ela tudo o que acontece de ruim é por minha causa. Espalha pelos quatro cantos da cidade que abandonei a mulher e os filhos e uma história comprida que torce e distorce sempre pra mostrar que eu sou o coisa-ruim e ela uma santa martirizada. Me difama abertamente. É um caso melindroso que me causou muito desgosto e envolveu muita coisa. Enfim. Acabou que me apartei da família dos conhecidos e até dos compromissos. Quando a Doralícia veio pra mim meu primeiro casamento já não era efetivo o senhor me compreende? Não convivia mais. Não tomei atitude de me separar antes porque o senhor sabe como é cidade pequena: os outros comentam então é melhor manter as aparências. Fui me mudando pra fazenda mas ia sempre à minha casa dar assistência a meus filhos. Só pra me chatear com as brigas que a Diloca-minha-mulher aprontava mas ia. Aí a Doralícia apareceu e então a separação ficou definitiva. Sobramos os dois: ela pra mim e eu pra ela.

A gente pensa que é capaz mas não controla a direção da vida que segue adiante independente do nosso consentimento não é? Me apeguei tanto a esta menina que esqueci do resto. Como falei a minha mulher legítima tem saúde fraca e falam que piorou com meu amigamento. Eu não acredito. É conversa. Ela é doente por natureza. É um rosário de queixas. Engordou. Desfigurou. Não propriamente de feição mas ficou outra pessoa. Tanta mudança que me deu até fastio. Nunca disse isso mas é verdade. Eu nunca fui homem caseiro sossegado e não ia ficar sem mulher. O senhor entende o que estou dizendo. Procurei muitas e quem procura acha. Achei Doralícia.

Moça acanhada demais e por isso não se sentiu à vontade na condição de minha companheira e de dona da fazenda. Eu quis consertar o retraimento mas não consegui. É cheia de escrúpulos. Desadaptada. A intimidade ia bem e no princípio vivemos um entendimento completo. Um céu. De uns tempos pra cá é que a coisa ficou brava. Ela refuga o pessoal da colônia que trabalha na fazenda que é gente boa e quer bem a ela. Refuga até as mulheres que trabalham em casa. Doralícia minguou. Fechou que nem um amendoim na casca.

Pra minha família eu virei motivo de vergonha então acharam por bem me pôr de lado de uma vez. Hoje é como se eu não existisse pra eles. O único que fala comigo é o Bio o meu moleque que. O Bio. Um rapaz bom. Rapaz trabalhador. Mas como estava dizendo atendi o meu interesse particular e por isso me desautorizaram. Não pretendia prejudicar ninguém com a atitude que tomei mas parece que se sentiram prejudicados. Se acham assim, paciência.

A Diloca minha primeira mulher procurou muito médico mas como já falei tenho certeza de que se um acertasse o tratamento ela ia ficar igual aleijado de quem roubaram a muleta. Não faço fé no que reclama porque reage tão a propósito em determinadas situações que acabo achando fingimento. Ela piora e melhora conforme lhe convém. Troca de médico como troca de roupa. Eu pago tudo. Faço questão. Pago tudo tudo tudo o que ela inventa pra se tratar.

Mulher assim é companhia pra alguém?

Claro. Experimente.

Fale com o doutor Doralícia. Responda pra ele.

Vê? Não adianta.

O senhor desculpe. Por isso que estou falando. Desculpe a insistência. Ela também era casada com um camarada que ajustei a meu serviço. Um sujeito macaio um caboclinho insignificante. Bebia. Indivíduo sem parada. Apareceram na fazenda pedindo serviço e contratei. Me envolvi com ela por galanteio e passatempo e depois por. Bom. Depois. Aconteceu. Melhor que os outros o senhor sabe que não se engana o sentimento. Nesse ramo a gente não escolhe e não adianta lutar contra. E vai e insisti até conseguir o que queria e foi ficando uma coisa forte e me enredei no que estava acontecendo. Peguei amor nela. Me prendi. Me interditou e tomou conta de mim completamente. Ela aceitou e resolvi que era conveniente a gente se amigar. O marido dela foi embora e nunca deu notícia. Eu me apeguei muito. Demais. A gente se gosta. Diga ao doutor Doralícia. Minha família se revoltou. Houve uma briga danada em casa. Fui tentar um entendimento mas minha primeira mulher virou uma fera e aprontou uma gritaria do inferno pra cima de mim. Foi discussão feia. Minha filha entrou no meio e piorou a situação. Um revertério. Muito desagradável. Tristeza.

Ficou meu filho Toríbio o Bio. Morava na sede comigo porque ele trabalhava na fazenda e acabei colocando ele pra administrar junto com outra pessoa mais experiente. Pus ele à frente do serviço. Ele faz a minha vez com competência. Já disse que é um rapaz de valor e na circunstância que vivo tem me acudido muito porque eu vendo Doralícia neste estado também me encolhi do interesse da Mata Grande. Ele chamou pra si o que tem pra resolver e resolve.

A tristeza dela me deixou triste. Fiz o que pude e até perdi um pouco a paciência que essas coisas bolem com a gente.

Minha antiga mulher a Diloca – o nome dela é Maria Odila – não sei como pode um vivente se martirizar anos e anos e usar esse martírio pra martirizar os outros. Chamo a Diloca de minha mulher por costume porque minha mulher é a Doralícia. A convivência com a Diloca é impossível. Uma egoísta. O mundo tem que girar em volta dela e da doença que diz ter.

Como disse, o começo com Doralícia foi uma maravilha. Minha mãe dizia que a maravilha dura três dias. Durou mais mas acabou do mesmo jeito. Fiz certo, pensei: achei a mulher que me convém. Vivi de novo um tempo que nunca pensei que fosse voltar porque gostar de alguém como gosto dela é só na mocidade. Não é meu caso. Fazer a vida andar com base num sentimento é pra quem viveu pouco e nunca se desiludiu. Aprendi que o sentimento não é estabilizado e que o caminho do sentimento é igual o caminho que a cobra faz e nunca é reto. Minha razão me abandonou ou me traiu. Mas aqueles meses valeram. Doralícia me deu a alegria de experimentar uma segunda mocidade.

Infelizmente ela desassossegou. Se tornou calada. Começou com umas crises de choro. Eu perguntando por que e ela nada. Que há mulher? Diga o motivo. Nada, ela dizia: já passa. Tristinha. Sentada na rede deitada na cama. Sempre retraída. Nada que eu oferecia ela aceitava fosse uma viagem de passeio pra distrair. Ofereci morar noutra casa noutra cidade e ela não quis. Chamei o Doutor Romeu que não deu conta e me encaminhou. Agora lhe procuro. Quem sabe o doutor coloca as coisas no lugar e a gente pode voltar como era antes. Os meus últimos meses têm sido amargos. Ela se perturbou demais.

Eu penso: como começou? Onde? Quando? Não enxergo o princípio. Ela não abre a boca pra nada. Não pede nada. Não reclama. Só que veja o estado dela. Minha cota de ajuda esgotou. Fiz o que estava ao meu alcance.

Nós dois temos vivido quase entocados na fazenda enquanto os outros ficavam me descendo a lenha. Inveja, eu pensava. O Bio meu filho Toríbio que morava comigo informava a mãe do que se passava na fazenda. Penso que era ele que contava porque ela sabia de tudo. Ou os empregados da casa. Não sei. Era a mão-na-roda ela saber porque assim eu não precisava explicar. Enfim tinha sempre quem levasse as novidades pra Diloca. Amarguei uma discussão brava com ela e minha filha Noêmia. Foi brava mesmo.

Foi o seguinte. Procurei a Diloca cheio de boa vontade pra resolver ou pelo menos acomodar a situação mas deu tudo errado. Elas não aceitaram nem que começasse a dizer o que queria. Eu não sabia que a Noêmia estava em casa e não sei se já disse que ela mora fora. Ela tomou a frente da mãe e desandou uma discussão que entornou tudo. Hora infeliz a que resolvi ir a Conceição. Minha mulher me renegou me desfeiteou. Estava completamente descontrolada. Me ofendeu. Me

Entreato Amoroso

tratou como se trata um cachorro sem dono coisa que eu nunca podia esperar dela. Aconteceu tudo tão de repente que nem pude reagir. Aí a Diloca esqueceu a doença. Parecia tomada por um espírito. Criou uma situação que se mexesse só piorava e me tocou ficar quieto. Precisei me calar. Depois disso me recolhi ainda mais com Doralícia. Tomara que o mundo corresse bem pra eles que pra mim eu não queria melhor.

Mas teve qualquer contratempo com a Doralícia. Um abalo. Um desvio. Um fato que desconheço a causa mas sofri a conseqüência. Deixe explicar. Depois da briga com minha gente é que se deu a piora. A discussão com minha filha emparedou nós dois. Um amigo ou conhecido vindo à minha casa nunca mais tive.

A Doralícia perdeu a palavra. O rosto rechupou de magreza o corpo minguou e ela não reage. Se trancou por dentro e por fora. Quando muito sai à janela ou ao terraço. No terreiro de café ela nem desce mais.

Tem outro lado nesta história que
eu
veja o senhor: me envergonha falar
mas preciso falar.

Não quero falsear a verdade. O assunto embaraça e só de pensar já me esquenta a cara mas tenho que dizer.

Olhe Doutor: minha filha mais velha é a Noêmia e depois vem o Bio e entre os dois minha mulher teve dois abortos. Nasceu a menina e achei que não ia nascer mais criança nenhuma em casa porque ela não segurava. Aí veio o Bio. Ele é um touro de forte. Moço de ouro. Trabalhador. Interesseiro. Cuida da fazenda melhor que eu. Não enjeita tarefa nem trabalho pesado. Gado plantação o que for. Está sempre pronto. Com a Doralícia na casa era natural que o menino ficasse escrupuloso e de fato o trato dele mudou. Mudou até mais do que eu esperava. Desvia de mim pouco me fala e se comporta de um jeito que parece desrespeito e impaciência comigo e desaprovação por tudo. Quase malcriação. Essa secura comigo é por causa da Doralícia ou também ficou assim com outros, eu me perguntava. Eu puxava prosa e ele escapava. Arisco que nem peixe n'água.

Vamos que me evitasse porque concorda com as queixas da mãe e também me condenasse.
Mas não é isso. Percebo que não é isso.
É mais. Não é só concordar ou discordar.
Bom. Então sou eu. É comigo. Acho que sou eu. Eu e o meu filho nunca fomos de muita intimidade. Entre pai e filho sempre tem um quê que junta e separa não é assim? Não é como amizade entre rapaziada. Um belo dia o Bio se mudou da fazenda. Sem me avisar. Carregou as roupas e nem percebi. Espiei no quarto e não tinha mais nada dele. Ué cadê o menino? Quando perguntei por ele a minha empregada contou da mudança pra casa da mãe. De mala e cuia. Não sei por que ele fez isso. Dificultou pra ele que todo dia tem que vir a cavalo pra fazenda e o senhor quer saber? todo dia está lá. Firme. Eu admiro o meu filho e lastimo ter perdido o modo de me entender com ele. Sabendo que ele prefere distância eu mesmo evito conversa e é ruim a gente não conversar. Preciso dele. É o meu braço direito. Conhece melhor que eu o andamento do serviço. Vem pra fazenda de manhã e volta a Conceição de tarde. O senhor acredita que me sinto abandonado por não poder falar com o menino?
Mas é da Noêmia e do que ela fez que quero que o senhor saiba.
Por que o Bio saiu de casa? Quem pode dizer? A Doralícia sabe? Se tivesse ido embora quando ela chegou eu compreendia. Não: continuou na fazenda. Tem um xis na questão. Estou falando salteado. Fica difícil o senhor acompanhar? Está dando para entender? Bom. Nunca falei pra ninguém a respeito desses meus aborrecimentos. Só com a Doralícia eu me abria porque não teria outra pessoa a quem falar. Enfiei a idéia na cabeça e receava falar porque vá que colocada em palavras a coisa virasse verdade?
Queria evitar essa história. Dói mas preciso dizer.
É veneno da Diloca e da Noêmia contra o Bio e a Doralícia.
Elas disseram que
não: elas não disseram nada. Ninguém disse nada.
Noêmia falou e eu é que

Entreato Amoroso

Escutei aquilo fiz um balanço da situação e achei bobagem e esqueci. Mais tarde voltou mais forte à cabeça e foi abrindo um buraco uma rachadura um rombo e esse rombo cresce e cresce e está me engolindo e vou me afundando junto com a piora da Doralícia.
Discuti comigo mesmo: sim e não e sim e não e pode e não pode.
O despeito me envenenando dia por dia. É. Não é.
Eu na dúvida.
No caso de gente não existe o impossível de acontecer entre duas pessoas tanto pro bem como pro mal. Deus fez os mandamentos pra proibir e castigar porque sabe que se não ameaçar com inferno proibir é pouco. Conheço tanto caso de engano trapaça agressão vingança morte. Acontece com pobre com rico e ignorante e sabido. Ninguém escapa. Eu mesmo quanta traição não cometi? A Doralícia enganava o Amaro marido dela e quem sou eu pra não ser enganado? Entre homem e mulher nem um separado e longe do outro é garantia. O pensamento vara o espaço e contraria a proibição. Interditar o sentimento não garante a desobriga. Está cheio de exemplo.
A Noêmia estava querendo me abrir os olhos?
O Bio morando em casa – a mesma casa em que eu e ela
mas nada comprova que eles
não desgrudo de Doralícia
até me incomoda esse apego.
Se está longe da minha vista eu chamo. Ela não responde mas vem quietinha pro meu lado
questão de tomar banho e fazer necessidade até aí eu
Deixe: não é esse o principal. É a Doralícia.
Me recuso crer. A Noêmia soprou e o sopro virou um vento depois ventania depois temporal. Quero me segurar e a boca não obedece. Quando percebo estou repetindo o assunto com a coitadinha. Pedi tanto: Doralícia diga a verdade. Ela me olha e chora que está cansada de desmentir. Agora nem desmente. Tanto faz eu falar uma coisa ou outra.
Olhe. Dia inteiro assim: quieta e de cabeça baixa catando o que no chão?

Tem que forçar comida senão ela passa sem comer.
Não acredita em mim então me mande embora, ela falava. Tem hora que acho um absurdo a minha suspeita e tem hora que vejo inteirinho o quadro da traição. A Doralícia e o meu filho. Ela não tem arrimo no mundo. A família dispersou com a morte da mãe. Se perdeu dos irmãos que entregaram a parente e a gente que nunca deu notícia. Doralícia cresceu numa família que tratava ela como empregada. Casou com o caboclinho pra se livrar da servidão e eu livrei ela dele. Não mereço traição.
Eu repeti muitas vezes: se abra comigo que meu coração é largo. Eu perdôo. Não posso passar sem ela e a minha vida tem sido sofrer junto esse calvário que é de nós dois. Sou responsável por ela mas não sei mais que providência é preciso para ela melhorar. Na minha idade é um castigo dolorido viver a situação que estou contando. A vida tem armadilhas e tem tentação por todo canto. Se ela errou eu perdôo doutor. Passo uma borracha e engulo a desfeita. Não vou querer vingança contra filho meu se é que houve alguma coisa entre eles. O pior inimigo que um indivíduo tem é ele próprio. Facilitei chegar a depender dela e me vejo obrigado a agüentar o que provoquei. É engano da pessoa se achar superior. Poucas vezes me vi de mão atada como agora e com certeza nunca vivi complicação igual. Parece tudo desabando em cima de mim e não posso me defender.
Quando perde a disputa não há escolha pro derrotado.
Meu inimigo não tem cara. Sou eu? É ela? O meu filho Toríbio? É o que não sei? Preferível ter um inimigo aberto porque nesses a gente vê o agravo.
Erga a cabeça Doralícia. Não falo essas coisas por mal. Não acuso. Não cobro. Aceito o que for. Diga qual é o incômodo e o doutor ajuda. Eu saio da sala e você diz o que quiser. Aquilo que não me disse. Mas sabe doutor: nunca escutei ela e o Bio trocarem uma palavra nem percebi um olhar de entendimento um gesto de aproximação. Cheguei a dizer a ela que tratasse o menino com amizade mas ela é muito retraída. Nunca vi os dois juntos. É o mesmo que dois estranhos. A casa

Entreato Amoroso

de sede é grande. O que desconfio entre eles carece aceitação das duas partes. Até com animal é assim.

Pensei em tudo do caso e não há o que não pensei. Se mostrava alegria eu cobrava e ela dizia: que bom seria eu poder me alegrar. Eu procurava qualquer contradição de um dos dois. Andei espiando o Bio. Conversei com a Antonha que trabalha pra mim na cozinha e ela nem de longe desconfiou do que eu estava querendo saber. Nem entendeu. Nós na mesa do almoço ou janta eu puxava o assunto e perguntava e a Doralícia perdia o apetite e eu também. Fiz a baixeza de especular o Viúvo Percedino que é da fazenda desde antes de eu nascer. É um homem tão franco e inocente que passa por grosseiro. Perguntei por alto e ele respondia como se não soubesse do que eu falava. Por fim perguntei direto se ele tinha escutado algum comentário de que a Doralícia não andava direito. Me rebaixar com velho Percedino. Se conhecesse o Viúvo o senhor avaliava melhor o meu ridículo.

A desconfiança é um ralo fino e afiado. Machuca. Eu cuidava de cada passo da Doralícia. Encontrava ela debruçada na cama e perguntava no que estava pensando. Ela me olhava dolorida. Eu vigiava o menino. Me diziam: saiu caçar codorna saiu com vara de pescar está no futebol com a rapaziada foi pra casa de fulano e sicrano ou está na cidade. O Bio arranjou um policial capa preta. Ganhou do Eleutério-açougueiro que cria cachorro. O Bio aproveita a liberdade que os moços têm de gostar hoje de uma coisa amanhã gostar de outra. Pros moços é tudo transitório e eu já não sou moço.

O que está acontecendo com a Doralícia eu não esperava. De madrugada eu levanto e abro a janela. Tudo quieto. O mundo dormindo. Sem perigo de traição. Deve ser praga da Diloca e das macumbagens que ela encomenda. Não acredito nessas bobagens mas não sei. O senhor acredita nessas coisas de feiticeiro? Vendo o que vejo até dá pra acreditar. Fizeram um trabalho pra cima da Doralícia. Eu que sou descrente chamei a benzedeira pra benzer Doralícia.

Será que a minha filha Noêmia sabe o que eu não sei?

Aconteceu? Eu esqueço. Sofro mas esqueço. Perdôo. Me cabia viver esse capítulo.
Uma tristeza hem Doutor. Me perdoe se falei demais. Está difícil. Dói fazer ela sofrer. Olhe a coitadinha. Vagarosa. Pisca. Engole saliva. Parece que está sempre engolindo saliva. Respira igual um fole e eu escuto a respiração. Agrado com ela não adianta mais.
O senhor reparou que desde que sentou nessa cadeira ela não mudou de posição? Nem parece que esteve aqui o tempo todo. Escutou o que contei Doralícia? Falei mentira? Veja: nem as mãos ela descruzou. Tenho cuidado com ela. Parece de louça a pobrezinha.
Inventei a história? Se é acusação sem fundamento, pobre de nós.
A Doralícia o senhor vê: um trapo. Os olhos lumiando. Senta e fica. Nem liga mais o rádio que ela gostava tanto. Eu ligo e fica ligado pra ninguém. A porta range e ela assusta. A porta bate mais forte ela pula na cadeira. Andou falando de alguém acompanhando ela. Um vulto. Como é isso Doralícia? Contou que é um homem de chapéu grande e de sorriso branco. Onde? Do meu lado. Conhece a feição do homem? Balança a cabeça que não.
Deita na cama e se encolhe que nem criancinha.
Desse jeito que o senhor está vendo: falei falei e ela nada.
É isso.
Diga ao doutor Doralícia.
Vê se o senhor tira alguma palavra dela. Vou esperar lá fora.
Examine a minha mulher. Faça esse favor.
O que quero é que ela fique boa.

38

A MANHÃ IMPASSÍVEL INCORPOROU O CANTO do galo. O eco percutiu em Doralícia receosa de que um perigo rompendo do mormaço a engolfasse. Cirros em fiapos no azul baço. Da janela escrutou o silêncio espectral vigindo também na casa. Esfarelou com os dedos a madeira do batente apodrecida pe-

Entreato Amoroso

la umidade e esmagou duas formiguinhas com o polegar. Desviou os olhos da luz derramada moldando a terra numa efusão de cores. Recostou-se à folha da janela. Pálida e em desequilíbrio passageiro segurou-se pelos cotovelos. A manhã repassando a casa e ela sofrendo uma intensa saudade de nada. Cerrou as pálpebras escutando sua respiração com o corpo em sobressalto na enxurrada de grãos de café escorrendo do rasgo no saco de estopa e amontoando no chão de cimento: estancar o pânico e o rombo e amontoar os grãos da avalanche avançando crescendo e submergindo-a. Medo. Apertou-se com os braços. Perto do mangueiro José Afrânio tratava a venda de parte do estoque da última safra com dois compradores. Chegaram no automóvel preto estacionado sob o caramanchão de buganvília perto da sede. Para não ser vista Doralícia soltou a cortina presa atrás do ombro. Voltou-se para a sala ampliada pela exigência de buscar um lugar diferente do que ocupava o seu corpo vazando como as sacas de café. Repleta de folhas e poeira deslizou as mãos dos cabelos à cintura.

Alumínios retiniram vida na casa. Observou Viúvo Percedino subindo pela trilha dos buxinhos. Alcançou a escada entre as plataformas do terreiro onde interrompeu caminhada. Doralícia invejou-o e condoeu-se na vontade de partilhar sua demora e sossego ou sedimentar-se naquele homem adequado ao sítio em que vivia. O mundo interessa a Viúvo, sofreu: ele vê cor e forma e debruça-se sobre as flores que tateia e cheira. Hortênsia rosada aos chumaços roseiras desabrochando vigorosa e fartamente.

A idéia de morrer consolou-a.

Viúvo arrancou pés de picão do interstício de tijolos. Podou galhos baixos do arbusto avinhado e limpou com os pés a terra acumulada num degrau de pedra. Recostado à mureta tirou o cigarro de palha de trás da orelha e bateu na unha suja acendendo-o com isqueiro de pederneira. Pitou e baforou fumaça azul. Os dedos sob a copa do chapéu coçaram os cabelos grossos. Na orla do jardim vistoriou a brota das mudas enfileiradas no solo. Pretendia transplantá-las aumentando os canteiros: lembrou-se de Percedino falando-lhe sobre isso. Que falava?

Que importavam canteiros? Gostava da voz profunda já remota no soar. Depois Viúvo veio vindo e com andar sincopado na calçada de pedra passou sob a janela sem olhar para cima. Mentalmente Doralícia acompanhou-o subindo os três degraus e abrindo o portãozinho de ferro que rangeu. Imaginou seus passos lerdos até a porta da cozinha onde vozes e risos indistintos saudaram sua chegada. Viúvo Percedino sentou-se e esperou a caneca de café com leite.

Saturada de intensidades Doralícia suspirou alisando a gola do vestido. Poderia ter reunido coragem para aventurar a existência longe? Não com Bio cujas promessas de fugir eram mentiras. Ele temia o pai. Amaro repontou no fundo da memória e esfumou-se sem que o recompusesse completamente. Amaro existiu de verdade? Procurar a gente que a criou. Procurar vida que não fosse o desgosto de viver. O que era antes? Como era? Lampejos. As mãos afagaram-se. O malogro confrangia no oco do peito. José Afrânio condenava e perdoava: ela lhe pertencia de asas e algemas. Estranhou-se. Repetia-se a sensação de existir fora do corpo onde era mera inquilina como fora por breve tempo inquilina na brancura caiada da casa da colônia e era agora na sede. Lugar algum era seu. Nunca a consciência de morar na casa de sede. Sempre vestida como pronta para partir carregando seus falsos pertences.

Descansou a cabeça na folha da janela. Atenta a si e ao colo-fole. As narinas condutos de ar alimentando o fole. O chão de riscos paralelos e a rede azulada das veias nas mãos magras. Ramado barrando a parede pouco abaixo do forro. Como eu era? Atentar à natureza do corpo e ao risco de suprimir a frágil vitalidade antes que. Pelo menos fosse noite ou ela cega e tudo seria por igual. Afundar no cediço dos brejos ou num sumidouro de paina. Palpou os seios e a cintura e achegou os pés um ao outro. Querem de mim a loca sob água turva. A exaustão ardeu nas órbitas pesadas. Nunca o alívio. Culpada e inocente. Era? Pudesse ser, desejou.

Viu Bio surgir e parar à porta da tulha e afastou-se perturbada pela visão. Temia-o mas a insidiosa esperança elegia-o a única possibilidade de fuga. Por isso evitava-o. Doralícia guardava um calor: Bio bonito.

Entreato Amoroso

Esfregou a palma suada da mão na roupa fresca. Assim ela contaria a José Afrânio: Bio me lambuzou e me sujou e eu deixei. Gosto dele dentro de mim. Não gosto do que ele faz mas deixei. Mentira: não gosta de gostar. Procurou com que ocupar as mãos e esfriá-las mas a sala agrandou a solidão apavorante.

Me usam, pensou esvaziada.

Doerá?

Agitou-se. Um formigamento nos músculos distensos e o coração pulsante no veludo azul-avinhado. Não conseguia evitar que lhe viessem à mente feições disparatadas de nomes e situações. O braço gelatinoso de Dona Diloca visto de relance numa antiga manhã para ser agora relembrado. Estava com Amaro e tinham ido à cidade de charrete no tempo que a intuição aconselhava a não ficar na Mata Grande. Amaro apontou a mulher parada à porta da rua: a patroa. Na sua mente uma membrana grotesca gruda os dedos dos patos e sapos e a água grossa soverte pelo ralo e receou perder controle dos movimentos sob a vertigem dessas imagens distorcidas e ampliadas. Andar e cair.

A vagina latejou.

Quem eu sou?

Escutou conversa animada na cozinha. Salivou. Sentiu no vão das pernas um toque emoliente do corpo rijo de Bio ondulado de músculos empolgando-a e castigando-a com o pênis. Um frêmito erótico subiu pela coluna cervical e ela estremeceu. Gozo. Nojo. José Afrânio conversava com os homens e batia o cabo do relho no cano da bota à sombra do mangueiro. De lá ele mirava a casa e os olhos atavam-na como correntes. Domou na boca uma bolha de ar quase arroto. Calor. À tarde chovia e nas manhãs lavadas as poças d'água espelhavam o céu limpo. As nuvens da chuva da tarde preparavam-se atrás das montanhas. O homem alto com chapéu de aba larga e copa em cone desapareceu quando o procurou com os olhos. Sentiu que permanecia por perto mas a aura solveu-se sem o medo costumeiro. A aparição sumia e se enfurnava nas grotas e escorria na superfície das águas tomando a configuração do suporte. Podia também condensar-se no cerne da perobeira no recesso da mata ou no jacarandá na fímbria do morro. Aquele homem brotava da terra. Assombrava-a. Amaro sorriu. Na tez terrosa apontava a barba espinhenta. Amaro levou a mão à boca. Deboche. Pungiu lembrando dos lençóis de sacaria alvejada e do colchão de palha que delatava os movimentos mínimos. Rumor de risos e o galo cantor na boca do estômago. Era sua a risada que ouvia. Perdido o som do galo os ruídos teimavam nas vozes da cozinha. Uma mulher em surto epiléptico rolou na calçada à porta de farmácia em frente ao ponto do ônibus (onde?) e o vestido subiu e deixou ver as coxas varicosas e a calçola grosseira enquanto a friccionavam (quando?), mulher de olhos claros e sorriso resignado voltando a si envergonhada como se desculpando por ser doente. Eu vi, Doralícia condói-se pela mulher insabida.

Moveu-se impulsionada por um mecanismo manobrado fora de si. Andou à volta da mesa fechou as portas que davam para o corredor.

O homem alto seguiu-a.

Adiava a decisão de morrer.

Da casa na colônia até a sede o espectro escoltava-os. Esteve rondando todo o tempo com seu brando riso branco. Gente de boa risada José Afrânio e Bio.

Atravessou o túnel do corredor à sala de jantar num carreiro sem saída. Despediu-se das flores no papel de parede. À porta da cozinha parou e esperou. Antonha suspendeu a ponta do avental que amassou entre os dedos e olhou-a. Sob o jorro da luz entrando pelo janelão Viúvo Percedino também a olhou. Doralícia hesitou. Esconder o pânico. No descontrole o fracasso e não queria falhar. Dor nos ossos. Tremor gelado. A cara bondosa sobre o bócio, Antonha era uma barreira a atravessar até o quintal: cruzado o portão de taramela giratória iniciaria o vôo sem volta.

Doralícia aparentava autodomínio. Na cozinha ampla as lembranças obstavam num tumulto mental. Acordeão e acordeonista sem cara. A charrete atolada e o cavalo pisoteando barro e Amaro incitando o animal empurrava a charrete e ela no assento salpicando de lama a

barra do vestido. O café ensacado na tulha e o vapor de café coado e as espigas de milho tostadas sal cinzas.
No alto do pilar junto à madeira do telhadinho: a lata.
Precisa alguma coisa? Antonha disse.
Negou parada à porta.
O tempo limpou, Antonha disse mexendo em tampas e na lenha amontoada junto ao fogão.
Ontem choveu o que podia, Viúvo disse: o ribeirão subiu que quase alcançou a cerca da horta.
Escutou a chuva, Antonha perguntou a Doralícia.
Ela confirmou com um aceno de cabeça.
Quanta trovoada, a mulher disse: queimei palma e acendi a vela benta.
Viúvo virou o rosto para o quintal e a cara redonda fulgiu. Contraiu as pálpebras.
Vem água pesada até março, Viúvo disse.
Os alumínios debruçados brilhavam na pia. Fuligem e picumã escureciam o madeirame do telhado e sombreavam as paredes onduladas. Antonha atritou achas no fogo espalhando fagulhas. Viúvo pitava na claridade esculpindo-lhe o perfil.
Um copo, Doralícia falou.
Água?
Não. Só o copo.
Vidro frio na mão quente. Tremor embaraçando os passos. Quando saiu ao quintal o vestido roçou a perna de Viúvo à passagem. Doralícia sentiu o sol de tal forma vibrante que o verde se fazia branco nas folhas espelhantes. Um bem-te-vi cantou perto e alto. Ela andou pela calçada de pedras que facilitava o escoamento da água das calhas e beirais. As samambaias farfalharam. O tanque de lavar: a idéia nasceu nesse lugar aonde voltou algumas vezes treinando a coragem. Na lata de veneno o letreiro descorado.
Parece perturbada, Viúvo disse a Antonha.
Coitadinha, disse Antonha: me dá pena.

Espaço espesso. A torneira luziu o ouro do manuseio. A voz sedutora do homem de riso alvo enunciando ceceios roçagando pela seda do vestido: um homem alto e encorajador. José Afrânio negociando café. Estapeá-lo com o dorso da mão e zombar de sua surpresa. Não: ele foi bom pra mim e me quis bem. Bio, pensa e os olhos se umedecem à lembrança da ternura que um dia constatou nas feições do moço querendo sorrir para ela. Soluça especado e pensa atos: escancarar as pernas e abrir-se com as mãos à penetração e espojar-se e morder e escarrar a bulha molhada na fricção do punhal metido nela.

As pernas bambas.

O bem-te-vi segue cantando.

Amaldiçoado, pensa: amaldiçoados.

Não têm culpa, pensa em seguida.

No tanque limoso afasta a pedra do sabão ressequido para perto do pano torcido do anil na bacia de ágate vazia. O regador ao lado. Um cheiro invasivo de cravinas enjoadas. Abre a torneira e a água borrifa no fundo verde limoso cimentado. O coração na garganta: doerá? Nos sonhos os passos não avançam e ela caminha às avessas.

Não existo.

Eu nunca existi.

Os olhos marejados embaçam a estridência das cores. Com pena de si e lamentosa cumpre-se: o copo pela metade e o bem-te-vi mal a vê. O medo some. Rapidez antes que. Tira a tampa da lata com a faca enferrujada enfiada entre tijolos. Despeja o pó que mistura à água com o dedo. A visão corrediça pela torneira o varal de roupas a caixa de prendedores anil azul anil bem me veja voando.

Bebe.

O queimor surpreende e desespera e quando não suporta mais e o ar não passa pela garganta tumefacta da calcinação corre instintiva buscando Antonha na cozinha. Emite grunhidos e afunda os dedos no decote rasgando a roupa e cavoucando a dor estampada nos olhos esbugalhados. Uiva um som inumano.

Mãe, pensa chamar: mãe.

Sacode o portão de ripas que não se abre. Estertora. Da boca avermelhada escapa um ronco junto com a baba gosmenta. As unhas laceram o peito diante de Antonha e Viúvo tomados do espanto da imediata compreensão. Doralícia dobra-se e cai nos degraus borbotando líquidos. Antonha ajoelha-se e ampara-a.

Minha Nossa Senhora, Antonha clama sustentando a cabeça da moça ao peito.

Traga leite Viúvo, ela manda: encha o copo de leite. Meu Jesus Cristo.

Viúvo se apressa com a caneca de louça. Antonha ergue a cabeça de Doralícia descansa-a no braço dobrado afaga os cabelos a testa o rosto. Antonha chora. Despeja o leite na boca entreaberta mas o líquido volta borbulhando no ruído tenebroso escapando do interior abrasado da moça. Antonha lamuria e nina-a no assombro.

Viúvo desabala com a rapidez que pode pela trilha em direção ao mangueiro. Salta canteiros e degraus e agita braços gritando:

Acuda Zé Afrânio. Acuda. A moça. Acuda Zé Afrânio. A moça. A moça.

39

AS PÁLPEBRAS ARDIDAS PESAM DO CANSAÇO. José Afrânio fechou os olhos e pendeu a cabeça ao peito. Relaxou na cadeira de vime desejoso de parar a seqüência de perguntas e a crueza de respostas impiedosamente contundentes. Voltar o tempo e interceptar movimentos, os derradeiros. Intervir. Impedir. Dar um tapa no copo ouvindo o estilhaçar que não aconteceu. Fez Antonha narrar várias vezes os momentos da angústia como se repetir explicasse o aturdimento e o atropelo das últimas horas em corte brusco paralisando a vida. Passado o limiar: o nada. Aprisionar lembranças. Controlar o emaranhado de pensamentos. Os cheiros da morte. Os instantâneos vertiginosos. Retalhos de cenas que se sobrepõem aos sons e feições e apertos de mão e vozes no torvelinho da noite. Completa derrota.

A compunção do real perdura. Revê gestos e escuta os gritos patéticos de Viúvo Percedino na pressa desajeitada pelos degraus entre as plataformas do terreiro. Viúvo correndo em sua direção. O desespero daquele homem pausado agitando-se é a imagem do desfecho que quanto mais real mais parece irromper de onde ele aguardava concretizar-se. Na sua inconsciência? Na superfície dos dias? Na figura esquálida de Doralícia? Na sua suposição de prevalência? Era como soubesse que iria suceder e nada tivesse feito para evitar.

Os compradores de café tinham acabado de sair. Satisfeito com o negócio procurou José Cardoso para determinar que alugasse o caminhão do Mateus pra transportar o café vendido (frete incluído) até a estação de trem em Jundiaí de onde seguiria para Santos. Viúvo transtornado pelas escadas dos terreiros chamando-o apontava a casa engrolando a informação que dispensava palavras. José Afrânio nem se lembra de como chegou à cozinha.

Levaram Doralícia à cama. Antonha chorava abraçando a moça. Agarrando-se à colcha e aos braços que a rodeavam Doralícia produzia sons fricativos. Nos estertores da falta de ar escancarava os olhos e movia a boca gosmenta espumante. José Afrânio gritava que fossem buscar o Doutor Romeu. José Cardoso foi. A espera interminável e ele da beira da cama à janela vigiando a estrada vazia. Sem poder intervir. O médico chegou no automóvel do Queiroz. Nada restava a fazer senão atestar o óbito. Pouco falou a José Afrânio esvaziado da possibilidade de conversa. Na mudez lívida o fazendeiro olhava perplexamente o médico. Doutor Romeu pensou no tênue fio que sustenta a volátil existência humana. Mais uma vez constatava os limites da espécie. Animais arrogantes e pretensiosos projetamos a vida pelas necessidades do instinto sem considerar o exíguo perímetro das nossas sensações. Na essência temos comportamento igual ao de animais que não se comovem na sua indiferença intelectual: o instinto os orienta e a emoção nos comanda. E o que é a emoção senão o instinto lapidado?

Os colonos começaram a chegar a casa com murmúrios e feições compungidas no cavo dos passos no assoalho. Nas horas seguintes José Afrânio olhava com acabrunhamento as pessoas entrando e saindo do quarto onde estava o corpo de Doralícia cuidado pelas mulheres da fazenda. Zé Cardoso desceu novamente à cidade para as providências convencionais de cartório e enterro. Nada comunicou a Maria Odila. Tocado pela tristeza de José Afrânio dispensou-se de escutar os inevitáveis comentários que a mulher certamente faria.

Relate o caso na polícia, José Afrânio disse a José Cardoso: mas que não venham com perguntas. Conte o que se deu.

José Afrânio escolheu o vestido de mortalha. As mulheres banharam e vestiram Doralícia e estenderam-na na cama sob o lençol.

A noite arrastou-se cheirando a flor pisada e cera de vela. Nhá Júlia puxou a reza. A incredulidade cedeu lugar ao entorpecimento. Doutor Romeu voltou com pretexto de dizer a José Afrânio que havia conversado com Chico-Soldado pedindo-lhe que se entendesse com o delegado em exercício na comarca. Na verdade queria certificar-se das condições do amigo. Sensível às dores humanas o que de certa forma o desqualificava para a prática da medicina ele desejava externar solidariedade. José Afrânio fechou-se à intervenção não por rudeza mas pela derrota encapuçada num alheamento que comoveu o médico. Chico-Soldado acompanhava-o mas permaneceu no carro de aluguel. Boné rente ao corpo, Queiroz apertou mudamente a mão de José Afrânio. Não deu forma oral aos pêsames: seu pensamento eclipsado por testemunhos avaliativos da perda. Triste fim, concluiu. As convenções sociais sucumbem diante de emoções fortes. Interpenetram-se apenas quando convergem nas intenções, pensou Doutor Romeu compreendendo a prostração do fazendeiro. Lamentou a decisão da moça mas eximiu-se de comentários. Antonha mandou Viúvo descer à cidade contar a Dona Diloca. Quando chegou a patroa já inteirada do fato preocupava-se em saber onde enterrariam a mulher.

Aquele louco é capaz de pôr no túmulo da família, ela disse.

Viúvo tranquilizou-a dizendo que o patrão mandara o administrador comprar uma sepultura.

É castigo Viúvo. Foi a mão de Deus. Desgraça chama desgraça, ela disse: até onde vai chegar isso minha Senhora da Dores? Pela lei da igreja o vigário não podia encomendar o corpo em vista da circunstância, disse Zé Cardoso. As falas chegavam distanciadas a José Afrânio fixado na face cerosa de Doralícia. Os sussurros na casa esbatiam na resistência ao âmbito do acontecimento. Olhava-a pasmado enquanto a tarde escorria lenta. Desejou que acabasse logo. Aquela morte humilhava-o profundamente. Pela janela observava a estrada aventando se viria alguém do círculo de companheiros. Afora Doutor Romeu alguém mais lhe comprovaria restos de consideração? Queria que viessem ou seria preferível não compartir com eles a má hora? Teve dó de Doralícia e de si. A ferida da traição sangrava: matando-se ela o traía definitivamente.

O poente magnífico antecipou saudade e abandono. Antes de anoitecer chegou o caixão pelo caminhão do Mateus. Crianças trouxeram braçadas de flores e as mulheres cuidaram dos arranjos. Armaram o féretro na sala da frente. Antonha cobriu o rádio com um pano escuro. A incandescência do crepúsculo provia a sala de uma parca luz irrealmente dourada. Os moradores do bairro chegavam benziam-se e encostavam-se à parede. José Afrânio decalcava a desforra de Maria Odila no gesto de Doralícia. Pôs a cadeira de vime ao lado da cabeceira do caixão e sentou-se com a expressão carregada e surdo às orações monocórdias.

Por quê Doralícia?

Procurava na máscara imóvel a explicação do desatino.

Perto da meia-noite a mão condolente de Cláudio-Louco apertou a sua. Por costume comparecia a todos os velórios. Veio a pé da cidade:

Escutei contar e vim, ele disse e se afastou ocupando uma cadeira. O paletó folgado no corpo. Seu ar pesaroso na sala transformava-se quando saía ao terraço fumar ou à cozinha tomar café ou comer. Ria e falava alto e seu barulho ressoava atrevido e vingativo e zombeteiro para José Afrânio. A mansa demência desculpava-o. Antonha imersa em silêncio. Viúvo Percedino vagando pela casa em pequenos obséquios. Calçou as botinas de elástico e vestiu o velho paletó das cerimônias. José Afrânio vigilava vazio de raiva ou revolta. Fechado à realidade ou ocupado com abstrações impedia à emoção entremostrar-se. Com o rosto enfiado nas mãos repetia-se: tivesse sido possível intervir. Quem podia imaginar uma coisa destas? disse Antonha. Os colonos se entreolhavam e entabulavam conversas que ajudavam a atravessar a noite e que às vezes subiam de tom indiferentes à tragédia. Alguém dormitava com a cabeça recostada à parede. José Afrânio levantava-se ia ao quarto à cozinha e voltava à sala. Postou-se diante do guarda-roupa aberto: uma intensa compunção então o engolfou e o choro por instantes fugiu à continência. Dominou-se. Tocou os vestidos enfileirados e os pares de sapato. Cheirou o mantô de lã cor de chocolate. Chinelos de cetim enfeitados de borla. O sentido da perda crescia sem extravasão. Revisitou ruas mortas àquela hora em Conceição dos Mansos. O sono areou as pálpebras e ele lavou o rosto debelando-o. A morte matava dissidências? pensou entristecido pelas ausências. Davam-lhe o troco pelo recolhimento que se impôs. A situação refletia sua escolha e não cabia reclamar.

Bio chegou no começo da madrugada. Veio dos fundos da casa e José Afrânio viu-o em pé entre os colonos. Não trocaram gesto ou palavra. O filho aproximou-se do caixão e fitou a morta com expressão compenetrada e tornou ao lugar de antes. Como os outros entrou e saiu da sala muitas vezes para arejar no terraço ou tomar café na cozinha. Aurora e Antonha serviram sanduíches num cesto raso de taquara. Estavam apenas pessoas da fazenda e do bairro. José Afrânio pensou nunca ter visto Bio e Doralícia mais próximos do que há pouco. Apoiou os cotovelos nas pernas e acolheu a testa nas mãos. A voz e o riso de Cláudio-Louco no terraço. Nhá Júlia colocou um terço entre os dedos da morta. Trocaram as velas nos castiçais. Antes de amanhecer uma pancada de chuva passou tão rápida quanto veio.

O sol nasceu num céu sem nuvens. Pela metade da manhã o caminhão do Mateus estacionou à frente da casa. O choro contido de

Antonha acentuava o silêncio triste. Desceram o caixão e José Afrânio com fisionomia petrificada assistiu à saída pela porta com as duas folhas abertas. Na escada curva ergueram o féretro acima dos ombros até o patamar onde os dois lances se encontravam. Da sacada José Afrânio viu os homens subirem à carroceria recolher o caixão e colocá-lo no assoalho. Cláudio-Louco ia sem disfarçar o prazer da viagem: ele e Viúvo Percedino na cabina com o motorista. José Cardoso esperava no cemitério.

Mateus ergueu o chapéu e estendeu a mão num cumprimento sem palavras e José Afrânio apertou-a com emoção inesperada. Agradeceu. O caminhão partiu com os homens sentados na guarda. Mulheres e crianças ficaram. José Afrânio acompanhou o trajeto do séqüito pela colônia contornando o mato subindo a vertente do morro até os eucaliptos no mais alto. O caminhão desapareceu e ele se sentou no banco tantas vezes ocupado por ele e Doralícia em arrulhos e intimidades. Mulheres comandadas pela esposa de José Cardoso que desde a volta do administrador ele não vira na fazenda trataram de limpar os vestígios na casa. Nhá Júlia foi embora na charrete e José Afrânio agradeceu-lhe a condução das rezas.

Bio? pensou sem a curiosidade estender-se na pergunta inútil.

Cansaço imenso. Relutava em entrar temeroso da ausência absoluta e irreversível.

O senhor quer comer alguma coisa Seu Zé Afrânio, Antonha perguntou mais tarde.

Moveu a cabeça em negativa.

O senhor não come desde ontem.

Não tenho fome.

Alguma coisa, ela insistiu.

Depois.

A mulher fez menção de afastar-se.

Antonha, ele chamou.

Ela voltou-se aguardando o que tivesse a falar. José Afrânio lutava contra a emotividade e passageiramente debilitado desejou que ela dissesse palavras de consolo que lhe amenizassem a amargura. A lágrima quase aflorou na fraqueza de esperar de Antonha uma comunicação solidária de arrimo ou alívio.

Nada, ele falou comovido.

Pro almoço eu

Não carece fazer almoço, ele disse: me basta um pão com queijo.

Faço uma sopa.

É. Faça. Quem estiver por aí come. Mais tarde eu tomo um prato. Se o senhor quiser descansar um pouco a cama está feita.

Não vou mais dormir no quarto da frente.

Já aprontei outro, ela disse com algum calor.

Está bom.

Depois andou pelas cercanias da sede. Sendas emotivas e canteiros. Perto do tanque de lavar roupa a lata jogada e o pó esparramado nos pés da azedinha. Desceu ao pomar e às moitas de bambu. Contornou o muro derruído onde ela às vezes se sentava. Olhou o mato na soledidade agasalhante de tanta vida miúda. Nhambu piou bonito e triste: está perto do ninho, pensou. Vagueou pela tulha entrou na casa das máquinas de benefício. O moinho de roda d'água. A colônia branca enfileirada. Parou diante da casa onde ela morou. Reparou no sangue-de-adão florescido e no desleixo do terreiro antes limpo. Refez o caminho de volta nas antigas madrugadas. Doralícia sob a sombrinha ramada. Subiu as escadas com o coração apertado. Antes carregava o leve fardo do desejo e agora o prostrava a espessa carga dos destroços. A casa imensa com a fachada ao sol. Os olhos ardiam de sono e canseira. O gramado. Buganvílias roseiras acácias. O espaço do quarto impregnado de Doralícia. Vidros de perfume escovas pentes. A caixinha de música. As roupas nos cabides da parede. Os odores sutis que demorariam a desaparecer eram detalhes que o futuro acentuaria ou apagaria. A casa sem marcas da passagem porque na verdade ela apenas se hospedou aqui, José Afrânio pensa. Tão rápido, inexplica-se.

Sobe lentamente a escada do terraço. Olha a paisagem de sempre sob o sol de sempre. Nada se move na imensa tristeza aprisionada na bacia em que se situa a sede da fazenda. O grande nimbo no horizonte chama-lhe atenção. Na massa das nuvens parece desenhar-se um rosto. Ilusão: nem um retrato ficou de lembrança. Percebê-la nos seus laivos e pertences. O que fará deles? A consciência do vazio e da solidão amedronta-o. A paisagem persevera e os elementos que a compõem têm a solidez que lhe falta.

À porta da sede a semi-obscuridade do corredor se acende na claridade da sala de jantar.

Teme que a estreiteza sombria do espaço à frente se transforme em matéria que fisicamente o trague na travessia. A impressão é de erradio desconsolo e ele pára antes de enfrentar o corredor.

Morungaba, outubro de 2006

Sobre o Autor

Aercio Consolin nasceu em Morungaba, onde sempre morou, em 10 de janeiro de 1941. Seu primeiro livro saiu em 1971 (*O Cabide*). Ganhou alguns prêmios nacionais de literatura: Fernando Chinaglia (Rio de Janeiro, 1974); Guimarães Rosa (Belo Horizonte, 1976); Status (São Paulo, 1977) e Walter Auada (Ribeirão Preto, 1976).

Seu conto, *O Arremate*, foi adaptado para o cinema, no filme *Contos Eróticos*, sob direção de Eduardo Escorel, com Lima Duarte, Lisa Vieira e Castro Gonzaga.

Publicou contos em diversos jornais e revistas brasileiros. Participou de algumas antologias, entre elas *Contos Brasileiros de Futebol* (LGE editora, 2005).

Também é autor de: *O Cabide*, contos (Nova Teixeira, 1974); *Fadário*, romance (Mundo Musical, 1977 e Círculo do Livro, 1988); *A Dança das Auras*, contos (Moderna, 1980); *Mancha de Sol*, contos (Papirus, 1985); *Vôos do Coração*, romance (Pontes, 1988) e *Iolanda et autres nouvelles*, contos (HBEditions, 2006).

Título	Entreato Amoroso
Autor	Aercio Consolin
Produção editorial	Aline Sato
Capa	Tomás Martins
Foto do autor	Luciana Pontes
Editoração eletrônica	Amanda E. de Almeida
	Tomás Martins
Formato	14 x 21 cm
Tipologia	Sabon
Papel	Cartão Supremo 250 g/m² (capa)
	Pólen Soft 80 g/m² (miolo)
Número de páginas	400
Impressão e acabamento	Gráfica Vida e Consciência